PATRICK TAYLOR

EIN IRISCHER LANDARZT

ROMAN

Aus dem Englischen
von Sabine Schulte

Rowohlt Taschenbuch Verlag

Die Originalausgabe erschien 2004 unter dem Titel
«The Apprenticeship of Doctor Laverty»
bei Insomnia Press, Toronto.

Die Übersetzungsvorlage erschien 2007 unter dem Titel
«An Irish Country Doctor» bei Forge, New York.

Die deutsche Erstausgabe erschien 2008 im Rowohlt Verlag GmbH.

2. Auflage Februar 2024
Neuausgabe
Veröffentlicht im Rowohlt Taschenbuch Verlag,
Hamburg, Februar 2024

Karten Imke Trostbach
Redaktion Karen Nölle
Das Zitat auf Seite 126 stammt aus dem Gedicht
«Sturm auf der Insel», zitiert nach Seamus Heaney,
Ausgewählte Gedichte. Deutsch von Giovanni Bandini und Ditte König,
München: Carl Hanser Verlag 1995.
Covergestaltung FAVORITBUERO, München
Coverabbildung Shutterstock
Satz aus der Joanna MT
bei CPI books GmbH, Leck
Druck und Bindung GGP Media GmbH, Pößneck
ISBN 978-3-499-01328-7

rororo

Patrick Taylor, 1941 in Nordirland geboren, hat Medizin studiert und lange als Landarzt gearbeitet. Um dem Nordirlandkonflikt zu entfliehen, emigrierte er mit seiner Familie Anfang der 1970er Jahre nach Kanada. Dort hat er auch sein Talent zum Schreiben entdeckt. Von ihm sind bereits zahlreiche Romane und Kurzgeschichten erschienen. «Ein irischer Landarzt» war ein internationaler Überraschungserfolg und schaffte es auf die Bestsellerliste der *New York Times*. Patrick Taylor lebt heute auf Saltspring Island in der kanadischen Provinz British Columbia. Aus der Reihe sind außerdem erschienen «Neues vom irischen Landarzt» und «Ein irisches Weihnachtsfest».

«Ein großer eskapistischer Spaß.» *Publishers Weekly*

Für all die Landärzte dieser Welt

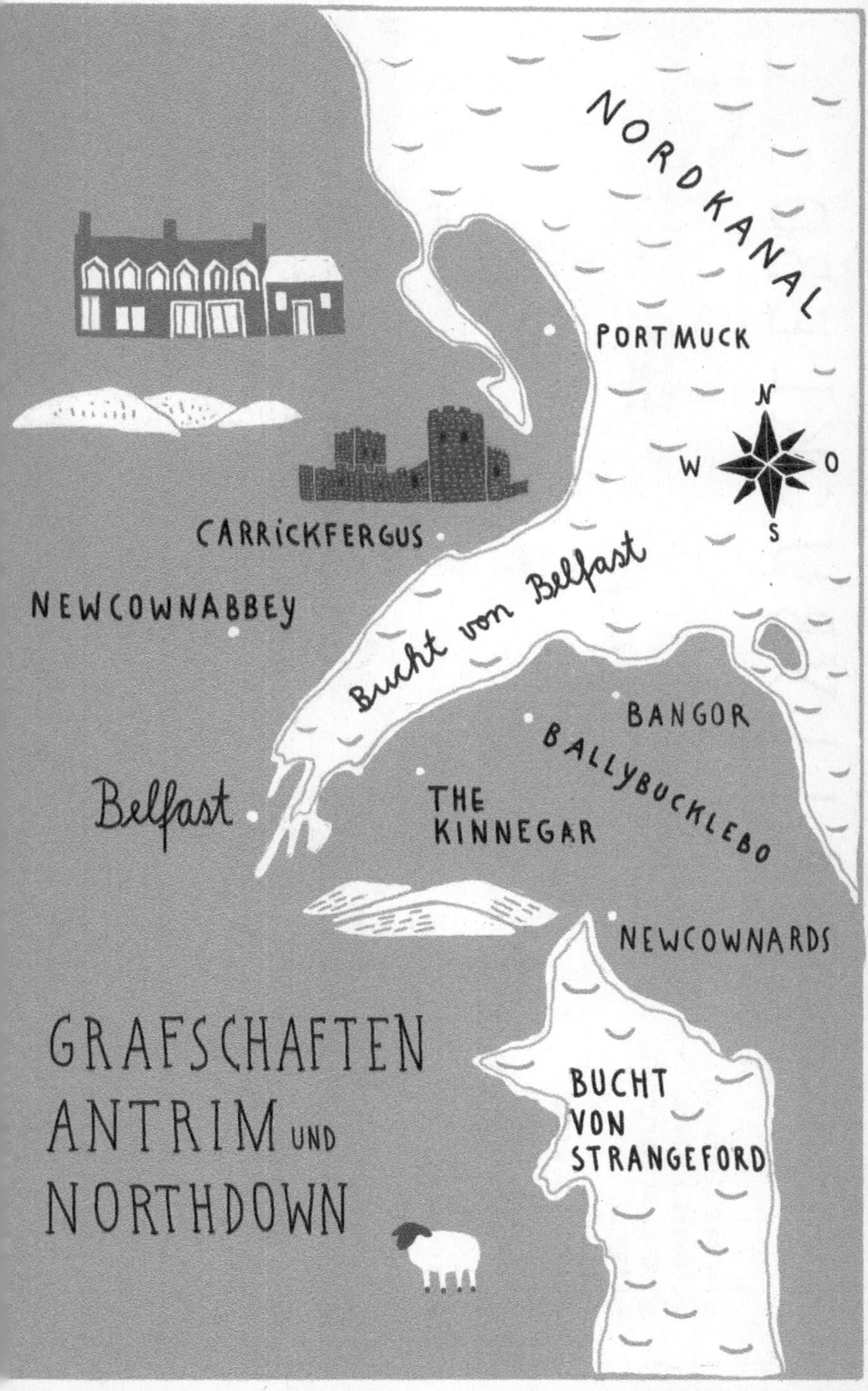
NORDKANAL
PORTMUCK
N
W
O
S
CARRICKFERGUS
NEWCOWNABBEY
Bucht von Belfast
BANGOR
BALLYBUCKLEBO
Belfast
THE
KINNEGAR
NEWCOWNARDS
GRAFSCHAFTEN
ANTRIM UND
NORTHDOWN
BUCHT
VON
STRANGEFORD

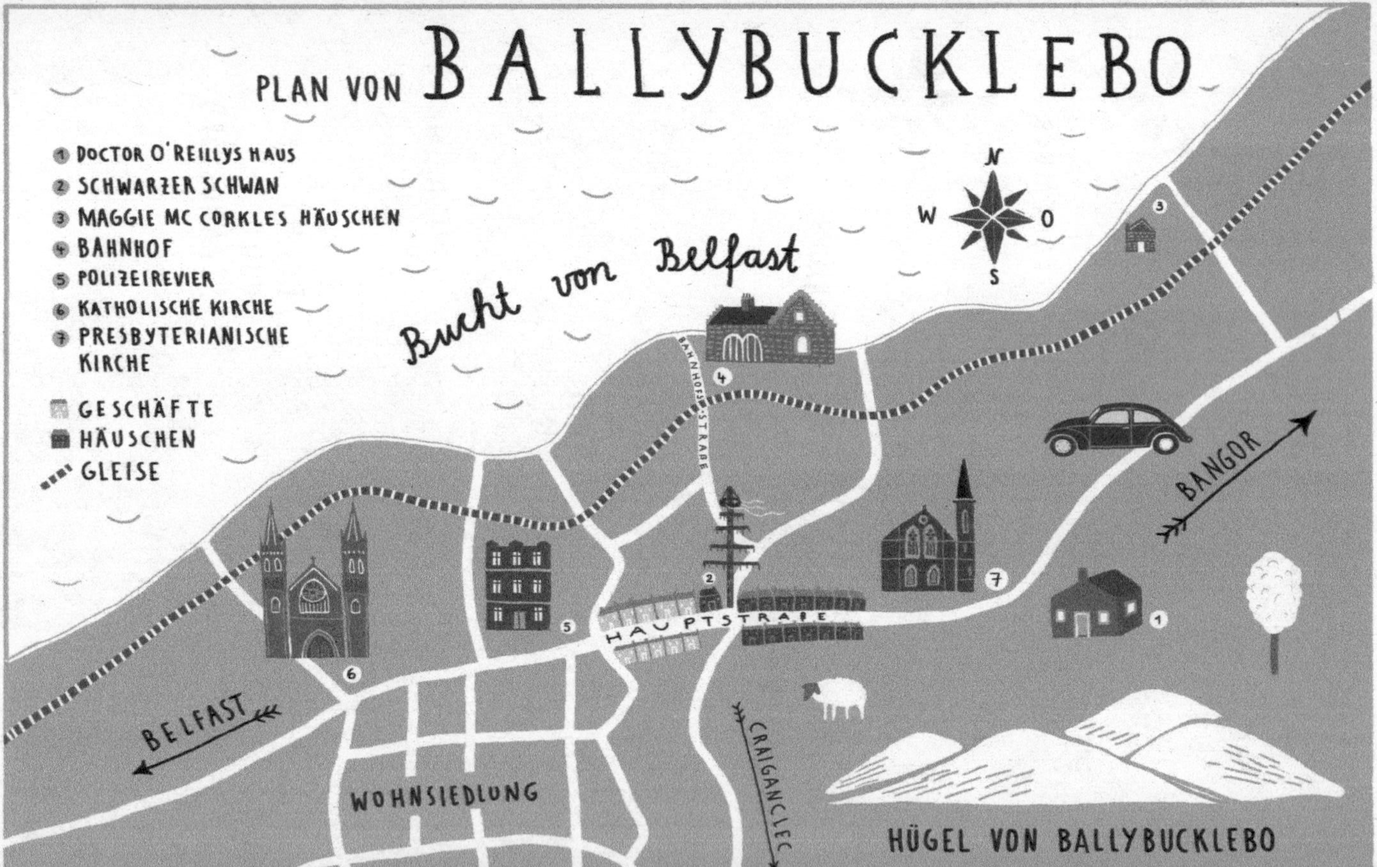
PLAN VON BALLYBUCKLEBO
1 DOCTOR O'REILLYS HAUS
2 SCHWARZER SCHWAN
3 MAGGIE MC CORKLES HÄUSCHEN
4 BAHNHOF
5 POLIZEIREVIER
6 KATHOLISCHE KIRCHE
7 PRESBYTERIANISCHE KIRCHE
GESCHÄFTE
HÄUSCHEN
GLEISE
Bucht von Belfast
N
W
O
S
BAHNHOFSSTRAßE
HAUPTSTRAßE
BANGOR
BELFAST
CRAIGANCLEC
WOHNSIEDLUNG
HÜGEL VON BALLYBUCKLEBO

1

Wo bitte geht's nach Ballybucklebo?

Barry Laverty, oder vielmehr *Doktor* Barry Laverty – seine Assistenzzeit war gerade zu Ende und die Tinte auf seinem Abschlusszeugnis noch nicht richtig trocken –, hielt mit seinem klapperigen VW-Käfer am Straßenrand und studierte die Straßenkarte, die auf dem Beifahrersitz lag. *Six Road Ends* war deutlich eingezeichnet. Er spähte durch die mit Insekten bespritzte Windschutzscheibe. Wenn er das Labyrinth aus schmalen Landstraßen, die von dem Knotenpunkt vor ihm ausgingen, richtig deutete, lag irgendwo am Ende eines dieser von Schlehdornhecken gesäumten besseren Feldwege das Dorf Ballybucklebo. Doch welchen Weg sollte er wählen? Diese Frage hatte Barry, wie er sich erinnerte, nicht bloß auf geographischer Ebene zu entscheiden.

Die meisten seiner früheren Kommilitonen an der Queen's University in Belfast hatten ihre berufliche Laufbahn längst durchgeplant. Er selbst jedoch hatte keinen blassen Schimmer, wie es weitergehen sollte. Hausarztpraxis? Facharztausbildung? Und wenn, auf welchem Gebiet? Barry zuckte die Achseln. Eigentlich blieb ihm alle Zeit der Welt, um über seine Zukunft als Arzt nachzudenken, denn er war vierundzwanzig, alleinstehend und frei von Verpflichtungen. Wenn er sich allerdings zu seinem Termin um fünf verspätete, konnte ihm das schaden, vorerst nämlich war sein dringlichstes Bedürfnis, genug Geld zu verdienen, um den Kredit für sein Auto abbezahlen zu können. Eine Richtung für sein Leben ließ sich auch später noch finden.

Mit gerunzelter Stirn verfolgte Barry noch einmal den Weg, den er von Belfast hergefahren war. Aber *Six Road Ends* lag am Rand seiner Karte, und Ballybucklebo suchte er darauf vergeblich. Was tun?

Als er den Kopf wieder hob, sah er sich im Rückspiegel. Aus einem glattrasierten, ovalen Gesicht blickten ihn blaue Augen an. Sein Schlips war verrutscht. Wie sorgfältig er das Ding auch band, der Knoten schaffte es immer wieder, sich unter einer Spitze seines Hemdkragens zu verkriechen. Barry war klar, wie wichtig der erste Eindruck war, und er wollte nicht schlampig wirken. Also zog er den Schlips wieder zurecht und versuchte, die widerspenstige blonde Locke auf seinem Scheitel glatt zu streichen, aber sie richtete sich sofort wieder auf. Dann musste seine Frisur eben so bleiben. Schließlich war er ja nicht zu einem Schönheitswettbewerb unterwegs, sondern er wollte die Zeugnisse für seine Leistungen vorzeigen. Und immerhin trug er die Haare kurz – nicht in dem neumodischen Stil, den diese Pilzköpfe, diese neue Musikgruppe, die sich die Beatles nannten, gerade einführten.

Ein letzter Blick auf die Karte bestätigte Barry, dass sie ihm bei der Suche nach seinem Ziel keine Hilfe sein würde. Vielleicht, dachte er, standen an der Kreuzung *Six Road Ends* ja Schilder. Als er aus dem Wagen stieg, quietschten die Federn. Brunhilde, wie er seinen alten Käfer nannte, protestierte gegen das Gewicht seiner wenigen Habseligkeiten: Zwei Koffer waren es nur, die hinten auf dem Rücksitz lagen, der eine enthielt seine spärliche Garderobe, der andere war randvoll mit Lehrbüchern der Medizin. Unter

Brunhildes Haube hatte Barry seinen Arztkoffer verstaut, und hinter dem Rücksitz hatten eine Angel, ein Fischkorb und hüfthohe Watstiefel Platz gefunden. Für einen Doktor der Medizin hatte er wirklich nicht viel vorzuweisen, dachte Barry, aber mit einem bisschen Glück würden seine finanziellen Verhältnisse sich bald bessern – vorausgesetzt, er fand Ballybucklebo.

Er lehnte sich gegen die Wagentür und musste wieder einmal feststellen, dass er mit seinen knapp eins siebzig und seinem eher schmächtigen Körperbau nur eben über Brunhildes gewölbtes Dach hinwegschauen konnte. Und selbst als er sich auf die Zehenspitzen stellte, vermochte er keinerlei Wegweiser zu entdecken. Ob sich wohl hinter den Hecken welche versteckten?

Barry spazierte zur Kreuzung, aber auch bei näherem Hinsehen erkannte er, dass hier tatsächlich ein akuter Mangel an Schildern herrschte. Vielleicht, überlegte er, war Ballybucklebo ja ein verzauberter Ort, so wie Brigadoon, der sich nur alle hundert Jahre einmal zeigte? Sollte er den alten Schlager «*How are Things in Glocca Morra?*» summen und hoffen, dass ein hilfsbereiter Vertreter des kleinen Volkes auftauchte und ihm den Weg erklärte?

Während er in der Wärme des Ulster-Nachmittags zum Auto zurückschlenderte, atmete Barry den Duft des Stechginsters ein, der auf den kleinen Feldern rechts und links der Straße wuchs. Er hörte den melodischen Gesang einer Amsel und freute sich an einem wild in der Hecke wachsenden Fuchsienstrauch, dessen violette und scharlachrote Blüten leise in der Sommerluft schwankten. Irgendwo muhte eine Kuh den Bass zum Sopran der Amsel.

Barry kostete diesen Augenblick aus. Auch wenn er sich über seine Zukunft noch nicht im Klaren war, eins war sicher: Nichts und niemand würde ihm jemals ausreden können, dass Nordirland das schönste Land der Welt war und dass er nur hier leben wollte und sonst nirgendwo.

Keine Karte, kein Schild und kein kleines Volk, dachte Barry, als er wieder bei Brunhilde ankam. Ich werde mich also einfach für eine Straße entscheiden müssen … Umso angenehmer war er überrascht, als auf dem flachen Hügelkamm eine Gestalt auf einem Fahrrad auftauchte. Gemächlich radelte der Mann auf ihn zu.

«Entschuldigen Sie bitte.» Barry trat ihm in den Weg. Der Radfahrer schwankte, bremste und blieb, einen Fuß auf dem Boden und den anderen auf dem Pedal, stehen. Einen Moment lang überlegte Barry, ob sich seine Hoffnung, einem Kobold zu begegnen, vielleicht erfüllt hatte. «Guten Tag», sagte er.

Sein Gegenüber war ein schlaksiger junger Mann, dessen unschuldiges Gesicht halb unter einem alten, weichen Tweedhut verborgen war, nicht weit genug allerdings, um seine vorstehenden Schneidezähne zu verdecken, um die ihn jeder Hase in Ulster beneidet hätte. Er trug eine Heugabel auf der Schulter, und seine Kleidung bestand aus einem kragenlosen Hemd mit einer schwarzen Kammgarnweste darüber und Tweedhosen, die an den Knien mit Lederriemen zusammengebunden waren.

«Herrlicher Tag», bemerkte der junge Mann.

«Das stimmt.»

«Doch, ja. Herrlich. Das gibt schönes Heu, och ja.» Der junge Mann bohrte in der Nase.

«Ob Sie mir vielleicht helfen könnten?»

«Ja?» Der Radfahrer lupfte den Hut und kratzte sich unter dem rötlich blonden Haar. «Vielleicht.»

«Ich suche Ballybucklebo.»

«Ballybucklebo, ja?» Er runzelte die Stirn und kratzte sich noch heftiger den Kopf.

«Können Sie mir sagen, wie man da hinkommt?»

«Nach Ballybucklebo?» Er verzog den Mund. «Junge, Junge, das ist ein schönes Dörfchen, doch, ja.»

Barry bemühte sich, seine wachsende Ungeduld zu verbergen. «Ja, das glaube ich Ihnen, aber ich muss bis fünf Uhr da sein.»

«Bis fünf Uhr, ja? Heute, meinen Sie?»

«Mmm.» Barry verkniff sich die Antwort: Nein, erst im Jahr 2000. Er wartete ab.

Der junge Mann fummelte in der Uhrtasche seiner Weste herum und zog eine Taschenuhr hervor, die er stirnrunzelnd und vor sich hin murmelnd konsultierte. Schließlich sah er Barry wieder an. «Heute um fünf? Da haben Sie aber nicht mehr viel Zeit.»

«Das weiß ich. Wenn Sie mir einfach nur –»

«Nach Ballybucklebo?»

«Bitte –»

«Och, ja.» Er deutete auf die Straße, die geradeaus weiterführte. «Fahren Sie da weiter.»

«Auf dieser Straße?»

«Auf der da, ja. Immer der Nase nach, bis Sie zu Willy John McCoubreys roter Scheune kommen.»

«Rote Scheune. Gut.»

«Aber biegen Sie da *nicht* ab.»

«Aha.»

«Auf keinen Fall. Immer weiter geradeaus. Dann sehen Sie eine schwarzweiße Kuh auf einer Wiese – wenn Willy John sie nicht schon zum Melken in die rote Scheune geholt hat. An der fahren Sie vorbei, ja, und dann biegen Sie rechts ab.» Der junge Mann zeigte allerdings nach links.

Barry war ein wenig verwirrt. «Die erste *rechts* nach der schwarzweißen Kuh?»

«Ja, genau nach der.» Unbeirrt zeigte der Radfahrer weiter nach links. «Von da aus ist's nur noch ein Katzensprung. Aber wissen Sie ...» Während er sich anschickte, sein rostiges Gefährt wieder zu besteigen, beendete er seinen Satz mit der Feierlichkeit eines Priesters, der den Segen erteilt: «... an Ihrer Stelle hätte ich gar nicht erst versucht, von hier aus nach Ballybucklebo zu kommen.»

Barry sah ihn scharf an, doch im jugendlichen Gesicht seines Gesprächspartners war nicht der geringste Hinweis darauf zu lesen, dass er seine Worte nicht vollkommen ernst meinte.

«Danke schön.» Barry musste sich beherrschen, um nicht laut loszulachen. «Vielen Dank. Ach so, und kennen Sie vielleicht zufällig den Arzt dort?»

Die Brauen des jungen Mannes schossen in die Höhe. Seine Augen wurden groß, und er stieß einen langen, leisen Pfiff aus, bevor er sagte: «Den Doktor? Doktor O'Reilly, ja? Den kenn ich, Sir, bei Gott. Meiner Seel', ja, den kenn ich.» Damit radelte er, wild in die Pedale tretend, davon.

Barry stieg wieder in seine Brunhilde. Er fragte sich, warum sein freundlicher Ratgeber schon bei der bloßen Erwähnung von Doktor O'Reilly so plötzlich die Flucht ergriffen hatte. Na gut, dachte er, wenn Willy Johns Kuh auf der richtigen Wiese steht, finde ich das bald heraus. Zu der Verabredung um fünf erwartete ihn nämlich niemand anders als Doktor Fingal Flahertie O'Reilly persönlich.

2
Flugstunde

Dr. F. F. O'Reilly
Praktischer Arzt und Chirurg,
Arzt für Geburtshilfe
Sprechzeiten: Mo.–Fr. 9.00 – 12.00 Uhr

Barry studierte die Zeilen auf dem Messingschild, das neben der grüngestrichenen Eingangstür des dreistöckigen Hauses an der Wand festgeschraubt war. Ein Blick auf die Uhr sagte ihm, dass er dank Willy John McCoubreys schwarzweißer Kuh fünf Minuten zu früh angekommen war. Er fasste seine brandneue schwarze Ledertasche fester, trat einen Schritt zurück und schaute sich um.

Zu beiden Seiten der Haustür schauten Bogenfenster aus den grauen Wänden mit dem Kieselrauputz. Rechts war durch die Glasscheibe deutlich die Einrichtung eines Esszimmers zu sehen. Offenbar praktizierte Doktor O'Reilly also zu Hause, so wie viele Landärzte. Und der lauten, einschüchternden Männerstimme nach zu urteilen, die hinter den Gardinen des linken Fensters zu vernehmen war, war der Doktor noch bei der Arbeit.

«Du bist ein Idiot, Seamus Galvin. Ein wiedergeborenes Rindvieh bist du, ein ungewaschener Schwachsinnsschwafelkopf von Blödmann. Was bist du?»

Die Antwort konnte Barry nicht hören, aber irgendwo im Haus knallte eine Tür gegen eine Wand. Er trat noch einen Schritt zurück und blickte über die Schulter auf den von Rosen gesäumten Kiesweg, der zur Pforte führte. Als er eine Bewegung wahrnahm und sich rasch wieder zum Hauseingang umdrehte, sah er einen großen – nein, einen riesigen – Mann breitbeinig in der offenen Haustür stehen. Die schiefe Nase dieses Ungeheuers leuchtete alabasterweiß, das übrige Gesicht puterrot, wahrscheinlich, so dachte Barry, weil es wohl einer gewissen Anstrengung bedurfte, einen Mann, auch wenn er deutlich kleiner war, an Jackenkragen und Hosenboden zu packen und so vor die Tür zu tragen. Der Mann zappelte, quiekte und strampelte mit dem linken Fuß. Barry fiel auf, dass dieser gänzlich unbekleidet war.

Der Hüne schaukelte den Kleinen vor und zurück, holte noch einmal Schwung und ließ ihn los. Mit offenem Mund verfolgte Barry, wie die Flugbahn und das Klagegeschrei des Opfers mit einem jähen Sturz in den nächsten Rosenbusch endeten.

«Elender Schwachkopf», brüllte der Riese und schleuderte dem Hinausgeworfenen einen Schuh und einen Strumpf hinterher.

Barry zuckte zusammen. Schützend hielt er seine schwarze Tasche vor sich.

«Seamus Galvin, du dreckiger kleiner Armleuchter, wenn du das nächste Mal außerhalb der Sprechzeit hier erscheinst, an meinem freien Nachmittag, weil ich mir deinen Knöchel angucken soll, dann wasch dir gefälligst vorher deine Käsemauken! Hast du mich verstanden, Seamus Galvin?»

Barry war drauf und dran, den Rückzug anzutreten, aber der Weg war durch den abziehenden Galvin versperrt, der mit Schuh und Strumpf in der Hand zum Tor humpelte und dabei murmelte: «Jawohl, Doktor O'Reilly. Werd ich tun, Herr Doktor.»

Plötzlich musste Barry daran denken, wie der Radfahrer, der ihm den Weg nach Ballybucklebo erklärt hatte, schon bei der bloßen Erwähnung des Namens O'Reilly geflüchtet war. Gütiger Himmel, wenn das, was er gerade erlebt hatte, typisch dafür war, wie der Mann mit seinen Patienten umging …

«Und was stehst du dir da die Beine in den Bauch und machst ein langes Gesicht dazu?»

Barry drehte sich um. «Doktor O'Reilly?»

«Nee, ich bin der verdammte Erzengel Gabriel. Kannst du denn das Schild nicht lesen?» Er deutete auf die Wand.

«Ich bin Laverty.»

«Laverty? Mach bloß, dass du wegkommst, ich kaufe nichts.»

Obwohl Barry durchaus versucht war, O'Reillys Anweisung zu befolgen, gab er nicht auf.

«Ich bin Doktor Laverty. Ich habe auf Ihre Anzeige im *British Medical Journal* geantwortet. Sie hatten mich zu einem Vorstellungsgespräch wegen der Assistentenstelle eingeladen», sagte Barry mit fester Stimme. Von diesem Rüpel lasse ich mich nicht einschüchtern, dachte er.

«Ach, *der* Laverty. Mann, warum haben Sie das nicht gleich gesagt?» O'Reilly streckte ihm eine Rechte von der Größe eines Suppentellers hin. Sein Händedruck hätte den Maschinen, die Autos auf die Größe von Koffern zusammenpressen, alle Ehre gemacht.

Barry spürte, wie seine Knöchel aufeinanderrieben, erwiderte O'Reillys Blick aber, ohne mit der Wimper zu zucken. Er schaute in tiefliegende braune Augen, die von buschigen Brauen beschattet wurden. Um die Augen herum fielen ihm tiefe Lachfältchen auf, und er sah, dass O'Reillys Nase, ein veritabler Rüssel, der eindeutig Schlagseite nach Backbord hatte, nicht mehr bleich war, sondern inzwischen die Pflaumenfarbe seiner Wangen angenommen hatte.

Der Druck auf seine Fingerknöchel ließ nach.

«Kommen Sie rein, Laverty.» O'Reilly trat zur Seite und ließ Barry in einen mit dünnem Teppich ausgelegten Flur vorangehen. «Die Tür links.»

Immer noch über den Rauswurf staunend, den er gerade miterlebt hatte, betrat Barry den Raum mit den zugezogenen Gardinen. Vor einer grünen Wand stand ein offenes Rollpult. Darauf lagen in wüstem Durcheinander Stapel von Rezeptblöcken, Papieren und Patientenkarten. Obendrüber baumelte an einem rostigen Nagel O'Reillys eingerahmtes Diplom. Verstohlen warf Barry einen raschen Blick darauf: «Trinity College, Dublin, 1936». Vor dem Schreibpult standen ein Drehsessel und ein schlichter Holzstuhl.

«Platzen Sie sich.» O'Reilly ließ sich mit seiner ganzen Masse in den Drehsessel sinken.

Barry setzte sich ebenfalls, nahm seine Tasche auf den Schoß und schaute sich um. An einer Wand drängten sich eine Untersuchungsliege, ein Paravent und ein Instrumentenschrank. Ein verstaubtes Blutdruckmessgerät war fest an der Wand angebracht. Darüber hing ein wenig schief ein Plakat zur Bestimmung der Sehschärfe.

O'Reilly schob sich eine Halbbrille auf die schiefe Nase und betrachtete Barry. «Sie wollen also mein Assistent werden?»

Ja, ursprünglich war das Barrys Absicht gewesen, aber nach dem Rausschmiss von Seamus Galvin war er sich nicht mehr ganz sicher.

«Also, ich –»

«Klar wollen Sie das», meinte O'Reilly, indem er eine

Bruyèrepfeife aus seiner Jackentasche zog, ein Streichholz anzündete und es über den Pfeifenkopf hielt. «Einmalige Gelegenheit für einen jungen Mann.»

Barry fiel auf, dass er auf seinem Stuhl immer wieder nach vorn rutschte. Was er auch versuchte, dauernd musste er die Füße fest auf den Teppich stemmen und sein Hinterteil wieder nach hinten schieben.

O'Reilly hob den Zeigefinger. «Hier in Ballybucklebo zu praktizieren – das Befriedigendste auf der ganzen Welt. Wird Ihnen gefallen. Vielleicht ist sogar eine Teilhaberschaft für Sie drin. Aber erst mal müssen Sie natürlich eine Zeitlang tun, was ich Ihnen sage – bis Sie Bescheid wissen.»

Barry schob sich wieder auf dem Sitz nach hinten und traf blitzschnell eine Entscheidung. Vielleicht würde er tatsächlich hier arbeiten, falls er die Stelle bekam, aber er spürte – nein, er *wusste* –, dass Doktor O'Reilly ihn vollkommen unterbuttern würde, wenn er nicht sofort seine Eigenständigkeit deutlich machte.

«Heißt das, dass ich Patienten in die Rosenbüsche schmeißen muss?»

«Was?» Wieder war eine Andeutung von Blässe auf der Nase des Hünen zu sehen. Barry fragte sich, ob das wohl die Vorankündigung eines Wutausbruchs war.

«Ich habe gefragt: ‹Heißt das› –»

«Ich habe Sie schon beim ersten Mal verstanden, mein Junge. Jetzt hören Sie mal zu. Haben Sie irgendwelche Erfahrungen mit Patienten vom Land?»

«Nicht die –»

«Hab ich mir gedacht», unterbrach ihn O'Reilly und stieß eine Rauchwolke aus wie die Schornsteine der *Queen Mary*, als ihre Kessel explodierten. «Sie werden eine Menge zu lernen haben.»

Barry verspürte einen Krampf in der linken Wade. Er

schob sich auf dem Stuhl nach hinten. «Ich weiß, aber ich finde, ein Arzt sollte Patienten nicht vor die Tür –»

«Blödsinn.» O'Reilly stand auf. «Sie haben gesehen, wie ich Galvin in die Rosen gesetzt habe. Lehrsatz Nummer eins: Lass dir von deinen Patienten nie, nie, nie» – bei jedem «nie» pikte er Barry mit seinem Pfeifenstiel –, «*niemals* auf der Nase rumtanzen. Wenn man das nämlich einmal zulässt, machen sie einen fix und fertig.»

«Aber finden Sie nicht, einen Mann in den Garten zu schleudern ist ein bisschen –»

«Früher habe ich auch so gedacht. Bis ich Seamus Galvin kennenlernte. Wenn Sie die Stelle nehmen und diesen Drückeberger erst so gut durchschauen wie ich ...» O'Reilly schüttelte den Kopf.

Barry stand auf und massierte sich die linke Wade. Er wollte die Diskussion über Galvin gerade fortführen, da fing O'Reilly tief aus der Kehle heraus rumpelnd an zu lachen.

«Steifes Bein?»

«Ja. Irgendwas stimmt mit diesem Stuhl nicht.»

O'Reillys Gelächter wurde noch tiefer. «Doch, der ist in Ordnung. Ich habe ihn präpariert.»

«Präpariert?»

«Ja. Manche unserer Kranken hier in Ballybucklebo denken anscheinend, sobald sie hier reinspazieren, wäre es meine Aufgabe, mir endlos ihre Klagen anzuhören. Aber dafür hat ein Landarzt keine Zeit, und schon gar nicht, wenn er allein praktiziert.» Er schob sich die Brille höher auf die Nase. «Deswegen habe ich die Anzeige aufgegeben. Die Arbeit hier wächst mir einfach über den Kopf.» Der Arzt lachte nicht mehr. Er sah Barry mit seinen braunen Augen unverwandt an und sagte leise: «Nehmen Sie die Stelle, mein Junge. Ich brauche Hilfe.»

Barry zögerte. Wollte er wirklich für diesen raubeinigen Riesen von einem Mann arbeiten, der da mit der Pfeife im breiten Mund vor ihm saß? Er betrachtete O'Reillys gerötete Wangen, die Blumenkohlohren, die er sich im Boxring geholt haben musste, und den schwarzen Haarschopf, strubbelig wie ein schlecht aufgesetzter Heuhaufen, und beschloss, auf Zeit zu spielen. Erst einmal setzte er sich wieder hin. «Was haben Sie denn mit diesem Stuhl gemacht?»

O'Reilly verzog das Gesicht zu einem Grinsen, das man nur als dämonisch bezeichnen konnte. «Ich habe ihn in Ordnung gebracht. Hab die Vorderbeine einen Daumenbreit abgesägt.»

«Wie bitte?»

«Ich habe von den beiden vorderen Stuhlbeinen je einen Daumenbreit abgesägt. Nicht gerade bequem, *was*?»

«Nein.» Barry schob sich wieder nach hinten.

«Da halten Sie's nicht lange drauf aus, wie?»

Ich bin mir gar nicht sicher, ob ich es hier überhaupt lange aushalte, dachte Barry.

«Die Patienten auch nicht. Deshalb sind sie ruck, zuck wieder draußen.»

Wie konnte ein Arzt jemals verantwortungsbewusst eine Anamnese durchführen, wenn er in seiner Praxis wie am Fließband arbeitete?, fragte sich Barry. Laut sagte er, mit einem Blick zur Tür: «Ich weiß nicht, ob ich hier arbeiten möchte.»

O'Reillys Gelächter dröhnte durch den Raum. «Nehmen Sie sich bloß nicht so wichtig, mein Sohn.»

Barry spürte, wie unter seinem Kragen eine hitzige Röte aufstieg. «Doktor O'Reilly, ich –»

«Laverty, es gibt hier einige sehr kranke Menschen, die uns wirklich brauchen, wissen Sie.» O'Reilly war ernst geworden.

Überrascht stellte Barry fest, dass er sich freute, als er das «uns» hörte.

«Ich brauche Hilfe.»

«Also, ich –»

«Wunderbar.» O'Reilly steckte seine Pfeife wieder an, erhob sich und marschierte zur Tür. «Kommen Sie, jetzt haben Sie das Behandlungszimmer gesehen. Ich zeige Ihnen den Rest der Praxis.»

«Aber ich –»

«Lassen Sie Ihre Tasche hier. Die brauchen Sie morgen.» Damit verschwand O'Reilly im Flur und ließ Barry keine andere Wahl, als seine Tasche stehenzulassen und ihm zu folgen. Gegenüber konnte er ins Speisezimmer sehen, aber O'Reilly stürmte schon durch den Flur, an einer Treppe mit einem kunstvoll verzierten Mahagonigeländer vorbei. Dann blieb er stehen und riss eine Tür weit auf. Barry beeilte sich, ihn einzuholen.

«Das Wartezimmer.»

Barry schaute in einen großen Raum hinein, der mit einem scheußlichen Rosenmuster tapeziert war. Ringsherum an den Wänden waren weitere Holzstühle aufgereiht. Auf dem Tisch in der Mitte lag ein Haufen alter Zeitschriften.

O'Reilly deutete auf die Tür gegenüber. «Dort kommen die Patienten von draußen rein; wir holen sie der Reihe nach ins Sprechzimmer, behandeln sie und schicken sie durch die Haustür wieder raus.»

«Auf den Füßen, hoffe ich.» Barry beobachtete O'Reillys Nase. Keine Blässe.

Der massige Mann lachte leise. «Sie sind nicht auf den Kopf gefallen, was, Laverty?»

Barry behielt seine Meinung für sich, während O'Reilly fortfuhr: «Das ist ein gutes System ... hindert die Burschen daran, über ihre Diagnose zu palavern oder die gleiche Medizin zu verlangen wie der Vorgänger. Also» – er wandte sich der Treppe zu –, «kommen Sie weiter.»

Die Treppe führte zu einem breiten Flur hinauf, an dessen Wänden gerahmte Fotografien von einem Kriegsschiff hingen.

«Da ist die gute Stube.» O'Reilly deutete auf eine getäfelte Doppeltür.

Barry nickte, interessierte sich jedoch mehr für das Kriegsschiff. «Verzeihung, Doktor O'Reilly, ist das nicht die HMS *Warspite?*»

O'Reilly, den Fuß schon auf der ersten Stufe der nächsten Treppe, verharrte reglos.

«Woher wissen Sie das denn?»

«Mein Vater hat auf dem Schiff gedient.»

«Jesus, Maria und Joseph. Laverty? Sind Sie etwa ... bist du etwa der Sohn von Tom Laverty?»

«Ja.»

«Ich werd verrückt.»

Ich auch, dachte Barry. Sein Vater, der nur selten über seine Kriegserlebnisse sprach, hatte immer mal wieder einen gewissen Marinestabsarzt O'Reilly erwähnt, der Boxchampion der Mittelmeerflotte im Weltergewicht gewesen war – das erklärte also O'Reillys Blumenkohlohren und die schiefe Nase.

Nach Ansicht seines Vaters war O'Reilly der beste Sanitätsoffizier der gesamten Marine gewesen. Hatte er tatsächlich von diesem Mann gesprochen?

«Nicht möglich. Lavertys Sohn.» O'Reilly streckte die Hand aus. Dieses Mal war sein Händedruck fest, aber nicht schraubstockartig. «Du bist der Mann für den Job. Fünfunddreißig Pfund die Woche, jeden zweiten Samstag frei, Kost und Logis inbegriffen.»

«Fünfunddreißig Pfund?»
«Ich zeige dir dein Zimmer.»

. • .

«Und was möchtest du?» O'Reilly stand vor einer Anrichte mit Kristallkaraffen und ordentlich aufgereihten Gläsern.

«Einen kleinen Sherry, bitte.» Barry setzte sich in einen der großen Sessel. O'Reillys Wohnstube hier oben war behaglich eingerichtet. Drei Aquarelle von Milliken, auf denen Federwild zu sehen war, schmückten die Wand über dem großen Kamin. Zwei weitere Wände verschwanden hinter deckenhohen Bücherregalen. Platos *Politeia*, Caesars *De bello Gallico*, *Pu der Bär* und seine lateinische Fassung *Winnie ille Pu*, die gesammelten Werke von W. Somerset Maugham, Graham Greene, John Steinbeck und Ernest Hemingway sowie Leslie Charteris' Romane über den «Heiligen» Simon Templar – beim Überfliegen der Titel stellte Barry fest, dass O'Reillys Lesegeschmack universell war.

Seine Schallplattensammlung, die neben einem Grammophon der Marke Philips Black Box aufgestapelt war, schien genauso bunt zu sein. Beethovens Symphonien auf 33er-Langspielplatten mischten sich mit alten 78er-Platten von Bix Beiderbecke und Jelly Roll Morton, und dazwischen steckte die neueste LP der Beatles.

«Bitte schön.» O'Reilly reichte Barry ein Glas, ließ sich ebenfalls in einen Sessel fallen und packte seine Füße in den derben Stiefeln auf den Couchtisch. Dann hob er sein Glas, das als Löscheimer hätte dienen können, wäre es nicht bis zum Rand mit irischem Whiskey gefüllt gewesen. «Ich mache mir nicht so viel aus Sherry, aber jedem das Seine.»

«Ich hätte gedacht, dass es für Whiskey noch ein bisschen früh ist.»

«Früh?» O'Reilly trank einen Schluck. «Für einen anständigen Tropfen ist es nie zu früh.»

Mein Gott, dachte Barry, während er O'Reillys rote Bäckchen näher betrachtete, hoffentlich habe ich es nicht mit einem Säufer zu tun.

O'Reilly, der Barrys prüfenden Blick gar nicht bemerkte, nickte zu dem großen Fenster hinüber. «Guck mal.»

Barry schaute an dem moosbewachsenen, schiefen Kirchturm auf der anderen Straßenseite vorbei, über die Dächer der Häuser an Ballybucklebos Hauptstraße hinweg und weiter über die Sanddünen bis zum Ufer der Belfast Lough, der Bucht von Belfast, die kobaltblau und mit weißen Gischtkronen verziert im Hintergrund schimmerte. Diese Bucht trennte County Down von den Antrim Hills, die sich im fernen Dunst verschwommen vor dem kornblumenblauen Himmel abhoben.

«Herrgott», brummte O'Reilly, «das ist doch einfach nicht zu schlagen.»

«Es ist wunderschön, Herr Doktor O'Reilly.»

«Fingal, mein Junge. Ich wollte dir eben schon das Du anbieten. Also, ich heiße Fingal», sagte O'Reilly mit einem onkelhaften Lächeln, «nach Oscar.»

«Oscar, äh, Fingal?»

«Nein, nicht Oscar Fingal. Oscar Wilde.»

«Oscar Wilde Fingal?» Barry kam nicht mehr mit. Er entdeckte einen Anflug von Blässe auf O'Reillys Nase.

«Oscar ... Fingal ... O'Flahertie ... Wills ... Wilde.»

Fast hätte Barry gesagt, da fehle ja nur noch eine Melodie, dann könne man den Namen singen, aber er unterdrückte diesen Impuls.

«Du siehst verwirrt aus, mein Sohn.»

Verwirrt, verdutzt, verblüfft, ohne einen blassen Schimmer.

Der bleiche Fleck auf O'Reillys Nase verschwand wieder. «Ich bin nach ihm benannt. Nach Oscar Wilde.»

«Ach so.»

«Ja», sagte O'Reilly, «mein Vater war klassisch gebildet, und wenn du meinst, das hätte ein bisschen auf mich abgefärbt, dann solltest du erst meinen Bruder kennenlernen, Lars Porsena O'Reilly.»

«Was? Ist das nicht der Macauly-Experte?»

«Doch ja, ganz richtig. Er hat über Macaulys *Lays of Ancient Rome* geschrieben.» O'Reilly trank einen ordentlichen Schluck. «Wir Landärzte sind nicht alle Analphabeten.»

Barry spürte, wie ihm die Röte ins Gesicht stieg. Sein erster Eindruck von dem hünenhaften Mann, der sich da ihm gegenüber in seinem Sessel räkelte, war vielleicht doch nicht ganz richtig gewesen. Er senkte den Kopf und schlürfte seinen Sherry.

«Also, Laverty», sagte O'Reilly, indem er Barrys Unbehagen einfach ignorierte. «Wie steht's? Willst du die Stelle?»

Doch bevor Barry antworten konnte, bimmelte unten irgendwo eine Glocke.

«Schweinebande», brummte O'Reilly. «Wieder ein Patient. Komm mit.» Er erhob sich, und Barry folgte ihm.

O'Reilly öffnete die Haustür. Draußen stand Seamus Galvin. In jeder Hand hielt er einen lebenden Hummer. Mit einem «Guten Abend, Herr Doktor» streckte er O'Reilly die Tiere entgegen. «Ich habe meinen Fuß gewaschen, doch, das hab ich», fügte er hinzu.

«Ach, tatsächlich?», sagte O'Reilly streng und reichte die zappelnden Hummer an Barry weiter. «Dann komm mal wieder rein, damit ich mir dein Hinterbein ansehen kann.»

«Danke, Herr Doktor, vielen herzlichen Dank.» Galvin stutzte. «Und wer ist der junge Mann da?», fragte er dann.

Barry war so damit beschäftigt, den klappernden Scheren der Schalentiere auszuweichen, dass er beinahe O'Reillys Antwort verpasst hätte.

«Das ist Doktor Laverty. Mein neuer Assistent. Morgen zeige ich ihm, wie das hier bei uns läuft.»

3

Morning has broken

Barry erwachte vom Rasseln seines Weckers. In seiner Mansarde war gerade genug Platz für ein Bett, einen Nachttisch und einen Kleiderschrank. Gestern Abend hatte er noch ausgepackt, seine wenigen Kleidungsstücke untergebracht und seine Angelrute in die Ecke neben dem Giebelfenster gestellt.

Er stand auf, zog den Vorhang zurück und schaute aus dem Fenster, das offenbar auf O'Reillys Garten hinausging. Dann nahm er sein Waschzeug vom Nachttisch und begab sich ins Badezimmer. Beim Rasieren dachte er über die Ereignisse des vergangenen Abends nach. O'Reilly hatte Seamus Galvins Fußgelenk bandagiert, die Hummer in den Spülstein in der Küche gesetzt, Barry wieder mit nach oben in die Wohnstube genommen und ihnen beiden nachgeschenkt. Er hatte erklärt, dass sie im ersten Monat zusammenarbeiten würden, damit Barry die Patienten kennenlernen, Einblick in die Praxisführung bekommen und sich mit der Geographie von Ballybucklebo und der Gegend ringsherum vertraut machen konnte.

Der Abend war wie im Flug vergangen, und obwohl O'Reilly stetig seinem Old Bushmills Irish Whiskey zugesprochen hatte, war ihm keinerlei Wirkung anzumerken gewesen. Es war, als hätte er Wasser getrunken. Barry jedoch hatte nach zwei Sherrys eine gewisse Weichheit in den Knien und ein leicht wattiges Gefühl im Kopf verspürt. Er war dankbar gewesen, als O'Reilly ihm sein Quartier im Dachgeschoss gezeigt und ihm eine sehr gute Nacht gewünscht hatte.

Barry spülte sein Rasierzeug aus und blickte in den Spiegel. Nur eine Spur Rot in den Augen. Hatte der Sherry sein Denkvermögen so stark beeinträchtigt? Er erinnerte sich zwar nicht daran, tatsächlich die Stelle angenommen zu haben, aber wenn O'Reilly einmal etwas entschieden hatte, blieb geringeren Sterblichen wohl nichts anderes übrig, als mitzuspielen. Na, wenn schon. Er trocknete sich das Gesicht ab, ging in sein Dachkämmerchen zurück und zog sich an. Beste Hose, beste Schuhe, sauberes Hemd …

«Beeilung, Laverty. Wir können nicht den ganzen Tag vertrödeln», brüllte O'Reilly die Treppe hoch.

Barry ignorierte den Befehl. Schließlich wollte er in einer Arztpraxis arbeiten, nicht in der Marine, und je schneller Doktor Fingal Flahertie O'Reilly, ehemaliger Stabsarzt, begriff, dass Barry sich nicht wie ein Matrose herumkommandieren ließ, desto besser. Gelassen band er sich den Schlips von der Queen's University um, schlüpfte in sein Jackett und stieg die Treppe hinunter.

· • ·

«Essen Sie die paar Häppchen nur ganz auf, lieber Doktor Laverty.»

Barry blickte von seinem gemischten Grillteller – nach Ulster-Art mit Speck, Würstchen, gebratener Blutwurst, Spiegeleiern, Tomaten, Lammkoteletts und gebratenem Brot – auf und schaute in das strahlende Gesicht von Mrs Kincaid. Er sah silbernes Haar, das zu einem Knoten frisiert war, blanke, pechschwarze Augen und über dem Dreifachkinn zwischen rosaroten Wangen einen lächelnden Mund.

«Ich werde mein Bestes tun.»

«Das ist brav. Dies hier wird es oft zum Frühstück geben», erklärte sie, während sie O'Reilly seinen Teller hinstellte. «Er hier ist nämlich ein großer Freund von Gebratenem, ja.»

Barry erkannte den weichen, singenden Tonfall der Leute aus Cork.

«Ach komm, Kinky.» O'Reilly hob Messer und Gabel und machte sich mit sichtlichem Genuss über sein Frühstück her.

Mrs Kincaid verließ den Raum.

O'Reilly brummte etwas, mit dem Mund voller Blutwurst.

«Wie bitte?», fragte Barry.

Sein Gegenüber schluckte. «Ich habe vergessen, dich vor Kinky zu warnen. Sie ist eine starke Frau. Schon seit Jahren bei mir.»

«Ach ja?»

«Haushälterin, Köchin und Zerberus.»

«Sie bewacht das Tor zum Hades?»

«Wie der dreiköpfige Hund selbst. Die Patienten müssen ganz früh aufstehen, um an Kinky vorbeizukommen. Du wirst schon sehen. Aber jetzt hau rein. In einer Viertelstunde müssen wir in der Praxis sein.»

Das ließ Barry sich nicht zweimal sagen.

Mrs Kincaid kehrte zurück, diesmal mit einer Teekanne aus Belleek in der Hand. «Tee, Doktor Laverty?»

«Ja, danke.»

Sie schenkte Barry ein und huschte mit ihren knapp zwei Zentnern leichtfüßig zu O'Reilly hinüber, der gerade mit einem Stück gebratenen Brot den letzten Rest Ei von seinem Teller wischte. Mrs Kincaid goss ihm Tee ein und reichte ihm ein Blatt Papier.

«Das sind Ihre Hausbesuche für heute Nachmittag», erklärte sie. «Maggie wollte auch, dass Sie vorbeikommen, aber ich habe ihr gesagt, sie sollte sich in die Praxis bemühen.»

«Maggie MacCorkle?» O'Reilly seufzte und betupfte einen Eigelbfleck auf seinem Schlips. «Ja, gut. Danke, Kinky.»

«Besser, Maggie kommt her, als dass Sie die zehn Meilen zu ihrem Häuschen rausfahren.» Mrs Kincaid legte den Kopf schräg und musterte O'Reillys verschmierten Schlips. «Und ziehen Sie das schmuddelige Ding da aus, ich wasche es Ihnen, ja?»

Zu Barrys Überraschung löste O'Reilly kleinlaut den Knoten und reichte seiner Haushälterin den Schlips. Sie rümpfte die Nase, drehte sich um und bemerkte im Hinausgehen: «Aber vergessen Sie nicht, einen sauberen anzuziehen.»

O'Reilly trank seinen Tee aus und erhob sich. «Bin in fünf Minuten wieder hier. Dann geht die Plackerei los.»

• • •

«Mein Gott», wisperte O'Reilly, «willst du mal gucken? Wir bräuchten fünf Brote und zwei kleine Fische, um diese Massen zu speisen.»

Barry bezweifelte keinen Augenblick, dass O'Reilly mit größtem Vergnügen in die Rolle des göttlichen Wundertäters geschlüpft wäre. Er reckte den Hals, um an der massigen Gestalt des Arztes vorbei durch den Türspalt einen Blick ins Wartezimmer zu werfen. Drinnen gab es tatsächlich nur noch Stehplätze. Um Himmels willen, wie wollte O'Reilly bis zum Mittag so viele Patienten behandeln?

Der Doktor riss die Tür weit auf.

«Morgen.»

«Morgen, Doktor O'Reilly», erscholl es im Chor aus dem Wartezimmer.

«Ich möchte euch allen Doktor Laverty vorstellen», erklärte O'Reilly, indem er Barry einen Schubs gab. «Er ist mein neuer Assistent.»

Mit einem schwachen Lächeln begrüßte Barry die Menge fragender Gesichter.

«Herr Doktor Laverty ist von der Queen's University nach Ballybucklebo gekommen, um mir zur Hand zu gehen.»

«Er sieht ja doch furchtbar jung aus», brummelte jemand.

«Das ist er auch, James Guiggan. Er ist der jüngste Arzt, der jemals den ersten Preis für seine Leistungen an der Universität erhalten hat.»

Barry versuchte einzuwenden, dass es einen derartigen Preis gar nicht gab, aber sein gemurmelter Protest wurde von einem Chor aus Oohs und Aahs übertönt. Er spürte, wie O'Reilly ihn am Arm packte, und hörte ihn flüstern: «Denk an den Lehrsatz Nummer eins.»

Lass dir von den Patienten niemals auf der Nase herumtanzen, klang es in Barrys Kopf nach, während O'Reilly sagte: «Gut. Wer braucht eine Aufbauspritze?»

Mehrere Patienten erhoben sich.

«... fünf, sechs», zählte O'Reilly. «Euch nehme ich zuerst dran. Wartet noch eben.» Er drehte sich um und ging ins Sprechzimmer. Barry folgte ihm.

Staunend beobachtete er, wie O'Reilly sechs Spritzen nahm, sie erst mit einer rosa Flüssigkeit füllte und dann in einer Reihe auf einem Handtuch platzierte, das ausgebreitet auf einem kleinen Rollwagen lag.

«Was ist das?», fragte Barry.

O'Reilly grinste. «Vitamin B12.»

«B12? Aber das ist doch kein –»

«Herrje, ich weiß selbst, dass das kein Aufbaupräparat ist. Und du weißt das auch, Barry, aber» – sein Grinsen wurde noch breiter – «die da draußen wissen es nicht. Und jetzt geh und hol die Meute her.»

«Alle gleichzeitig?»

«Alle sechs.»

Barry ging zum Wartezimmer. Himmel nochmal, das hier war wohl kaum die Medizin, die er gelernt hatte. Er wich den forschenden Blicken aus, die ihn verfolgten, und sagte: «Würden diejenigen, die ein Aufbaupräparat wünschen, mir bitte folgen?»

Lammfromm und schweigend zogen die sechs Opfer hinter ihm her.

Die kleine Prozession stapfte ins Behandlungszimmer, wo O'Reilly am Rollwagen wartete.

«Stellt euch an die Liege.»

Drei Männer und drei Frauen drehten sich gehorsam zur Untersuchungsliege.

«Bückt euch.»

Die sechs präsentierten ihre behosten und baumwollberockten Hinterteile.

Mit offenem Mund sah Barry zu, wie O'Reilly seinen Rollwagen an den Anfang der Reihe schob. Dort blieb er stehen, nahm die erste Spritze in die eine Hand und einen nach Methylalkohol riechenden Wattebausch in die andere. Er betupfte den Kattunstoff über dem ersten Hintern mit der Watte. «Lister'sche Antiseptik», summte er vor sich hin, während er die Nadel einstach.

«Autsch!», jammerte die hagere Frau.

In rascher Folge wurde diese Prozedur bei jedem der Aufgereihten wiederholt – Tupfen, Einstich, «Autsch», Tupfen, Einstich, «Autsch» –, bis O'Reilly vor der letzten Patientin stand, einer Frau mit beachtlichem Leibesumfang. Er tupfte, doch als er zustach, flog die Spritze, wie von einem Katapult abgeschossen, durch den Raum und bohrte sich in die Wand, wo sie wie ein gekonnt geworfener Dart-Pfeil noch einen Augenblick nachzitterte.

Während O'Reilly kopfschüttelnd eine weitere Spritze aufzog, brummte er: «Herrgott, Cissie, wie oft soll ich dir noch sagen, dass du dein Korsett nicht anziehen darfst, wenn du deine Spritze kriegst?»

«Tut mir leid, Doktor, ich hab's verg... autsch!»

«Gut», sagte O'Reilly, «raus mit euch. Wenn das Zeug anfängt zu wirken, werdet ihr alle wie junge Fohlen rumspringen.»

«Danke, Herr Doktor», sagten die sechs Patienten einstimmig. Im Gänsemarsch begaben sie sich auf den Flur hinaus, um das Haus dann durch die Vordertür zu verlassen.

O'Reilly zog die Pfeilspritze aus der Wand und legte sie zu den anderen. Dann wandte er sich Barry zu: «Jetzt guck mich nicht so missbilligend an, mein Junge. Es schadet niemandem. Aber die Hälfte von ihnen wird sich gleich kräftiger fühlen. Ich weiß wohl, dass es bloß ein Placebo ist, aber schließlich sollen wir doch dafür sorgen, dass es unseren Patienten bessergeht.»

«Ja, Doktor O'Reilly.» An dem, was der Alte da sagte, war etwas Wahres dran, und trotzdem ... Barry zuckte die Achseln. Im Moment behielt er seine Gedanken lieber für sich.

«Und jetzt», sagte O'Reilly, indem er sich in seinem Drehsessel niederließ und die Brille mit den Halbgläsern aufsetzte, «sei so gut, lauf rüber und rufe: ‹Nächster, bitte.›»

• • •

Den Vormittag verbrachte Barry damit, zwischen Wartezimmer und Behandlungsraum hin und her zu flitzen und sich zwischendurch auf die Untersuchungsliege zu setzen, zu warten und zuzuschauen, wie O'Reilly behandelte, eine schier endlose Kette von Männern mit schmerzenden Rücken und Frauen und Kindern mit Husten, Schnupfen und Ohrenschmerzen – den unzähligen kleinen Wehwehchen eben, die das Erbe des Menschen sind. Gelegentlich fragte O'Reilly Barry um seine Meinung, wobei er, zumindest vor den Patienten, seine Ratschläge jedes Mal mit großem Ernst zur Kenntnis nahm.

Barry fiel auf, dass O'Reilly alle Patienten mit Namen kannte und nur selten eine Patientenkarte zurate zog, dafür aber ein enzyklopädisches Wissen über die Krankengeschichte jedes einzelnen Hilfesuchenden besaß.

Endlich. Das Wartezimmer war leer.

O'Reilly fläzte sich in seinen Drehsessel, und Barry kehrte auf den ihm mittlerweile vertrauten Platz auf der Liege zurück.

«Also», fragte O'Reilly, «was meinst du?»

«Dass du Patienten durch die Kleidung hindurch spritzt, gefällt mir nicht, und außerdem habe ich an der Universität keinen Preis bekommen.» Barry warf einen Blick auf O'Reillys Nasenspitze. Keine Blässe.

Stattdessen zog der Doktor seine Pfeife hervor und steckte sie an. «Du hast noch viel zu lernen, Laverty. Die Leute hier sind ein ziemlich konservatives Völkchen. Du bist ein junger Bursche. Warum sollten sie dir vertrauen?»

Barry richtete sich auf. «Weil ich Arzt bin.»

O'Reilly brach in schallendes Gelächter aus. «Das wirst du schon noch sehen. Hier zählt nicht, wie man sich nennt, Herr Doktor Laverty, sondern, was man tut. Ich habe dir bloß zu einem guten Start verholfen.»

«Vermutlich hattest du jedes Mal mein Wohl im Hinterkopf, wenn du mich um Rat gefragt hast?»

O'Reilly sah Barry über seine halben Brillengläser hinweg an, ohne etwas zu sagen.

Es klopfte.

«Schaust du bitte mal nach, wer das ist?»

Mit steifen Schritten ging Barry zur Tür. Ein guter Start, dachte er. War er denn nicht hervorragend ausgebildet?

Als er die Tür öffnete, stand eine Frau um die sechzig vor ihm. Ihr Gesicht war wettergegerbt, und auf ihrer Oberlippe spross ein hübsches braunes Bärtchen. Ihre Nase bog sich nach unten und ihr Kinn nach oben, wie beim Kasper im Kasperletheater, und als sie lächelte, sah Barry, dass sie zahnlos wie eine Auster war. Ihre ebenholzschwarzen Äuglein funkelten.

Sie trug einen Strohhut, in dessen Band zwei verwelkte Geranienstängel steckten. Ihr Rumpf war unter mehreren Schichten verschiedenfarbiger Wollpullover verborgen, und unter dem Saum ihres rostroten, knöchellangen Rockes schaute ein Paar Gummistiefelspitzen hervor.

«Ist er da?»

Barry spürte etwas an seiner Schulter.

«Maggie», hörte er O'Reilly sagen, «Maggie MacCorkle. Komm rein.»

Barry fiel ein, dass Mrs Kincaid diesen Namen beim Frühstück erwähnt hatte. Die Frau drängte sich an ihm vorbei. O'Reilly geleitete sie zum Patientenstuhl und setzte sich dann auf die Untersuchungsliege.

«Das ist mein Assistent, Doktor Laverty. Ich möchte gerne, dass er dich heute behandelt, Maggie. Es geht doch nichts über eine zweite Meinung.»

Verdutzt starrte Barry seinen Chef an, nickte dann aber und begab sich zum Drehsessel.

«Guten Morgen, Mrs MacCorkle.»

Mit einem Schniefen strich die Angesprochene ihren Rock glatt. «Miss MacCorkle, wenn ich bitten darf.»

Barry warf einen Blick zu O'Reilly hinüber, der mit verschränkten Armen auf der Liege saß. Sein Gesicht war ausdruckslos.

«Entschuldigung. Miss MacCorkle. Und was fehlt Ihnen?»

Nun schaute sie zu O'Reilly hinüber, bevor sie erklärte: «Die Kopfschmerzen.»

«Aha. Wann haben sie angefangen?»

«Gütiger Jesus, sie waren schon immer akut, aber gestern Abend sind sie chronisch geworden, jawohl. Es war zum Verzweifeln.» Sie beugte sich vor und sagte mit großem Ernst: «Fast hätte ich die Krätze gekriegt.»

Barry verkniff sich ein Schmunzeln. «Ich verstehe. Und wo genau spüren Sie die Schmerzen?» Er hielt sich an das klassische Anamneseschema wie ein kleiner Beamter an seine Vorschriften.

«Hier», flüsterte Miss MacCorkle verschwörerisch, indem sie eine Hand über ihren blumengeschmückten Hut hielt.

Barry fuhr zurück. Kein Wunder, dass O'Reilly gestöhnt hatte, als Mrs Kincaid Maggies Kommen angekündigt hatte. Er fragte sich, wo hier in der Praxis wohl die Formulare aufbewahrt wurden, auf denen man Patienten für geisteskrank erklärte.

«Über Ihrem Kopf?»

«Ja, ja. Gute zwei Zoll.»

«Verstehe.» Barry legte die Fingerspitzen zusammen. «Und haben Sie in letzter Zeit Stimmen gehört?»

Sie erstarrte. «Wie meinen Sie das?»

«Na ja, ich …» Hilflos blickte er zu O'Reilly hinüber, der von der Liege herunterrutschte.

«Doktor Laverty meint, ob du ein Klingeln in den Ohren hast, Maggie.»

«Klingeling oder rrrrrr?», erkundigte Maggie sich bei O'Reilly, während sie sich auf der schrägen Sitzfläche nach hinten schob.

«Sag du's mir», forderte der Arzt sie auf.

«Klingeling, lieber Doktor.»

Über seine halbe Brille hinweg lächelte O'Reilly ihr zu.

Offenbar ermutigt, fuhr sie fort: «Ja, klingeling geht das. Klingelingeling.»

Eine treffende Beschreibung für die Frau selbst, dachte Barry.

«Mmm», meinte O'Reilly mit weiser Miene. «Mmm. Klingeling und zwei Zoll oberhalb. Und sind die Schmerzen in der Mitte oder auf einer Seite?»

«Nach links rüber, jawohl.»

«So was nennen wir ‹exzentrisch›, Maggie.»

So würde ich euch alle beide bezeichnen, dachte Barry.

«Eckzentrisch? Ach, du liebes Kind. Ist das womöglich was Schlimmes, Herr Doktor?»

«Nein, gar nicht.» O'Reilly legte ihr beruhigend die Hand auf die Schulter. «Wir kriegen dich in null Komma nichts wieder hin.»

Erleichtert ließ Maggie MacCorkle die Schultern sinken. Sie lächelte zu ihrem Arzt empor. Als sie sich jedoch zu Barry umdrehte, war ihr Blick so eisig wie der Wind, der im Winter über die Bucht fegt.

O'Reilly griff an Barry vorbei nach einer Plastikdose mit Vitamintabletten, die auf dem Schreibpult stand. «Die hier machen dich wieder gesund.»

Maggie stand auf und nahm die Tabletten entgegen.

O'Reilly schob sie sanft zur Tür. «Das sind ganz besondere Pillen, Maggie.»

Sie nickte.

«Du musst sie genau so nehmen, wie ich es dir sage.»

«Ja, Herr Doktor. Und wie wäre das?»

O'Reilly hielt ihr die Tür auf.

«Eine halbe Stunde –» Die nächsten Worte gab er mit feierlichem Ernst von sich: «Genau eine halbe Stunde bevor deine Schmerzen anfangen.»

«Ach, danke schön, lieber Doktor.» Sie schenkte ihm ein strahlendes Lächeln und machte einen kleinen Knicks dazu. Dann drehte sie sich um und sah Barry an, sprach dabei aber weiter mit O'Reilly. Maggies Abschiedsworte schmerzten Barry wie ein Wespenstich. «Aber wissen Sie», sagte sie, «dieser junge Laverty, der hat noch viel zu lernen.»

4
Schweinsgalopp

❋

Barry lehnte sich auf seinem Stuhl im Speisezimmer zurück und schob den Teller fort. Auch wenn O'Reillys ärztliche Kunst zu wünschen übrigließ, dachte er und rülpste leise, war er bereit, dem Mann seine eigentümlichen Gepflogenheiten nachzusehen, solange nur Mrs Kincaids Kochkunst auf ihrem derzeitigen Niveau blieb.

«Hausbesuche», sagte O'Reilly, der Barry gegenübersaß und gerade ein Blatt Papier studierte. «Alle, die zu krank sind, um in die Praxis zu kommen, rufen Kinky morgens an, und sie gibt mir dann die Liste.»

«Die von heute Morgen?»

«Ja, und Kinky sagt mir auch, wer im Laufe des Vormittags noch angerufen hat.» O'Reilly faltete das Blatt zusammen und steckte es in die Tasche seines Tweedjacketts. «Heute haben wir Glück – nur ein Besuch. Bei den Kennedys.» Er stand auf. «Dann wollen wir mal. Heute Abend gibt es ein Rugbyspiel im Fernsehen. Ich möchte rechtzeitig zum Anstoß wieder hier sein.»

Barry folgte ihm über den Flur in die Küche, wo Mrs Kincaid, die Arme bis zu den Ellbogen in ein Becken mit Seifenwasser getaucht, sie lächelnd begrüßte. «Möchten Sie die Hummer zum Abendessen, lieber Doktor?»

«Das wäre wunderbar, Kinky.»

Barry lief das Wasser im Mund zusammen.

«Ach, haben Sie heute nicht Ihren Abend im Landfrauenverein?», fragte O'Reilly.

«Doch, ja.»

«Dann essen wir die Hummer kalt. Stellen Sie sie in die Küche, mit ein bisschen Salat dazu, und machen Sie früh Schluss.»

O'Reilly stürmte los, überhörte Mrs Kincaids Dankeschön, öffnete die Tür, die aus der Küche ins Freie führte, und bedeutete Barry, ihm zu folgen.

Draußen fand Barry sich in dem großen, eingezäunten Garten wieder, den er aus seinem Fenster gesehen hatte. An der Hecke zur Linken lag ein Gemüsebeet. Einige Apfelbäume neigten sich unter der Last ihrer Früchte über den gepflegten Rasen – Barry erkannte einen Cox Orange und einen Golden Delicious. Auf der anderen Seite des Rasens streckte eine hohe Kastanie ihre Äste über den Zaun und beschattete eine Hundehütte.

«Arthur!», rief O'Reilly. «Arthur Guinness!»

Ein riesiger schwarzer Labrador kam aus der Hütte geschossen, fegte über den Rasen und sprang unter heftigem Schwanzwedeln an O'Reilly hoch.

«Bist ein braver Kerl, ja.» O'Reilly tätschelte dem Hund die Flanke. «Ich habe ihn Arthur Guinness genannt, weil er Ire ist und schwarz und noch dazu Bärenkräfte hat, genau wie unser Starkbier.»

«Rawuff», bellte Arthur.

«Arthur Guinness, ich möchte dir Doktor Laverty vorstellen.»

«Raff», machte Arthur und übertrug seine Gunstbezeugungen unverzüglich auf Barry, der sich verzweifelt bemühte, das Tier wegzuschieben. «Rawaff.»

«Arthur Guinness ist der beste Jagdhund in ganz Ulster.»

«Sie sind Jäger, Doktor O'Reilly?»

«Fingal, mein Junge, nenn mich doch bitte Fingal. Ja. Arthur und ich gehen gern mal einen Tag auf Entenjagd, was, Arthur?»

«Rawaff», bellte Arthur, schlang seine Vorderbeine um Barrys Oberschenkel und fing an, mit gekrümmtem Rücken zuzustoßen, als wäre er eine verrückt gewordene Pfahlramme. Mach nur weiter so, Hund, dachte Barry, während er vergeblich versuchte, den liebestollen Labrador in Schach zu halten. Mach weiter so, und dein nächster Wurf wird eine Kreuzung aus Labrador und Kordhose. «Platz, Arthur.» Doch diese Worte hätte er sich sparen können, denn Arthur Guinness verdoppelte seine Bemühungen nur.

«Ab mit dir», sagte O'Reilly, indem er auf die Hütte zeigte. «Marsch nach Hause.»

Mit einem letzten Stoß verabschiedete sich der Hund, gab Barrys Bein frei und zog in Richtung seines Domizils ab.

«Anhängliches Tier», knurrte Barry und versuchte erfolglos, den Schmutz von seiner besten Hose abzuwischen.

«Ja, wenn er einen mag», erklärte O'Reilly im Weitergehen. «Und dich hat er offensichtlich gleich ins Herz geschlossen.»

«Da wäre ich nie drauf gekommen.» Barry nahm sich vor, den Garten in Zukunft zu meiden.

«Die Garage ist draußen», sagte O'Reilly und öffnete die hintere Pforte. Über einen Fahrweg gelangten sie zu einem verfallenen Schuppen. Als O'Reilly das Schwingtor aufschob, sah Barry einen schwarzen Rover mit langer Haube, einen Autotyp, der seit mindestens fünfzehn Jahren nicht mehr gebaut wurde.

O'Reilly stieg ein und startete den Motor, der unter

Donnergrollen und Fehlzündungen schließlich ansprang. Nachdem Barry auf den Beifahrersitz geklettert war, legte O'Reilly den ersten Gang ein und fuhr langsam auf den Weg hinaus. Barry blieb die Luft weg, so sehr stank es im Wagen nach feuchtem Hund und Tabakrauch. Er kurbelte sein Fenster herunter.

Sie bogen nach links in die Straße ein und fuhren an O'Reillys Haus vorbei, an der Kirche mit dem schiefen Turm und weiter durch die Hauptstraße von Ballybucklebo. Barry sah sich um. Reihen von weißgetünchten, einstöckigen Häuschen, mit Stroh oder Schindeln gedeckt, säumten den Weg. Die Ampel an der Kreuzung zeigte Rot, und O'Reilly bremste. An der Ecke gegenüber stand, leicht nach links geneigt, ein großer Maibaum.

«Zu *Beltane* ist hier viel los – das ist das alte keltische Maifest.» O'Reilly deutete auf den spiralig bemalten hohen Pfahl, dessen Farbe schon abblätterte. «Maifeuer, Tanz, Jagd nach schönen Jungfrauen ... wenn man noch welche findet. Die Leute hier sind nicht viel anders als ihre heidnischen Vorfahren, wenn sie ein rauschendes Fest feiern können.» Er ließ den Motor aufheulen und deutete nach rechts. «Und wenn man da entlangfährt, kommt man an die Küste. Links geht es in die Ballybucklebo Hills.»

Barry nickte.

Das gelbe Licht der Ampel leuchtete auf. O'Reilly ließ die Kupplung kommen und brauste los. «Gelb ist nur für die Touristen», bemerkte er. Dem Trecker, der von rechts gekommen war und jetzt mit schleuderndem Anhänger auf der Kreuzung zum Stehen kam, schenkte er keine Beachtung. «Ich muss rechtzeitig zum Spiel wieder zu Hause sein. Und das hier ist» – er machte eine vage Handbewegung – «das pulsierende Herz von Ballybucklebo.»

Die Häuser waren jetzt zweistöckig. Gemüseläden, Metzger, Zeitungshändler und ein größeres Gebäude, vor dem ein Schild mit einem schwarzen Schwan hing: *The Black Swan*. Barry bemerkte eine vertraute Gestalt, die mit frisch einbandagiertem linkem Fußgelenk auf den Eingang zuhumpelte.

«Galvin», brummte O'Reilly, «der würde die ganze Bucht leer saufen, wenn Guinness drin wäre.»

Barry drehte sich um und sah Galvin nach, der im Schwarzen Schwan verschwand.

«Aber er soll uns egal sein.» Knirschend schaltete O'Reilly in den nächsten Gang. «Ich will dir die Gegend zeigen. Also, diese Straße hier führt nach Belfast, oder wenn du mal einen Blick nach Steuerbord wirfst ... Siehst du? Man kann auch mit dem Zug fahren.»

Barry wandte sich nach rechts. Von einer Diesellok gezogen, bewegte sich langsam ein Zug auf einem Bahndamm entlang. Interessant, dachte er. Vielleicht würde er das an seinem freien Tag wirklich einmal tun. Es war billiger, als mit dem Auto zu fahren, und er wollte gerne einen seiner Freunde von der Universität besuchen, weil ...

Er wurde nach vorn geschleudert. «Verdammte Kuh!», knurrte O'Reilly, der eine Vollbremsung gemacht hatte.

Mitten auf der Straße trottete ein schwarzweißes Rind. Seine sanftmütigen Augen waren ein Ausdruck völliger Leere. Sorgsam und bedächtig käute es wieder.

O'Reilly kurbelte sein Fenster herunter. «Husch, husch, Kuh. Husch, husch!»

Das Tier senkte den Kopf und stieß ein schwermütiges Muhen aus, bewegte sich aber keinen Schritt zur Seite.

Barry lehnte sich zurück. Wann würde O'Reillys Sicherung, die sich bereits als recht schwach erwiesen hatte, durchbrennen? Der Landarzt stieg aus, schlug die Fahrertür zu und baute sich vor der Kuh auf. «Hör mal, du Rindvieh, ich hab's eilig.»

«Muh», erwiderte die Kuh.

«Na gut», sagte O'Reilly. Mit einer Hand packte er ein Horn und zog. Zu Barrys Erstaunen machte das Tier zwei Schritte vorwärts, offenbar vermochte es der Kraft, die auf seinen Kopf einwirkte, nicht zu widerstehen. «Und jetzt zieh Leine», brüllte O'Reilly.

Die Kuh wedelte mit den Ohren, senkte den Kopf und machte erschrocken einen Satz an den Straßenrand. O'Reilly stieg wieder ein und fuhr mit quietschenden Reifen los. «Mein Gott», seufzte er, «Tiere ... Sie gehören zu den Freuden einer Landarztpraxis. Man muss bloß wissen, mit ihnen umzugehen.»

«Sicher», sagte Barry. Und dabei ahnte er nicht, wie bald Doktor O'Reillys Worte sich bewahrheiten sollten.

• • •

Mit einem Stöhnen schaltete O'Reilly einen Gang runter. Barry hörte den Motor brummen und dann aufheulen, als die Hinterreifen sich drehten – und durchdrehten.

«Mist», schimpfte O'Reilly. «Jetzt müssen wir laufen.» Er griff hinter sich und nahm seine schwarze Tasche und ein Paar Gummistiefel vom Rücksitz. «Los.»

Als Barry ausstieg, versank er bis zu den Knöcheln im Morast. Er zog seine Füße nacheinander aus dem Schlamm und rettete sich mit quatschenden Schritten auf den grasbewachsenen Wegrand. Verfluchter Mist! Jetzt waren seine Schuhe noch dreckiger als seine besten Hosen, auf denen die Spuren von Arthur Guinness' Liebesbekundungen langsam trockneten. Wie viel es wohl kosten würde, die Hose reinigen zu lassen?

Am Ende des ausgefahrenen Weges stand ein Farmhaus. «Wollen wir da hin, Fingal?»

«Ja, da wohnen die Kennedys.»

«Gibt es noch einen anderen Weg? Meine Schuhe ...»

«Du musst immer Gummistiefel dabeihaben.» O'Reilly deutete auf seine eigene Fußbekleidung. «Kümmere dich nicht um deine Schuhe.»

«Aber diese Schuhe kosten –»

«Allmächtiger Gott! Also gut, dann gehen wir eben quer über die Wiese.» Barry nahm einen Anflug von Blässe auf O'Reillys Nasenspitze wahr. «Etwas Beeilung bitte. In einer halben Stunde fängt das Spiel an.» Mit seiner Arzttasche in der Hand öffnete O'Reilly ein rostiges Gatter in der Schlehdornhecke und marschierte los. «Mach das Tor hinter dir zu», rief er Barry über die Schulter zu.

Mit einiger Mühe gelang es Barry, das Gatter wieder zuzuziehen, wobei er sich die Hand an der Drahtschlinge aufriss, die über den Torpfosten geschoben werden musste. Er saugte an seiner blutenden Hand und schaute auf seine ruinierten Schuhe hinunter – sein einziges gutes Paar. «Kommst du heute noch?», brüllte O'Reilly.

«Ach, leck mich», murmelte Barry, während er O'Reilly folgte. Das kniehohe Gras war dicht und üppig, voll fedriger Samenstände. Und feucht, ausnehmend feucht. Während Barry sich zielstrebig voranarbeitete, wurde ihm bewusst, dass die Grassamen an seinen Hosenbeinen kleben blieben, und gleich darauf spürte er, wie seine Schienbeine feucht wurden. Na gut, dachte er, wenigstens würde die Nässe ein bisschen von dem Schmutz abwaschen.

«Warum kommst du denn nicht?»

«Doktor O'Reilly – äh, Fingal», begann Barry, der sich auf keinen Fall einschüchtern lassen wollte, «ich komme so schnell, wie ich kann.»

«M-hm.»

«Aber meine Schuhe und meine Hose sind hin.»

«Was weißt du über Schweine?», fragte O'Reilly unbeeindruckt.

«Mir ist nicht klar, was Schweine mit meiner Kleidung zu tun haben.»

«Wie du meinst, aber da kommt eins.» O'Reilly beschleunigte sein Tempo.

Barry zögerte. Etwas Rosafarbenes, das die Ausmaße eines kleinen Nilpferdes hatte, bewegte sich auf sie zu. Es hatte den gleichen schaukelnden Gang wie die afrikanischen Flussbewohner, aber da Barry annahm, dass diese Tierart in der Gegend um Ballybucklebo eher selten vorkam, musste das fragliche Lebewesen ein Schwein sein. Inzwischen war es deutlich näher gekommen, und Barry sah, dass seine Augen rot und eindeutig feindselig funkelten. Er rannte hinter O'Reilly her und holte ihn mitten auf der Wiese ein.

«Es ist wirklich ein Schwein.»

«Wie schön.» O'Reilly vergrößerte seine Schritte. «Ich habe irgendwo gelesen, dass Hauseber ziemlich bösartig werden können.»

«Bösartig?»

«Genau. Verdammt kräftige Zähne», stieß O'Reilly schwer atmend hervor. Er verfiel in einen schnellen Trab, sodass der Abstand zwischen ihnen rasch wieder größer wurde.

Obwohl Barry wusste, dass ein Blick nach hinten schon manch eine olympische Hoffnung die Goldmedaille gekostet hatte, riskierte er es, sich umzudrehen. Das Ungeheuer holte auf, und falls es die Absicht hatte, seine «verdammt kräftigen Zähne» einzusetzen, konnte man vernünftigerweise annehmen, dass derjenige ihm zum Opfer fallen würde, den es als Ersten erjagte. Er sprintete los. Zehn Meter vor der rettenden Hecke preschte er an seinem ermattenden Chef vorbei. Die Extraportion von Mrs Kincaids

Steak-and-kidney-pudding bremst O'Reilly anscheinend, dachte Barry, während er über das niedrige Gatter sprang.

Um ein Haar hätte er einen grinsenden kleinen Mann mit einer flachen Schirmmütze umgerannt, der im Hof stand. Doch bevor Barry zu einer Erklärung ansetzen konnte, wurde die nachmittägliche Stille durch ein wüstes Krachen und Reißen gestört, und er sah O'Reilly durch die Schlehdornhecke brechen.

Nachdem er zum Stehen gekommen war, untersuchte O'Reilly die Risse in seinem Tweedanzug und bemühte sich, seinen keuchenden Atem unter Kontrolle zu bringen. Dann wankte er zu dem Fremden mit der Tweedkappe hinüber, der, wie Barry auffiel, fürchterlich schielte, dabei aber herzlich lachte.

Obwohl O'Reillys Wangen scharlachrot leuchteten und trotz der Anstrengung, die er hinter sich hatte, glänzte seine Nasenspitze weiß wie Alabaster.

«Dermot Kennedy», brüllte er, «was ist denn hier so lustig?»

Keine Antwort. Mr Kennedy krümmte sich, hielt sich den Bauch und kriegte vor Lachen kaum noch Luft. «Heiliger Strohsack, war das ein Anblick!»

«Dermot Kennedy.» O'Reilly richtete sich zu seiner vollen Größe von eins fünfundachtzig auf. «Du bist eine Gefahr für die zivilisierte Menschheit. Wie um Gottes willen kannst du einen menschenfressenden Eber frei auf deiner Wiese herumlaufen lassen?»

Mr Kennedy richtete sich auf, zog ein Schnupftuch aus der Hosentasche und wischte sich damit die Augen.

«Ich warte auf eine Erklärung», brüllte O'Reilly.

Der Farmer steckte sein Taschentuch wieder ein. «Das ist doch kein Eber, lieber Doktor. Das ist Gertrude, Jeannies zahme Sau. Sie wollte nur die Schnauze gekrault haben.»

«Oh», sagte O'Reilly.

«Ja, richtig», meinte Barry, der nach O'Reillys Anpfiff, dass er zu langsam sei, immer noch gekränkt war. «‹Tiere gehören› – bitte korrigieren Sie mich, Doktor O'Reilly, wenn ich Sie falsch zitiere – ‹zu den Freuden einer Landarztpraxis. Man muss bloß wissen, mit ihnen umzugehen.›»

«Sicher», sagte Mr Kennedy, der jetzt gar nicht mehr lachte, «aber eigentlich ist dafür der Farmer zuständig. Der Arzt kümmert sich um die Kranken, und» – er zögerte und blickte auf seine Stiefelspitzen hinunter – «es tut mir sehr leid, dass ich Sie hier herausbemüht habe, wirklich, aber ich mache mir solche Sorgen um unsere Jeannie. Würden Sie bitte mit ins Haus kommen und einmal kurz nach ihr schauen?»

5

Eile mit *Weile*

Barry folgte Mr Kennedy und Doktor O'Reilly zu dem weißgetünchten, mit Stroh gedeckten Farmhaus. Den Moosflecken nach zu urteilen, war das Dach seit vielen Jahren nicht mehr erneuert worden. Aus dem Schornstein stieg Rauch auf, und Barry nahm den beißenden Geruch von brennendem Torf wahr. Schwarze Läden rahmten die Fenster ein.

«Wie macht sich denn die Gerste dies Jahr, Dermot?», fragte O'Reilly, der sich offenbar wieder beruhigt hatte.

«Die Gerste steht ganz wunderbar, Herr Doktor. Und ich habe immer noch den Vertrag mit der Bushmills-Brennerei.» Das, dachte Barry, freute den Whiskeyfreund O'Reilly bestimmt.

Auf der anderen Seite des Hofplatzes stand eine nach vorne offene Scheune, die aus grauen Betonblöcken errichtet war. An einer Wand waren Heuballen gestapelt, und unter dem Wellblechdach stand ein Massey-Harris-Trecker. Kühe glotzten Barry aus ihren Ständen an. Hühner und ein arroganter Hahn pickten auf dem Stroh im Hof herum. Aus einer Hütte neben der Haustür schaute wachsam ein Border Collie.

«Gehen Sie nur rein», forderte Mr Kennedy sie auf. Barry schaute auf seine schmutzverkrusteten Schuhe.

«Da ist ein Stiefelkratzer, Sir», wies ihn der Farmer auf das Metallgestell neben der Haustür hin.

Barry säuberte seine Schuhe, so gut es ging, und trat ein. Er stand in einer hellen Küche. An einer Wand thronte ein schwarzemaillierter gusseiserner Herd. Von einem Kessel stieg Dampf zu den Deckenbalken hinauf. Der Fußboden war gefliest.

«Die Ärzte sind da, Liebes», rief Mr Kennedy.

Eine Frau goss Tee in eine mit Narzissen verzierte Tasse. Sie trug eine Schürze, und ihr Haar, das erste Spuren von Grau zeigte, war unfrisiert. Nach den Falten am Hals und den leicht verdickten Fingerknöcheln zu urteilen, schätzte Barry sie auf Anfang fünfzig. «Danke, dass Sie gekommen sind, Doktor O'Reilly.»

O'Reilly ließ sich an einem stabilen Kieferntisch nieder. «Kein Problem. Das hier ist Doktor Laverty, mein neuer Assistent.»

Mrs Kennedy nickte grüßend, doch nur ihre Lippen lächelten. Die Augen mit den dunklen Schatten darunter verrieten, wie schwer ihr dieses Lächeln fiel.

«Möchten Sie auch Tee, Doktor?»

«Ja, bitte.»

«Setzen Sie sich, ich hole Ihnen eine Tasse.» Sie trat an eine Anrichte mit einem regalähnlichen Aufsatz. In Gestellen standen blaue Teller, und mitten auf dem untersten Bord leuchtete in einem Marmeladenglas ein Strauß dunkelroter und goldgelber Kapuzinerkresse.

Barry zog einen Stuhl heran und setzte sich neben O'Reilly. Er nahm die Teetasse entgegen und bedankte sich. Der Tee war dunkel, er hatte gekocht.

«Wie trinken Sie ihn?»

«Nur mit Milch, bitte.»

Die Frau reichte ihm einen Krug.

«Und du sagst, Jeannie ist es nicht gut?» Zum ersten Mal während ihrer kurzen Bekanntschaft vernahm Barry in O'Reillys Tonfall nichts von seiner üblichen Schroffheit.

«Gar nicht gut, Doktor», erwiderte Mr Kennedy. «Sie kriegt keinen Bissen runter. Sagt, ihr Bäuchlein tut weh.»

«Hat sie gespuckt?»

Barry lächelte, weil O'Reilly den Ausdruck aus der Kindersprache verwendete.

«Nur einmal. Das ganze Bett voll. Es war ihr so peinlich, doch ja. Bridget und ich sind die ganze Nacht bei ihr geblieben.» Er warf seiner Frau einen Blick zu.

«Und sie ist glühend heiß, ja», ergänzte Mrs Kennedy leise, während ihre Hände sich in den Rand ihrer Schürze krallten.

«Hast du das denn Mrs Kincaid nicht erzählt, als du angerufen hast, Bridget?», fragte O'Reilly. «Dann wäre ich eher gekommen.»

«Och, wir wissen doch, wie viel Sie zu tun haben, lieber Doktor.» Ihre Hände zerknüllten und wrangen den Schürzenstoff. «Es ist doch bestimmt nur eine kleine Magenverstimmung, oder?»

«Mm.» O'Reilly verzog den Mund. «Vielleicht sollten wir sie uns lieber mal anschauen.» Er stand auf.

Mr Kennedy schaute zu seiner Frau hoch. «Geh du mit, Bridget.»

«Hier entlang, Herr Doktor.» Sie ging zur Tür.

«Komm mit», forderte O'Reilly Barry auf, nahm seine Tasche und ließ ihn vorangehen. Sie folgten Mrs Kennedy durch den Flur in ein kleines Zimmer. Helle Chintzvorhänge rahmten das Fenster ein. Ein Sonnenstrahl fiel auf das Fußteil eines Kinderbettes, in dem, gegen zwei Kissen gelehnt, matt ein kleines Mädchen lag. Die schwarzen Haare waren zu Zöpfen geflochten, und das Kind drückte einen

Teddybären an die hochrote Wange. Aus glänzenden braunen Augen sah es die Eintretenden an.

«Das hier ist Doktor Laverty, Jeannie», erklärte Mrs Kennedy.

Barry zog sich in eine Zimmerecke zurück. O'Reilly grinste das Kind an und setzte sich dann vorsichtig auf den Rand des Bettes.

«Na, Jeannie», sagte er, «dir geht's nicht so gut?»

Das kleine Mädchen schüttelte den Kopf. «Ich hab Bauchweh.»

O'Reilly legte den Handrücken auf die Kinderstirn. «Heiß», bemerkte er. «Darf ich dir mal den Puls fühlen, Jeannie?»

Die Kleine streckte ihm den rechten Arm hin.

«Hundertundzehn», sagte O'Reilly nach einer Weile.

Im Geiste ging Barry die Informationen durch, die sie inzwischen hatten. Da das Kind seit vierundzwanzig Stunden Bauchschmerzen hatte, nicht essen mochte, sich erbrochen hatte, fieberte und einen schnellen Puls hatte, war er sich schon ziemlich sicher, dass es sich hier um eine Blinddarmentzündung handelte. Er sah zu Mrs Kennedy hinüber, die am Fußende des Bettes stand und sich bemühte, ihrer Tochter zuzulächeln.

«Darf ich deinen Teddy mal haben, Jeannie?», fragte O'Reilly.

Sie reichte ihm das Stofftier, dessen orangebraunes Fell an manchen Stellen bis auf den Netzstoff darunter abgewetzt war. Ein Ohr war halb abgekaut. «Also, Teddy», sagte O'Reilly, indem er das Spielzeugtier auf die Bettdecke legte, «streck mal die Zunge raus und sage ah.» Er bückte sich und sah dem Teddy forschend ins Gesicht. «Gut. Jetzt wollen wir mal deinen Bauch ansehen. Aha, zu viele Süßigkeiten», befand er mit einem weisen Kopfnicken.

Jeannie lächelte.

«Jetzt bist du dran.» O'Reilly gab ihr den Bären zurück. «Streck mal die Zunge raus.»

Das Kind gehorchte. O'Reilly beugte sich vor und schnupperte. «Schauen Sie sich das mal an, Doktor Laverty.»

Barry trat ans Bett. Die Zunge war stark belegt, und der Atem des Kindes stank.

«Können wir mal die Decke herunterziehen, Mummy?», fragte O'Reilly.

Mrs Kennedy schlug die Bettdecke zurück. Barry beobachtete, wie Jeannies Blick von ihrer Mutter zu ihrem Bauch wanderte, den ein Nachthemd mit Peter-Hase-Muster einhüllte, und dann zu O'Reillys Gesicht hinauf.

«Kannst du mal zeigen, wo es zu Anfang wehgetan hat?»

Jeannies Zeigefinger schwebte über der Magengrube, neben der rechts und links ihre unteren Rippen herausstanden.

«Und tut es da jetzt auch noch weh?»

Die Kleine schüttelte den Kopf und deutete rechts auf ihren Unterleib.

Barry zuckte zurück. Der nächste Teil der Untersuchung würde nicht angenehm sein, denn ein Zeichen für eine Blinddarmentzündung war der Loslassschmerz. Wenn die Bauchwand eingedrückt und dann plötzlich losgelassen wurde, verursachte die Erschütterung der entzündeten Schichten des Peritoneums einen heftigen Schmerz. Was aber noch schlimmer war: In den Lehrbüchern stand, der Arzt müsse den Patienten auch rektal untersuchen. Er selbst hatte Kinderheilkunde nie gemocht, die Angst der kleinen Patienten, die Tränen, die Sorgen der Eltern, die nicht verstanden, was vor sich ging. Am meisten hasste er es, den

Kleinen wehzutun, auch wenn er inzwischen begriffen hatte, dass das manchmal unumgänglich war.

«Gut», sagte O'Reilly. Zu Barrys Überraschung zog er behutsam die Bettdecke wieder über den kleinen Körper. «Jeannie, hast du Lust, nach Belfast zu fahren?»

Das kleine Mädchen schaute erst O'Reilly an und dann ihre Mutter, die ihr zunickte. «Ja», sagte sie zu O'Reilly, «darf Teddy auch mit?»

«Aber natürlich», antwortete O'Reilly. «Jetzt sei ein braves Mädchen und bleib liegen. Ich muss eben kurz mit deiner Mama sprechen.» Er stand von der Bettkante auf, bückte sich und strich dem Kind das Haar aus der Stirn. Dann richtete er sich wieder auf und verließ das Zimmer.

Barry zögerte. Das war nicht in Ordnung. O'Reilly war nicht gründlich gewesen. Er hatte die Patientin ja kaum untersucht. Dieser Schweinehund hatte es so eilig, zu seinem Rugbyspiel zu kommen, dass er das Verfahren einfach abkürzte. Nein, das genügte einfach nicht.

«Kommen Sie, Doktor Laverty?»

Barry warf rasch einen Blick auf das kleine Mädchen und überlegte, ob er die Untersuchung zu Ende führen sollte.

«Laverty!»

Nein, im Moment würde er gar nichts tun, aber nachher würde er das mit O'Reilly klären. Danebenzustehen, während dieser Arzt den Patienten nutzlose Medikamente durch die Kleidung hindurch spritzte und eine verrückte alte Dame mit Vitaminen abspeiste – eine Frau, bei der nach Barrys Ansicht eine gründliche psychiatrische Untersuchung angebracht wäre –, war eine Sache. Aber diese oberflächliche Behandlung eines kleinen Mädchens, das offensichtlich wirklich krank war ...

«Wiedersehen, Jeannie», sagte er, bevor er in die Küche zurückkehrte.

Mr Kennedy hatte seiner Frau einen Arm um die Schultern gelegt. Sie tupfte sich mit dem Schürzenzipfel die Augen ab. O'Reilly hielt bereits den Telefonhörer ans Ohr gedrückt. Bestimmt rief er einen Krankenwagen. Genau, dachte Barry, schicke das Kind einfach ins Krankenhaus, die übernehmen den Fall, und du kommst rechtzeitig zu deinem verdammten Rugbyspiel.

O'Reillys Stimme hallte von den Deckenbalken wider. «Was soll das denn heißen, ihr habt keine Betten? Ich hab hier ein Kind mit Appendizitis. In einer halben Stunde ist sie bei euch … Unsinn, junger Mann. Sie benachrichtigen Sir Donald Cromie … Ist mir doch egal, ob es sein freier Tag ist. Sagen Sie ihm, Doktor Fingal Flahertie O'Reilly hätte angerufen … nein, nicht O'Rafferty, Sie Schafskopf. O'Reilly. O … Reilly, mein Gott nochmal … aus Ballybucklebo.» Er knallte den Hörer auf die Gabel zurück. «Diese verdammten jungen Ärzte.»

«Der Krankenwagen ist schon bestellt?», fragte Barry.

«Jetzt sei nicht albern», knurrte O'Reilly. «Wir bringen sie in meinem Wagen nach Belfast.»

«Ich dachte, du wolltest nach Hause und das Spiel –»

«Bist du denn blöd? Jeannies Blinddarm muss raus. Und zwar schnell. Wir haben nicht die Zeit, auf den Krankenwagen zu warten.»

• • •

Nachdem sie die Kennedys im *Royal Belfast Hospital for Sick Children* abgeliefert hatten und O'Reilly zufriedengestellt war, weil Sir Donald Cromie seine Diagnose bestätigt hatte und unverzüglich operieren wollte, wechselte der Landarzt noch ein paar Worte mit Mrs Kennedy, dann packte er Barry am Arm und zog ihn wieder mit zum Auto.

«Komm, Laverty. Wenn wir schnell machen, können wir wenigstens noch die zweite Halbzeit sehen.»

Aha, dachte Barry, während sie über den Parkplatz eilten, er hat das Spiel also genauso wenig vergessen, wie ich meine Beobachtungen im Farmhaus vergessen habe. Zugegeben, O'Reilly hatte Jeannie Kennedys Blinddarmentzündung trotz seiner schlampigen Untersuchung richtig diagnostiziert, und die Kennedys nach Belfast zu fahren ging weit über das hinaus, was die ärztliche Pflicht von ihm verlangte. Doch das änderte nichts an Barrys Unbehagen.

Als O'Reilly vom Klinikgelände auf die Falls Road abbog, sagte Barry: «Doktor O'Reilly, ich finde, Sie haben großes Glück gehabt, dass Ihre Diagnose richtig war.»

«Aha?», meinte der Angesprochene milde. «Und warum findest du das?»

«Du hast das Kind nicht richtig untersucht, weil du es eilig hattest.»

«Ach ja?»

«So erschien es mir jedenfalls.»

O'Reilly wich einem Radfahrer aus. «Dämlicher Kerl», murrte er.

«Hast du gesagt, ich wäre dämlich?»

«Nein», antwortete O'Reilly, «aber wenn du möchtest, tue ich das.» Er hielt an einer roten Ampel und sah Barry an. «Mein Sohn, die Diagnose war doch sonnenklar, schon in dem Moment, als wir ins Kinderzimmer kamen. Ihr Mundgeruch war unverkennbar.»

Barry betrachtete O'Reillys Nase, denn er rechnete damit, dass die verräterische Blässe erscheinen würde. Doch es war nichts zu sehen.

«Sollte ich ihr etwa auf dem Bauch rumdrücken und ihr einen Finger in den Po stecken, bloß weil das so in den Lehrbüchern steht?»

«Also, ich –»

«Also nichts.» O'Reilly fuhr wieder an. «Das kleine Mädchen hatte schreckliche Angst. Es hätte keinen Sinn gehabt, ihr noch mehr wehzutun.»

«Ich denke …» Barry verstand O'Reillys Logik. Und er wusste auch, dass es eigentlich nicht notwendig gewesen wäre, die Familie nach Belfast zu bringen.

«Das Denken soll man den Pferden überlassen», brummte O'Reilly, «aber glaub mir, mein Sohn, hier kannst du noch ein paar Sachen lernen, die nicht in den Büchern stehen.»

6

Irland, grüne Insel

❋

Schweigend saß Barry auf dem Beifahrersitz. Seit ihrer kurzen Diskussion darüber, warum O'Reilly sich entschieden hatte, die Untersuchung von Jeannie Kennedy abzukürzen, hatten sie beide kein Wort mehr gesprochen. Und verdammt nochmal, je mehr Barry über O'Reillys Begründung nachdachte, desto klarer erkannte er, dass der ältere, erfahrenere Arzt wahrscheinlich recht damit hatte, dem kleinen Mädchen keine unnötigen Schmerzen zuzufügen. Vielleicht verbarg sich hinter O'Reillys rauer Fassade ja doch ein weicherer Kern.

Als der Wagen an den roten Ziegelmauern von Campbell College, Barrys alter Schule, vorbeirollte, unterbrach er seine Grübeleien. Sieben Jahre war es her, dass er die Schule beendet und sein Medizinstudium begonnen hatte, aber die Zeit erschien ihm gar nicht so lang. Er war vier Jahre als Internatsschüler auf dem Campbell College gewesen, einer Schule, von der die Zöglinge behaupteten, sie werde wie Nelsons Marine geführt: mit Rum, Unzucht und Peitsche – nur dass der tröstende Rum fehlte. Das stimmte natürlich nicht ganz, aber auch Barry war tatsächlich einige Male von einem Präfekten geschlagen worden, weil er gegen die Regeln verstoßen hatte.

Jedenfalls hatte er dort einen guten Freund gefunden,

Jack Mills, der zurzeit im *Royal Victoria Hospital* seine Ausbildung zum Chirurgen absolvierte. Jack und Barry hatten im letzten Schuljahr ein Zimmer geteilt, waren als Medizinstudenten unzertrennlich gewesen und hatten gemeinsam als Assistenzärzte gearbeitet. Barry beschloss, Jack anzurufen, um ihn zu fragen, ob sie sich an seinem ersten freien Samstag treffen wollten. Ihn interessierte, was sein Freund zu O'Reilly meinte.

Als sie den Stadtverkehr hinter sich gelassen hatten, trat O'Reilly aufs Gaspedal und scheuchte den Rover die kurvenreiche Craigantlet Hill Road hinauf. Barry blickte starr geradeaus, während die dunkelgrünen Hecken am Fenster vorbeizischten. Als der Wagen ins Schlingern kam, weil er mit einem Reifen auf den Seitenstreifen geraten war, verkrampfte er sich unwillkürlich.

O'Reilly sagte etwas.

«Wie bitte?»

«Wir sind bald zu Hause, habe ich gesagt.»

Oder wir liegen im Graben, dachte Barry.

«Schnell wie ein Vogel», erklärte O'Reilly. «Gleich kommen wir zu dem langen, geraden Stück Straße. Da kann ich den Wagen richtig laufen lassen.»

Ich wünschte, du würdest mich hier rauslassen, dachte Barry. Er schaute zu O'Reilly hinüber, der eine Hand am Lenkrad hatte und mit der anderen ein Streichholz über seinen Pfeifenkopf hielt.

«Fahren wir nicht ein bisschen zu schnell, Doktor O'Reilly?»

«Blödsinn, mein Junge.» O'Reilly paffte Rauch in die Luft wie eine schwer arbeitende Dampflokomotive und ließ den Wagen in die nächste Kurve fliegen.

Barry duckte sich, denn sie schrammten knapp an einem Heuwagen entlang, der ihnen entgegenkam. Als er sich wieder aufrichtete, sah er, dass die Landstraße sich nun schnurgerade bis zum Horizont hinzog. Er überlegte, wie oft sein Vater mit ihm diese Straße gefahren war, wenn er ihn vom Campbell College abgeholt oder wieder dorthin zurückgebracht hatte. Das Asphaltband folgte dem Auf und Ab der Moränenlandschaft, deren runde Kuppen von der letzten Eiszeit geformt worden waren, es passte sich den Hügeln an, die mit einem Mosaik aus Grüntönen überzogen waren, aus Wiesen, Hecken, Baumgruppen und kleinen Feldern. Johnny Cash hatte recht, wenn er Irlands *Forty Shades of Green* besang – auch wenn Barry das Lied ansonsten ziemlich schmalzig fand.

Irgendwo rechts von der Straße befand sich eine der großen jungsteinzeitlichen Befestigungsanlagen, die vor Tausenden von Jahren von den keltischen Ureinwohnern dieses Landstrichs errichtet worden waren. *Dúndonald*, der irische Ausdruck für «Donals Fort», war heute nur noch ein Gewirr aus Erdwällen und Grabhügeln. Und wenn O'Reilly nicht langsamer fuhr – der Wagen schoss über die Hügelkuppen, als wären es Sprungschanzen –, waren vielleicht bald zwei weitere Grabstellen nötig.

Barry holte tief Luft und hoffte, dass das mulmige Gefühl in seinem Bauch wieder verschwinden würde. Wenigstens, versuchte er sich zu trösten, hatten sie bald das Ende der geraden Strecke erreicht, dann würde O'Reilly langsamer fahren müssen.

Und das tat er auch, jedenfalls ein bisschen. Der Rover schaukelte, als er sich in die nächste Kurve legte.

«Das weckt die Lebensgeister», erklärte der Fahrer begeistert. «Einfach wunderbar. Ich liebe dieses Stück Straße.»

«Uuut – uuut», murmelte Barry kaum hörbar, denn plötzlich sah er Mr Toad, den Kröterich aus Krötinhall, in seinem gestohlenen Wagen durch die englische Landschaft brausen.

«Jetzt ist es nicht mehr weit.» O'Reilly bog in ein schmales Sträßchen ab. «Noch über die Ballybucklebo Hills, dann sind wir zu Hause.» Er schaute auf seine Uhr. «Noch zehn Minuten bis zur zweiten Halbzeit.»

O'Reilly fuhr zügig weiter, unter tiefgrünen Ulmen mit laubschweren Ästen entlang, die die Sonne fernhielten und dem Sträßchen die düstere Würde einer alten Kirche verliehen, und zwischen Feldsteinmauern hindurch. Sie bildeten die Begrenzungen der kleinen Weiden, auf denen Schafe und Rinder grasten und gelber Stechginster im smaragdgrünen Gras leuchtete.

Als der Wagen über eine Hügelkuppe fuhr, sah Barry unten im Tal Ballybucklebo liegen. Die Ausläufer des Dorfes und die Eisenbahnschienen zogen sich den Hügel hinauf – ja, er würde wirklich mit dem Zug nach Belfast fahren, sobald er freihatte –, und die Gebäude und Häuserreihen des Dorfzentrums drängten sich um den Maibaum. Barry erkannte die Ampeln an der Kreuzung und die Straße, die, wie O'Reilly gesagt hatte, zur Küste führte. Über den Dünen und dem silbrig grünen Strandhafer kreiste ein Schwarm weißer Vögel, stieß herab und flog dann über die weißgekrönten Wellen der Bucht aufs türkisgrüne Meer hinaus.

Ein einzelner Frachter schob sich durch die Dünung. Er war auf dem Weg nach Belfast, und hinter seinem Bug konnte Barry die Portalkräne der Harland-and-Wolff-Werft ausmachen. Stolz standen sie vor dem Hintergrund aus Industriedunst, der grünlich braun über der Stadt hing und in Schwaden bis hin zum Knockagh-Memorial-Obelisken trieb, einer schlanken Granitsäule auf dem Kamm des Cave Hill.

Barry kurbelte sein Fenster herunter und sog die saubere

Landluft ein. Über sich hörte er eine Lerche, und von einer Wiese in der Nähe das Rasseln eines Wachtelkönigs; hier der klassische Gesang und da der Rock 'n' Roll der Vogelwelt, dachte er.

Der Wagen rauschte an dem ersten Häuschen vorbei, das Ballybucklebo ankündigte.

«Fast zu Hause», sagte O'Reilly.

«Zu Hause?» Für dich wohl, Fingal O'Reilly, dachte Barry, aber wird es das auch für mich werden?

Verstohlen warf O'Reilly einen Seitenblick auf seinen Mitfahrer. «Doch», sagte er leise, «zu Hause. Nur noch um diese Kurve und über die Ampelkreuzung.» Er bog in Ballybucklebos Hauptstraße ein und bremste hinter einem roten Trecker, der darauf wartete, dass die Ampel grün wurde.

Etwas an dem Treckerfahrer kam Barry bekannt vor. Diese eckigen Schultern und den erdbeerblonden Haarschopf hatte er schon mal irgendwo gesehen.

Die Ampel wurde grün. Vermutlich, um den Fahrer vorne zu ermuntern, drückte O'Reilly auf die Hupe. Der Treckerfahrer drehte sich auf seinem Sitz um, und Barry erkannte den Radler wieder, der ihm vor *Six Road Ends* den Weg erklärt und bei der Erwähnung von Doktor O'Reilly die Flucht ergriffen hatte. Jetzt warf der junge Mann mit den vorstehenden Zähnen einen Blick in den Rover hinein, erschauerte, drehte sich wieder um – und würgte den Dieselmotor ab.

Die Ampel wurde rot.

Der Anlasser des Treckers gab ein *nörgel-nörgel-nörgel* von sich, aber der Motor sprang nicht an.

Dafür sprang die Ampel auf Grün um.

Nörgel-nörgel-plopp, sagte der Anlasser.

«Verdammt nochmal», sagte O'Reilly.

Die Ampel wurde wieder rot.

Der Anlasser heulte nun zwei ganze Oktaven höher, er nörgelte und ploppte, aber vergebens.

Die Ampel wurde grün. Barry drehte sich um. Hinter ihnen zog sich eine Schlange von Autos und Lastwagen die Hauptstraße entlang. Auch andere Fahrer hupten jetzt. «Mein Gott, grüner wird's nicht», knurrte O'Reilly.

Als die Ampel erneut auf Rot umschaltete, sprang er aus dem Wagen und marschierte auf den Trecker zu. Während das grüne Licht wieder aufleuchtete, hörte Barry ihn brüllen. Mit seiner Lautstärke übertönte er das Brummen der Motoren und das Hupen.

«Sag mal, Donal Donelly, du jämmerliche Kreatur in Menschengestalt ... wartest du eigentlich auf ein bestimmtes Grün?»

. • .

In seinem Kämmerchen angekommen, entledigte Barry sich sofort seiner verdreckten Hose und seiner schmutzigen Schuhe, zog etwas anderes an und ging dann hinunter in die Wohnstube, um mit O'Reilly fernzusehen. Das irische Rugbyteam hatte die Schotten geschlagen.

Barry verzehrte den letzten Rest von Mrs Kincaids kaltem Hummersalat und stellte den Teller auf das Tischchen neben seinem Sessel.

O'Reilly rülpste zufrieden, schaute durch das Erkerfenster nach draußen und sagte: «Unsere Kinky versteht ihr Handwerk, das muss man sagen.»

«Da stimme ich zu.» Die kalte Mahlzeit war köstlich gewesen.

«Ich weiß nicht, was ich ohne sie täte.» O'Reilly trat an die Anrichte. «Sherry?»

«Bitte.»

Er schaute zu, wie O'Reilly ihm einen kleinen Sherry und sich selbst einen gigantischen irischen Whiskey einschenkte. «Hier.» Barry nahm den Sherry in Empfang, und O'Reilly ließ sich wieder in seinem Sessel nieder. «Sie ist schon ewig bei mir», erklärte er. «Wenn Kinky nicht gewesen wäre, hätte ich diese Praxis nicht.»

«Nein?»

«Ich bin 1938 hergekommen, als Assistent von Doktor Flanagan. Ein raubeiniger alter Grobian war das. Ich kam gerade von der Universität, hielt mich für einen Überflieger, und er war ganz schön hinter der Zeit zurück. Ich kann dir sagen, manches von dem, was er gemacht hat, war ganz schön unorthodox, selbst für die damalige Zeit.»

«Tatsächlich?» Barry hoffte, dass O'Reilly sein Schmunzeln nicht bemerkte.

«Seine große Sorge war ... und davor hat er mich auch gewarnt ... eine sonderbare Krankheit, die er bisher nur hier in Ballybucklebo gesehen hatte: der kalte Leistenabszess.»

«Wie bitte?»

«Ja, der kalte Leistenabszess. Flanagan sagte damals, er fände die Dinger oft bei schwer arbeitenden Männern. Er hat sie immer aufgeschnitten.»

«Er hat hier im Dorf operiert?»

«Ja, vor dem Krieg haben die praktischen Ärzte auch operiert. Inzwischen hat sich das alles geändert. Patienten, die operiert werden sollen, müssen wir ins Krankenhaus einweisen. Vielleicht ist das auch besser so. Das letzte Mal habe ich auf der *Warspite* einen Blinddarm herausgenommen.» O'Reilly trank einen großen Schluck von seinem Whiskey. «Jedenfalls sagte Flanagan damals zu mir: ‹Wenn man einen kalten Leistenabszess aufschneidet, kommt nie Eiter raus. Bloß Blähungen oder Kot ... und der Patient stirbt vier Tage später.›»

Barry richtete sich kerzengerade auf. «Er hat Leistenbrüche für Abszesse gehalten?»

«Genau. Und wenn er in den Bruch geschnitten hat, hat er immer –»

«– den Darm aufgeschnitten. Ach, du lieber Gott. Wie hast du reagiert?»

«Ich habe mich bemüht, ihm vorsichtig beizubringen, dass seine Diagnose möglicherweise nicht ganz richtig sein könnte.»

«Und?»

«Das war das einzige Mal, dass ich versucht habe, Doktor Flanagan zu korrigieren. Du hast ja keine Ahnung, wie rechthaberisch diese alten Landärzte sein konnten, und ich brauchte das Geld. An Arbeit zu kommen war damals schwierig.»

«Anders als heute», sagte Barry und hielt sich das Glas vor den Mund, um sein Gesicht zu verstecken. «Trotzdem überrascht es mich, dass du bei ihm geblieben bist.»

«Bin ich gar nicht. Bei Kriegsausbruch habe ich mich sofort freiwillig zur Marine gemeldet.»

«Und was hat dich bewogen zurückzukommen?»

«Als der Krieg vorbei war, hatte ich genug von der Marine, also habe ich Doktor Flanagan geschrieben. Ich bekam einen Brief von seiner Haushälterin, Mrs Kincaid, worin stand, er sei gestorben und die Praxis sei zu verkaufen.»

«Du hast die Praxis gekauft?»

«Damals musste man das, und ich hatte ja meine Abfindung als ehemaliger Offizier. Damit und mit einem Bankkredit konnte ich das Haus und die Praxis erwerben, und Mrs Kincaid erklärte sich bereit dazubleiben. Seit 1946 sind wir jetzt hier.» O'Reilly schaute in sein mittlerweile leeres Trinkgefäß, griff nach Barrys Glas und erklärte: «Auf einem Bein kann man nicht stehen.»

«Ich sollte eigentlich nicht –»

«Hier.» O'Reilly reichte ihm das frischgefüllte Glas. «Setz dich wieder hin.»

Barry gehorchte.

O'Reilly sank ebenfalls wieder in seinen Sessel. «Wo war ich stehengeblieben?»

«Du hast die Praxis gekauft.»

O'Reilly drehte das Whiskeyglas in seinen großen Pranken. «Ja, und im ersten Jahr wäre ich um ein Haar damit baden gegangen.»

«Wie kam das?»

«Hier auf dem Land», erklärte O'Reilly, «muss man sich erst mal an die Leute gewöhnen. Mein Fehler war, dass ich zu schnell Veränderungen einführen wollte. Einer meiner ersten Patienten war ein Farmer mit der größten Leistenhernie, die du je gesehen hast.»

«Ein kalter Leistenabszess.» Barry lachte. «Und hast du den Leistenbruch aufgeschnitten, so wie Doktor Flanagan?»

O'Reilly lachte nicht. «Vielleicht hätte ich das tun sollen. Als ich mich weigerte, hat der Mann herumerzählt, ich wäre ein junger Spund, der nichts von Medizin verstünde. Daraufhin blieben die Patienten ganz aus. Die Abzahlungen wurden natürlich trotzdem fällig.»

«Da hast du dir bestimmt Sorgen gemacht.»

«Schreckliche Sorgen. Ich habe ja schon gesagt, wenn Kinky mir nicht unter die Arme gegriffen hätte, wäre es aus gewesen. Sie ist Presbyterianerin, weißt du.»

«Kommt aber aus County Cork?»

«Es gibt nicht nur Katholiken in Cork.»

«Ich weiß.»

«Sie hat mich mit in die Kirche genommen. Die Dorfbewohner sollten sehen, dass ich ein guter Christ bin.»

«Das ist hier wichtig?»

«Damals war es das.»

«Du meinst, selbst in diesem kleinen Nest fechten sie noch die alten Konfessionskriege aus?»

«Nein, keineswegs», entgegnete O'Reilly, «sie haben es bloß gern gesehen, wenn ihr Arzt Kirchgänger war. In welche Kirche er ging, spielte dabei keine große Rolle, Hauptsache, er ging überhaupt.»

«Da bin ich ja froh. Es hat mir gereicht, nach den Straßenkämpfen zwischen Protestanten und Katholiken bei den Unruhen in der Divis Street die Verletzten zu versorgen. Das war richtig schlimm.»

«Davon wirst du hier nichts merken», meinte O'Reilly. «Pfarrer O'Toole und Reverend Robinson spielen jeden Montag zusammen Golf.» Er zog seine Pfeife heraus und stopfte sie mit *Erinmore-Flake*-Tabak aus einer Blechdose, die vor ihm auf dem Tisch stand. «Am 12. Juli, das ist der kommende Donnerstag, hält die *Orange Lodge* hier ihre Parade ab, und die Hälfte der Katholiken in Ballybucklebo wird am Straßenrand stehen und die britische Fahne schwenken. Sie haben sogar Seamus Galvin, und der ist so was wie ein abtrünniger Katholik, in die Dudelsackkapelle aufgenommen.» O'Reilly zündete ein Streichholz an. «Wie dem auch sei», sagte er, «ich wollte von Kinky erzählen.»

«Ja.»

«Wir beide zogen also los zur Kirche, Kinky in ihrem besten Hut und mit Handschuhen, ich in meinem einzigen Anzug.»

Barry dachte mit Bedauern an seine schlammbespritzten Kordhosen.

«Da haben sich schon einige umgedreht, als wir uns hinsetzten. Und ich war auch keinen Moment im Zweifel darüber, über wen die Gemeinde redete, als das Gemurmel losging. Ich hörte, wie jemand sagte, ich wäre der junge Arzt, der seinen Hintern nicht von seinem Ellbogen unterscheiden könnte. Sogar während der Predigt haben sich manche umgedreht und mich angestarrt. Äußerst unangenehm.»

«Das kann ich mir vorstellen.»

«Glaubst du an die göttliche Vorsehung?»

Barry schaute O'Reilly prüfend an. Machte er Witze? Aber der Arzt hielt seinem Blick stand, offenbar hatte er seine Frage ernst gemeint.

«Also, ich habe damals nicht daran geglaubt. Nicht bis zu jenem Sonntag. Mitten im letzten Lied stieß ein großer Kerl in der ersten Reihe einen Schrei aus, wie eine Todesfee, griff sich an die Brust und stürzte mit mordsmäßigem Krach in den Mittelgang. Alle hörten auf zu singen, und der Pastor sagte: ‹Ich glaube, wir haben einen Arzt unter uns.› Kinky gab mir einen kräftigen Stoß. ‹Machen Sie was›, wisperte sie.»

«Und was hast du getan?»

«Ich habe mein Stethoskop aus der Tasche gerissen ... damals ist man nie ohne Arztkoffer losgegangen ... und bin nach vorn gelaufen. Der Mann war schon ganz blau. Kein Puls mehr, kein Herzschlag. Der hatte den Löffel abgegeben.»

«Gab es damals schon Defibrillatoren?»

«Nichts da. Wir hatten ja noch kaum Antibiotika, außer Sulfonamiden.»

«Also konntest du gar nichts tun?»

O'Reilly lachte leise. «Na ja, wie man's nimmt. Mir war klar, dass es die Chance für mich war, mir einen Namen zu machen. ‹Meine Tasche, bitte›, habe ich gesagt und dem Mann das Hemd aufgeknöpft. Kinky bringt mir die Tasche. Ich schnappe mir die nächste greifbare Ampulle, ziehe eine Spritze auf und steche sie dem Patienten in die Brust. Dann horche ich ihn ab. ‹Er ist wieder da›, verkünde ich. Die erstaunten Ausrufe der Gemeinde hätte man bis nach Donaghadee hören können. Dann warte ich ein Weilchen. ‹Er ist tot.› Nächste Spritze. Wieder Erstaunen ringsherum. ‹Er ist wieder da.›»

«Stimmte das?»

«Überhaupt nicht. Er war stocksteif, aber ich habe ihm noch eine Spritze verpasst.»

«Aber ich verstehe nicht, wie du deine Praxis retten konntest, indem du vor dem halben Dorf einen Patienten verloren hast.»

«Kinky hat das für mich gemacht. Ich hörte jemanden zischeln, das Ableben des soeben Verstorbenen sei doch ein Beweis dafür, dass ich als Arzt überhaupt nichts taugte. Da dachte ich schon, ich wäre für das Dorf genauso tot wie der Mann im Mittelgang.»

«Das verstehe ich.»

«‹Moment mal›, sagt Kinky da. Sie sieht den Pastor scharf an. ‹Sie stimmen mir sicherlich zu, Hochwürden, dass unser Heiland den Lazarus von den Toten auferweckt hat.› Der Pastor nickte. Man hätte eine Stecknadel fallen hören können, so still waren die Leute plötzlich. Da sagt Kinky: ‹Und Jesus hat das nur einmal gemacht, ja? Unser Doktor aber, unser Doktor O'Reilly hier, hat es zweimal geschafft.›» O'Reilly leerte sein Glas. «Seitdem kann ich mich vor Arbeit nicht retten.»

«Du listiger alter –»

Unten läutete die Türglocke.

«Siehst du», grinste O'Reilly. «Sei doch so gut und schau schnell mal nach, wer das ist.»

• • •

Barry öffnete die Haustür. Vor ihm stand breitbeinig und mit verschränkten Armen ein kleiner Mann, der so rundlich war, dass man ihn mit Fug und Recht als kugelig bezeichnen konnte. Er trug einen dreiteiligen schwarzen Anzug und eine Melone und machte ein so grimmiges Gesicht, wie man es von Iwan dem Schrecklichen an einem schlechten Tag erwartet hätte.

«Wo ist denn O'Reilly, zum Teufel?» Das Männchen drängte sich in den Flur. «O'Reilly, kommen Sie her! Ich brauche Sie», donnerte der Kugelige wie ein Kapitän auf dem Achterdeck, der bei Windstärke zehn dem Ausguck oben im Mastkorb etwas zuschreit. «Kommen Sie runter, O'Reilly, sofort!»

Barry hörte, wie sich über ihnen etwas bewegte. Vielleicht war dem Besucher nicht klar, dass man, wenn man O'Reilly anschrie, mit der gleichen Wirkung rechnen musste, als wenn man einem tobsüchtigen Dobermann einen Stock ins Auge bohrte.

«Vielleicht kann ich –»

«Von Ihnen habe ich schon gehört, Laverty.» Ich bin doch erst einen Tag in der Praxis, dachte Barry. Neuigkeiten verbreiten sich hier offenbar in Windeseile.

«Ich will ihn selbst sprechen.»

Barry erschrak. Hier stand ein Patient vor ihm, der gerade im Begriff war, Doktor F. F. O'Reillys ersten Lehrsatz der Praxistätigkeit über den Haufen zu werfen. Aus dem Augenwinkel sah Barry den Arzt die Treppe herunterkommen. Der würde sich dieses Kerlchen schon vorknöpfen, das wusste Barry, aber für seine eigenen Belange wollte er selbst kämpfen. «Doktor Laverty, wenn ich bitten darf, und wenn Ihnen etwas fehlt –»

«Doktor, ja? Aha!» Die Augen des rundlichen Männchens sprühten Blitze. «Wissen Sie eigentlich, wer ich bin?»

Barry entschied, dass die Antwort: «Wieso? Haben Sie es etwa vergessen?», jetzt nicht gut ankommen würde.

«Ich bin Councillor Bishop, Ratsherr im Gemeinderat und Logenmeister der *Orange Lodge* hier in Ballybucklebo, jawohl.»

«Guten Abend, Councillor Bishop», sagte O'Reilly hinter Barrys Rücken. «Was kann ich für Sie tun? Ich hoffe, es ist kein kalter Lendenabszess.» Sein Tonfall war besorgt, aber seine Augen funkelten dämonisch.

Councillor Bishop drehte sich zu O'Reilly um, der ihn um mehrere Köpfe überragte. O'Reilly lächelte zwar, aber Barry erkannte die verräterische Blässe auf seiner schiefen Nase.

«Mein Finger pocht, O'Reilly.» Er hielt dem Arzt seinen rechten Zeigefinger unter die Nase. Barry sah, dass die Haut um das Nagelbett rot glänzte und dass sich darunter Eiter gebildet hatte.

«Das pocht und tut weh.»

«Ts», sagte O'Reilly und setzte die Brille mit den halben Gläsern auf.

«Was wollen Sie dagegen tun?»

«Kommen Sie ins Behandlungszimmer.» O'Reilly öffnete die Tür, und Barry folgte den beiden Männern. Er sah zu, wie O'Reilly Instrumente aus seinem Schränkchen nahm, sie in einen Sterilisator legte und ihn einschaltete. «Das geht ganz schnell.»

«Ein bisschen dalli, bitte, ich bin ein vielbeschäftigter Mann.» Councillor Bishop platzierte sein üppiges Hinterteil in den Drehsessel.

«Und wie geht es denn Mrs Bishop?», erkundigte sich O'Reilly beiläufig.

«Hören Sie, würden Sie sich ein bisschen beeilen?»

«Aber natürlich.» O'Reilly schob den Rollwagen vor seinen Patienten. Die Räder quietschten, der Sterilisator blubberte, und heißer Dampf zischte unter seinem Deckel hervor. O'Reilly holte ein in ein Tuch gewickeltes Bündel aus dem Schrank und legte es auf das Wägelchen. «Bitte öffnen Sie das hier, Doktor Laverty.»

Barry schälte die äußere Schicht ab, und zum Vorschein kamen sterile grüne Handtücher und Tupfer, eine Tupferzange, eine Nierenschale und ein paar Operationshandschuhe. O'Reilly wusch sich die Hände.

Barry wusste, was er vorhatte und was er dazu brauchte. Antiseptikum, die Instrumente aus dem Sterilisator und ein Lokalanästhetikum – O'Reilly würde den Mann örtlich betäuben, oder? Er würde das Skalpell doch nicht einfach so in den Abszess stechen?

Er vernahm das klatschende Geräusch des Gummis, als O'Reilly sich die Handschuhe überzog. «Dettol und Xylocain stehen unten auf dem Wagen», hörte Barry seinen Chef sagen.

Erleichtert, dass O'Reilly den Abszess nicht öffnen wollte, ohne den Finger zu betäuben, stellte Barry das Lokalanästhetikum und die Flasche mit dem braunen Desinfektionsmittel oben auf den Wagen. Er goss etwas Dettol in eins der Schälchen und verstaute die Flasche wieder unten an ihrem Platz.

«Danke.» O'Reilly steckte ein paar Tupfer zwischen die Backen der Tupferzange. «So, Councillor Bishop, wenn Sie jetzt den Finger über diese Schale halten würden.»

Das Klingeln des Sterilisators verkündete, dass die Instrumente fertig waren. Fast hätte es den schrillen Schmerzensschrei des Councillors übertönt.

Ja, dachte Barry, Dettol brennt wie die Hölle. Er holte die sterile Zange, das Skalpell und die Spritze aus dem Sterilisator und legte sie auf dem Wagen ab. «Lokal?»

«Na klar.» O'Reilly hob die Spritze.

Der Gemeinderat gab leise, pfeifende Geräusche von sich, indem er durch die geschürzten Lippen die Luft ausstieß. Angstvoll starrte er auf die Nadel.

«Ich werde Ihren Finger jetzt vereisen.» O'Reilly stach durch die Gummikappe der Flasche und füllte die Spritze. «Das wird piken», meinte er, bevor er die Nadel in das Gewebe zwischen Zeigefinger und Mittelfinger einstach.

«Auwiii, aua», heulte der Ratsherr.

«Tut mir leid», sagte O'Reilly, «jetzt die andere Seite.» Er injizierte Xylocain an die Außenseite des ersten Knöchels.

«Uaa, aaau!» Der Councillor Bishop wand sich auf seinem Drehsessel.

«Ich weiß, dass Sie es eilig haben, aber wir müssen warten, bis die Betäubung wirkt.»

«Ist in Ordnung», wimmerte Bishop, «lassen Sie sich Zeit.»

«Wie lange quält der Finger Sie denn schon?», fragte O'Reilly.

«Zwei oder drei Tage.»

«Schade, dass Sie nicht eher gekommen sind» – O'Reilly sah Barry direkt in die Augen –, «die Praxis ist vormittags immer geöffnet.»

«Nächstes Mal mache ich das, Doktor. Bei Gott, ganz bestimmt.»

Barry sah, wie O'Reillys Mundwinkel sich ein ganz klein wenig nach oben schoben und er kaum wahrnehmbar zwinkerte, als er sagte: «Tun Sie das.» Dann griff er zum Skalpell. «So», meinte er, «Sie werden überhaupt nichts spüren.» Er schnitt in das entzündete Fleisch. Barry beobachtete, wie Blut und gelber Eiter herausquollen, während das aufgedunsene Gewebe schrumpfte.

«Besser ein leeres Haus als ein schlechter Mieter», bemerkte O'Reilly. «Ach du je, unser guter Ratsherr ist ohnmächtig geworden.»

Der kleine, rundliche Mann hing zusammengesackt auf dem Drehstuhl.

«Widerwärtiger Mensch.» O'Reilly entsorgte die Körperflüssigkeiten und verband die Wunde mit Gaze. «Er denkt, er wäre der Größte, weil der Grund und Boden hier im Dorf zur Hälfte ihm gehört.» Er deutete auf sein Rollpult. «Da ist ein Fläschchen mit Riechsalz drin. Holst du mir das bitte? Wir wollen ja nicht die ganze Nacht hier verbringen.»

Während Barry ans Schreibpult trat, ging ihm durch den Kopf, dass er Zeuge davon geworden war, wie Doktor O'Reilly eine kleine Operation ausgeführt hatte, so fachgerecht wie nur irgendein Chefchirurg am Krankenhaus. Und irgendwie hatte er diesem aufgeblasenen Gemeinderat zu verstehen gegeben, dass Höflichkeit auch dann auf Gegenseitigkeit beruhte, wenn Patienten gewisse Erwartungen an ihren Arzt hatten. O'Reilly auf der Nase herumtanzen? Nein, dachte Barry, davon war Councillor Bishop wirklich meilenweit entfernt gewesen.

7

Morgenstund hat Gold im Mund

❀

Ein Telefon klingelte. Barry tastete nach dem Hörer. Offenbar brauchte die Nachtschwester ihn auf einer Station. Doch die Hand, die er sich an Mr Kennedys Gatter verletzt hatte, schlug gegen einen fremden Nachttisch. «Au.» Der Schmerz machte ihn hellwach, und er erinnerte sich, dass er sich nicht in seinem Zimmer im Wohnheim der Assistenzärzte am *Royal Victoria Hospital* in Belfast befand, sondern oben in der Mansarde in O'Reillys Haus.

Die Tür öffnete sich, und ein Lichtstrahl vom Flur schob sich in sein Zimmer. Eine große Gestalt stand im Türrahmen.

«Aufstehen», brummte O'Reilly, «und sei leise, damit Kinky nicht gestört wird.»

«Ist gut.» Barry rieb sich mit den Knöcheln die Augen, sprang aus dem Bett, zog sich an und schlich nach unten, wo O'Reilly mit seinem schwarzen Arztkoffer in der Hand schon auf ihn wartete.

«Komm.» Durch die Küche gingen sie in den Garten hinaus, in den nur ein paar trübe Lichtstrahlen von einer Straßenlaterne fielen. Arthur Guinness streckte den Kopf aus seiner Hütte.

«Ich gehe nicht auf die Jagd», erklärte O'Reilly.

«Ruff», gab Arthur zurück und beäugte Barrys Hosenbein. Doch dann beschloss er wohl, dass Liebe zu dieser frühen Stunde zu anstrengend war. Er murmelte etwas auf Labradorisch vor sich hin und zog sich wieder in seine Behausung zurück.

Barry stieg in den Rover. «Wie spät ist es?»

«Halb zwei.» O'Reilly fuhr auf den Weg.

Barry gähnte.

«Mrs Fotheringham hat angerufen. Sie sagt, ihr Mann ist krank, aber ich habe da so meine Zweifel.» Er bog auf die Straße ab. «Major Basil Fotheringham hat jede nur erdenkliche Krankheit gehabt und noch ein paar dazu, von denen bisher nur die Marsmenschen geträumt haben. Nach Mitternacht verschlechtert sich sein Zustand immer, aber soweit ich das beurteilen kann, ist er kerngesund. Er bildet sich das alles bloß ein.» An der Ampel bog O'Reilly links ab.

«Aber warum fahren wir dann zu dieser nachtschlafenden Zeit in die Ballybucklebo Hills?»

«Kennst du die Geschichte vom Assistenzarzt und vom Oberarzt?», fragte O'Reilly und schaltete das Fernlicht ein.

«Nein.»

«Der Oberarzt kommt zur Morgenvisite. ‹Wie geht's unseren Patienten denn?›, fragt er. ‹Sehr gut›, antwortet der Assistenzarzt, ‹bis auf den einen, bei dem Sie überzeugt waren, dass er einfach neurotisch war.› ‹Ach›, sagt der große Mann, ‹der ist nach Hause entlassen worden, was?› ‹Nicht ganz, Sir. Er ist letzte Nacht gestorben.› Irgendwann wird selbst der schlimmste Simulant auch mal richtig krank.»

«Kapiert.»

«Gut. Und jetzt sei mal ruhig, es ist nicht mehr weit, aber ich muss überlegen, wie man hinkommt.»

Barry lehnte sich zurück und schaute zu, wie die gelben Scheinwerfer die schwarze Nacht vor ihnen durchdrangen. Seit sie Ballybucklebo verlassen hatten, hüllte die Dunkelheit sie vollkommen ein. Er schaute nach oben und sah hoch am nordwestlichen Himmel das Sommerdreieck: Altair, Vega und Deneb. Alle drei standen funkelnd am samtschwarzen Himmel, vor dem Silberschein der Milchstraße. Sein Vater war ein begeisterter Amateurastronom gewesen, wahrscheinlich, weil er im Krieg als Navigationsoffizier gedient hatte. Er hatte Barry mit den Sternbildern vertraut gemacht.

Inzwischen sahen seine Eltern andere Sterne, dachte Barry. Über ihren Köpfen funkelte das Kreuz des Südens. In ihrem letzten Brief aus Melbourne, wo sein Vater einen Zweijahresvertrag als technischer Berater hatte, hatten die beiden enthusiastisch von Australien erzählt und angedeutet, dass es dort für Ärzte die verschiedensten Möglichkeiten gab. Eine Sternschnuppe sauste aufflammend mitten durch den Orion, und Barry wurde bewusst, dass er unter dem nördlichen Sternenhimmel zu Hause war.

Der Wagen bremste vor einer Einfahrt. Barry kam auf die Erde zurück.

«Ich möchte, dass du mir da drinnen gleich bei allem, was ich sage, zustimmst, verstanden?», sagte O'Reilly.

Barry zögerte. «Aber Ärzte sind sich nicht immer einig. Manchmal ist eine zweite Meinung –»

«Tu mir einen Gefallen, mein Sohn.»

«Einen Gefallen?»

«Öffne das Tor.»

Barry stieg aus, machte das Tor auf und ließ O'Reilly durchfahren. Nachdem er das Tor wieder geschlossen hatte, ging er auf dem Kiesweg mit knirschenden Schritten auf ein zweistöckiges Haus zu. In dem Windfang aus roten

Backsteinen brannte ein Imitat einer Kutschenlampe. «Sag zu allem, was du da drinnen von mir hörst, ja und amen. Bitte tu mir den Gefallen.» Und wenn O'Reilly nun einen Fehler machte? Da stand der Arzt, eine dunkle Gestalt vor dem Licht, das durch die geöffnete Tür fiel, und sprach mit einer Frau im Morgenrock.

«Mrs Fotheringham, darf ich Ihnen meinen Assistenten Doktor Laverty vorstellen», sagte er, als Barry näher kam.

«Sehr erfreut.» Die Dame bemühte sich, den Akzent einer englischen Gutsbesitzerin nachzuahmen, was ihr aber nicht gelang. «Ganz lieb von Ihnen, dass Sie beide gekommen sind. Dem armen Basil geht's nicht gut. Gar nicht gut. Ganz und gar nicht.»

Unter ihrer gekünstelt vornehmen Sprechweise hörte Barry den rauen Tonfall Ulsters heraus. Es ist nicht alles Gold, was glänzt, dachte er, während er ihr folgte, erst durch einen Flur, auf dessen teurer Tapete gerahmte Drucke von Jagdszenen prangten, und dann eine mit dickem Teppich belegte Treppe hinauf in ein großes Schlafzimmer. Rosa Samtvorhänge verdeckten das Fenster und bissen sich mit dem blassorangefarbenen Tüll des Himmelbettes.

«Die Ärzte sind da, Liebling», flötete Mrs Fotheringham, während sie ans Bett trat und dem Mann, der darin lag, über die Stirn strich.

Major Fotheringham ließ sich noch tiefer in die Kissen sinken und gab einen Laut wie ein Maunzen von sich. Barry schaute nach Anzeichen für Fieber oder andere Symptome, aber auf der Stirn des Patienten war kein Schweiß zu entdecken, die wässrigen blauen Augen wirkten nicht unruhig, und die schmale Nase über dem militärisch zurechtgestutzten Schnauzbart tropfte nicht.

«Also», sagte O'Reilly, «wo liegt denn diesmal das Problem?»

«Es geht ihm ganz schlecht», erklärte Mrs Fotheringham. «Das sehen Sie doch bestimmt, Herr Doktor, oder?»

«Oh ja», brummte O'Reilly. Er schob die Salben und Tinkturen auf der Glasplatte eines reichverzierten Frisiertisches zur Seite und stellte seine Tasche neben die Fläschchen. «Aber es wäre hilfreich, wenn Major Fotheringham seine Symptome beschreiben könnte.»

«Mein armer Liebling», säuselte Mrs Fotheringham, «er kann ja kaum sprechen, aber ich glaube, es sind die Nieren.»

«Ach so», sagte O'Reilly, indem er das Stethoskop aus seiner Tasche zog. «Die Nieren, ja?»

«Ja, ja.» Mrs Fotheringham nestelte vorne an ihrem seidenen Morgenrock herum. «Ganz bestimmt. Ich glaube, er braucht eine gründliche Untersuchung.»

«Dann schaue ich ihn mir mal an.» O'Reilly trat ans Bett. «Streck mal die Zunge raus, Basil.»

Aha, dachte Barry, wieder das Gleiche. O'Reilly hatte nicht den geringsten Versuch gemacht, eine wie auch immer geartete Krankengeschichte zu erfahren, stattdessen stürzte er sich gleich in die körperliche Untersuchung. *Stimme mir in allem zu, was ich sage.* Na, das werden wir sehen.

«Mmmm», brummte O'Reilly, zog ein unteres Augenlid des Patienten herunter und betrachtete die Innenseite. «Mmmm-mmm.» Er griff nach Major Fotheringhams Handgelenk und machte viel Aufhebens davon, dass er auf seiner Armbanduhr auf die Sekunde genau die Zeit ablas. «Mmm.»

Barry beobachtete Mrs Fotheringhams schmales Gesicht, während sie jede Bewegung O'Reillys genau verfolgte. Immer, wenn O'Reilly sein «Mmm» brummte, atmete sie gespannt ein.

«Jetzt bitte mal den Schlafanzug aufknöpfen.» O'Reilly

legte dem Patienten die linke Hand auf den unbehaarten Brustkorb und klopfte mit zwei Fingern der rechten auf den Handrücken. «Mmm.» Er stopfte sich die Ohrstücke seines Stethoskops in die Blumenkohlohren und setzte dem Major den Schalltrichter auf die Brust. «Tief atmen.»

Major Fotheringham machte tiefe Atemzüge, ein – aus, ein – aus.

«Aufsetzen.»

Der Major gehorchte. Weiteres Abklopfen und Abhorchen, diesmal auf dem Rücken. Wieder tiefes Atmen und weitere «Mmms».

Mrs Fotheringham riss die kleinen Augen auf. «Ist es etwas Ernstes, Herr Doktor?»

O'Reilly nahm das Stethoskop aus den Ohren und drehte sich zu ihr. «Wie bitte?»

«Ist es etwas Ernstes?»

«Das werden wir sehen.» Er wandte sich wieder seinem Patienten zu. «Wieder hinlegen.» Rasch und gekonnt untersuchte O'Reilly den Bauch. «Mmm, hmm. Ich verstehe.»

«Was hat er, Herr Doktor?» In Mrs Fotheringhams Stimme hörte Barry die gleiche gespannte Erwartung, wie er sie von kleinen Kindern kannte, die um eine Süßigkeit betteln.

«Sie haben recht», sagte O'Reilly. «Es *könnten* die Nieren sein.»

Und wie um Himmels willen war er bitte schön auf diese Diagnose gekommen? Barry war verblüfft. Niemand hatte etwas von Fieber, Schüttelfrost oder Schwierigkeiten und Schmerzen beim Urinieren gesagt, und nichts von dem, was O'Reilly getan hatte, ähnelte auch nur annähernd einer Untersuchung der Nieren.

«Ich hab's dir ja gesagt, Liebling», wisperte Mrs Fotheringham selbstzufrieden, während sie ihrem Mann die Kissen aufschüttelte. Desinteressiert und genauso stumm wie zuvor lag der Major im Himmelbett.

«Aber es *müssen* nicht die Nieren sein.» O'Reilly griff nach seiner Tasche. «Ich glaube, hier ist ein Test angebracht, was meinen Sie, Doktor Laverty?»

Barry hielt O'Reillys Blick stand, schluckte und sagte: «Ich verstehe nicht ganz –»

«Doch, natürlich.» O'Reillys Augen wurden schmal, sein Tonfall wurde schroff.

«Aber –»

«In einem Fall wie diesem können wir gar nicht vorsichtig genug sein. Da stimmen Sie mir sicherlich zu, nicht wahr, Mrs Fotheringham?»

«Oh, selbstverständlich, Herr Doktor.» Sie lächelte O'Reilly an. «Selbstverständlich.»

«Dann ist das also geklärt.» Bevor Barry sich abwandte, warf O'Reilly ihm noch einen bitterbösen Blick zu. Dann kramte er in seiner Tasche herum, um schließlich eine Dose hervorzuziehen, die Barry sofort erkannte. Sie enthielt dünne Pappstreifen, mit denen man in einer Urinprobe Zucker oder Protein feststellen konnte. Was hatte der Alte bloß vor?

«Dazu werde ich allerdings Ihre Hilfe brauchen, Mrs Fotheringham.» O'Reilly reichte ihr einige Teststreifen.

«Ja, Herr Doktor.» Die Augen der Majorsgattin leuchteten, und sie konnte ihr zufriedenes Lächeln kaum verbergen.

«Ich möchte, dass Sie ...» O'Reilly schaute auf seine Uhr. «Es ist jetzt Viertel nach drei ... Also fangen Sie um vier mit dem Test an. Sorgen Sie dafür, dass Basil einen halben Liter Wasser trinkt.»

«Einen halben Liter?»

«Ja, er muss ihn ganz austrinken. Um vier verabreichen Sie ihm einen weiteren halben Liter, aber erst, nachdem er eine Probe abgegeben hat.»

«Was für eine Probe?»

«Eine Urinprobe», erklärte O'Reilly.

«Oh.»

«Tauchen Sie einen Teststreifen hinein und legen Sie den Streifen hier auf die Frisierkommode.»

Zweifelnd betrachtete Mrs Fotheringham ihre Handvoll Pappstreifen, zog die Nase hoch und sagte: «Also gut.»

Das klang, dachte Barry, als hätte man eine englische Memsahib im Bombay der Kolonialzeit gebeten, einen Haufen Elefantendung von der Straße zu entfernen. Sie würde es tun, ja, aber einzig und allein dem Königreich zuliebe.

«Und», erklärte O'Reilly weiter, «ich möchte, dass Sie diesen Test zu jeder vollen Stunde wiederholen, bis wir wiederkommen und die Ergebnisse prüfen.»

«Jede Stunde? Aber –»

«Das ist wirklich eine große Zumutung, Mrs Fotheringham, aber ...» – O'Reilly legte ihr seine große Hand auf die Schulter – «... ich weiß, dass ich mich auf Sie verlassen kann.»

Sie seufzte.

«Das sollte uns Klarheit verschaffen, meinen Sie nicht auch, Doktor Laverty?»

Barry nickte stumm. Obwohl er wusste, dass seine früheren Versuche, sich gegen O'Reilly aufzulehnen, fruchtlos gewesen waren, und obwohl er sicher war, dass jeder Protest, den er äußerte, mit Dampfwalzenwucht überrollt werden würde, verachtete er sich für seine Feigheit.

«Schön», sagte O'Reilly zu Barry. Dann wandte er sich an Mrs Fotheringham, die den kleinen Stapel Pappstreifen sortierte. «Fangen Sie also um vier an und denken Sie daran, dieser Test wird ein für alle Mal klären, wie krank Ihr Mann ist. Allerdings bin ich mir schon ziemlich sicher, was ihm fehlt.»

Sie nickte kleinlaut.

«Sie brauchen uns nicht an die Tür zu bringen», meinte O'Reilly, schon im Gehen, «Sie haben eine arbeitsreiche Nacht vor sich.»

• • •

Steif saß Barry im Rover. Er ärgerte sich über O'Reillys Hokuspokus, richtig wütend aber war er über sein eigenes Unvermögen, dagegen anzugehen. Mürrisch beobachtete er, wie zartgelbe Streifen am Himmel Pastelltöne in das Grau der Morgendämmerung malten. Er begann auf seinem Sitz herumzurutschen.

«Na los», sagte O'Reilly, «spuck's aus.»

«Fingal, ich –»

«– finde, deine Anamnese stinkt zum Himmel, und mit diesem ganzen Humbug mit den Teststreifen führst du bestimmt nichts Gutes im Schilde.»

«Also, ich –»

O'Reilly lachte. «Mein Sohn, ich kenne die Fotheringhams seit vielen Jahren. Der gute Major ist in seinem ganzen Leben nicht einen Tag richtig krank gewesen.»

«Warum hast du ihnen dann nicht einfach gesagt, sie sollten bis zum Morgen warten?»

«Hättest du das getan?»

«Wenn ich den Patienten so gut gekannt hätte, wie du ihn ja offenbar kennst, dann vielleicht.»

O'Reilly schüttelte den Kopf. «Das ist auch so eine kleine Regel von mir. Wenn die Patienten solche Angst haben, dass sie mich nachts rausrufen, dann fahre ich hin, auch wenn ich mir sicher bin, dass ihnen nichts fehlt.»

«Immer?»

«Herrgott, ja.»

Nichts in O'Reillys Tonfall deutete auf Stolz hin, fand Barry. Auch Selbstgefälligkeit war aus seiner Bemerkung nicht herauszuhören, er hatte bloß eine nüchterne Aussage über sein persönliches Arbeitsethos gemacht. «Verstehe», sagte Barry widerwillig, «aber was sollte dieser ganze Unsinn mit den Teststreifen? Von der Methode habe ich noch nie gehört.»

«Ach», sagte O'Reilly, während er in den Weg hinter seinem Haus einbog, «‹es gibt mehr Ding' im Himmel und auf Erden, als Eure Schulweisheit sich träumt, Horatio›.»

«Du kannst mich doch jetzt nicht mit *Hamlet* abspeisen, Fingal.»

O'Reilly bremste. «Nein, das wollte ich auch gar nicht. Aber du musst schon noch warten, bis wir wieder bei den Fotheringhams sind, dann kriegst du deine Antwort. Und jetzt sei so gut, spring raus und mach das Garagentor auf.»

Während O'Reilly den Wagen parkte, wartete Barry auf dem Weg. Er schaute an dem schiefen Kirchturm vorbei auf die Wolken, die von der aufgehenden Sonne angestrahlt wurden.

Der Landarzt stellte sich neben ihn und blickte ebenfalls nach oben. «Roter Himmel am Morgen bringt dem Seemann Kummer und Sorgen. Mal sehen, was der Rest des Tages für uns auf Lager hat.»

8

Wasser, Wasser, allüberall ...

❀

Nicht nur die Seeleute würden ihre liebe Not haben, nein, alle, die der Sommersturm erwischte, der seit den frühen Morgenstunden tobte, würden bis auf die Haut nass werden. Barry lauschte dem Regen, der gegen die Bogenfenster des Behandlungszimmers prasselte, und warf einen Blick auf die Uhr. Selbst jetzt noch, kurz vor Mittag, brauchte man Licht im Raum. Er streckte sich und rieb sich den Nacken, denn er spürte die Auswirkungen der unterbrochenen Nachtruhe. O'Reilly dagegen, der gerade einen älteren Mann mit Arthritis zur Tür geleitete, zeigte keine Spur von Müdigkeit, obwohl am Vormittag viel zu tun gewesen war.

Erneut ließ eine Regenbö die Scheiben erzittern.

«Gott im Himmel», sagte O'Reilly, «ich frage mich, ob in den Ballybucklebo Hills wohl schon ein bärtiger alter Mann in langem Gewand herumläuft und Holz sammelt und versucht, die Tiere paarweise zusammenzutreiben.»

«Das würde er nicht selber machen, für das Rumrennen hätte er Sem, Ham und Jafet», murmelte Barry.

«Ein vernünftiger Mann, der alte Noah.» O'Reilly grinste. «Lauf doch mal und guck, wer als Nächster dran ist.»

Barry schüttelte den Kopf, ging aber gehorsam zum Wartezimmer, wo er feststellte, dass nur noch eine Patientin übrig war. Die junge Frau hatte langes braunes Haar, das wie eine frisch aus der Schale befreite Rosskastanie glänzte, grüne Augen und ein Gesicht voller Sommersprossen. «Guten Morgen», sagte Barry, «würden Sie bitte mit durchkommen, Mrs äh …?»

«Galvin», ergänzte die Angesprochene. Schwerfällig erhob sie sich und griff sich dabei mit einer Hand ins Kreuz, während sie mit der anderen ihren dicken Bauch hielt.

«Ich bin ein bisschen langsam», erklärte sie mit einem schwachen Lächeln.

«Das ist in Ordnung; lassen Sie sich Zeit.» Barry trat zur Seite und ließ sie vorbeiwatscheln.

«Sieht aus, als würde es nicht mehr lange dauern.»

«Nur noch eine Woche.» Sie betrat das Behandlungszimmer. «Morgen, Doktor O'Reilly.»

«Wie geht's denn, Maureen?»

«Prima.» Sie kramte in ihrer Handtasche und brachte eine kleine Plastikflasche mit einer Urinprobe zum Vorschein.

O'Reilly nahm die Probe entgegen und reichte sie an Barry weiter. «Tauche da bitte eben einen Teststreifen rein, ja?»

Barry nahm die Probe mit zum Waschbecken hinüber und tat, wie ihm geheißen. Der Teststreifen zeigte nichts Auffälliges. Während er arbeitete, hörte er O'Reilly sagen: «Kommst du noch auf die Liege rauf, Maureen?»

Sie setzte sich auf die Untersuchungsliege. «Sind Sie sicher, dass da nur eins drin ist, Doktor O'Reilly? Ich fühle mich …»

«Ich habe dich doch erst vor einer Woche untersucht», sagte er, «aber wenn es dich beruhigt, bitten wir Doktor Laverty um seine Meinung.»

«Ich habe schon gehört, dass Sie einen neuen Assistenten haben», sagte Maureen Galvin.

O'Reilly bückte sich und schob einen Arm unter ihre Beine. «So», sagte er, indem er ihre Beine auf die Liege hob. Dann griff er an ihr vorbei. «Steck dir das Kissen unter den Kopf.»

Die Schwangere machte es sich bequem, und Barry beobachtete aufmerksam, wie O'Reilly die Fragen stellte, die so kurz vor der Geburt üblich waren, ihren Blutdruck maß und ihre Fußgelenke palpierte, um sicherzugehen, dass sie nicht geschwollen waren. «Gut, dann wollen wir mal deinen Bauch anschauen», sagte er schließlich.

Sie zog den Rock ihres Umstandskleides hoch. Der blaue Stoff war ausgeblichen, und an einer Seite war ordentlich ein kleiner Flicken aufgenäht. O'Reilly schob ihren Schlüpfer herunter, bis Barry unter ihrem mächtigen Bauch die ersten Schamhaare sehen konnte. Die Schwangerschaftsstreifen erschienen ihm wie silbrige Schneckenspuren, und ihm fiel auf, dass der Bauchnabel vom Druck der Gebärmutter, die die Bauchhöhle jetzt ganz ausfüllte, nach außen gepresst worden war. Er trat zurück und wartete, während O'Reilly die Untersuchung vornahm. In dieser ganzen Zeit wandte Maureen ihre grünen Augen nicht vom Gesicht des Arztes ab. Barry sah ihre Sorge, doch O'Reillys Züge verrieten nichts.

«Doktor Laverty?»

Während Barry an die Liege trat, rieb er sich kräftig die Handflächen, um sie zu erwärmen. «Es dauert nicht lange.»

«Lassen Sie sich Zeit, Doktor.» Maureen zuckte zusammen, als er mit der Untersuchung begann.

«Entschuldigung.»

«Kalte Hände, warmes Herz.» Sie lächelte ihm zu.

Als er ihren Bauch abtastete, spürte er auf der rechten Seite den Rücken eines Babys, dessen harter Kopf gleich über der Schambeinsymphyse lag. Mit Daumen und Zeigefinger seiner rechten Hand maß er das Köpfchen. Als er versuchte, es zu bewegen, rührte es sich kein bisschen.

«Hier.» O'Reilly reichte ihm ein Fetal-Stethoskop. Er setzte das weite Ende des Aluminiumtrichters auf die Bauchwand der Patientin und neigte das Ohr an das abgeflachte Ohrstück.

Poch-poch-poch-poch ... Barry horchte, zählte und schaute auf seine Uhr. «Einhundertvierzig.» Er sah, wie Maureens Augen schmaler wurden. Fragend runzelte sie die Stirn. «Vollkommen normal», erklärte Barry und freute sich, dass die kleinen Furchen wieder verschwanden.

«Und?», fragte O'Reilly.

Barry betete das Schema herunter, das er gelernt hatte. «Es ist ein Einling, Längslage, Kopf rechts, vordere Hinterhauptslage, Herzschlag ...»

«Einhundertvierzig», ergänzte O'Reilly, «und das andere stimmt auch.»

Barry lächelte selbstzufrieden.

«Machst du dir jetzt noch Sorgen, Maureen?»

Barry schaute der Schwangeren ins Gesicht. Die Furchen waren zurückgekehrt und hatten sich um drei steile, senkrechte Falten über der Nasenwurzel vermehrt. Die junge Frau schaute von O'Reilly zu Barry und wieder zu O'Reilly. «Wenn *Sie* mit mir sprechen, nicht, Herr Doktor.»

«Genau wie Doktor Laverty gesagt hat, Maureen, es ist nur ein Baby, ein einziges ...»

Einige Falten glätteten sich wieder.

«... und es liegt der Länge nach von oben nach unten, mit dem Köpfchen rechts und dem Hinterkopf nach vorn – das ist die ganz normale Lage. Ich glaube, der kleine Kerl will bald raus.»

Jetzt glättete Maureens Stirn sich vollkommen. Ihre grünen Augen funkelten, und ringsherum zeigten sich Lachfältchen. Sie stieß einen zufriedenen Seufzer aus. «Das ist wunderbar, ja.»

Barry räusperte sich. Ihm ging auf, wie sehr er die Frau mit seinem Fachchinesisch verwirrt hatte. O'Reilly jedoch hatte ihr in einfachen Worten das Wichtigste erklärt.

«So, du bist fertig.» O'Reilly half ihr von der Liege hinunter. Sie zog ihre Unterwäsche zurecht und strich sich das Kleid glatt. «Gut. Nächste Woche, gleicher Tag», meinte O'Reilly.

«Und wenn die Fruchtblase platzt oder die Wehen anfangen, dann rufe ich an.»

«Das wird alles prima klappen, Maureen», meinte O'Reilly. «Übrigens, wie geht's Seamus?»

«Sein Knöchel ist schon viel besser, Herr Doktor, und er hofft, dass die Hummer Ihnen geschmeckt haben.»

«Doch, sehr gut.» O'Reilly nahm sie am Ellbogen und führte sie zur Tür. «Sag ihm, er soll nächste Woche kurz reinschauen, dann sehe ich mir seinen Huf nochmal an.»

Die junge Frau blieb stehen und schaute ihm in die Augen. «Seamus meint es gut. Er hat ein Herz aus Gold, aber manchmal –»

«Mach dir keine Gedanken um Seamus», beruhigte O'Reilly sie. «Ich kümmere mich schon um ihn.» Er zwinkerte Barry zu, der gleich wieder das Bild eines fliegenden Bittstellers mit einem schmutzigen Fuß vor Augen hatte. Dieser Galvin war also der Ehemann der jungen Frau?

«Das brauchen Sie nicht mehr lange», wisperte Maureen O'Reilly zu. «Sie dürfen es keiner Menschenseele sagen, Herr Doktor, aber mein Bruder –»

«Der Bauunternehmer in Kalifornien?»

«Ja, der. Er hat da drüben Arbeit für Seamus, und wir haben uns die Fahrkarten für die Überfahrt zusammengespart. Sobald das Baby da ist, geht es los.»

«Wunderbar», sagte O'Reilly. Barry fragte sich, ob sein Chef sich über Galvins Neuanfang freute oder darüber, dass die Praxis einen der weniger beliebten Patienten loswurde.

«Aber sagen Sie's nicht weiter.»

«Versprochen.»

«Ich komme dann nächste Woche wieder.» Maureen verabschiedete sich und ging.

«So was», brummte O'Reilly. Er setzte sich ans Schreibpult und trug die Befunde in Maureens Karte ein. «Vielleicht muss unser guter Seamus in Amerika tatsächlich richtig arbeiten. Aber wo haben die beiden das Geld her? Er hat eigentlich Schreiner gelernt, aber soweit ich weiß, hat er hier noch nie einen Finger krummgemacht.» O'Reilly blickte auf. «Eins der kleinen Geheimnisse im Leben. War ihre Urinprobe übrigens in Ordnung?»

«Ja.» Barry zögerte. «Es tut mir leid, dass ich ihr den Tastbefund nicht besser erklärt habe.»

O'Reilly fischte seine Pfeife aus der Tasche und zündete sie an. «Ja, aber nächstes Mal machst du's anders, oder?»

«Ganz bestimmt.»

«Prima», nickte O'Reilly. «Und jetzt räume die Sachen für den Urintest weg. Nach dem Mittagessen müssen wir dann los und noch einen weiteren Test auswerten.»

• • •

«Wunderbar, Kinky» – O'Reilly schob seinen Teller weg –, «und diese Hummer gestern Abend – die waren einfach ein Gedicht.»

«Aber, aber, Doktor O'Reilly», sagte Kinky. Barry sah die Fältchen in ihren Augenwinkeln tiefer werden, und auf ihren üppigen Wangen bildeten sich Grübchen. «Das war ja nur eine Kleinigkeit.»

«Sie waren köstlich, Mrs Kincaid.»

«So, ja, na ja, Sie müssen schließlich bei Kräften bleiben, Doktor Laverty. Ihre Kordhosen haben ausgesehen, als wären Sie gestern ein Rennen durchs Moor von Allen gelaufen.»

«Sehr schmutzig», stimmte Barry zu.

«Keine Sorge.» Wieder lächelte sie. «Ich habe sie gewaschen und zum Trocknen aufgehängt.»

«Danke.»

Geschäftig verließ sie den Raum, rief aber noch: «Und ich glaube, heute meint der Herrgott es gut mit Ihnen. Kein einziger Anruf, und draußen schüttet es wie aus einem Feuerwehrschlauch, ja.»

«Das stimmt wohl», gab O'Reilly zurück, «aber die Gottlosen haben keinen Frieden. Wir müssen nochmal zu den Fotheringhams.»

«Wenn du nicht diesen merkwürdigen Test angeordnet hättest», warf Barry mutig ein, «dann müssten wir nicht wieder hin.»

«Geduld, mein Sohn.» O'Reilly wischte sich den Mund ab. «Der Major und seine Gattin amüsieren sich bestimmt bestens.»

In dem Sturzregen, der den Garten peitschte, unreife Äpfel ins nasse Gras warf und Barry auf dem Weg zur Garage im Gesicht brannte, ließ Arthur Guinness sich nicht einmal durch Barrys Hosenbeine verlocken, auch nur die Schnauze aus der Hütte zu strecken.

«Schöner Tag für Enten», bemerkte O'Reilly, als er aus der Garage herausfuhr.

Barry lauschte dem Trommeln auf dem Wagendach, hörte das rhythmische Quietschen der Scheibenwischer, die einen vergeblichen Kampf gegen die Wassermassen führten, sah Wassertropfen vom dampfenden Straßenbelag abprallen. O'Reilly weigerte sich, Zugeständnisse an die miserablen Sichtverhältnisse zu machen, und ließ den Wagen um die Kurven schleudern.

Um sich von O'Reillys Kamikaze-Fahrstil abzulenken, murmelte Barry vor sich hin:

Wasser, Wasser, allüberall,
Doch schrumpften Plank' und Rah.
Wasser, Wasser, allüberall ...

«Doch nichts zu trinken da», beendete O'Reilly die Strophe. «Samuel Taylor Coleridge, 1772 bis 1834, Dichter und Opiumsüchtiger. Ja, Wasser», fuhr der Arzt fort, während er in die Einfahrt der Fotheringhams einbog, «ich bin gespannt, wie die beiden hier damit klargekommen sind.»

Barry flitzte hinter O'Reilly her und suchte unter dem überdachten Hauseingang Schutz, bis Mrs Fotheringham mit trübem Blick und unfrisiert die Tür öffnete. Ihr Morgenrock wies diverse dunkle, feuchte Flecken auf.

«Gott sei Dank, dass Sie da sind.» Die Majorsgattin hielt sich den Rücken ihres Unterarms an die Stirn, in einer dramatischen Geste, die Barry an die alternde Stummfilmdiva Norma Desmond in Billy Wilders uraltem Film *Sunset Boulevard* erinnerte. Sie schien einer Ohnmacht nahe zu sein. «Kommen Sie herein. Legen Sie ab.» Barry zog seinen triefenden Regenmantel aus, hängte ihn neben O'Reillys Mantel an den Garderobenständer in der Diele und folgte den beiden nach oben.

Mit schwarzen Ringen unter den blutunterlaufenen Augen lehnte Major Fotheringham in seinen Kissen. «Doktor O'Reilly», krächzte er, «das war eine höllische Nacht. Höllisch, sage ich.»

«Oje», sagte O'Reilly mit seiner einfühlsamsten Stimme. «Na, dann wollen wir mal sehen, was der Test ergeben hat. Kommen Sie und sehen Sie sich die Sache an, Doktor Laverty.»

Barry stellte sich neben O'Reilly vor die Frisierkommode, auf der in Reih und Glied vierzehn uringetränkte Pappstreifen lagen. Ein schwacher Ammoniakgeruch hing in der Luft. Kein einziger Teststreifen hatte seine Farbe verändert.

«Aha», bemerkte O'Reilly vielsagend, «aha.»

Barry war verblüfft. Wenn die Teststreifen sich nicht verfärbten, hieß das, dass im Urin des Patienten nichts Besorgniserregendes festzustellen war.

«Was fehlt ihm, Doktor O'Reilly?» Mrs Fotheringhams Stimme hatte einen bettelnden Unterton.

«Darf ich jetzt mit dem Test aufhören?» Mr Fotheringhams flehender Tonfall hätte selbst das Herz des Pharaos erweicht.

«Das dürfen Sie», sagte O'Reilly. «Und Sie, liebe Mrs Fotheringham, haben ein großes Lob verdient, weil Sie Ihre Pflicht so gewissenhaft erfüllt haben.»

«Danke, Herr Doktor», säuselte sie. «Aber was hat er denn nun?»

«Ach so.» O'Reilly schaute von einem zum andern. «Erinnern Sie sich, dass ich Ihnen heute Nacht gesagt habe, ich wäre mir ziemlich sicher, was es ist?»

«Ja.»

«Nun, und jetzt bin ich mir absolut sicher, und Doktor Laverty hier wird mir gewiss vorbehaltlos zustimmen.»

Du altes Stinktier, dachte Barry. Musstest mir unbedingt noch eins auswischen, was? Aber er entschloss sich mitzuspielen. «Ja, ohne jeden Vorbehalt», erklärte er mit ernster Miene.

«Also, was Ihnen fehlt, mein lieber Major Fotheringham?» O'Reilly schien bis drei zu zählen. «Leider muss ich Ihnen mitteilen, dass Ihnen überhaupt nichts fehlt. Nicht das Geringste.»

Barry sah, wie Mrs Fotheringham der Unterkiefer heruntersackte. «Nichts?», flüsterte sie. «Gar nichts?»

«Na ja», räumte O'Reilly ein, «er hat vielleicht ein bisschen viel Wasser im Bauch, aber abgesehen davon fehlt ihm nichts.»

Barry hatte große Mühe, sich das Lachen zu verbeißen.

O'Reilly deutete auf die durchweichten Pappstreifen. «Die Teststreifen dürfen Sie behalten, und wenn Sie glauben, dass Sie mich brauchen, wann auch immer es sein sollte, ob tagsüber oder mitten in der Nacht, zögern Sie nicht, mich anzurufen.»

«Ja», sagte Mrs Fotheringham müde.

«Schön», meinte O'Reilly. «Und jetzt verabschieden wir uns. Wir haben noch mehr Besuche zu machen.»

Das war Barry neu. Hatte Kinky nicht gesagt, heute wäre kein einziger Anruf gekommen? Aber inzwischen konnte ihn im Hinblick auf Doktor Fingal Flahertie O'Reilly kaum noch etwas überraschen.

9

Katzen auf dem kalten Schindeldach

❀

«Ich dachte, das wäre der einzige Krankenbesuch für heute Nachmittag.» Barry zog die Autotür zu.

«Nur noch ein paar.» O'Reilly setzte zurück. «Ich glaube», sagte er mit einem breiten Grinsen, «dass der Major und seine Gattin uns jetzt erst mal eine ganze Weile nicht rufen werden. Was meinst du?»

«Wohl kaum.» Unwillkürlich musste Barry lachen. «Du übst die Heilkunde zwar etwas anders aus, als ich es gelernt habe, aber es scheint zu funktionieren.» Im Geiste sah er sechs Hinterteile vor sich, die durch die Kleidung hindurch Spritzen verpasst bekamen.

«Und zwar ganz hervorragend, mein Junge.» O'Reilly kramte in seiner Tasche nach der Pfeife. «Wie du siehst, gibt es mehr Arten, eine Katze umzubringen, als sie in Sahne zu ertränken. Als ich angefangen habe, habe ich geglaubt, alle Patienten würden sich wie anständige Mitmenschen benehmen und ihren Arzt respektvoll behandeln. Vor zwanzig Jahren hätte ich den Fotheringhams die Leviten gelesen, weil sie mir die Zeit gestohlen haben.»

Barry senkte den Blick. Genau das hätte er auch getan.

«Aber ich habe schnell gelernt, dass bei vielen Vertretern

der Spezies *Homo sapiens* Rücksichtnahme nicht gerade zu den starken Seiten zählt.»

«Das ist mir auch schon aufgefallen.»

«Und sie anzuschreien bringt überhaupt nichts.»

«Bei Seamus Galvin hat es doch gewirkt, oder?»

«Seamus?» O'Reilly lachte. «In den Holzkopf könntest du selbst mit einem Vorschlaghammer keinen Gedanken reinprügeln. Der ist ein Unikum.» Er zündete seine Pfeife an, und bald war der Wagen von beißendem Qualm erfüllt. «Bei den anderen Dickschädeln besteht der Trick meistens darin, ihre gesundheitlichen Beschwerden nach bestem Wissen und Gewissen zu behandeln, ohne dabei dauernd nach ihrer Pfeife zu tanzen. Man kann sie erziehen, aber dabei muss man vorgehen wie die Schlange im Paradies.»

«Du meinst, die Schlange war schlauer als alle anderen Tiere?»

«Genau. Das haben sie euch aber auf der Universität nicht beigebracht.» O'Reilly bremste an der Ampel. Durch die Straße, die vom Meer heraufführte, heulte eine Windbö heran, die den Wagen zum Schaukeln brachte. «Wie bist du eigentlich darauf gekommen, Medizin zu studieren?», fragte er.

Barry zögerte. Diese Entscheidung war eine sehr persönliche gewesen, und die wahren Gründe behielt er normalerweise lieber für sich. Er versuchte der Frage auszuweichen. «Als ich mit der Schule fertig war, hat mein Vater gesagt, für Physik oder Chemie wäre ich zu dumm, mit einem Kunststudium könnte ich kein Geld verdienen, das Priestertum käme nicht in Frage, weil ich nicht katholisch bin – und wie ein Soldat sähe ich auch nicht aus. Also blieb nur noch die Medizin übrig.»

O'Reilly brach in schallendes Gelächter aus. «Das klingt ganz nach Tom Laverty.» Doch er wurde gleich wieder ernst und sah Barry in die Augen. «Aber da steckte noch mehr dahinter, oder?»

«Die Ampel ist grün, Fingal.»

«Tatsächlich.» Mit quietschenden Reifen bog der schwere Wagen nach rechts ab. «Du hast meine Frage noch nicht beantwortet», sagte O'Reilly, als sie wieder geradeaus fuhren.

«Na ja, ich –»

«Du redest nicht gerne darüber, aber du hattest irgendwie das Gefühl, dass du Menschen helfen wolltest. Dass du etwas Sinnvolles tun wolltest.»

«Woher weißt du das denn?»

«Und in der Schule hattest du nicht besonders viele Freunde, also hast du gehofft, wenn du Arzt wirst, mögen dich die Leute ...»

Barrys Gedanken wanderten zu seiner Internatszeit zurück. Abgesehen von Jack Mills hatte er keinen richtigen Freund gehabt. Weil er ein guter Schüler gewesen war, hatten die tonangebenden Kreise seiner abgeschlossenen kleinen Welt ihn geschnitten. Seine vier Internatsjahre waren einsam gewesen.

«Hab ich mir gedacht», meinte O'Reilly. «Also, die Mehrzahl der Patienten wird dich nicht lieben. Sie werden sich bedanken, wenn du's richtig gemacht hast, und dich wie den letzten Dreck behandeln, wenn nicht – und du wirst ganz bestimmt Fehler machen, da gibt's gar keinen Zweifel.»

Barry fragte sich, wie dieser Bär von einem Mann, der da neben ihm saß, ihn so durchschauen konnte.

«Einige werden keine Rücksicht darauf nehmen, dass du vierundzwanzig Stunden am Tag in Rufbereitschaft bist, und manche, wie der gute Councillor Bishop, sind verdammt unhöflich und furchtbar anstrengend. Wo wir gerade bei Bishop sind – in den Adern dieses Mannes fließt genug Säure, um die Batterien eines U-Boots damit aufzuladen.» O'Reilly schob seine Pfeife wieder in die Jackentasche. «Du darfst dich von solchen Leuten wie den Bishops einfach nicht ins Bockshorn jagen lassen. Und unser Beruf hat auch eine gute Seite: Wenn du mit einer Diagnose wirklich richtigliegst, wenn du im Leben eines Patienten tatsächlich etwas bewirken kannst und irgendwann merkst, dass du tatsächlich in die Dorfgesellschaft hineinpasst, dann ist es der Mühe wert.»

«Glaubst du wirklich?»

«Ich weiß es, mein Junge. Ich weiß es hundertprozentig.» O'Reilly umklammerte das Lenkrad. «Man muss nur dranbleiben. Steter Tropfen höhlt den Stein.»

«Warum hast du dich für die Medizin entschieden?», fragte Barry nach einigem Zögern.

«Hm», brummte O'Reilly. «Dein Freund Galvin hat sich einmal einen Schwingschleifer über die Hand gezogen, bloß um auszuprobieren, wie sich das anfühlt. Als ich ihn gefragt habe, was er sich dabei gedacht hat, weißt du, was er da gesagt hat?»

Stumm schüttelte Barry den Kopf.

«‹Ich hab gedacht, es wäre eine gute Idee›, hat er gesagt.» O'Reilly schüttelte sich vor Lachen und wischte mit dem Handrücken die beschlagene Windschutzscheibe frei. «Sieht aus, als wollte es aufklaren», bemerkte er.

Barry wurde bewusst, dass O'Reillys Schnodderigkeit ebenso sehr der Tarnung diente wie die Farbe auf dem Rumpf des alten Kriegsschiffs auf den Fotos oben im Flur. Er beschloss, der Sache nicht weiter nachzugehen, und schaute aus dem Fenster.

Der Rover schnurrte am Ufer der Bucht entlang. Nur ein grasbewachsener Randstreifen, gesprenkelt mit den rosa

Blütenköpfchen der Grasnelken, trennte die Straße von den zerklüfteten regenschwarzen Felsen. Obsidiangrüne Brecher krachten gegen das Gestein, sodass die Gischt über die Straße flog. Was hatte O'Reilly gesagt? *Steter Tropfen höhlt den Stein.* Barry schmunzelte.

Der Wagen verlangsamte sein Tempo, und O'Reilly parkte ihn mit zwei Rädern auf dem Grasstreifen. Vor einem Häuschen mit grauen Mauern, Schindeldach und Blumenkästen mit leuchtenden Petunien vor den Sprossenfenstern stiegen sie aus. O'Reilly klopfte an die Haustür. Barry erkannte die Frau, die ihnen öffnete, sogleich wieder: Maggie MacCorkle hatte zwar ihren Hut mit den Geranien nicht auf, trug aber wieder mehrere Schichten Strickjacken übereinander und ihren langen, rostfarbenen Rock.

«So ein Schietwetter. Kommen Sie schnell rein», sagte sie. «Da draußen ertrinkt man ja.»

Sie schloss die Tür hinter ihnen. Eine einzige Öllampe, die auf einem kleinen Eichentisch stand, beleuchtete den niedrigen Raum. Barry sah einen kleinen Gasherd, ein emailliertes Spülbecken, daneben ein Gestell mit trocknendem Geschirr, und eine Reihe von Wandschränken. Rechts und links vom Kamin, in dem Kohlen glühten, standen zwei Sessel. Auf dem einen lag eine riesige gelbe Katze. Sie hatte sich zu einer Kugel zusammengerollt und den Schwanz über die Nase gelegt, doch Barry fiel auf, dass ihr ein Ohr fehlte und ihr linkes Auge durch eine Narbe verschlossen war.

«Wie wär's mit einem Tässchen Tee, Herr Doktor?»

«Nein, danke, Maggie. Wir sind nur eben auf einen Sprung hereingekommen», erklärte O'Reilly. «Wie geht's mit den Kopfschmerzen?»

Barry bemerkte, dass O'Reilly sich rasch im Raum umsah, während er sprach.

«In Lourdes hätte es mir nicht besser ergehen können»,

sagte sie strahlend und bekreuzigte sich. «Das ist wirklich ein Wunder, ja doch. Diese kleinen Pillen –»

«Schön.» O'Reilly warf Barry einen raschen Blick zu.

«Zur Hölle mit dir, General, runter da.» Maggie schob die protestierende Katze aus dem Stuhl. «Setzen Sie sich doch ans Feuer, Herr Doktor.»

O'Reilly sank in den frei gewordenen Sessel. «Und wie geht's dem General, Maggie?» Er kraulte der Katze den Kopf. «Immer zu Streichen aufgelegt?»

«Der» – Maggies runzliges Gesicht verzog sich zu einem zahnlosen Grinsen –, «der würde noch in einem verlassenen Haus Zwietracht säen.» Sie wandte sich an Barry. «Nehmen Sie Platz.»

Er schüttelte den Kopf, fragte aber aus Neugierde: «Warum nennen Sie Ihre Katze General, Miss MacCorkle?»

Die Alte kicherte in sich hinein. «Das ist sein Kosename. Mit vollem Namen heißt er General Sir Bernard Law Montgomery – was, mein kleiner Satansbraten?» Beim Klang ihrer Stimme wandte die Katze ihr das gesunde Auge zu. «Er gleicht dem Mann, nach dem er benannt ist, aufs Haar. Stammt aus Ulster und liebt eine ordentliche Prügelei, stimmt's?»

Der General gab ein tiefes Knurren von sich, legte sein Ohr flach an den Kopf und starrte Barry finster an.

«Sie müssen wissen, er versteht nämlich alles, was ich sage», erklärte Maggie.

Der Blick des Katers gefiel Barry gar nicht. Er trat einen Schritt zurück.

«Keine Sorge», beruhigte Maggie ihn. «Sie sind ihm nicht groß genug, da geht er nicht hinterher.»

O'Reilly erhob sich. «Wir müssen weiter, Maggie. Aber denk dran», sagte er, schon auf dem Weg zur Tür, «komm vorbei, wenn du dich nicht wohl fühlst.»

«Das mache ich. Und danke, dass Sie reingeschaut haben.»

«Keine Ursache», meinte O'Reilly, «wir sind unterwegs zu Sonny.»

«Sonny?» Maggie lachte meckernd. «Der arme alte Sonny. Er ist nicht besonders gut auf mich zu sprechen.»

«Aha?»

«Nein. Gestern ist sein Spaniel hier vorbeigekommen, aber der General hier hat sich den Hund vorgeknöpft, was, General?»

Bei dem Wort Hund schien das Knurren des Katers noch tiefer zu werden. Er machte einen Buckel und fauchte.

Maggie hielt die Tür auf. «Sonny wird Ihnen die ganze Geschichte erzählen, aber da müssen Sie nichts drauf geben. Er ist doch bloß ein alter Brummbär.»

• • •

«Ich wusste nicht, dass Miss MacCorkle dich um einen Besuch gebeten hatte», meinte Barry, als er die Autotür schloss.

«Hat sie auch nicht.» O'Reilly fuhr los. «Aber an Tagen, an denen nicht viel los ist, bemühe ich mich immer, bei meinen Sorgenkindern vorbeizuschauen.»

«Du hast dich bei ihr nach etwas umgesehen. Was war das?»

«Ach, Kleinigkeiten. Ob das Geschirr abgewaschen war, keine halbvollen Töpfe auf dem Herd standen, der Fußboden sauber –» O'Reilly bog in eine schmale Straße ab. «Maggie ist zwar ein bisschen anders, aber sie sorgt selbst für sich, und ich möchte sichergehen, dass das klappt. Wenn sie anfängt, ihr Häuschen zu vernachlässigen, müssen wir vielleicht überlegen, ob ein Heim nicht besser für sie wäre.» O'Reillys Stimme wurde sanfter. «Und weil ich Maggie gar nicht gern in einem Heim sehen würde, halte ich ein Auge auf sie ...»

«Das ist sehr anständig von dir.»

«Ganz und gar nicht», widersprach O'Reilly schroff. «Bei dieser Arbeit geht es eben nicht nur um Laufnasen und Hypochonder, die einen mitten in der Nacht aus dem Bett holen.»

«Ich verstehe.»

«Nach unserem nächsten Stopp wirst du mich noch besser verstehen», brummte der Landarzt.

«Sonny?»

«Sonny. Also, das ist wirklich eine Geschichte für sich.» O'Reilly bremste, weil weiter vorn ein Trecker ihren Weg kreuzte. Inzwischen war es im Wagen leiser geworden, denn der Regen hörte auf, ganz wie O'Reilly vorhergesagt hatte. Schon begann der nasse Asphalt der Straße in der Sommersonne zu dampfen. O'Reilly gab wieder Gas.

«Von Sonny erzähle ich, wenn wir bei ihm waren», sagte er, «aber wenn du Maggie ein bisschen verschroben findest ...» – er parkte am Straßenrand –, «... was hältst du dann hiervon?»

«Ach, du liebe Güte.»

Auf der anderen Straßenseite standen alte Autos, Fernsehgeräte, ein verrosteter Mähdrescher und Klappstühle aus Plastik. Stromkabel, die von den Ästen einer Lärche herunterhingen, führten zu einem der Fernseher und zu einem Wäschetrockner mit gläserner Tür. Barry konnte die Wäsche darin wirbeln und tanzen sehen. Die gelben Verlängerungskabel kamen aus einem Haus ohne Dach, das ein Stückchen von der Straße entfernt stand. Die Dachbalken waren verwittert und zum Teil eingebrochen. Efeu kletterte an den Wänden hoch und rankte sich über die Fensterscheiben.

Dort, wo der Vorgarten hätte sein sollen, drängten sich weitere Schrottautos, Motorräder, Ackergeräte und ein gelber Wohnwagen. Ein Mann in einem braunen Regenmantel, der in der Taille mit Strohballenband zusammengebunden war, kletterte aus einem der rostenden Autos, ging zum Wohnwagen hinüber und öffnete die Tür. Fünf Hunde stürzten heraus. Kläffend wetteiferten sie um die Aufmerksamkeit ihres Herrchens.

O'Reilly hatte die Straße überquert und stand neben dem Fernsehgerät. Barry folgte ihm.

«Wie geht's, Sonny?», rief der Arzt.

«Ich komme schon.» Sonny begab sich zu einem Tor und schlüpfte hindurch. «Jetzt seid lieb und bleibt da drin», sagte er zu den Hunden, die jaulend und bellend hinter einer niedrigen Hecke entlangrasten. «Still jetzt», schimpfte er, während er sich Barry und O'Reilly näherte, und der Lärm ließ nach. «Herr Doktor.» Er schüttelte O'Reilly die Hand.

«Sonny, das hier ist Doktor Laverty», wurde Barry vorgestellt.

«Freut mich, Sie kennenzulernen, Sonny.» Barry starrte den Mann an. Er war fast so groß wie O'Reilly und älter als der Arzt, aber er stand in der Haltung eines Oberstabsfeldwebels vor ihnen. Er trug einen gelben Südwester, unter dem eisgraue Locken auf seine Schultern wallten. Seine Augen waren so hell wie die eines Collies, während seine geröteten Wangen verrieten, dass er seit Jahren Wind und Wetter ausgesetzt war. Aber, fragte sich Barry, wies die Gesichtshaut über den Wangenknochen nicht einen ganz leichten Blauschimmer auf?

«Hast du neue Kartoffeln?», fragte O'Reilly.

«Ja.» Sonny griff hinter den Trockner und zog einen kleinen Sack hervor. «Fünf Shilling und Sixpence.» O'Reilly zählte die Münzen in eine Hand, die von Arthritisknötchen verkrümmt war.

«Ich hab dir hiervon noch welche mitgebracht.» Nachdem O'Reilly das Säckchen entgegengenommen hatte, reichte er Sonny zwei kleine Plastikflaschen mit Medikamenten.

«Wie viel bin ich Ihnen dafür schuldig?» Sonny griff in seine Hosentasche.

«Das sind Muster», meinte O'Reilly. «Die Vertreter der Pharmafirmen schenken sie mir.»

«Sie nehmen mich doch nicht etwa auf den Arm? Ich kann bezahlen, wissen Sie.»

«Nein, überhaupt nicht», beruhigte O'Reilly ihn. «Wie geht's den Hunden?»

«Ausgezeichnet, bis auf Sandy. Der dumme Kerl hat sich mit Maggies Kater angelegt.»

«Das habe ich schon gehört», meinte O'Reilly grinsend.

«Und wie geht's dem alten Mädel?» Barry hörte Zärtlichkeit aus Sonnys Worten heraus.

«Gut», meinte O'Reilly.

«Das freut mich zu hören.» Sonnys blasse Augen wurden sanft. «Verrücktes altes Huhn.»

«Ja», sagte O'Reilly, «also, wir müssen jetzt weiter.»

«Danke, Herr Doktor.» Sonny nahm sich einen Klappstuhl und stellte ihn auf. «Ich setze mich einfach eine Weile hier hin, jetzt, wo die Sonne rausgekommen ist.» Er ließ sich auf dem Plastikstuhl nieder und warf einen Blick auf den Trockner. «Meine Klamotten sind fast fertig.» Auf der anderen Seite der Hecke heulte ein Hund. «Still jetzt», rief Sonny, «ich komm ja gleich.»

• • •

«Was war das denn?», fragte Barry, als O'Reilly den Rover in Richtung Heimat lenkte.

«Stolz», erklärte O'Reilly. «‹Wer zugrunde gehen soll, der wird zuvor stolz; und Hochmut kommt vor dem Fall.› Sprüche, Kapitel 16, Vers 18.»

«Stolz?»

«Sonny ist der halsstarrigste Mensch, dem ich jemals begegnet bin, und gleichzeitig ist er einer der zufriedensten, die ich kenne. Er hat einen Doktor, weißt du, und früher hat er für ein großes Chemieunternehmen in Belfast gearbeitet, aber jetzt bleibt er lieber zu Hause und wohnt in seinem Auto.»

«Im Auto? Da stand doch ein Wohnwagen.»

«Für die Hunde.» O'Reilly schmunzelte. «Seine Hunde gehen Sonny über alles.»

«Aber warum wohnt er im Auto? Kann er das Dach auf seinem Haus nicht reparieren lassen?»

«Ja … und nein. Erinnerst du dich an unseren ehrenwerten Councillor Bishop?»

«Ja.»

«Der ist Bauunternehmer. Vor zwanzig Jahren hat Sonny Bishop beauftragt, das Dach zu ersetzen. Vor seiner Hochzeit wollte er das Haus tadellos in Schuss bringen.»

Barry erinnerte sich, wie Sonny sich nach Maggie MacCorkle erkundigt hatte. «Er wollte Maggie heiraten?»

«Ja, aber – und das war das Problem – Bishop, der größte Geizhals, den die Welt je gesehen hat, wollte Sonny beschwindeln, als es um den Preis einer Fuhre Dachziegel ging.»

«Nachdem die alten Schindeln schon abgedeckt waren?»

«Ganz genau. Daraufhin hat Sonny sich geweigert, Bishop für die schon geleistete Arbeit zu bezahlen. Bishop hat gesagt, dann könnte er auf sein neues Dach warten, bis er schwarz wird. Und Maggie wollte keinen Mann heiraten, der ihr buchstäblich kein Dach über dem Kopf bieten konnte. Sonny kündigte seine Stelle und zog in sein Auto, und jetzt lebt er davon, dass er Gemüse und Alteisen verkauft. Das ist der Stand der Dinge.»

«Nicht zu fassen. Seit zwanzig Jahren?»

«Ja.» O'Reilly bog in den Weg zu seiner Garage ein. «So sieht die Sache aus.»

«Sonny geht es nicht so gut, oder?»

«Warum sagst du das?»

«Seine Wangen sind ein wenig bläulich verfärbt.»

«Gut beobachtet.»

Barry lächelte. «Herzinsuffizienz?»

«Nur eine leichte.» O'Reilly hielt an.

«Was hast du ihm gegeben?»

«Digitalis und ein Diuretikum. Damit kriegt er es bisher ganz gut in den Griff.»

Barry runzelte die Stirn. «Und die geben die Pharmavertreter dir umsonst?»

«Ach», meinte O'Reilly, «wer viel fragt, kriegt viele Antworten. Jetzt sei mal so gut und öffne das Garagentor.»

• • •

In der Küche wurden sie von Mrs Kincaid begrüßt.

«Irgendwelche Anrufe, Kinky?», fragte O'Reilly.

«Kein einziger, aber da ist eine Kleinigkeit, um die Sie sich kümmern sollten, ja.»

«Aha?»

Mrs Kincaid schaute an Barrys Hosen hinunter. «Sind Sie schon wieder im Moor gewesen? Sie sind ja bis zu den Knien eingesaut.»

«Arthur», meinte Barry resigniert. «Er hat sich so gefreut, dass ich wieder da bin.»

O'Reilly lachte. «Er ist richtig vernarrt in dich.»

Verdammter Köter, dachte Barry.

«Nur gut, dass ich Ihre andere Hose gewaschen habe.» Mrs Kincaid sah hoch.

Barry folgte ihrem Blick. Über seinem Kopf, auf einem Holzgestell, das von einer Art Flaschenzug hochgezogen wurde, entdeckte er seine Kordhose.

«Danke, Mrs Kincaid.»

«Ich will ja nicht stören», unterbrach O'Reilly, «aber Sie haben gesagt, da wäre noch was, worum ich mich kümmern muss.»

Ihre blanken kleinen Äuglein verschwanden fast, als sie lächelnd sagte: «In der Praxis», und ihnen voran die Küche verließ.

Sie folgten Mrs Kincaid in den Behandlungsraum. «Als Sie gerade weg waren, hat es an der Tür geklingelt. Das da habe ich auf der Vordertreppe gefunden.» Die Haushälterin deutete auf einen Deckelkorb, der auf der Untersuchungsliege stand.

«Ach, du lieber Gott», stöhnte O'Reilly, «das ist doch nicht etwa ein Findelkind?»

Wenn ja, dachte Barry, dann gibt es für ein Baby höchst ungewöhnliche Laute von sich. Ein leises, böses Knurren, dessen Obertöne an ein Nebelhorn erinnerten, ertönte aus dem Korb.

«Na», sagte O'Reilly, «dann will ich mal nachschauen.» Er klopfte gegen den Korb.

Entsetzt wich Barry zurück. Der Korb machte auf der Liege einen Sprung, als hätte eine Urkraft ihn bewegt. Das Knurren wurde um etwa zehn Dezibel lauter.

«Seien Sie vorsichtig, Doktor.» Mrs Kincaid kreuzte die

Zeigefinger, um den bösen Blick abzuwehren. O'Reilly klappte den Deckel auf. Ein weißer Blitz schoss aus dem Behältnis hervor und landete mit einem letzten schrillen Schrei auf O'Reillys Schulter.

«Nein, so was. Eine Katze!» O'Reilly griff nach dem Tier und holte es von seinem Ausguck herunter. «Muschi-musch. Muschi-musch.» Mit der einen Hand hielt er die Katze fest, mit der anderen streichelte er sie. Sie wehrte sich kurz, dann gab sie sich offenbar mit ihrem Los zufrieden und schmiegte den Kopf in O'Reillys Hand. Barry hörte ein leises Rumpeln. Das Tier schnurrte.

«Mmm», sagte O'Reilly, «ich bezweifle, dass wir rausfinden, wer sie hergebracht hat, und einfach wieder aussetzen können wir sie auch nicht.»

«Ob ich wohl ein bisschen Milch für sie auftreiben soll, Doktor?»

«Das wäre prima, Kinky. Und könnten Sie uns vielleicht auch eine Tasse Tee machen, wo Sie gerade dabei sind?»

«Das tue ich, ja doch. Na komm, mein Schnuckelchen», lockte sie die Katze, die ihr in die Küche folgte.

«Ich weiß nicht, wie es dir geht, Barry» – O'Reilly streckte sich –, «aber ich könnte nach der letzten Nacht bei den Fotheringhams jetzt gut ein bisschen die Füße hochlegen.»

Barry gähnte.

«Müde?»

«Ein bisschen.»

«Ach», meinte O'Reilly tröstend, «nur noch ein paar Tage, dann hast du deinen freien Samstag.»

10

Einmal Belfast und zurück

Das Nieselwetter am Samstag, Barrys erstem freien Tag, hätten die Einheimischen als «wunderbar mild» bezeichnet. Er stellte den Kragen seines Regenmantels auf, um sich gegen die Feuchtigkeit zu schützen, die nicht schwer genug herabtropfte, um als Regen zu gelten, aber auch nicht so leicht war, dass man sie als Dunst hätte bezeichnen können. Mrs Kincaid zufolge sollte der Zug nach Belfast um zehn Uhr fünfzehn in Ballybucklebo abfahren. Eine halbe Stunde bis Belfast, eine Viertelstunde Fußweg ins Stadtzentrum, wo er einen Teil seines ersten Wochenlohns in ein Paar Gummistiefel zu investieren gedachte, eine halbe Stunde Busfahrt bis zur Grosvenor Road, und dann hatte er immer noch ausreichend Zeit bis zu seiner Verabredung mit Jack Mills. Sie wollten sich in O'Kane's Bar treffen, gleich gegenüber vom Eingangstor des *Royal Victoria Hospital*.

Während Barry raschen Schrittes durch Ballybucklebos Hauptstraße ging, erwiderte er die Grüße der Passanten. Einige erkannte er wieder. Sie hatten zu den vielen Patienten gehört, die in der letzten Woche auf dem Holzstuhl in der Praxis gehockt hatten. Andere waren ihm fremd, doch alle schienen zu wissen, wer er war. Nicht so wie in Belfast, sinnierte Barry, als er in die Station Road einbog. Dort ignorierten die Menschen einander, alle waren Fremde, die sich nicht einmal einen guten Tag wünschten. Er fand die familiäre Nähe des Dorflebens angenehm.

Nachdem Barry sich eine Fahrkarte gekauft hatte, betrat er den Bahnsteig. Glänzend blank von der ständigen Benutzung, zogen sich zwischen den erhöhten Bahnsteigen die Gleise entlang. Auf der anderen Seite des Gleiskörpers duckte sich ein Wartesaal. Die Dachschindeln aus Granit waren dunkel vom Sprühregen. An den Mauern hingen alte Reklameschilder aus Blech. Das Schild, das für Waverley-Füllhalter warb – weiße Buchstaben auf blauem Grund, von Roststreifen durchzogen –, war wahrscheinlich schon vor dem Ersten Weltkrieg dort angebracht worden, aber niemand hatte sich die Mühe gemacht, es wieder abzunehmen.

Lautes Gerassel kündigte die Einfahrt des Zuges an, und der Geruch von Abgasen wehte in den Bahnhof. Mit kreischenden Rädern kam die Eisenbahn zum Stehen. Barry suchte sich ein Abteil, in dem die beiden gepolsterten Bänke noch leer waren. Während er sich in der vertrauten Umgebung niederließ, überlegte er, wie oft er als Student mit diesem Zug von Bangor, das noch ein paar Stationen weiter war, zum Bahnhof Queen's Quay in Belfast gefahren war. Wie oft war er an Ballybucklebo vorbeigefahren, ohne die Existenz des kleinen Ortes auch nur wahrzunehmen?

Ruckelnd und rumpelnd fuhr der Zug wieder an und verließ den Bahnhof. Barry schaute aus dem Fenster auf die vorbeiziehende Landschaft. Ein breiter Kanal leistete den Gleisen Gesellschaft. Ganze Familien von Stockenten schwammen darauf, die Eltern führten ihre unauffällig braunen Küken. Die Köpfe der Erpel schillerten grün, und die Spiegel auf den Flügeln leuchteten in Blau- und Smaragdtönen. Ihm kam ein Gedicht von Yeats in den Sinn:

O'Driscolls Lied verjagte
Das scheue Wildentenpaar
Vom dämmrigen Ufer des Hart Lake,
Wo das Schilf hoch und buschig war.

Die Verse erinnerten ihn daran, dass er nicht nur Gummistiefel kaufen wollte, sondern auch den neuesten Lyrikband von Seamus Heaney. Dieser Dichter, der gerade erst bekannt wurde, hatte eine interessante Art, das Leben in Ulster in Worte zu fassen. In seinen Gedichten entdeckte Barry oft eigene Gedanken wieder.

Er überlegte, welche Worte der Dichter wohl für die Landschaft zwischen dem Kanal und der Bucht finden würde. Ein breiter, wilder Streifen Moor, wo Brombeeren wucherten und Rohrkolben sich ungehindert verbreiteten, war alles, was ihm selbst als Beschreibung einfiel. Die Bucht lag ruhig und blaugrau unter dem düsteren Himmel, und am anderen Ufer hingen die Wolken so tief und so niedrig, dass es aussah, als wären sie an den Kuppen der Antrim Hills festgenagelt. Solche Tage waren hier nur zu häufig, und vermutlich waren sie für den mürrischen Zug in der Persönlichkeit der Leute aus Ulster verantwortlich, dachte Barry, obwohl er selbst sich nicht im Geringsten bedrückt fühlte. Er hatte bei O'Reilly in der Praxis schon eine Menge erlebt und einiges davon mitgekriegt, wie die Dinge liefen, und das war ganz in seinem Sinne. Allerdings gab es vieles, worüber er nachdenken musste, denn der Beantwortung der Frage, ob er tatsächlich für ein Leben als Landarzt geschaffen war, war er noch keinen Schritt näher gekommen.

Was er bisher gesehen hatte, war wirklich eine Offenbarung gewesen. Er hatte nicht gewusst, wie vielfältig die Arbeit in einem Ort wie Ballybucklebo war, und O'Reilly war einer der merkwürdigsten Männer, die er je kennengelernt hatte. Sein neuer Chef war unberechenbar, gelegentlich schlecht gelaunt, unermüdlich und ein Freund von seltsamen medizinischen Methoden. Seine Schützlinge lagen ihm sehr am Herzen, doch bei der leisesten Anspielung auf diesen warmherzigen Charakterzug wurde er abweisend, ja ärgerlich. Barry fragte sich, warum O'Reilly nicht geheiratet hatte. Vielleicht hatten die Anforderungen der Praxis ihm keine Zeit für ein gesellschaftliches Leben gelassen, oder aber – Barry schmunzelte –, er hatte keine Frau gefunden, die sich mit seinen Schrullen arrangieren konnte. Bei Gelegenheit musste er Mrs Kincaid danach fragen.

Schwankend kam der Zug zum Stehen. Kinnegar Station. Zwei junge Frauen stiegen ein und betraten sein Abteil. Die eine setzte sich neben Barry, die andere ihm gegenüber. Er versuchte sie zu ignorieren, indem er sich abwandte und aus dem Fenster schaute, aber ihr Geschnatter war zu aufdringlich. Es war unmöglich, über irgendetwas nachzudenken, denn die eine verkündete ihre Ansichten so lautstark, als müsste die ganze Welt davon erfahren.

«Das glaube ich nicht. Charlie Simpson macht sich überhaupt nichts aus Eileen.» Die Stimme der Sprecherin war scharf und hatte einen Belfaster Akzent. «Diese Eileen hat ja ein Gesicht wie ein Schaf.»

«Er ist ganz verrückt nach ihr ...»

«Ich habe was anderes gehört.»

Der arme Charlie Simpson, wer auch immer das sein mochte, war also verrückt nach einem Mädchen. Er selbst war einmal in eine Schwesternschülerin verknallt gewesen, erinnerte sich Barry. Er schloss die Augen und stellte sich ihre grünen Augen vor, das kastanienbraune Haar, die schlanke Figur. Die Abende auf Brunhildes Rücksitz fielen ihm wieder ein, wenn das Fenster des Käfers von ihrem Atem so beschlagen gewesen war, dass man nicht mehr hindurchsehen konnte, oder ihre klammheimlichen Besuche im Wohnheim der Assistenzärzte, die Süße und die Weichheit … und die nagende Leere, nachdem sie ihm erzählt hatte – in einem so nüchternen Tonfall, als bestellte sie an der Fleischtheke ein Pfund Speck –, dass sie einen Arzt heiraten werde. Vor sechs Monaten war das gewesen, aber es schmerzte immer noch.

«Weißt du, dass es ihr recht geschehen würde, bei Charlie hängenzubleiben? Der ist doch dumm wie Bohnenstroh, ja.»

Barry wünschte, die junge Frau würde den Mund halten. Mit ihrer Stimme hätte man Blech schneiden können.

Die andere lachte leise. Offenbar hatte sie eine Altstimme, denn ihr Lachen war tief und klangvoll. Barry sah sie an. Ihr schwarzes Haar schimmerte wie das Fell eines gesunden Tieres. Ihre Gesichtszüge waren markant, mit einem kräftigen Kinn und vollen Lippen, die einen Hauch blassrosa Lippenstift trugen. Slawische Wangenknochen. Dunkle, ein wenig schräg stehende Augen, in deren Tiefe ein unergründliches Glühen lag, wie die Wärme von blankpoliertem Mahagoni. Ihre Haut war glatt und von der Sonne gebräunt, und wenn sie lachte, bildete sich in ihrer linken Wange ein kleines Grübchen. Wäre dieses Grübchen nicht gewesen, hätte man sie für Audrey Hepburn in *My Fair Lady* halten können.

Als ihr Gelächter verstummte, wurde Barry bewusst, dass er sich wünschte, sie würde noch einmal lachen. Weil sie nicht sehen sollte, wie er sie anstarrte, schaute er weg, merkte jedoch bald, dass sie seinen Blick wie magnetisch anzog. Sie schaute aus dem Fenster, und er sah sie im Profil. Sie trug einen weißen Gabardineregenmantel, den sie nicht zugeknöpft hatte.

«Jedenfalls, Patricia», ratterte ihre Freundin wieder los, «ich hab also zu Eileen gesagt …»

Wollte die andere denn gar nicht aufhören mit ihrem Geschwafel? Barry senkte den Kopf und schaute seine Nachbarin wieder an. Patricia hieß sie also. Patricia drehte sich zu ihm, ertappte ihn dabei, wie er sie ansah, und blickte ihm in die Augen. Automatisch griff er sich auf den Kopf und strich die verdammte Locke glatt. «Entschuldigung», sagte er, wohl wissend, dass er rot wurde, «Verzeihung …»

Sie lachte wieder, ein herzliches, tiefes Lachen. «Anschauen kostet nichts.»

«Verzeihung.»

Der Zug verlangsamte seine Fahrt. Das Bahnhofsschild von Belfast glitt am Fenster vorbei, und sie kamen zum Stehen. Die beiden jungen Frauen stiegen aus, während Barry die Augen schloss und sich zurücklehnte. Warum bloß hatte er nicht den Mut gehabt, mehr über Patricia herauszufinden? In einem Film hätte sie jetzt etwas im Abteil liegenlassen, irgendeinen Gegenstand, den er als Vorwand hätte nutzen können, um hinter ihr herzulaufen. Schiffe, die nachts sich begegnen, dachte er, aber trotzdem, trotzdem …

Als Barry ausstieg, rechnete er nicht damit, Patricia und ihre geschwätzige Freundin noch zu sehen, aber dann gingen sie plötzlich vor ihm her. Patricia stützte sich auf den Arm der Frau mit der lauten Stimme. Sie humpelte. Bestimmt hat sie sich beim Hockeyspielen verletzt, dachte Barry. Jedenfalls sah sie wie eine Sportlerin aus. Er holte tief Luft, strich sich das Haar glatt und vergrößerte seine Schritte, bis er sie eingeholt hatte.

«Entschuldigen Sie», murmelte er, «entschuldigen Sie bitte.»

Patricia blieb stehen und sah ihn an.

«Komm, reiß dich los, Patricia.» Die Freundin zupfte sie am Ärmel und warf Barry einen bösen Blick zu.

«Hören Sie, ich heiße Barry Laverty. Ich wollte … das heißt … ich möchte –» Er verhaspelte sich.

«Gehen Sie weg.» Erneutes Zupfen an Patricias Mantelärmel.

«Würden Sie heute Abend mit mir essen gehen? Bitte.»

Patricia musterte ihn prüfend, von Kopf bis Fuß, wie ein Lebemann, der mit den Blicken eine Frau auszieht.

«Sie sind ganz schön unverschämt, jawohl.» Wütend sah die Freundin Barry an. «Und heute Abend haben wir sowieso keine Zeit.»

Patricia lächelte. «Das stimmt.»

«Ach so.» Während Barry die beiden einholte, hatte er sich gefühlt, als wäre seine Hinrichtung im letzten Moment ausgesetzt worden, aber nun hatte Patricia ihm mit ihren letzten Worten klargemacht, dass alle Hoffnung vergebens war. Er ließ die Schultern hängen.

«Aber ich nehme heute Abend den Zehn-Uhr-Zug nach Kinnegar zurück.»

Barry sah das Lachen in ihren dunklen Augen, und ihm stockte der Atem.

• • •

Barry saß auf einem Plastikstuhl an einem Resopaltisch in der Fensternische oben in O'Kane's Bar, der Kneipe, die dem *Royal Victoria Hospital* am nächsten lag. Zu seinen Füßen lag eine braune Papiertüte mit einem Paar Gummistiefel. Er schaute auf die Uhr. Jack Mills verspätete sich, und das sah seinem Freund gar nicht ähnlich.

Hinter Barry schwangen die Gardinen in der Zugluft, die durch das Fenster hereinkam. Er versuchte, durch die rußigen, nassen Schlieren auf der Scheibe hinauszusehen. Zurückgelehnt schaute er die Grosvenor Road entlang bis hin zur Unfallaufnahme des Krankenhauses, vor der, königlich und hoheitsvoll, eine Bronzestatue Ihrer Majestät Königin Victoria, *Regina, Dei Gratia, Fid. Def., Ind., Imp.*, auf ihrem Thron saß. Ihr Zepter, das mit Vogelmist besudelt war, diente einem Taubenpärchen als bequemer Sitzplatz.

Ein Schatten fiel auf die Tischplatte. Als Barry sich umwandte, stand Jack Mills vor ihm, in einem langen weißen Kittel und mit dem üblichen Grinsen. Sein Bauerngesicht hätte auch auf eine Farm in Cullybackey gepasst – dort hielt Jacks Familie eine Milchviehherde.

«Tut mir leid, dass ich so spät dran bin.» Jack ließ sich auf einen Stuhl fallen. «Ich hatte Bereitschaftsdienst, eine höllische Nacht, kann ich dir sagen, und der Vormittag war mörderisch.» Er zog eine Schachtel Zigaretten aus der Tasche. «Willst du eine?»

Barry schüttelte den Kopf. «Ich habe doch letztes Jahr aufgehört. Weißt du noch?»

«Stimmt.» Jack zündete seine Zigarette an. «Bin total erledigt.» Er streckte die Beine aus.

«Bier?», fragte Barry, der sich darauf freute, den Nachmittag mit seinem alten Freund zu verbringen.

«Darf ich nicht. Leider.» Jack machte einen tiefen Lungenzug und schüttelte den Kopf.

«Was?»

«Ja. Der Stationsarzt von der Kinderstation ist selbst krank, und in ungefähr einer Stunde brauchen sie Hilfe bei einer Operation. Ich hab den Kürzeren gezogen, verdammt.» Doch Jacks Lächeln strafte seine Worte Lügen. «Aber einen Happen zu essen, könnte ich trotzdem vertragen.»

Barry schluckte seine Enttäuschung hinunter. Bis zum Zehn-Uhr-Zug heute Abend war der Tag noch lang. Er stellte sich dunkle Augen vor und hoffte, dass sich das Warten lohnen würde.

«Essen», wiederholte Jack. Er drehte sich um und rief nach dem Kellner. «Brendan, könnten Sie mir eine Steak-and-Mushroom-Pie, Fritten und einen Orangensaft bringen?»

«Gerne, Doktor Mills.» Brendan stellte das Glas ab, das er gerade blank rieb. «Und für Sie, Doktor Laverty?»

«Das Gleiche bitte, das wäre nett.» Barry staunte immer wieder darüber, wie Brendan, Besitzer und Kellner in einer Person, ein Mann unbestimmbaren Alters mit einem Gesicht wie eine mürrische Färse, sich an die Namen der Generationen von Studenten und Assistenzärzten erinnerte, die sein Lokal besucht hatten.

«Und?», fragte Jack. «Wie schlägst du dich so durch?»

«Kann mich nicht beklagen.»

«Das hätte sowieso keinen Zweck, weil dir niemand zuhören würde.» Jack drückte seine Zigarette aus. «Weiter», meinte er, «wie ist das in einer Hausarztpraxis?»

«Ganz anders. Ich arbeite jetzt bei einem Doktor O'Reilly in Ballybucklebo.»

«O'Reilly? Doch nicht etwa bei Fingal Flahertie O'Reilly? So Anfang bis Mitte fünfzig?»

«Doch, genau.»

«Das darf nicht wahr sein. Vor dem Krieg gehörte er zu den besten Stürmern in der irischen Rugbymannschaft.»

«Das habe ich nicht gewusst.» Barry war beeindruckt.

«Aber du, Bruder Laverty, könntest ja einen irischen Rugbyspieler nicht von einem Milchbrötchen unterscheiden.» Er zwinkerte Barry zu. «Dafür hast du mir in Anatomie den Arsch gerettet, deswegen verzeihe ich dir.»

«Quatsch.» Barry erinnerte sich noch gut daran, welche Probleme Jack während ihrer Studienzeit gehabt hatte. Sein

Latein war schlecht, und das Auswendiglernen der Fachtermini hatte ihm große Mühe gemacht. Jacks Abschluss hatte schon in Frage gestanden, aber dank Barrys Nachhilfe hatte er das Anatomieexamen im dritten Studienjahr gerade eben geschafft.

«Bitte schön.» Brendan stellte zwei Teller auf den Tisch. «Den Saft hole ich sofort.»

«Hau rein.» Jack nahm Messer und Gabel zur Hand. «Na los, ich will hören, was du so machst.»

So gut er konnte, schilderte Barry seine erste Woche als O'Reillys Assistent. Als er berichtete, dass sein neuer Chef jeden zur Schnecke machte, der ihm in die Quere kam, gab Jack mitfühlende Laute von sich, und als Barry von O'Reillys Verschrobenheiten erzählte, lachte sein Freund laut.

«Und macht es dir Spaß?»

Brendan erschien wieder und servierte ihnen wortlos die Getränke.

«Ich hab dich gefragt, ob's dir Spaß macht, auf dem Land zu arbeiten.»

«Ich glaube, ja. Es ist natürlich eine Menge Routinekram dabei.»

«Das ist wenigstens leicht», meinte Jack. «Weißt du noch, was dieser arrogante englische Stationsarzt zu dir gesagt hat, als du dich beklagt hast, dass wir so viele langweilige Sachen machen mussten? Da waren wir noch Studenten.»

«Was denn?»

Jack, der ein unübertroffener Imitator war, erklärte im Tonfall der oberen Zehntausend: «Mein lieber Junge, in diesem Leben wird es immer eine bestimmte Menge Scheiße zu schaufeln geben. Ich würde Ihnen also sehr raten, sich eine Schaufel mit einem langen Stiel zu besorgen und dann einfach loszulegen.»

«Stimmt.» Barry lachte. «Aber ich habe auch ein paar

interessante Fälle gesehen.» Er erzählte Jack, wie O'Reilly das kleine Mädchen in seinem eigenen Wagen nach Belfast gefahren hatte. Als er erwähnte, dass der Landarzt anscheinend ein enzyklopädisches Gedächtnis für seine Patienten besaß, nickte sein Freund mit vollem Mund.

«Da liegt der Unterschied», sagte Jack dann, «ich lerne die Patienten nicht kennen, denn wir haben einfach zu viel zu tun. Rein mit ihnen, aufschneiden, zunähen und wieder raus. Wobei mir das Schnippeln und das Nähen wirklich Freude machen.»

«Das glaube ich dir. Du hattest schon immer so eine sadistische Ader.»

«Ach, du bist doof. Manchmal bleibt einem einfach keine andere Wahl. Oha!» Er schaute auf die Uhr über der Bar, stand auf, griff in seine Tasche und warf eine Pfundnote auf den Tisch. «Meine Hälfte. Tut mir leid, Mann, aber ich beeile mich lieber. Sir Donald Cromie wird zum Zorn Gottes, wenn sein Assistent zu spät kommt.»

«Sir Donald wer?» War das nicht der Mann, mit dem O'Reilly am Dienstag gesprochen hatte?

«Sir Donald Cromie, Kinderchirurg mit geschickten Fingern und einem Temperament wie der Ätna an einem schlechten Tag. Er hat neulich einen Blinddarm rausgeholt, und jetzt hat der kleine Patient einen Beckenabszess bekommen. Fühlt sich hundeelend.»

«Du weißt nicht zufällig den Namen?»

Jack lachte. «Nein, ich weiß nicht mal, ob es ein Junge oder ein Mädchen ist.»

«Ach so.»

Jack wandte sich der Treppe zu. «Ich bin weg. War schön, dich zu sehen. Ich ruf dich an, wenn ich das nächste Mal freihabe. Vielleicht können wir dann mal ein paar anständige Pints kippen.»

«Das wäre toll.»

«Und was O'Reilly angeht: Lass dich nicht kleinkriegen.»

«Nein», sagte Barry zum Rücken seines davonstürzenden Freundes. Er trank noch einen Schluck von dem widerlich süßen Orangensaft, dann stand er auf, zog sein Paket mit den Stiefeln unter dem Tisch hervor und ging zur Bar. «Was sind wir schuldig, Brendan?»

«Augenblick.» Brendan bewegte die Lippen, zählte etwas an den Fingern ab und kritzelte mit einem gelben Bleistiftstummel auf einem Stück Papier herum.

Während Barry wartete, dachte er an den kleinen Patienten mit dem Beckenabszess. Konnte das Jeannie Kennedy sein? Die Übereinstimmungen gaben ihm zu denken.

«Hier, Doktor Laverty.»

Barry bezahlte. «Alles Gute, Brendan.»

«Danke, Sir.»

Barry stieg die schmale Treppe hinunter, deren Stufen von den Füßen zahlloser Gäste ausgetreten worden waren. Als er auf die Grosvenor Road hinaustrat, hatte der Nieselregen aufgehört. Er beschloss, zu Fuß in die Stadt zurückzugehen. Bis um zehn der Zug fuhr, hatte er noch sehr viel Zeit.

Er wanderte durch eine Welt, in der es nach Autoabgasen stank, in der ständig der Verkehr dröhnte und die Rinnsteine von durchweichten Zeitungen verstopft waren. Auf dem Bürgersteig hetzten Menschen vorbei, Männer in Regenmänteln, einer mit drei Greyhounds an der Leine, Frauen mit Kopftüchern, unter denen ihre rosa und weißen Lockenwickler hervorlugten, mit schmalen Lippen in den verkniffenen Gesichtern und Einkaufstaschen über dem Arm.

Barry kam an Pubs und Wettbüros vorbei, voller Männer

in Tweedjacketts mit Flicken auf den Ellbogen, die Zigarette zwischen den Lippen, und an Bratfischbuden, die nach Fett und paniertem Kabeljau rochen. Davor lag zwischen zertretenem Hundekot fettiges Papier auf dem Bürgersteig.

Die Straßen hatten alle vertraute Namen: Roden Street, Distillery Street, Cullingtree Road. Enge Reihenhäuser, ohne Sonne und von Smog heimgesucht. Während seiner Studienzeit hatte er die Bewohner kennengelernt, mit chronischer Bronchitis, rheumatischem Fieber, Rachitis, Kopfläusen und Krätze – all den Krankheiten armer Leute eben, die in feuchten Unterkünften zu eng aufeinanderhockten. Er war dabei gewesen, wenn in den winzigen Schlafkammern dieser Häuschen Kinder geboren wurden, mit Zeitungen statt Bettlaken auf den feuchten, nach Urin stinkenden Matratzen. Die jungen Mütter mochten um die zwanzig sein, doch mit ihren geröteten Händen, den eingefallenen Wangen und den fettigen, strähnigen Haaren erschienen sie ihm fast wie Fünfzigjährige.

Er hatte sich so furchtbar nutzlos gefühlt. Ganz gleich, welche Fortschritte die Medizin machte, diese harte Schule hatte ihn gelehrt, dass Ärzte in einer Schlacht, die eigentlich an vorderster Front hätte gewonnen werden müssen, nur unbedeutende Grabenkämpfe führen konnten. Kein Sauerstoff für geschädigte Lungen, keine Vitamine für ausgezehrte Kinder und kein DDT gegen Kopfläuse vermochten auch nur halb so viel zu bewirken wie eine vernünftige Ernährung und ein sauberes, warmes Zuhause.

Barry verlängerte seine Schritte und eilte über die Eisenbahnbrücke in die Sandy Row, die Hochburg der Loyalisten. Zur Vorbereitung auf die großen Feierlichkeiten der Oranier am 12. Juli, also schon in der nächsten Woche, hatte man die Bordsteine frisch in den Farben Rot, Blau und Weiß gestrichen. Union Jacks hingen aus allen Fenstern der

Obergeschosse, und Gassenjungen mit Rotznasen rannten in zerrissenen kurzen Hosen und zerlöcherten Fair-Isle-Pullovern herum. Ihre Rufe waren schrill: «Hey, Schnottärmel? Ab nach Hause und putz dir mal die Nase!» – «Sammy McCandless, deine Mama ruft dich!» – «Bertie? Hör auf zu quatschen und hilf mal bei diesem verdammten Baum hier.» Dieser letzte Befehl kam von einem Rotzbengel von acht Jahren, der einen riesigen abgestorbenen Ast hinter sich herzog, den er Gott weiß wo gefunden haben musste. Offenbar war er für eines der Feuer bestimmt, die am Abend des 11. Juli lodern sollten. Diese Feuer würden ihren glühenden Schein genauso gegen die Wolken werfen wie einst die prasselnden Scheiterhaufen, auf denen die Protestanten unter Heinrich VIII. jene Katholiken verbrannt hatten, die ihrem Glauben nicht abschwören wollten. In der nächsten Woche würden die Feuerflammen Freude in das trübselige Dasein der Bewohner von Sandy Row bringen und gleichzeitig die Katholiken in ihren Ghettos in der Falls Road und der Divis Street, keine halbe Meile weit entfernt, daran erinnern, wo in der unionistischen Provinz Ulster ihr Platz war.

Belfast, dachte Barry, du schmutziges altes Ungetüm von einer Stadt, du fehlst mir kein bisschen. Nein, Ballybucklebo hatte wirklich eine Menge für sich.

Wo die Grosvenor Road auf die Kreuzung von College Square und Great Victoria Street stieß, blieb er stehen. Zwei Kinos befanden sich dort, jedes an einer Ecke. *Dr. Seltsam oder Wie ich lernte, die Bombe zu lieben* kündigte das eine an, *Der rosarote Panther* das andere. In beiden spielte Peter Sellers mit. Barry sah auf die Uhr. Er hatte noch genug Zeit, um schnell in die Buchhandlung am Donegall Square zu laufen und dann zum Beginn von *Der rosarote Panther* wieder im Ritz zu sein. Nach dem Film wollte er noch kurz etwas essen. Vielleicht, überlegte er, würde er den Chinesen an der Church Street ausprobieren. Danach brauchte er dann nur noch eine gute Stunde lang die Zeit totzuschlagen, bis um zehn der Zug ging.

. • .

Vielleicht kam sie ja gar nicht. Warum sollte sie auch? Vielleicht hatte sie nur gesagt, sie würde den Zehn-Uhr-Zug nehmen, um ihn loszuwerden.

In fünf Minuten sollte der Zug abfahren, und da Barry viel zu früh gekommen war, hatte er seiner Ungeduld und seinen Zweifeln reichlich Zeit zum Wachsen gegeben. Warum um Gottes willen sollte eine junge Frau, für die er doch nur irgendein hergelaufener Niemand war, sich im Zug mit ihm treffen – und noch dazu spät am Abend? Ein letztes Mal schaute Barry den Queen's Quay entlang. Verlassen lag er da. Wie dürre Gerippe ragten die Kräne am Kohlendock in den Abendhimmel. Also gut. Barry packte sein Paket mit den Gummistiefeln fester und begab sich auf den Bahnsteig.

«Barry! Barry Laverty!»

Er fuhr herum, und fast hätte er sein Paket fallen lassen, denn sie kam auf ihn zugehumpelt. Schon stand sie leise keuchend neben ihm. «Los» – sie griff nach seinem Arm –, «schnell, sonst verpassen wir den Zug.»

Patricia ließ sich auf eine Sitzbank fallen, während Barry die Abteiltür zuschlug. «Gerade noch geschafft», seufzte sie.

Barry setzte sich ihr gegenüber. «Ich hab schon gedacht, Sie kämen nicht mehr.»

Sie lachte, und ihre dunklen Augen leuchteten im trüben Licht des Abteils. «Sie heißen also Barry Laverty?»

«Ja. Und ich habe gehört, dass Ihre Freundin Sie Patricia genannt hat.»

«Ja, ich bin Patricia Spence.» Barry nahm die Hand, die sie ihm entgegenstreckte, und spürte ihre weiche Haut, ihren festen Griff. Er hielt sie zu lange, das wusste er, aber er wollte sie einfach nicht loslassen. Er schaute ihr ins Gesicht. Nie mehr wollte er sie loslassen.

«Ich hätte meine Hand gerne zurück, wenn Sie nichts dagegen haben.»

Barry lockerte seinen Griff, doch Patricia ließ ihm ihre Hand noch einen Augenblick länger. Er beugte sich vor. Und jetzt? Verdammt, warum fehlten ihm bei Frauen immer die Worte?

«Sie sind so still», meinte sie. «Haben Sie Ihre Zunge verschluckt?»

Der Zug ruckelte durch die Nacht, schlingerte über die unebenen Gleise, ratterte über die Gleisfugen.

«Eigentlich nicht.»

«Fragen Sie sich, was in Sie gefahren ist, dass Sie eine wildfremde Frau zum Essen eingeladen haben?»

«Ja, genau.»

«Wenn es Sie beruhigt: Ich weiß auch nicht, was in mich gefahren ist, als ich Ihnen gesagt habe, dass ich diesen Zug nehme.» Sie warf ihre dunkle Mähne zurück, sodass Lichter auf dem Ebenholzschwarz tanzten. «Das muss wohl daran liegen, wie Ihre Locke hochsteht ... wie bei einem kleinen Jungen, und Sie haben so verlegen ausgesehen.»

Sie lächelte ihm zu. Barrys Hand sauste zu dem verdammten Haarbüschel hinauf. «Ich habe mir heute Morgen die Haare gewaschen, dann sitzen sie einfach nicht.»

Verdammt, dachte Barry, wie kann man nur so was Blödes von sich geben.

Patricia lachte leise über den abgedroschenen Satz.

Jetzt oder nie, sagte Barry sich. «Ich musste Sie einfach kennenlernen, das ist alles.» Er schluckte und spürte, wie seine Fingernägel sich in seine Handflächen gruben. «Ich habe noch nie eine so bezaubernde Frau gesehen.» Er spürte, dass er rot wurde. Ratternd kam der Zug zum Stehen. «Sydenham», bemerkte er.

«Danke, Sir.»

«Dass ich Ihnen den Namen der Station gesagt habe?»

«Dass Sie gesagt haben, Sie finden mich bezaubernd.»

«Das sind Sie wirklich», sagte Barry, dankbar dafür, dass niemand eingestiegen war, und wohl wissend, dass Kinnegar nur noch zwei Stationen entfernt war. Er war froh, als der Zug wieder rollte, und nervös, weil seine Zeit mit ihr zu Ende ging. «Absolut bezaubernd.» Er wollte sie berühren, ihre Hand halten, aber vor Angst, dass sie wie ein erschrecktes Vöglein davonflattern könnte, blieb er steif sitzen. Er musste das Gespräch in Gang halten. «Sie wohnen in Kinnegar?»

«Ja, Esplanade 9. Direkt am Wasser. Ich liebe das Meer.»

«Das kann ich gut nachvollziehen, ich bin nämlich in Bangor aufgewachsen. Das Meer ist nie gleich. Es ist ...» Barry wühlte in seiner Tasche herum und zog das Buch von Seamus Heaney heraus. «Ich kann mich nicht so gut ausdrücken, aber ...» Barry schlug das Buch auf, blätterte darin herum und las dann vor:

Du meinst vielleicht, die See sei solch ein Trost,
Wenn sie behaglich an den Klippen bricht,
Doch nein: Geht's einmal los, knallt dir die Gischt
Bis an die Fenster, spuckt wie eine Katze, die
Zum Raubtier wird.

Als er Patricia wieder in die Augen schaute – Katzenaugen –, sah er, dass ihr Blick weich wurde.

«Das ist schön», meinte sie leise. «Wer hat das geschrieben?»

«Er heißt Seamus Heaney.»

«Nie von ihm gehört.»

«Das kommt noch. Wenn Sie Gedichte mögen.»

«Und Sie mögen Gedichte?» Die Frage war ernst gemeint, und sie schaute ihm weiter in die Augen.

«Sehr.» Barry senkte den Blick. Als der Zug mit Geruckel bremste, wurde er nach vorn geworfen. Er spürte ihre Nähe. Sie verströmte einen Duft, von dem ihm schwindlig wurde.

Er sah ihr ins Gesicht, streckte die Hand aus, legte sie auf ihre Hand. Sie verschränkte die Finger mit seinen, lächelte. Er sah weiße, gleichmäßige Zähne hinter den vollen Lippen.

Der Zug ruckte wieder an. «Ich steige an der nächsten Station aus», sagte sie, «leider.»

«Ich weiß, aber … Patricia, ich möchte Sie … ich möchte dich wiedersehen.»

«Meine Telefonnummer ist Kinnegar 65 73 34.»

Kinnegar 65 73 34. Im Stillen wiederholte er die Nummer mehrmals. «Darf ich dich morgen anrufen?»

«Das würde mich freuen.» Sie drückte seine Hand, beugte sich vor und küsste ihn sanft, er spürte kaum mehr als ein Flattern von Schmetterlingsflügeln. «Das würde mich *sehr* freuen, Barry.»

«Lieber Gott», flüsterte er, «ach, du lieber Gott.»

«Bangor ist nicht weit von Kinnegar», bemerkte sie, während der Zug sein Tempo verlangsamte.

«Ich lebe nicht mehr in Bangor, ich wohne jetzt in Ballybucklebo.»

«Wie bitte?» Patricia lehnte sich zurück und lachte ihr tiefes Lachen. Barry freute sich an dem Klang, aber was fand sie an Ballybucklebo so witzig?

«Ach du je», sagte sie, «ach du je.»

Das Bahnhofsschild von Kinnegar erschien im Fenster. Der Zug hielt, und Patricia stand auf.

Barry erhob sich ebenfalls und öffnete ihr die Tür. «Was ist denn daran so komisch?»

«Der Zehn-Uhr-Zug hält nicht in Ballybucklebo. Du musst hier aussteigen und zu Fuß nach Hause gehen.»

«Was?»

«Doch, und beeil dich lieber, wenn du nicht ganz bis nach Bangor durchfahren willst.»

Der Zug ruckte schon wieder. Eilig half Barry Patricia auf den Bahnsteig hinaus und sprang neben sie.

«Tut mir leid, ich hätte nicht über dich lachen sollen», meinte sie.

«Ist schon gut. Jetzt kann ich dich wenigstens nach Hause bringen.»

«Dann komm. Es ist nicht weit.» Die roten Rücklichter des letzten Waggons verschwanden hinter einer Gleisbiegung. So ein Mist. Er hatte seine neuen Gummistiefel im Abteil liegenlassen.

Patricia nahm seine Hand, und schon hatte Barry die Stiefel wieder vergessen. Er ging neben ihr die Bahnhofstreppe hinunter und trat aus dem schwachen Lichtschein auf eine dunkle Landstraße hinaus.

Nach dem Regentag war die Luft jetzt mild, und der Duft von Heu und Geißblatt vermischte sich mit dem Salzgeruch des Meeres. In der Ferne konnte Barry Wellen am Ufer wispern hören.

Er musste langsamer gehen, damit Patricia mit ihren ungleichmäßigen Schritten mithalten konnte.

«Wie hast du dir dein Bein verletzt? Beim Hockey?»

«Ich hab es mir nicht verletzt.» Barry hörte eine Spur Bitterkeit in ihrer Stimme.

«Sondern?»

«1951.»

Stocksteif blieb Barry stehen. Er drehte sie zu sich, damit sie ihn ansah. «Die Polio-Epidemie?»

Patricia nickte. «Ich hab ja noch Glück gehabt. Mein Bein ist ein bisschen zu kurz geblieben, aber ich bin nicht in einer eisernen Lunge gelandet wie andere Kinder.»

«Mein Gott.»

Sie ließ seine Hand los und trat einen Schritt zurück. «Jetzt werde ich vermutlich nichts mehr von dir hören. Männer mögen Frauen nicht, wenn sie nicht perfekt sind.» Ihre Worte klangen nüchtern, doch Barry spürte, dass dahinter eine Kränkung lag, vielleicht sogar eine tiefe Verletzung.

«Ich will kein Mitleid», fuhr sie fort. Barry schaute in den Himmel hinauf und fand hoch oben das Sternbild Orion, in dem jeder einzelne Stern funkelte, hell und stolz. Er wusste, dass ihr verkürztes Bein ihn nicht im Geringsten störte, dass es ihm absolut gleichgültig war.

«Mitleid zählt nicht gerade zu meinen Stärken», erklärte er, «und dein Bein ist mir so was von egal, Patricia. In meinen Augen ist das vollkommen belanglos.»

«Meinst du das ehrlich?» Sie sah ihn an, als könnte sie auf den Grund seiner Seele schauen.

Barry sagte nichts, er wartete einfach und beobachtete ihr Gesicht, versuchte, im schwachen Licht der Sterne ihre Miene zu deuten, und hoffte nur, dass sie nicht sagen würde, sie glaube ihm nicht.

«Ich sollte es nicht tun, Barry Laverty, das weiß ich, es ist dumm von mir, aber … ich glaube dir.»

Unter ihrem linken Auge sah er etwas silbrig schimmern. Am liebsten hätte er das Salz geschmeckt, aber etwas sagte ihm, dass er sie nicht drängen durfte. «Komm», schlug er vor, «lass uns zusehen, dass du nach Hause kommst.»

«In Ordnung … und, Barry?»

«Ja?»

«Ich würde mich wirklich freuen, wenn du anrufst.»

11

Erlöse uns von dem Bösen

«Du siehst aus wie *Hesperus* ... fix und fertig.» O'Reilly beugte sich in seinem Sessel im Wohnzimmer vor und musterte Barry über den Rand der *Sunday Times* hinweg.

Barry gähnte. «Ist spät geworden gestern.»

«Ich weiß. Hab Arthur gehört. Er hat sich anscheinend gefreut.»

«Ich wünschte –», setzte Barry an, in der Absicht, O'Reilly zu sagen, dass mit diesem sexbesessenen Labrador irgendetwas geschehen müsse, aber O'Reilly unterbrach ihn.

«Das muss so um zwei gewesen sein. Wie gut, dass die Praxis heute geschlossen ist. Was hat dich denn aufgehalten?»

Barry ließ sich im anderen Sessel nieder. «Das Schicksal», meinte er. «Kismet.» Er starrte aus dem Fenster, sah aber nicht den Kirchturm vor sich, sondern Patricias Gesicht.

«Was es auch war, es hat dir ein Grinsen ins Gesicht gezaubert.»

Barry überlegte, ob er O'Reilly von Patricia erzählen sollte, kam aber zu dem Schluss, dass es nicht der richtige Zeitpunkt war. Er wollte sich im Stillen an ihr freuen, jedenfalls noch eine Zeitlang. O'Reilly würde wahrscheinlich irgendeinen derben Witz reißen, und das wollte Barry nicht.

Ein rhythmisches, kratzendes Geräusch riss ihn aus seinen Gedanken.

«Hör auf», brüllte O'Reilly und schleuderte die farbige Beilage der *Times* in seine Richtung.

Barry duckte sich. «Mit was denn?»

«Du doch nicht. Sie! Lady Macbeth.»

Die weiße Katze, die Kinky vor der Haustür gefunden hatte, war von O'Reilly auf diesen Namen getauft worden, nachdem sie Arthur Guinness die Nase blutig geschlagen und ihn in seine Hütte zurückgejagt hatte – zweimal. O'Reilly meinte, sie habe eindeutig den Ehrgeiz, über das ganze Haus zu herrschen, und um ihr Ziel zu erreichen, sei sie durchaus bereit zu morden, genau wie ihre Namensvetterin.

Halb aufgerichtet saß sie auf den Hinterpfoten, während sie mit den Vorderpfoten Barrys Sessel bearbeitete. Mit der Begeisterung eines wild gewordenen Mähdreschers riss und zerrte sie an dem Bezugsstoff.

«Hör auf, Madam.» O'Reilly beugte sich über das Tier. Während es weiter den Stoff zerfetzte, ließ es sich immerhin dazu herab, ihm einen dieser fragenden Katzenblicke zuzuwerfen, die besagen: «Mein guter Mann, könnte es tatsächlich sein, dass du *mich* meinst?»

«Hör auf.» O'Reilly schnappte sich die Katze, hob sie hoch und kitzelte sie unter dem Kinn.

Barry beobachtete, wie sie den großen Mann mit ihren grünen Augen fixierte, lächelte, die Ohren anlegte und tief aus der Kehle ein Geräusch von sich gab. Die Spitze ihres ausgestreckten Schwanzes beschrieb kleine Kreise, deren Durchmesser sich stetig vergrößerte, im gleichen Maße, wie ihr Knurren immer tiefer wurde.

«Ich glaube, sie ist nicht so ganz glücklich, Fingal.»

«Quatsch. Alle Tiere lieben mich. Du doch auch, oder?» O'Reilly kitzelte die Katze weiter, bis sie ihm mit einem Mal die Zähne in die Hand schlug.

«Du Biest!», brüllte er.

Lady Macbeth sprang von seinem Arm herunter, landete elegant auf dem Teppich, setzte sich hin und betrachtete O'Reilly, wie sie vielleicht ein welkes Salatblatt in ihrem Futterschälchen angeschaut hätte. Dann hob sie bedächtig und vollkommen unbeteiligt ein Hinterbein und begann sich den Po zu lecken.

O'Reilly sah die Katze böse an. «‹Tiger, Tiger, glutentfacht, / in den Wäldern finsterer Nacht ...›»

«William Blake», bemerkte Barry, bemüht, sein Schmunzeln zu verbergen.

«Das weiß ich auch, dass ‹Der Tiger› von Blake ist.» O'Reilly holte mit seinem bestiefelten Fuß aus. «Am liebsten würde ich Lady Macbeth ihr Arschloch um den Hals hängen.»

«Nein, Fingal, warte.» Barry sprang auf und stellte sich zwischen O'Reilly und die Katze.

Mit einem Seufzen ließ O'Reilly den Fuß wieder sinken. «Ich würde so was auch nie tun. Sie ist ja noch jung.» Er warf einen Blick auf seine blutende Hand. «Ist bloß ein Liebesbiss.»

«Mag sein», meinte Barry, «aber trotzdem sollten wir die Wunde säubern. Es gibt da etwas, das bezeichnet man als Katzenkratzkrankheit.»

«Und Tetanus», bemerkte O'Reilly. «Aber, mein lieber Doktor Laverty, dass Sie mir eine Nadel in den Hintern piken, das können Sie sich aus dem Kopf schlagen. Geimpft bin ich schon.»

«Daran habe ich überhaupt nicht gedacht», log Barry,

während er sich vorstellte, wie das Dettol, mit dem er die Bisswunden gleich desinfizieren musste, brennen würde. «Keine Sekunde lang.»

. • .

«Puh», sagte O'Reilly, «das Dettol beißt.» Er wartete darauf, dass Barry ihn verband. «Vielleicht solltest du es selbst mal ausprobieren, wenn du dich das nächste Mal schneidest.»

«Nein, danke.»

«Doch, wirklich.» O'Reilly streckte ihm die verletzte Hand hin. «Wäre gar keine schlechte Sache, wenn wir Quacksalber die Dinge ab und zu mal aus der Sicht der Kunden betrachten müssten. Vielleicht hätten wir dann etwas mehr Mitgefühl.»

«Du willst dich wie einer deiner Patienten fühlen?» Barry verpflasterte O'Reillys Wunden. «Du bist vielleicht ein bisschen schwer, Fingal, aber ich könnte ja mal versuchen, dich in die Rosenbüsche zu werfen.»

O'Reilly lachte schallend. «Aber gerne, mein Sohn, jederzeit.»

Ja, dachte Barry, und als Zugabe werde ich dann Ballybucklebos Maibaum werfen, so wie man das in Schottland mit den Baumstämmen macht. «Ach, weißt du ...» Barry hörte, wie die Haustür geschlossen wurde.

«Da kommt Kinky aus der Kirche zurück», sagte O'Reilly. «Komm, wir wollen mal sehen, ob sie uns ein Tässchen Tee machen kann.»

. • .

O'Reilly hatte sich wieder in seiner Wohnstube niedergelassen. Er machte eine Kopfbewegung zu Lady Macbeth hinüber, die zusammengerollt in einem Flecken Sonnenlicht lag. «Also, bevor die gnädige Frau sich vorhin daran erinnert hat, dass sie von einer langen Reihe von Albino-Säbelzahntigern abstammt, hatte ich dich gerade gefragt, warum du letzte Nacht so spät nach Hause gekommen bist. Du hast irgendwas von Kismet gemurmelt.»

Barry überlegte schon den ganzen Morgen, wie er O'Reilly um mehr Freizeit bitten sollte. Jeder zweite Samstag reichte kaum aus, um einer beginnenden Beziehung auch nur eine Chance zu geben. Doch obwohl er sich den Kopf zerbrach, hatte er keine Idee, wie er das Thema anschneiden könnte, daher beschloss er, erst einmal eine möglichst unverfängliche Antwort auf O'Reillys Frage zu geben.

«Ich habe den falschen Zug genommen. Der Zehn-Uhr-Zug nach Bangor hält in Ballybucklebo nicht, also musste ich von Kinnegar aus zu Fuß gehen. Das war alles.»

O'Reilly lachte in sich hinein. «Die Bewegung hat dir bestimmt gutgetan.» Er schaute Barry in die Augen. «Aber in den falschen Zug einzusteigen, würde ich kaum als ‹Bestimmung› bezeichnen.»

«Bestimmung?»

«‹Kismet›, abgeleitet vom türkischen *kisma*, bedeutet ‹Bestimmung›. Und *kisma* wiederum kommt aus dem Arabischen, von *kasama*, das heißt ‹trennen›.»

«Du erstaunst mich immer wieder, Fingal.»

«Manchmal staune ich über mich selbst, mein Junge.» O'Reilly beugte sich vor. «Also, wie heißt sie?»

«Was?»

«Du hast schon den ganzen Vormittag so einen verträumten Blick. Dann hast du was von Schicksal gemurmelt. Ich kann doch wohl noch zwei und zwei zusammenzählen. War ja selbst mal ein junger Kerl.» In O'Reillys Stimme schwang eine leichte Wehmut mit.

Barry zögerte.

O'Reilly stand auf und trat ans Fenster. Ohne Barry anzuschauen, meinte er: «Du bist noch viel zu jung, um dich mit einer Frau einzulassen. Höre auf meinen Rat. Die Medizin reicht, sie ist eine egoistische Geliebte.»

«Das kann ich selbst wohl am besten beurteilen.»

«Du wirst ja sehen.» Zum ersten Mal in ihrer jetzt einwöchigen Bekanntschaft schlich sich Bitterkeit in die Stimme des Arztes.

Mrs Kincaid rauschte mit einem Tablett herein.

«Tee», sagte sie, «und ein bisschen geröstetes *barmbrack* mit Butter, ja so.»

Barry konnte die Rosinen und die Hefe in dem warmen, dunklen Brot riechen. «Danke schön, Mrs Kincaid», sagte er. «Und wie war's in der Kirche?»

«Wunderschön. Ein kraftvoller Prediger, unser Reverend Robinson. Wenn er von der Kanzel spricht, spürt man seine Spucke noch sechs Bänke weiter.» Mit einem Lächeln stellte sie das Tablett auf die Anrichte. «Und wie geht's unserem Prinzesschen?» Sie beugte sich über Lady Macbeth und strich ihr über den Kopf. Die Katze streckte sich, machte einen Buckel, schüttelte sich, gähnte und fing an, Mrs Kincaid um die Beine zu streichen. «Du bist so ein süßes Schnuckelchen. Doch, das bist du.»

«Mit scharfen Zähnen», murmelte O'Reilly und deutete auf seinen Pflasterverband.

«Hm.» Mrs Kincaid lachte. «Wer mit Hunden zu Bett geht, steht mit Flöhen wieder auf. Und wer Katzen ärgert, muss die Folgen tragen, so ist das.»

«Meinen Sie etwa mich?», fragte O'Reilly. «Haben Sie gesehen, was dieses Ungeheuer mit den Möbeln macht?»

«Sie müssen ihr einfach beibringen, sich die Krallen nicht an den Sesseln zu schärfen.»

«Und wie sollen wir das machen? Was schlagen Sie vor?»

«Mich müssen Sie da nicht fragen», meinte Mrs Kincaid, indem sie sich zum Gehen wandte, «aber Maggie MacCorkle weiß so viel über Katzen wie Sie über die Medizin.»

«Gute Idee.» O'Reilly schenkte sich eine Tasse Tee ein. «Wir fragen sie, wenn wir sie das nächste Mal sehen.»

Barry hatte die Unterhaltung über die Katze nur mit halbem Ohr verfolgt. O'Reillys Einstellung zu Frauen hatte ihn erschreckt. Wenn sein Chef tatsächlich so dachte, dann waren seine Chancen, Patricia öfter zu sehen, wahrscheinlich klein, aber wenn er erst gar nicht fragte ...

«Fingal?»

«Was denn?» O'Reilly trug seine Tasse zum Sessel und ließ sich hineinsinken. «Hast du was dagegen, dass wir mit Maggie sprechen?»

«Es geht nicht um die Katze.» Barry schluckte. «Ich möchte gerne mehr Freizeit haben.»

«Also ist es doch ein Mädchen.» O'Reilly trank einen Schluck Tee und sah Barry dabei an. «Und wie heißt sie?»

«Patricia. Patricia Spence.»

«Und vermutlich ist sie, wie es im Hohen Lied heißt – ich hoffe, mein Gedächtnis lässt mich nicht im Stich –, ‹eine Rose unter den Dornen›.»

«Ich möchte dich nur um etwas mehr freie Zeit bitten.»

O'Reilly starrte ihn über seine Teetasse hinweg an. «Wie viel denn?»

«Ab und zu abends mal ein paar Stunden und vielleicht auch jeden zweiten Sonntag.»

O'Reilly stellte seine Tasse auf die Untertasse. «Ich dachte, du wolltest praktischer Arzt werden. Das hier ist kein Ferienlager.»

Barry ließ die Schultern hängen. Er hätte sich ja gleich denken können, dass er bei O'Reilly nicht mit Verständnis rechnen konnte. Trotzdem war er noch nicht bereit aufzugeben. Er betrachtete das Gesicht seines Chefs. Immerhin hatte die Nasenspitze noch ihre normale Färbung. «Mensch, das ist doch nicht zu viel verlangt», murmelte Barry.

Aber er konnte O'Reilly dabei nicht in die Augen schauen, sondern hielt den Blick gesenkt. Ganz entgeistert hörte er O'Reilly sagen: «In Ordnung. Wenn ich den Eindruck habe, dass du begriffen hast, wie der Laden läuft, und wenn ich mich darauf verlassen kann, dass du nicht allzu viele Patienten umbringst, hätte ich selbst auch nichts dagegen, ein bisschen mehr Freizeit zu haben. Ich habe mir gedacht, wir könnten abwechselnd die Wochenenden freinehmen, und außerdem soll jeder ein paar Abende in der Woche freihaben.»

Barry schaute auf. «Ist das dein Ernst?»

«Nein. Ich rede bloß, weil ich den Klang meiner Stimme so liebe. Ich habe dir ja schon gesagt, auch wenn es dir schwerfällt, es zu glauben: Ich war nicht immer sechsundfünfzig.»

Barry stand auf. Am liebsten hätte er den massigen Mann umarmt, und er war schon drauf und dran, als O'Reilly weitersprach: «Ich nehme an, dass du heute Nachmittag auch gerne freinehmen würdest? Tu das ruhig. Ich halte hier die Stellung.» Barry konnte keinen Sarkasmus aus seinen Worten heraushören und auch nichts von der vorangegangenen Frostigkeit.

«Sehr gerne, Fingal, das wäre super.»

«Na los, dann ruf deine Patricia an ... so heißt sie doch, oder?»

«Ja.» Barry flitzte zur Tür. «Danke, Fingal, herzlichen Dank.» Kinnegar 65 73 34, wiederholte er im Kopf, während er, immer zwei Stufen auf einmal nehmend, die Treppe hinuntersprang. Gerade wollte er den Hörer abheben, da ließ das Klingeln des Telefons ihn zusammenfahren. Er nahm ab.

«Hallo? Praxis Doktor O'Reilly.»

«Ist da Doktor Laverty?» Es war eine Frauenstimme.

«Ja. Mit wem spreche ich?»

Statt einer Antwort hörte Barry ein Wimmern, das zu einem heiseren Stöhnen wurde, dann tiefe Atemzüge.

«Hallo? Hallo? Sind Sie noch dran?»

«Doktor Laverty, hier ist Maureen Galvin. Die Fruchtblase ist geplatzt, vor drei Stunden, und jetzt kommen die Wehen alle fünf Minuten. Ich habe schon nach der Hebamme geschickt. Können Sie gleich kommen?»

«Selbstverständlich. Doktor O'Reilly ist sofort bei Ihnen.»

«Danke.» Am anderen Ende wurde aufgelegt.

Barry rannte wieder nach oben. «Fingal, das war Maureen Galvin. Die Blase ist gesprungen, und die Kontraktionen kommen im Abstand von fünf Minuten.»

«Dann dauert es noch eine Weile. Ich trinke meinen Tee aus, dann mache ich mich auf den Weg.» Nachdem O'Reilly seine Tasse geleert hatte, stellte er sie auf das Tablett zurück und schaute Barry an. «Sie wohnt nicht weit weg.»

Patricia, dachte Barry, doch er sagte: «Ich hole meine Tasche.»

«Braver Junge. Vielleicht kann ich ein bisschen Hilfe gebrauchen.»

• • •

O'Reilly stellte rasch seine Ausrüstung zusammen: zwei schwere Taschen, in denen sich, so vermutete Barry, wohl Instrumente, sterile Tücher, Medikamente und Gummihandschuhe befanden. Gemeinsam trugen sie alles zum Wagen, und ausnahmsweise machte O'Reilly diesmal Arthurs amourösen Avancen ein Ende, indem er ihm befahl, auf den Rücksitz zu springen. «Wenn der Pulverdampf verflogen ist, kann er sich am Strand austoben.»

Die kurze Autofahrt wäre angenehmer gewesen, wenn Arthur Guinness nicht darauf bestanden hätte, Barry die Vorderpfoten über die Schultern zu hängen und ihm den Nacken abzuschlecken. Barry war dadurch so abgelenkt, dass er nicht auf den Weg achtete, und als der Wagen hielt, fand er sich in einem unbekannten Teil von Ballybucklebo wieder. Als er die schmalen Reihenhäuser betrachtete, die rechts und links die Straße säumten, schien es ihm fast, als wäre er in einem der Elendsviertel von Belfast gelandet.

«Wo sind wir, Fingal?»

«Sozialer Wohnungsbau. Eine Siedlung für die Menschen, mit denen das Schicksal es weniger gut gemeint hat.» O'Reilly wuchtete die Taschen aus dem Wagen. «Hier, nimm mir das mal ab.»

Barry griff zu. «Sieht ja gruselig aus hier.»

«Der Gemeinderat hat das Geld bewilligt und den Bauunternehmer ausgesucht. Bishop hat ihnen das Land verkauft und sich den Auftrag erschwindelt. Ich habe dir ja schon erzählt, dass ihm das halbe Dorf gehört.»

«Pfusch am Bau?»

«Pfusch ist gar kein Ausdruck dafür. Es ist ein Wunder, dass die Häuser überhaupt noch stehen. Sie haben nicht mal Innentoiletten.» O'Reilly schlug die Autotür zu. «Komm, dann wollen wir mal», meinte er. Mit zwei Schritten stand er vor einer Haustür und klopfte.

Eine schlanke Frau in der blauen Uniform der Bezirkshebammen öffnete. «Doktor O'Reilly!»

«Miss Hagerty, ich möchte Ihnen Doktor Laverty vorstellen.»

Die Frau nickte.

«Wie geht's Maureen?»

«Prima. Kontraktionen alle drei Minuten, und als ich sie das letzte Mal untersucht habe, war der Kopf nur noch einen Knöchel, und der Muttermund ist gute fünf Shilling, Zervix voll verstrichen. Die fetale Herzfrequenz ist gut.»

Im Geiste übersetzte Barry diese antiquierten Ausdrücke zur Beschreibung des Geburtsverlaufs. Ein Knöchel – dieses Maß bezeichnete die Länge des letzten Fingerglieds des Untersuchenden – hieß, dass der Kopf des Babys schon dicht über dem Beckenboden zu tasten war. Also musste der breiteste Teil des Kopfes schon erfolgreich durch die engste Stelle des Beckens hindurchgerutscht sein. Wenn die Öffnung des Muttermunds die Größe von einem Fünf-Shilling-Stück hatte, war er bereits halb geöffnet, und «verstrichen» hieß, dass der Gebärmutterhals sich verkürzt hatte und dünnwandig geworden war.

«Es geht voran», meinte O'Reilly. «Als sie angerufen hat, kamen die Wehen noch alle fünf Minuten.»

«Es dauert nicht mehr lange», stimmte Miss Hagerty zu und führte sie ins Haus, den schmalen Flur entlang und die steile Treppe hinauf.

In dem winzigen Schlafzimmer war für Barry kaum noch genug Platz. Maureen Galvin lag auf dem Bett. Die Hebamme hatte ein rotes Gummituch unter ihr ausgebreitet, andere Bettwäsche war nicht zu sehen. O'Reilly und Miss Hagerty standen zu beiden Seiten des Bettes. O'Reilly band sich eine lange Gummischürze vor Brust und Bauch, dann bückte er sich und horchte mit einem Fetal-Stethoskop, das er der werdenden Mutter auf den Bauch drückte, die Herztöne des Babys ab.

«Aaaaah», stöhnte sie. Barry sah, wie ihr Gesicht sich verzog, wie sie sich mit den oberen Schneidezähnen die Farbe aus der Unterlippe biss. Die Augen hatte sie fest zusammengekniffen, und auf ihrer Stirn glänzte Schweiß.

O'Reilly richtete sich wieder auf und nahm ihre Hand. «Drück mal zu», sagte er, «du machst das gut.»

Barry erinnerte sich an die Kraft, die eine Frau, die in den Wehen lag, beim Händedruck ausüben konnte. Während seiner Ausbildung zum Geburtshelfer hatte er oft genug Hände gehalten. Er beobachtete, wie O'Reillys Knöchel weiß wurden. Doch der kräftige Mann ließ nicht das geringste Anzeichen von Unbehagen erkennen.

«Aaaaah …» Maureen richtete sich auf. Ihre Halsmuskeln spannten sich an wie die Seile an einem Kran, der gerade etwas anhob. «Aaaaaahh.»

«Hecheln, Maureen, hecheln. So.» Miss Hagerty machte einige rasche Atemzüge durch die halbgeöffneten Lippen.

Keuchend schaute Maureen O'Reilly an.

«Tüchtiges Mädel», sagte er. «Zum Pressen ist es noch ein bisschen früh.»

Die Wehe war vorbei, und Maureen ließ sich ins Kissen zurücksinken.

«Würden Sie bitte die große Tasche da auspacken, Doktor Laverty?»

Barry machte sich daran, sterile Tücher, Scheren, Klemmen, Schalen und Nahtmaterial vorzubereiten.

«So, Maureen, Miss Hagerty und ich gehen jetzt in die Küche runter und waschen uns die Hände. Doktor Laverty wird ein Auge auf dich haben.» O'Reilly machte eine Kopfbewegung zur Hebamme hinüber, und die beiden verließen das Zimmer.

Während Barry ans Bett trat, hoffte er, dass O'Reilly sich beeilte. Als Student unter den wachsamen Augen von Hebammen und Ärzten Geburtshilfe zu üben war eine Sache gewesen, aber mit einer Frau, die in den Wehen lag, allein zu sein, war etwas ganz anderes.

Maureen griff nach seiner Hand. «Oh, Gott, Doktor, es kommt.»

«Doktor O'Reilly!» Barry hörte, wie seine Stimme sich überschlug. «Doktor O'Reilly!»

«Heilige Maria, Mutter Gottes ... Aaaaaa!»

Barry riss sich das Jackett vom Leib, warf es zur Seite und krempelte die Ärmel hoch. Keine Zeit zum Händeschrubben, nein, nicht einmal, um Handschuhe anzuziehen. Na gut, dachte er, wenn Taxifahrer das können ... «Stellen Sie bitte die Beine auf, Maureen.»

Die Gebärende spreizte die Beine und zog die Knie an. Barry stellte sich mit dem Rücken zu ihrem Kopf neben sie, um genau sehen zu können. Schon erschien ein schwarzer Kreis von feuchtem Babyhaar in der Öffnung der Vagina.

«Heilige Maria ... ummmmh.» Maureen presste mit aller Kraft. Der kreisrunde Ausschnitt, der von dem Babyköpfchen zu sehen war, wurde größer.

Unaufgefordert machten Barrys Hände sich an die Arbeit, und er erinnerte sich daran, was man ihm beigebracht hatte. Während er mit der Linken fühlte, wie das Köpfchen herausgedrückt wurde, schob er mit der rechten Hand vorsichtig die Haut zwischen Anus und Vagina nach unten, fort von dem Druck. Als ein Stück Kot auf das Gummilaken fiel, musste er würgen.

Die Wehe ließ nach.

«Kommst du klar, Barry?»

Er schaute auf. Am Fußende des Bettes stand O'Reilly, hinter ihm Miss Hagerty.

«Ich glaube schon.»

Die Hebamme drängte sich an ihm vorbei zum Kopfende. Sie gab beruhigende Laute von sich.

«Ich bereite die Sachen vor», meinte O'Reilly, «mach du weiter.»

Barry hatte keine Zeit, darüber nachzudenken, ob O'Reillys Vertrauensbeweis ihm schmeichelte oder ob es ihm Angst machte, dass der erfahrene Arzt ihn nicht gleich wieder abgelöst hatte. Mit der Unterstützung von Miss Hagerty setzte Maureen sich jetzt auf. «Los, Maureen. Pressen.»

Unter Barrys Fingern schob sich das Babyköpfchen vor, immer weiter, Stückchen für Stückchen. Inzwischen war der breiteste Teil draußen, und das Köpfchen konnte sich wieder ausdehnen. Es drehte sich, und eine runzlige Stirn wurde sichtbar, feucht und voller Käseschmiere, *vernix caseosa*, der fettigen, wasserabweisenden Substanz, die die Haut des Babys im Uterus schützte. Darunter ein zerdrücktes Näschen, ein Mündchen wie eine Rosenknospe und ein winziges Kinn. Noch bevor die Schultern geboren waren, gab das Baby ein erstes schwaches Wimmern von sich.

Mit beiden Händen geleitete Barry den glitschigen Säugling aus seiner Mutter heraus auf das Gummilaken, wobei er vorsichtig dem stinkenden Kothaufen auswich. Er nahm die Wärme des kleinen Körpers wahr und das pochende Herz unter seiner rechten Handfläche.

«Ist es ein Junge oder ein Mädchen?», hörte er Maureen fragen.

«Ein Junge», antwortete er. «Ein kleiner Prachtkerl.»

Galvin junior protestierte kreischend dagegen, dass er aus seinem behaglichen Nest in die raue, kalte Welt hinausgestoßen worden war.

«Hier», meinte O'Reilly, der inzwischen Handschuhe angezogen hatte, und hüllte den Kleinen in ein steriles grünes Tuch ein, «wir legen ihn erst mal auf Mamas Bauch.»

Barry befühlte Maureens Unterleib. Mit den Fingern ertastete er einen festen Klumpen, den oberen Teil der Gebärmutter. Gut, sie war fest, das hieß, dass sie sich wieder zusammenzog. Wenn das nicht der Fall war, konnte die Plazenta nicht ausgestoßen werden.

«Mach mal Platz», bat O'Reilly. Er setzte zwei Klemmen auf die Nabelschnur und schnitt den spiralig gedrehten Strang aus Blutgefäßen mit einer Schere durch. «Komm, jetzt begrüße deine Mutter», sagte er zu dem Kleinen und drängte sich an Barry vorbei, der beobachtete, wie der Nabelschnurstummel länger wurde und ein wenig Blut auf das Gummilaken sickerte.

«Können Sie noch einmal pressen, Maureen?»

Barry spürte, wie ihre Bauchmuskeln hart wurden, und schon rutschte die Nachgeburt aufs Bett, rohes Fleisch mit glänzenden Häuten. Seine Hände waren blutverschmiert, sein Hemd mit Fruchtwasser bespritzt und voller Käseschmiere. Er holte tief Luft, richtete sich auf und schaute Maureen Galvin an, deren Baby zufrieden an ihrer rechten Brust lag. Das Lächeln auf ihrem Gesicht hätte der Madonna, die sie noch vor wenigen Augenblicken um Hilfe angefleht hatte, zur Ehre gereicht.

«Plazenta heil?», fragte O'Reilly.

«Ich denke, ja.»

«Gut. Das wird jetzt ein bisschen piksen, Maureen.» O'Reilly stach ihr eine Spritze in den Oberschenkel.

Ergometrin, dachte Barry, damit der Uterus zusammengezogen bleibt und es nicht zu nachgeburtlichen Blutungen kommt, an denen bis vor noch gar nicht langer Zeit so viele Frauen gestorben waren. Er lächelte Maureen an.

«Danke, Doktor Laverty», sagte sie, «das haben Sie gut

gemacht. Sie haben wirklich ein Händchen dafür, doch ja, Sie waren so behutsam.»

«*Sie* haben Ihre Sache gut gemacht, Maureen. Wie soll der kleine Kerl denn heißen?»

«Ich habe Doktor O'Reilly schon gesagt, wenn es ein Junge wird, wie er mir damals versprochen hatte, soll er Fingal heißen, aber wenn es Ihnen beiden recht ist, möchte ich ihn gerne Barry Fingal Galvin nennen.»

«Ein großer Name für ein so kleines Bürschlein», sagte Barry. Er grinste über beide Backen.

«Und was wird Seamus dazu sagen?», fragte Miss Hagerty.

«Seamus? Der freut sich. Er ist mit seinen Freunden unten im Schwarzen Schwan, da begießen sie das Bübchen.»

. • .

Barry merkte kaum, wie die Zeit verging, während Miss Hagerty geschäftig die Spuren der Geburt tilgte, aufräumte und dann in der Küche für die junge Mutter eine Tasse Tee aufbrühte. O'Reilly untersuchte das Neugeborene, und Barry packte die Instrumente wieder ein.

«Prima», sagte der Arzt, «der kleine Barry Fingal ist kerngesund.» Er übergab das Baby wieder an Maureen.

«Nochmal schönen Dank, Herr Doktor», sagte Maureen. «Aus dem wird ein toller kleiner Amerikaner, was?»

«Bestimmt», meinte O'Reilly, «ein waschechter Abraham Lincoln.»

Barry fiel wieder ein, dass die Galvins gleich nach der Geburt des Babys auswandern wollten.

«Miss Hagerty kommt morgen vorbei, Maureen. Sie wird sich um dich und den Kleinen kümmern. Aber wenn du dir um irgendwas Sorgen machst, ruf uns an, ja?»

«Das mache ich.»

«Und jetzt», sagte O'Reilly, «machen wir uns besser wieder auf die Socken. Doktor Laverty könnte ein Bad gebrauchen und ein frisches Hemd. Er hat heute Abend noch was vor.»

Fast hätte Barry die Tasche fallen lassen, die er trug. Während und nach der Entbindung hatte er vor Aufregung und vor Angst, dass unter seinen unerfahrenen Händen etwas schiefgehen könnte, aber auch aus lauter Jubel darüber, dass alles perfekt gelaufen war, Patricia glatt vergessen.

«Dann ziehen Sie schon los, Doktor Laverty», sagte Maureen. «Sie haben das prima gemacht, ja doch. Übrigens, Doktor O'Reilly, ich weiß nicht, wie Sie's hingekriegt haben, aber Seamus wird sich wahnsinnig freuen, dass es ein Junge geworden ist, wie Sie es uns versprochen haben.»

Wie zum Teufel, fragte Barry sich, konnte O'Reilly werdenden Eltern versprechen, welches Geschlecht ihr ungeborenes Kind haben würde?

Sobald sie wieder im Auto saßen, fragte er seinen Chef danach.

O'Reilly grinste. «Das gehört zu den wenigen nützlichen Dingen, die ich von meinem Vorgänger gelernt habe. Wenn die Frau das erste Mal kommt und erfährt, dass sie schwanger ist, fragt man sie, was sie sich wünscht.»

«Aber wir können das doch überhaupt nicht beeinflussen.»

«Ich weiß, also schreiben wir das Gegenteil auf die Karte.»

«Das verstehe ich nicht.»

«Also, sagen wir mal, Mrs Hucklebottom kommt im dritten Monat und sagt, sie wünscht sich einen Jungen. Dann schreibst du ‹Mädchen› auf ihre Karte.»

Barry runzelte die Stirn.

«Wenn dann sechs Monate später ein strammer Junge zur Welt kommt, freut Mrs Hucklebottom sich.»

«Aber wenn es ein Mädchen ist?»

«Dann zeigst du ihr den Eintrag auf der Patientenkarte. Was steht da?»

«Mädchen.»

«Genau. Du sagst Mrs Hucklebottom, es täte dir sehr leid, aber sie müsse wohl vergessen haben, worum sie gebeten hat, als sie zum ersten Mal bei dir war.»

«Aber das ist doch Betrug.»

«Stimmt, aber ich habe noch nie eine junge Mutter gesehen, der das Geschlecht ihres Kindes wirklich wichtig war, solange alle Finger und Zehen dran waren. Und für deinen Ruf wirkt es Wunder.»

Barry rümpfte die Nase.

«Rümpf du nur die Nase, mein Sohn, aber Heilung besteht zur Hälfte daraus, dass du die Leute dazu bringst, an ihren Heiler zu glauben ... Manchmal sind wir Ärzte nicht viel besser als die alten Druiden. Wir könnten genauso gut Runen werfen und uns mit Beschwörungsgesängen an Lugh oder an Morrigan wenden oder an irgendeinen anderen keltischen Gott.»

Barry sah ein, dass in dem, was O'Reilly gesagt hatte, ein Körnchen Wahrheit steckte. Und doch – jedes Jahr machte die Wissenschaft neue Entdeckungen. Hätte Jonas Selk zum Beispiel den Impfstoff gegen Kinderlähmung nur drei Jahre früher entdeckt, dann hätten Patricia und alle anderen Opfer der Polio-Epidemie von 1951 nicht leiden müssen. Seit 1953 wusste man von dem Zusammenhang zwischen Rauchen und Lungenkrebs. Regelmäßig kamen neue Antibiotika auf den Markt. Das musste O'Reilly doch auch sehen.

«Aber wir können so viel tun, was nachgewiesenermaßen wirkt», entgegnete Barry.

«Ja, Gott sei Dank. Aber trotzdem steht und fällt unser Heilerfolg damit, dass die Patienten davon überzeugt sind, dass wir unser Handwerk verstehen. Und wenn sie dich für was Besonderes halten, neigen sie eher dazu, deine Ratschläge zu befolgen, und überhaupt ist die Zeit eine begnadete Heilerin – wenn es nicht etwas wirklich Ernstes ist. Ambroise Paré hat das schon vor vierhundert Jahren treffend ausgedrückt. Er hat gesagt: ‹Ich habe die Wunde verbunden, aber Gott hat den Patienten geheilt.›»

Als O'Reilly sagte: «... hat den Patienten geheilt», fiel Barry wieder ein, was ihn schon die ganze Zeit beschäftigte: Jeannie Kennedy. Jack war in die Kinderklinik zurückgekehrt, um einen Beckenabszess zu operieren, der nach einer Blinddarm-OP aufgetreten war.

«Fingal?»

«Ja?»

«Ist Jeannie Kennedy eigentlich wieder zu Hause?»

«Nein. Bei ihr hat sich ein Abszess gebildet. Sie haben die Kleine gestern wieder aufgemacht, aber jetzt ist sie auf dem Wege der Besserung.»

Dann hatte Jack also tatsächlich bei Jeannies zweiter Operation assistiert.

«Ja», sagte O'Reilly, während er in den Weg hinter seinem Haus einbog, «ich rufe immer im Krankenhaus an, um zu erfahren, wie es um meine Leute steht. Heute Morgen habe ich mit Sir Donald gesprochen ... da hast du noch tief und fest geschlafen ... deswegen konnte ich den Kennedys Bescheid geben, dass sie sich keine allzu großen Sorgen zu machen brauchen.»

«Anständig von dir.»

«Unsinn.» O'Reilly parkte den Wagen. «Ich mache jetzt einen Spaziergang mit Arthur, und du siehst zu, dass du dich wäschst und umziehst. Dann rufst du dein Mädel an und sagst ihr, dass ihr euch erst nach dem Abendbrot treffen könnt.»

«Aber –»

«Kein Aber. Du musst noch los und es dem stolzen Vater mitteilen.»

«Könntest du das nicht tun?»

«Ich habe den Kleinen ja nicht entbunden, sondern du, und du hast es gut gemacht, mein Sohn.»

«Ich hatte eine Heidenangst.»

«Ist mir gar nicht aufgefallen. So, jetzt lauf los und mach dich fertig, und dann treffen wir uns nachher im Dreckspatz.»

«Wo bitte?»

«Ach so, im Schwarzen Schwan. Hier im Dorf heißt unser Gasthaus bei allen nur der Schmutzfink oder der Dreckspatz.»

12

Von Hosen und Katzen

❃

Barry zog sich aus. Hemd und Hose hatten Blutflecken. Er badete, kleidete sich frisch an und gab seine fleckigen Kleidungsstücke dankbar Mrs Kincaid zum Waschen. Dann rief er Patricia an. Seine Hand zitterte nur ein kleines bisschen, als er ihre Stimme hörte. «Ja!», hauchte er lautlos, als sie erklärte, sie fände es schön, wenn er sie um sieben abholen käme. Wo sie dann hinfahren würden, wusste der Himmel, aber das war Barry egal, solange sie nur bei ihm war.

Beschwingten Schrittes ging er an der Kirche und der Reihe strohgedeckter Häuschen vorbei. Was für ein Tag. Die Sonne schien; er hatte Barry Fingal Galvin entbunden, und das auch noch zu Doktor Fingal Flahertie O'Reillys vollster Zufriedenheit. Jetzt würde er kurz in den Pub schauen, um dem stolzen Vater zu gratulieren, dann schnell zu Hause Abendbrot essen und dann … Er hüpfte wie ein Zehnjähriger nach dem letzten Schultag vor den Sommerferien.

Am Maibaum blieb er stehen und wartete darauf, dass die Ampel grün wurde. Vor sich sah er den Schwarzen Schwan. Er wollte nicht lange dort bleiben. Alkoholisiert bei Patricia zu erscheinen kam nicht in Frage.

Barry überquerte die Straße und betrat – wie nannten die Einheimischen ihren Pub? – den Dreckspatz.

In der Bar, einem niedrigen Raum mit Balkendecke,

empfingen ihn laut wetteifernde Stimmen und grölendes Gelächter. Links befand sich die Theke. Ein glatzköpfiger Mann, der über seinem gestreiften Hemd eine Weste mit Blumenmuster trug, zapfte Pints. Barry zählte sechs halbgefüllte große Gläser Guinness.

Es war brechend voll. Männer in kragenlosen Hemden drängten sich mit ihren Bierkrügen in der Hand um die Bar. Seamus Galvin, immer noch mit verbundenem linken Knöchel, stand schwankend mitten unter ihnen. Einen Arm hatte er einem rotblonden jungen Kerl um die Schultern gelegt. Donal ...? Donal Donnelly, ja richtig, so hieß er. Barry grinste. Einige von O'Reillys Patienten kannte er schon mit Namen.

Durch die Qualmwolken aus den Tabakpfeifen, die seine Augen tränen ließen, sah Barry einige vollbesetzte Tische. Die Stühle standen so dicht, dass keine Hand mehr dazwischenpasste. Entweder nahmen die Bewohner von Ballybucklebo es sehr ernst mit dem Trinken, oder aber die Nachricht von Galvins Baby hatte sich mit Lichtgeschwindigkeit im Dorf verbreitet. Eher Letzteres, vermutete Barry. Er ließ den Blick suchend über die Menge schweifen, konnte O'Reilly aber nicht entdecken.

Councillor Bishop, der an einem der Tische saß, winkte ihn zu sich, indem er seinen bandagierten Finger krümmte. Diese Geste erinnerte Barry an einen Gast, der einen säumigen Kellner ruft. «Laverty, hierher. Laverty, wo zum Teufel ist denn O'Reilly?»

Selbst Bishops diktatorische Art machte ihm heute nichts aus, so zufrieden war Barry mit sich und der Welt. Er zuckte mit den Schultern und hob die Hände.

«Laverty, wenn Sie O'Reilly sehen, sagen Sie dem Alten doch, es wäre Zeit, dass er sich meinen Finger wieder anguckt.»

«Es heißt *Doktor* O'Reilly», sagte Barry höflich, «und Sie wissen ja, wann die Praxis geöffnet ist, Mr Bishop.»

«Für dich heißt es *Councillor* Bishop, du Grünschnabel!» Bishop machte Anstalten, sich zu erheben.

Ein Mann, der neben ihm am Tisch saß, legte ihm die Hand auf die Schulter. «Reg dich nicht auf, Bertie. Trink lieber noch ein Bier.» Der Mann zwinkerte Barry zu. «Nehmen Sie ihn nicht ernst, Doc, er ist angetrunken.»

Als Barry sich abwandte, öffnete sich die Tür, und O'Reilly erschien, gefolgt von einem keuchenden, mit Sand bedeckten Arthur Guinness, dem die Zunge lang aus dem Maul hing. Nervös schaute Barry auf seine Kordhosen hinunter, sein letztes sauberes Paar Hosen.

«Schönen guten Tag, alle miteinander», brüllte O'Reilly.

Die Gespräche verstummten. Sämtliche Augenpaare wandten sich dem Eingang zu. Die Männer, die am Tisch neben der Tür gesessen hatten, standen auf und stellten sich mit an die Bar. Ohne ein Wort des Dankes ließ O'Reilly sich auf einem der frei gewordenen Stühle nieder.

«Runter und Platz.»

Sehr zu Barrys Erleichterung gehorchte Arthur.

«Setz dich zu mir, Barry.»

Barry nahm Platz und verstaute seine Beine dabei sorgsam unter dem Stuhl, außer Reichweite des sabbernden Hundes. «Das Übliche, Herr Doktor?», hörte er den Mann hinter der Bar fragen.

«Ja, und ein Pint für Doktor Laverty.»

Wenige Augenblicke später standen zwei Pints Guinness auf dem Tisch.

«*Sláinte*», sagte O'Reilly und leerte in einem Zug das halbe Glas. «Da draußen ist es warm.»

«*Sláinte mHath.*» Auch Barry trank von dem bitteren Starkbier.

Der Barmann kehrte mit einer Schüssel zurück, bückte sich und schob sie unter den Tisch.

«Arthur liebt sein Bier», bemerkte O'Reilly, «aber er trinkt nur Smithwick's Bitter.»

Barry hörte ein Schlabbern unter dem Tisch. Die Unterhaltungen wurden wieder aufgenommen.

«Diese Runde geht auf Doktor Laverty», verkündete O'Reilly.

Barry presste die Lippen zusammen, bezahlte aber.

«Wunderbar.» O'Reilly leerte sein Glas. «Komm, Junge, lass deins nicht schal werden.»

Barry trank noch einen Schluck Guinness, beschloss aber, nicht mehr als ein Pint zu trinken. Jemand stand an seiner Schulter, und er drehte sich um. Es war Seamus Galvin, mit einem schiefen Grinsen im schmalen Gesicht. Er hatte auffallende Ähnlichkeit mit einem beschwipsten Wiesel.

«Es ist also ein Junge, Doktor? Ein kleiner Junge?»

O'Reilly nickte.

Galvin bekam einen Schluckauf. «Noch eine Runde, Willy», rief er dem Barmann zu. «Die geht auf mich!»

«Langsam, Seamus», sagte O'Reilly leise, «du brauchst dein Geld jetzt, wo du ein Maul mehr zu stopfen hast.»

Seamus versuchte, einen Zeigefinger an die Nase zu legen, landete damit aber in einem Nasenloch. «Ach, ich bin wie Hans im Glück. Auf mich wartet ein Vermögen.» Er bedachte O'Reilly mit einem schwerfälligen Augenzwinkern.

«Ach ja?» O'Reilly warf Barry einen Blick zu. «Und wo soll das herkommen, Seamus?»

«Reden ist Silber, Schweigen ist Gold.» Seamus streckte seinen Zeigefinger aus und betrachtete mit zusammengekniffenen Augen die Fingerspitze.

Zwei weitere Pints erschienen. Barry spürte, wie sich

neben seinen Füßen etwas rührte. Arthurs Quadratschädel tauchte unter dem Tisch auf.

«Eins für Arthur Guinness», bestellte Seamus.

Der Barmann bückte sich nach Arthurs Schüssel.

Barry trank von seinem ersten Pint und warf einen Blick auf sein zweites.

Seamus Galvin kletterte auf einen Stuhl, wo er wie eine Weide im Sturm hin und her schwankte. Er stieß einen Pfiff aus, ein durchdringendes Kreischen, wie die Sirene eines Schleppdampfers.

Stille.

«Wollte nur sagen … nur sagen … sagen.» Wenn er sich nicht an der Stuhllehne festgehalten hätte, hätte er das Gleichgewicht verloren. «Ich wollte nur –»

«Nun mach schon, Seamus», rief jemand.

«Wollte nur sagen … Die besten beiden Ärzte in ganz Ulster … in ganz Irland.»

«Hört, hört.»

Barry blickte auf. Der letzte Zwischenruf stammte von Donal Donnelly, der O'Reilly anstarrte. In seinem Gesicht spiegelte sich eine Mischung aus rückhaltloser Bewunderung und heiligem Schrecken.

«Blödsinn», grölte Councillor Bishop, «O'Reilly, der könnte doch nicht mal 'ne kranke Katze gesund machen.»

«Pssst, Bertie», sagte sein Freund.

Barry schaute O'Reilly an, der sein Glas in Bishops Richtung hob und lächelte. Dieses Lächeln war so eisig, dachte Barry, dass es ein Loch in die *Titanic* hätte schlagen können.

«Willst du nicht antworten, Fingal?»

O'Reilly schüttelte den Kopf. «Rache ist süß», sagte er, «aber alles zu seiner Zeit. Mehr sage ich heute nicht.»

Barry betrachtete den korpulenten Gemeinderat. Ich

möchte lieber nicht in Bishops Haut stecken, wenn O'Reilly seine Drohung wahr macht, dachte er.

Der Barmann kam mit Arthurs Schüssel zurück. Das Geschlabber unter dem Tisch wurde kurz darauf von Seamus Galvin übertönt, der brüllte: «Wollte nur sagen ... Die besten Ärzte in Irland haben mir einen kleinen Jungen geholt, ja. Trinkt alle auf Farry ... Bingal ... Gavlin.» Unter den Jubelrufen der Menge leerte er sein Glas.

Barry fühlte sich verpflichtet, mit anzustoßen. Überrascht betrachtete er sein leeres Glas. Dieses Bier war wirklich schnell verschwunden.

«'nen kleinen Jungen», fuhr Galvin fort, als es wieder einigermaßen still war. «Und ich sag euch ... ich sag's euch, das war wirklich clever, denn» – er holte tief Luft und ließ den Blick durch den ganzen Raum schweifen – «*jeder Kesselflicker kann ein Loch in einen Eimerboden hauen ... aber ... nur ein Meister kann eine Tülle an eine Teekanne löten.*»

Er klopfte O'Reilly auf die Schulter, schwenkte unter erneutem Gejohle der versammelten Gäste die Arme über dem Kopf und faltete die Hände dabei wie ein Boxer, der gerade seinen Gegner k. o. geschlagen hat. Dann kippte er feierlich von seinem Stuhl.

«Oh, Gott», kommentierte O'Reilly, «der Alkohol. Der Fluch unseres Landes. Er lässt dich mit deinen Nachbarn streiten. Er lässt dich auf deinen Vermieter zielen. Und er lässt dich danebenschießen.» Er schaute sich um. «Donal Donnelly, sieh mal zu, ob du diesen zwar stolzen, aber sturzbesoffenen Papa nach Hause schaffen kannst.»

«Mach ich, Herr Doktor, ja, ja, mach ich sofort.» Donal stieß einen Mann neben sich an. Gemeinsam griffen sie Galvin unter die Arme und schleiften ihn zur Tür.

«Trink aus», sagte O'Reilly zu Barry, während die drei an ihrem Tisch vorbeischlurften.

Barry gehorchte. Er war überrascht, dass dieses zweite Guinness ihm viel besser schmeckte als das erste.

«Willy! Noch eine Runde auf mich, und vergiss Arthur nicht», brüllte O'Reilly.

Barry schüttelte den Kopf. «Fingal, heute Abend –»

«Triffst du dich mit einer gewissen jungen Dame, ich weiß. Stimmt's oder hab ich recht?»

«Ja.» Barry lächelte wie ein Mondkalb.

«Gut. Eins noch, das wird dir schon nicht schaden.»

Jemand fing an zu singen, das alte Volkslied vom Grenadier und der Lady. Nach der ersten Strophe fiel Barry, wenn auch ein bisschen schief, in den Refrain ein:

Und sie herzten und sie küssten sich
und hielten sich in den Armen.

Ja, und er würde heute Abend Patricia küssen. Ja, und das Bier schmeckte gut, und ja, kam Ballybucklebo dem Himmel auf Erden nicht schon sehr nahe?

• • •

Es war ein wunderbarer Nachmittag gewesen, befand Barry, als er O'Reilly und Arthur den kurzen Weg zurück zu O'Reillys Haus begleitete. Wunderbar. Kichernd beobachtete er, wie Arthur im Zickzack über den Bürgersteig torkelte, wobei sein Vorwärtskommen häufiger unterbrochen wurde, weil er, wie ein Turnierpferd bei der Dressur, die Vorderbeine überkreuzte. Arthur Guinness, dachte Barry, du bist blau wie ein Veilchen. Wenigstens dämpft das deinen Überschwang, sodass meine Hosen vor dir sicher sind. Barry stolperte und griff nach O'Reillys Arm.

«Langsam, mein Junge.» O'Reilly grinste, und Barry ging auf, dass er selbst auch nicht mehr ganz nüchtern war. Er musste sich zusammenreißen. Nichts sollte ihm den heutigen Abend verderben.

«Ich frage mich», meinte O'Reilly, während er die Gartenpforte öffnete, «ich frage mich, was das für ein Vermögen ist, das auf Galvin wartet.»

«Wieso?» Barry schloss die Pforte hinter sich.

«Mir ist ein bisschen bang bei der Vorstellung, dass es das Geld sein könnte, das Maureen für ihre Auswanderung gespart hat.»

Vielleicht hätte Barry sich ebenfalls Gedanken darüber gemacht, wenn Arthur Guinness nicht in diesem Moment ein merkwürdiges Geheul angefangen hätte. Der Hund saß mit zurückgelegtem Kopf im Gras und versuchte erfolglos, sich mit der Hinterpfote hinter dem Ohr zu kratzen. Seine Pfote flatterte in der Luft wie eine Fahne.

«Blödes Hundetier», brummte O'Reilly. «Komm mal her.»

Schwankend kam Arthur wieder auf die Beine, taumelte zu ihnen herüber und stellte sich zwischen sie. Er hob ein Bein, und mit der unfehlbaren Zielsicherheit eines Schützen auf dem Militärschießplatz in Bisley bepisste er Barrys Hosen.

• • •

Nachdem Barry Brunhilde geparkt hatte, strich er seine widerborstige Locke glatt und schaute an sich hinunter. Wie sah er bloß aus! Dieser verdammte Hund. Weil die eine Hose nach dem Waschen noch nass war und die andere nach Hundepisse stank, hatte er O'Reillys Angebot annehmen müssen und sich eine von seinen geliehen, die natürlich auf einen Mann von eins fünfundachtzig zugeschnitten war. Mit den grellkarierten, aufgekrempelten Hosenbeinen und dem Gürtel, der den viel zu weiten Bund zusammenhielt, sah er jetzt aus, als wäre er aus einem kleinen Wanderzirkus ausgebüxt. Zudem war er sich nicht ganz sicher, ob sein kurzes Nickerchen, Mrs Kincaids großzügige Portionen schwarzen Kaffees und das fettige Gebratene, das sie ihm aufgedrängt hatte, tatsächlich ausgereicht hatten, um ihn wieder völlig nüchtern zu machen. Vermutlich nicht, denn dann würde er jetzt wohl kaum hier stehen, als perfektes Abbild eines Pantalone, hier in Kinnegar, an der Esplanade, vor dem Haus Nummer 9.

Barry betrachtete die Reihe von Klingelknöpfen mit den handbeschriebenen Schildchen daneben. Patricia Spence. Wohnung 4. Er klingelte und wartete.

Die Tür öffnete sich. Patricia kam heraus.

«Hallo, Barry Laverty.» Sie drehte sich um, schloss die Tür, und als sie sich ihm erneut zuwandte, tanzte ihr Pferdeschwanz frech. Mit ihren großen, dunklen Augen, den vollen Lippen und den tiefen Grübchen lächelte sie ihm zu. Sie trug eine weiße Seidenbluse, die am Hals offen war, einen grünen, wadenlangen Rock und schwarze Schühchen mit flachen Absätzen.

Barry verschlug es den Atem.

«Was ist das denn?» Patricia starrte auf seine Hose.

«Das ist eine lange Geschichte.» Er spürte die Hitze in seinen Wangen. «Die erzähle ich dir im Auto.»

«Ich kann's kaum erwarten.»

Sie humpelte neben ihm her, dann hielt er ihr die Wagentür auf und wartete, bis sie saß. Er schloss die Tür, ging rasch hinüber auf die Fahrerseite, stieg ein, ließ den Motor an und fuhr los.

«Also», sagte Patricia, «jetzt erzähl mir von diesen Hosen, Mr Laverty.»

Mr Laverty. Er hatte ihr gestern Abend nicht erzählt, dass er Arzt war, denn sie sollte nicht denken, dass er versuchte, Eindruck zu schinden. «Ich besitze nur zwei Hosen. Heute habe ich beide schmutzig gemacht, also musste ich mir diese hier von einem Freund leihen.»

«Von einem Stelzengänger?»

Barry lachte. «Nein, aber er ist ziemlich groß.»

«Der Atlantik ist auch groß. Du versinkst ja in der Hose.» Sie legte ihm die Hand auf den Arm. «Macht nichts. Kleider machen nicht immer Leute.»

Er hätte sie gerne geküsst, musste sich aber aufs Fahren konzentrieren.

«Wo wollen wir überhaupt hin?»

«Nach Strickland's Glen, habe ich gedacht. Da können wir an den Strand runterlaufen.»

«Du lädst eine Frau mit einem lahmen Bein zu einem Spaziergang ein?»

Neckte sie ihn? Oder war es sarkastisch gemeint? Aus ihrem Tonfall konnte Barry das nicht erschließen.

«Patricia», sagte er ruhig, «wenn du lieber nicht spazieren gehen möchtest, sag es mir.»

Sie beugte sich zu ihm und küsste ihn auf die Wange. «Ich mag dich, Barry Laverty.»

. • .

Den Rest der Fahrt plauderten sie übers Wetter, über Maria Buenos Sieg über Margaret Smith in Wimbledon – auch wenn Patricia selbst nicht spielen konnte, war sie ein begeisterter Tennisfan – und über Popmusik. Sie mochte die Beatles, aber bei diesen Neuen, den Rolling Stones, war sie sich nicht so sicher.

Wir sind wie zwei Hunde, die sich nicht kennen, dachte Barry, wir umkreisen uns steifbeinig und beschnuppern uns. Doch trotz der Selbstsicherheit, die die Nachwirkung der beiden Pints vom Nachmittag ihm schenkte, konnte er sich nicht überwinden, das Gespräch auf eine persönlichere Ebene zu lenken. Dabei wünschte er sich das so sehr – er wollte alles über Patricia wissen.

«Da sind wir», sagte er. «Steig aus.»

Patricia nahm seine Hand, und er spürte ihre trockene Wärme. Er geleitete sie auf einen Fußweg, der unter Kiefern entlangführte und mit harzig duftenden Nadeln bestreut war. Am Rand wuchsen dunkelgrüne Lorbeersträucher, und immer wieder entdeckten sie Gruppen von spätblühenden Blauglöckchen. Die Sonnenstrahlen, die durch die Bäume sickerten, malten goldene Flecken auf die braune Erde.

Auch andere Spaziergänger nutzten den sonnigen Abend, aber Barry nahm sie kaum wahr.

«Hör mal», sagte Patricia.

Ein Vogel sang eine Melodie, hoch, immer höher, wie eine Piccoloflöte.

«Eine Singdrossel», erklärte sie. «Ihr Lied erkennt man meilenweit. Ich liebe Vögel.»

«Ja?»

«Mein Vater ist Ornithologe. Er hat meiner Schwester und mir viel über Vögel beigebracht, als wir noch Kinder waren. Ich bin in Newry aufgewachsen.»

«Meiner hat mir Astronomie beigebracht.»

«Du hast was von einem Sterngucker, stimmt's?»

«Ja», bestätigte Barry leise, und ohne sich um die Vorübergehenden zu kümmern, beugte er sich zu ihr und küsste sie auf den Mund.

«Mmm», sagte Patricia, «nicht schlecht, aber wir sollten lieber weitergehen, wenn wir ans Ufer wollen.»

«Es ist nicht mehr weit.» Barry konnte ihre Lippen noch schmecken.

Ein Junge von fünf oder sechs Jahren rannte an ihnen vorbei, blieb stehen, zeigte auf Barry und rief: «Mami, guck mal, ein Mann mit einer Clownshose!»

Barry hörte Patricias Lachen, warm wie Butter auf frischem Toast.

«Sei still, Sammy», sagte die Mutter des Kindes und lächelte ihnen im Vorbeigehen zu. «Kümmern Sie sich nicht um ihn, er ist ja noch klein.»

«Komm weiter, Pagliacci.» Patricia zog Barry an der Hand vorwärts.

«Palli – wer?»

«Das ist ein Clown. Aus einer Oper. Ich höre nicht nur Beatles.»

«Von Opern verstehe ich nicht viel.»

«Dann bist du bei mir richtig. Ich habe zu Hause ganz viele Platten. Ich studiere an der Queen's University. Diesen Sommer habe ich Extrakurse belegt. Ich will so schnell wie möglich mein Diplom machen. Von Newry aus ist es zu weit, um jeden Tag nach Belfast zu fahren, und in Kinnegar sind die Mieten billiger als in der Stadt.»

«Verstehe. Du bist also Studentin und magst Opern. Liest du gerne?»

Sie runzelte kurz die Stirn. «Ich hab's mit Hemingway probiert, aber der ist mir zu lakonisch. John Steinbeck finde ich besser.»

«*Die Straße der Ölsardinen*?»

«Ich liebe *Wonniger Donnerstag*.»

Der Pfad führte jetzt abwärts, und Barry musste Patricia über Baumwurzeln hinweghelfen, die sich wie versteinerte Schlangen über den Weg zogen. Er kletterte über einen abgebrochenen Ast. «Schaffst du das?»

«Ich denke schon.» Sie zog sich hinauf. «Fang mich auf.»

Das tat Barry, und er nahm sie behutsam in die Arme. Die Gürtelschnalle seiner übergroßen Hose drückte ihm in den Bauch.

«Danke, Sir.» Patricia küsste ihn. «Hab ich's mir doch gedacht», sagte sie dann. «Du schmeckst nach Bier.»

«Ich musste heute Nachmittag mit meinem Chef ein Pint trinken.»

«Dann bist du also ein kleiner Schluckspecht, Barry Laverty?»

«Nie nüchtern.» Er imitierte einen Schluckauf. «Normalerweise bin ich mittags schon voll wie eine Strandhaubitze.»

Patricia lachte. «Sei nicht so albern.»

Er nahm ihre Hand. «Komm. Noch über diese Brücke», sagte er und führte sie auf einer kleinen hölzernen Bogenbrücke über ein Flüsschen. «Da könnten Forellen drin sein. Dort in dem tiefen Becken unter der Uferböschung.»

«Vielleicht sitzt auch ein Hobbit unter der Brücke. Ich habe gerade *Herr der Ringe* ausgelesen.»

Sie kannte also Steinbeck und Tolkien. «Was studierst du denn? Kunst?»

«Nein.» Abrupt blieb Patricia stehen. «Wie kommst du denn darauf?»

«Weiß nicht. Jedenfalls kennst du die Autoren, die Kunststudenten vermutlich so lesen.»

«Und Frauen sollten Kunst studieren oder Krankenschwestern werden? Willst du das damit sagen?»

«Ich –»

«Ich bin einundzwanzig, und ich bin die Jüngste in meinem Semester … ich werde Ingenieurin! Hoch- und Tiefbau. Insgesamt sind wir nur sechs.»

«Nur sechs Bauingenieure?»

«Nein. Wir sind zweiundachtzig im Semester. Aber nur sechs Frauen.»

«Ich verstehe das immer noch nicht. Wir hatten an der Uni zehn Frauen in unserem Jahrgang.»

«Was verstehst du denn daran nicht?» Patricias Augen waren zu Schlitzen geworden, sie hatte die Lippen zusammengepresst und die Arme verschränkt.

«Warum sollte eine Frau denn nicht Ingenieurin oder Ärztin werden?»

«Viele Leute wären damit nicht einverstanden. Kannst du dir überhaupt vorstellen, wie schwer es war, einen Studienplatz zu kriegen?»

«Die Aufnahmeprüfungen sind immer hart.»

«Und noch tausendmal härter, wenn man eine Frau ist.» Patricia machte einen Schritt rückwärts.

«Das ist unfair.» Barry gefiel diese Diskussion nicht.

«Meinst du das ehrlich?»

«Natürlich.» Er sah, wie Patricias Schultern sich entspannten.

«Wirklich?»

«Wenn du Ingenieurin werden willst, solltest du auch die Möglichkeit dazu haben.»

Sie schürzte die Lippen. «Das will ich meinen, verdammt nochmal», sagte sie wie zu sich selbst.

«Eine Bauingenieurin muss bestimmt ziemlich durchsetzungsfähig sein.»

«In der Tat.»

«Und du meinst, du musst das ausgerechnet an mir üben? Du hättest mir eben fast den Kopf abgerissen.»

«Ja, aber es war wirklich teuflisch schwer, einen Studienplatz zu kriegen. Frauen müssen um ihre Rechte kämpfen.»

«Das stimmt. Aber gegen mich brauchst du nicht zu kämpfen.»

«Ist mir jetzt klar.»

«Sonnenklar, hoffe ich», sagte Barry. Dann strahlte er sie an.

Patricias Wut verzog sich wie ein Sommergewitter. «Ich hätte dich nicht anschreien sollen, aber ... ach ...» Sie zog ihn an sich und küsste ihn heftig. «Verzeihst du mir?»

Barry hätte ihr nicht nur eine, sondern alle sieben Todsünden verziehen und ein paar lässliche obendrein.

«Komm an den Strand, Weib», sagte er mit gespielter Strenge.

«Ja, Sir.» Sie nahm seine Hand.

• • •

«Schau mal da», sagte Barry. Auf der anderen Seite der Belfaster Bucht war die Küste von Antrim mit dem Carrickfergus Castle zu erkennen, das mit seiner Vorburg und den Befestigungsanlagen grimmig auf seinem Burghügel thronte. Die Normannen hatten den wehrhaften Granitbau errichtet, der einst Robert the Bruce Schutz geboten und 1690 Wilhelm von Oranien als Landeplatz gedient hatte.

Ein rostiger Kohlenfrachter der Kelly's Company dampfte um die Landzunge herum in Richtung Bangor. Der Rauch aus dem hohen Schornstein hing in dunklen Schlieren am Himmel, bevor er vom Nordwestwind zerrissen wurde.

«Ich bin schon als kleiner Junge hier gewandert.»

«Es ist wunderschön.»

«Im Sommer ja, aber im Winter kann es wirklich stürmisch werden.» Genauso wie eine Frau, die ich gerade kennenlerne, dachte Barry.

Patricia blieb stehen und schaute zu ihm hoch. Ihr Pferdeschwanz wehte im Wind. Über ihren Köpfen glitten zwei braune Vögel mit langen, gebogenen Schnäbeln und reglosen Schwingen auf einer unsichtbaren Luftströmung dahin. Ihre Stimmen klangen schwermütig.

«Brachvögel», sagte Patricia. «Jetzt weißt du alles über mich.»

Gar nichts weiß ich über dich, dachte er, während er das Sonnenlicht in ihren Augen funkeln sah.

«Erzähl mir was von Barry Laverty.»

«Also, abgesehen von meinem unheilbaren Alkoholismus und meiner felsenfesten Überzeugung, dass Frauen niemals zu Ingenieurstudiengängen zugelassen werden sollten –»

«Hör auf damit.» Patricia lächelte. «Tut mir leid, dass ich so heftig geworden bin.»

«Ist schon in Ordnung.» Barry schaute zu Boden, bevor er sie wieder ansah. «Ich bin vierundzwanzig, keine Geschwister. Meine Hobbys sind Lesen und Fischen. Früher bin ich auch gesegelt, aber zurzeit habe ich zu viel zu tun.» Er zögerte einen Augenblick. «Mein Vater ist Ingenieur.»

«Aha?»

«Er arbeitet als technischer Berater im Bergbau. Meine Eltern leben in Melbourne.»

«Und was macht der Sohn eines beratenden Ingenieurs?»

«Ich ... ja, ich bin Ballerina in Sadler's Wells Ballet.»

«Wie bitte?»

«Warum sollte ein Mann nicht Ballerina sein dürfen?»

Sie schlug ihm mit der flachen Hand auf die Brust. «Du bist gemein. Aber gut, eins zu null für dich.»

Barry hielt ihr Handgelenk fest. «Ich bin Arzt. Im Moment arbeite ich als Assistenzarzt bei Doktor O'Reilly in Ballybucklebo.»

«Du bist praktischer Arzt?»

«Ja, genau.»

Kichernd deutete Patricia auf seine albernen, weiten Schlabberhosen. «Also, Herr Doktor, ich hoffe, dass keiner von Ihren Patienten Sie heute Abend gesehen hat.» Sie schmiegte sich an seine Brust. Die Sonne, die gerade hinter den Antrim Hills verschwand, goss einen letzten goldenen Streifen über die dunkelnde Bucht.

Barry küsste sie, fand ihre Zunge, und kleine Stromstöße durchzuckten ihn. «Meine liebe Ingenieurin», sagte er und küsste sie noch einmal.

. • .

Barry lugte durch die Flügeltür der Wohnstube. Beim Licht einer Tischlampe sah er O'Reilly in seinem Sessel sitzen, besser gesagt, liegen, mit den Füßen auf dem Couchtisch. Winston Churchills *Geschichte* lag mit dem Buchrücken nach oben auf dem Tisch. O'Reillys Kopf war nach links gesackt, und auf seiner rechten Schulter lag, an seinen Hals geschmiegt, Lady Macbeth. Er schnarchte so laut, dass das Schnurren der Katze nur zu hören war, wenn er ausatmete.

Stand nicht in der Bibel geschrieben, dass der Löwe friedlich neben dem Lamm liegen sollte? Aber wer war hier Löwe und wer Lamm? Das war schwer zu entscheiden, wenn man Lady Macbeth' Hang zum Beißen bedachte und O'Reillys Fähigkeit, wie ein Löwe loszubrüllen, wenn ihn etwas erzürnte.

O'Reilly öffnete ein Auge. «Da bist du ja wieder.»

«Entschuldige, Fingal, ich wollte dich nicht stören.»

«Wie spät ist es?»

«Elf.»

O'Reilly kratzte sich den Bauch. Bei dieser Bewegung schüttelte er die Katze ab, die an seiner Weste hinunterrutschte und sich in seinem Schoß zusammenrollte, um sich dann auf die Seite zu legen und den Kopf so unmöglich zu verdrehen, wie nur Katzen es können. Wie umgestülpt sah sie aus, fand Barry.

«Schönen Abend gehabt?»

Genussvoll erinnerte Barry sich, wie sie langsam durch die Abenddämmerung zurückspaziert waren, wie sie flatternde Nachtfalter beobachtet, den Fledermäusen bei ihren Sturzflügen zugesehen und gemeinsam über ihr Pfeifen gelacht hatten. Und wie sie stehen geblieben waren und er Patricia geküsst hatte, ihren Mund, ihr Haar. Nach der Fahrt zurück zu ihrer Wohnung hatte sie ihn eingeladen hereinzukommen, aber er hatte höflich abgelehnt. Vom ersten Augenblick an hatte er gewusst, dass sie anders war, ungewöhnlich, und nach ihrem Zornesausbruch im Wald hatte er gespürt, dass sie ihn zurückweisen würde, wenn er zu rasch vorpreschte. Es war besser, wenn er ihr Zeit ließ.

«Deinem Schweigen und deinen glänzenden Augen nach zu urteilen, lautet die Antwort ja.» O'Reilly streichelte der Katze den Kopf.

«Es war traumhaft schön.»

«Hm. Frauen.»

Barry musterte O'Reilly. Nach dieser Bemerkung rechnete er damit, Missfallen in den Zügen des Arztes zu entdecken, aber er sah nur Traurigkeit in den braunen Augen.

«Komm, Fingal, das meinst du nicht so.»

«Ach nein?» O'Reilly stand auf, sodass Lady Macbeth auf den Teppich hinunterrutschte. Er trat ans Fenster, faltete die Hände auf dem Rücken und starrte in die Dunkelheit hinaus. «Frauen? Nichts als Kummer und Sorgen.» Als er sich umdrehte, glaubte Barry einen Augenblick, etwas Feuchtes in seinen Augen glitzern zu sehen.

«Herrgott nochmal, würdest du bitte damit aufhören!», fuhr O'Reilly Lady Macbeth an, die wieder einmal vergnügt die Möbel zerfetzte. «Lass das!»

Das weiße Kätzchen zerrte ein paar letzte Fäden aus O'Reillys Sessel, sprang dann hinauf, duckte sich, machte einen Buckel und schlug mit dem Schwanz.

Barry war erleichtert, dass das Tier sie abgelenkt hatte. Was auch immer O'Reilly bedrückte, es ging ihn nichts an. «Vielleicht hat Kinky recht. Wir sollten Maggie mal fragen, wie wir der gnädigen Frau diese Untugend abgewöhnen.»

«Ich glaube nicht, dass Maggie uns helfen kann. Wir brauchen einen Exorzisten.»

«Wie bitte?»

«Ich glaube, sie ist besessen.»

Barry lachte. «Wieso?»

«Sie mag Strawinsky nicht», berichtete O'Reilly. Vielleicht war er ebenso froh wie Barry, dass sie ein anderes Gesprächsthema gefunden hatten.

«Woher weißt du das?»

«Pass mal auf.» O'Reilly ging zu seinem Plattenstapel und legte eine Scheibe auf das schwarze Gerät. Die Akkorde von Beethovens *Pastorale* erfüllten den Raum. Sogleich dachte Barry wieder an das nach Kiefern duftende Tal und an Patricias Liebreiz.

Lady Macbeth richtete sich auf, die Schnurrhaare nach vorn gestreckt, dann sprang sie auf den Boden, reckte den Schwanz in die Höhe und drängte sich schmeichelnd an Barrys Bein.

«Sie sieht ganz zufrieden aus.»

«Ist sie auch. Der alte Ludwig gefällt ihr, aber jetzt guck dir das mal an.» O'Reilly legte eine andere Platte auf.

Barry lauschte den unvertrauten Klängen. Das war fast schon Kakophonie, fand er.

Schlagartig war es mit Lady Macbeth' Anschmiegsamkeit vorbei. Ihre Pupillen wurden so groß, dass Barry in ihren Augen nur noch Schwarz sah. Sie knurrte. Sie fauchte. Sie schlug Kreise mit ihrem Schwanz, stürzte sich ohne Vorwarnung auf Barry und biss ihn ins Schienbein.

«Hau ab!» Er schubste die Katze weg und zog sein kariertes Hosenbein hoch. Wenigstens war die Haut unversehrt geblieben.

O'Reilly hob den Tonarm des Grammophons von der Platte, und die Musik verstummte. Lady Macbeth setzte sich wieder hin und begann sich zu putzen.

«So viel zu *Le sacre du printemps*. Und damit du nicht denkst, das wäre Zufall gewesen ...» O'Reilly setzte die Nadel wieder auf.

Jetzt griff Lady Macbeth O'Reilly an. Mit einigen Seitwärtssprüngen, steifen Beinen und Katzenbuckel sprang sie quer durch den Raum. Wie ein seitwärtshüpfendes Känguru, dachte Barry, aber ein Känguru mit mörderischen Absichten.

«Siehst du?» O'Reilly stellte die Musik aus. «Sie hat den Teufel im Leib. Vielleicht kann Pfarrer O'Toole die entsprechenden Riten durchführen.»

«So was habe ich noch nie gesehen.» Verblüfft betrachtete Barry die Katze, die wieder aussah, als könnte sie kein Wässerchen trüben. «Ich frage mich gerade, wie ihr die Rolling Stones gefallen würden.»

«Die wer bitte?»

«Die Rolling Stones. Das ist eine Rockband.»

«Da kriegt sie wahrscheinlich wieder einen Anfall», meinte O'Reilly. Er gähnte. «Na, jedenfalls gehe ich jetzt ins Bett. In den nächsten Tagen haben wir viel zu tun.»

«Wie kommt's?»

«Donnerstag ist der 12. Juli, Tag des ‹ruhmreichen und unsterblichen Gedenkens›. Wenn unsere Leute hier nicht gerade todkrank sind, wollen sie den Umzug nicht verpassen, deswegen kommen alle, die an Bindehautentzündung, Blasen, Blutergüssen, Bronchitis oder gebrochenem Herzen leiden, gleich morgen oder am Dienstag oder Mittwoch in die Praxis.»

«Ach so.»

«Du wirst also ein paar Tage warten müssen, bis du wieder losziehen und das Licht deines Lebens besuchen kannst.»

«Also, ich –»

«Keine Sorge», meinte O'Reilly, schon im Gehen. «Du kannst Freitagabend freihaben.»

«Danke, Fingal», sagte Barry zu seinem Rücken, bevor er in den Sessel sank. Es war noch zu früh, um ins Bett zu gehen. Er wusste, dass er nicht würde einschlafen können. Ihm kreisten noch zu viele Gedanken im Kopf.

Patricia. Weich, warm, köstlich und temperamentvoll. Patricia Spence. Sie war einundzwanzig. Er rechnete. Das hieß, dass sie mit acht Jahren Kinderlähmung bekommen hatte. Viele Betroffene – er hatte sie als Patienten behandelt – waren in Selbstmitleid versunken oder hatten ihre Behinderung ausgenutzt, um bei anderen Mitleid zu erregen. Nicht so Patricia. Es imponierte ihm, dass sie Hoch- und Tiefbau studierte. Morgen wollte er sie anrufen. Hoffentlich hatte sie am Freitag Zeit. Vielleicht würde er noch einmal versuchen, sie zum Essen einzuladen.

Als Lady Macbeth ihm auf den Schoß sprang, erschrak Barry und unterbrach seinen Gedankengang. Was war das bloß für ein Haushalt, in dem er hier gelandet war! Eine Mörderkatze, ein Labrador, der unter der Hunde-Satyriasis litt und obendrein Quartalssäufer war, und ein älterer Kollege, der aus unerfindlichen Gründen anscheinend nicht viel vom anderen Geschlecht hielt. Barry überlegte, ob er sich wirklich dieser Menagerie anschließen wollte.

«Entschuldigen Sie, Doktor Laverty, aber ich habe hier eine Hose für Sie, trocken und gebügelt.» Er hatte Mrs Kincaid nicht hereinkommen hören.

«Danke.» Barry erhob sich.

«Jetzt können Sie seine Sackhosen wieder ausziehen. Ein bisschen groß sind sie Ihnen ja doch.»

«Ich weiß.» Und, dachte Barry, ich glaube, seine Fußstapfen sind mir auch ein paar Nummern zu groß.

«Sie sollten längst im Bett sein, Mrs Kincaid.»

«Bin schon auf dem Weg. Möchten Sie noch irgendetwas, bevor ich gehe?»

Das grenzte wirklich an Feudalismus. «Nein, danke. Aber ...» Barry zögerte. «Mrs Kincaid, dürfte ich Sie wohl etwas fragen?»

«Fragen Sie nur.»

«Es geht um Doktor O'Reilly.»

Barry sah, wie sie erstarrte und die Lippen zusammenpresste.

«Ich mache mir Gedanken um ihn.»

Fast unmerklich entspannte Mrs Kincaid sich wieder.

«Er wird ganz traurig, wenn ich von einer jungen Frau spreche, die ich kennengelernt habe.»

«Ist das so?»

«Ich kann mich täuschen, aber vorhin – bitte lachen Sie nicht –, vorhin habe ich gedacht, er wäre den Tränen nahe.»

«Ja?» Ihr Blick wurde weich, und sie wippte sacht auf den Füßen vor und zurück. «Manchmal wünsche ich bei Gott, er würde weinen.»

Barry wusste, dass er sie jetzt nicht unterbrechen durfte.

«Darf ich mich setzen, Sir?»

«Ja, bitte.»

Sie ließ sich mit ihrer ganzen Fülle in einen Sessel sinken, warf einen Blick auf die geschlossene Tür und sagte mit leiser Stimme: «Was ich Ihnen jetzt erzähle, behalten Sie aber für sich, ja?»

«Selbstverständlich.»

«Er weiß nämlich nicht, dass ich davon weiß. Er ist ein sehr zurückhaltender Mensch, ja.»

Barry wartete ab.

«Der alte Doktor Flanagan hat es mir erzählt. 1941, im April, am Dienstag nach Ostern, haben die Deutschen Belfast bombardiert, diese Schweine, und Bangor auch.» Ihr Blick wurde hart, und sie ballte die Fäuste. «Dabei ist eine junge Krankenschwester ums Leben gekommen. Sie waren erst sechs Monate verheiratet. Drei Jahre lang hat er um sie geworben. Er hat die Frau abgöttisch geliebt, ja.»

«Mein Gott.»

«Er war ja gerade unterwegs, auf diesem großen Schiff. Erst im Juni hat er erfahren, dass sie tot war.» Mrs Kincaid schaute Barry ins Gesicht. «Er hat entsetzlich gelitten, Doktor Laverty.»

«Er leidet immer noch», flüsterte Barry.

«Ja. So.» Sie erhob sich und schaute auf ihn hinunter. «Ich weiß, dass er sich für Sie und Ihr Mädchen freut, aber ich glaube, er macht sich Sorgen, dass Sie auch mal so leiden müssen wie er. Er hat Sie ins Herz geschlossen, Herr Doktor. Das kann ich sehen.»

«Danke, dass Sie mir das erzählt haben, Mrs Kincaid.»

«Kein Wort darüber, aber ...» Sie lächelte Barry zu. «Wir beide, Sie und ich, wir sind die Einzigen, die auf diesen dussligen Kerl achtgeben können.»

«Ich verstehe.»

«Das hoffe ich, denn ich will nicht erleben, dass er nochmal enttäuscht wird.» Mit glühenden Augen, das Dreifachkinn vorgereckt, stand Mrs Kincaid vor ihm. Wie ein Wachtposten, dachte Barry.

«Keine Sorge, Mrs Kincaid.»

«Schön. Also dann, ab ins Bett. In den nächsten Tagen werdet ihr beide wie Bienen auf einem heißen Ziegelstein rumflitzen, und unser Doktor wird nicht gerade jünger.» Sie legte sich eine Hand ins Kreuz. «Na ja, bin ja selbst auch nicht mehr die Jüngste.»

Bevor sie die Tür öffnete, drehte sie sich noch einmal zu Barry um. «Es steht mir nicht an, das zu sagen, Doktor Laverty, aber ich fände es schön, wenn Sie hierbleiben. Für immer, meine ich.»

Barry stand auf. «Ich werde darüber nachdenken, Mrs Kincaid. Das verspreche ich Ihnen.»

«Dann denken Sie mal tüchtig nach», meinte sie. «Er ist nämlich ein guter Mann, und er braucht Sie hier.»

13

In guten und in bösen Tagen

❁

Am Montagmorgen ging es in der Praxis zwar langsam los, mit drei Männern, die auf ihre Aufbauspritze warteten, aber als die drei das Haus wieder verließen, öffneten sich die Schleusentore. Es schien Barry, als strömten sämtliche Fälle, die Ballybucklebo aufzubieten hatte, von Rückenschmerzen über Schnupfen, Husten und Heuschnupfen bis zum Kater nach dem Willkommenstrunk für Barry Fingal Galvin, ins Wartezimmer. Mehrere der Verkaterten brauchten außerdem Hilfe wegen blauer Augen und abgeschrammter Knöchel.

Als der Letzte dieser Truppe, die O'Reilly als Dreckspatz-Dragoner bezeichnete, die Praxis verlassen hatte, meinte der Arzt mit einem Grinsen: «Ach, sag, was du willst, mein Junge, aber Kämpfen macht mehr Spaß. Seit der Geschichte von Mac Dathos Schwein haben die Einheimischen sich kein bisschen verändert.»

«Wie bitte?»

«*Scél Mucci Mic Dáthó*, das ist eine alte Sage. Da wird ein keltisches Fest beschrieben, bei dem die Helden erst ordentlich herumprahlen und sich dann gegenseitig die Schädel einschlagen. Alles vermutlich bloß ein toller Spaß. Ich hoffe bloß, dass wir am Zwölften nicht wieder Ähnliches erleben, sonst sind wir die halbe Nacht damit beschäftigt, die Verletzten zusammenzuflicken.» O'Reilly streckte sich. «Aber bis Donnerstag sind es noch ein paar Tage. Wie sieht's im Wartezimmer aus?»

«Noch zwei Kinder und eine junge Frau.»

«Hole sie bitte, ja?»

Barry hatte fälschlicherweise angenommen, die Frau wäre die Mutter der Kinder, aber die beiden folgten ihm allein ins Behandlungszimmer. Der Junge, der schätzungsweise fünf oder sechs sein musste, trug kurze Tweedhosen und ein graues Hemd. Einer seiner wollenen Kniestrümpfe wurde von einem elastischen Strumpfband hochgehalten, der andere war heruntergerutscht und ringelte sich wie eine frisch abgeworfene Schlangenhaut um seinen Knöchel. In sicherem Abstand blieb er vor O'Reilly stehen, einen Fuß einwärtsgedreht und den linken Daumen fest im Mund. Das blonde Mädchen, dessen hellblaues Trägerkleid die gleiche Farbe hatte wie ihre Augen, wandte den Blick keinen Moment von O'Reillys Gesicht ab. Sie mochte ein Jahr älter sein als ihr kleiner Gefährte.

«Guten Morgen, Colin Brown. Guten Morgen, Susan MacAfee. Was kann ich für euch beide tun?» O'Reilly blinzelte über seine Halbgläser hinweg.

«Mr Brown und ich wollen heiraten.»

Barry beobachtete O'Reillys Gesicht, um seine Reaktion zu sehen.

«Tatsächlich?», sagte O'Reilly, ohne eine Miene zu verziehen. «Ihr wollt heiraten?»

Das, dachte Barry, würde interessant werden.

«Und was halten Sie davon, Mr Brown?»

Der kleine Junge senkte den Kopf und fummelte vorn an seiner Hose herum.

«Ich verstehe», meinte O'Reilly. «Ja, in den Ehestand soll man sich nicht leichtfertig begeben.»

«Genau, Doktor O'Reilly», sagte das kleine Mädchen mit den blauen Augen. Sie wickelte sich eine Haarsträhne um den Finger. «Das wissen wir, oder nicht, Mr Brown?»

«Hm-mh», sagte Mr Brown, während er von einem Fuß auf den anderen trat.

Ob O'Reilly ihnen gleich den Vermählungsspruch vorsagen wird?, fragte Barry sich.

«Wir haben gespart», erklärte das kleine Mädchen.

«Und wie viel habt ihr schon zusammen?»

«Einen ganzen Shilling.»

«Und Sixpence.» Mr Brown presste die Beine zusammen und zerrte wieder vorn an seiner Hose.

«Wisst ihr», sagte O'Reilly, «ihr seid vielleicht noch ein bisschen zu jung, um zu heiraten.»

Mr Brown nickte, zupfte seine Braut an der Hand und flüsterte ihr etwas ins Ohr.

«Du musst einfach noch warten», erklärte sie ihm.

«Bevor ihr zum Pfarrer geht?» O'Reilly konnte sich das Schmunzeln nicht mehr verkneifen.

Doch Mr Brown riss das Mädchen jetzt so kräftig an der Hand, dass sie einen Schritt zurücktrat. «Du musst warten, habe ich gesagt. Was ...?» Sie neigte sich zu ihm.

«Ach so», erklärte sie, als sie sich wieder aufrichtete. «Doktor O'Reilly, wir müssen wieder los.»

«Schön», sagte O'Reilly. «Dann wartet ihr also noch?»

«Nein.» Sie stützte eine Hand in die Hüfte und sah den kleinen Jungen stirnrunzelnd an. «Mr Brown hier ...» Der Kleine ließ den Kopf hängen. «Mr Brown hat sich gerade nass gemacht.»

«Na, so was. Vielleicht kann Mrs Kincaid da helfen. Kommt mal mit.» O'Reilly stand auf und nahm das Mädchen an die Hand. Er wandte sich Barry zu. «Hol die Letzte rein, ja? Du kannst schon mal mit der Anamnese anfangen.»

«In Ordnung.» Doch Barry rührte sich nicht. Er wartete, bis O'Reilly mit seinen Schützlingen den Raum verlassen hatte, bevor er sich endlich das Lachen erlaubte, an dessen Unterdrückung er fast erstickt wäre. Als er das Wartezimmer betrat, lachte er immer noch in sich hinein. «Würden Sie bitte mitkommen?», forderte er die junge Frau auf, die jetzt ganz allein dasaß und auf den Fußboden starrte. Sie trug einen weißen Regenmantel und hochhackige schwarze Schuhe. Ihre Handtasche, die sie mit beiden Händen umklammert hielt, war aus Lackleder. Das seidige, maisgelbe Haar wurde von einem Haarreifen zurückgehalten, und als sie aufschaute, sah Barry ihre trüben, rotgeränderten Augen. An den Schatten darunter war abzulesen, dass sie zu wenig Schlaf bekommen hatte. Was auch immer sie quälte, für Lustigkeit war jetzt nicht der richtige Zeitpunkt.

Sie stand auf. «Doktor O'Reilly?»

Kein Bewohner von Ballybucklebo hätte ihn für Fingal gehalten. «Nein», berichtigte er, «Laverty. Aber Doktor O'Reilly kommt gleich.»

Auch als die junge Frau auf dem Patientenstuhl Platz genommen hatte, schwieg sie.

«Also.» Barry drehte sich auf dem Drehsessel, griff in eine der Schreibtischschubladen und zog eine neue Patientenkarte heraus. «Ich möchte nur ein paar Stichpunkte notieren. Sie sind nicht von hier, oder?»

Sie schüttelte den Kopf. «Aus Rasharkin.»

«County Antrim?» Barry hörte die verlängerten Vokale und das leichte Zischen, das in den ländlichen Gebieten von Antrim typisch für die Aussprache war, und Rasharkin war sogar noch kleiner als Ballybucklebo. «Sie sind weit weg von zu Hause.» Er warf einen Blick auf ihre linke Hand. Kein Ring. «Miss ...?»

«MacAteer. Julie MacAteer.»

Barry trug den Namen in die Karte ein. «Wie alt sind Sie?»

«Zwanzig.» Er hörte ein Stocken in ihrer Stimme. «Nächste Woche werde ich zwanzig.»

«Und was führt Sie hierher?»

Eine Träne tropfte auf ihren Schoß. Sie öffnete die Handtasche und holte ein Taschentuch heraus.

«Das ist in Ordnung. Lassen Sie sich Zeit.»

Mit bebenden Schultern tupfte sie sich die Augen ab.

Barry beugte sich vor und nahm ihre Hand. «Ich möchte Ihnen gerne helfen, Miss MacAteer.»

Die junge Frau schaute ihm in die Augen. Er las Verzweiflung in ihrem Blick. «Ich bin über die Zeit», flüsterte sie.

«Wie lange?»

«Volle drei Wochen. Sonst kommt's immer pünktlich.»

Barry schluckte. Er musste die nächste Frage stellen. «Glauben Sie, dass Sie vielleicht –?»

«Ich weiß, dass ich's bin.» Jetzt funkelten ihre Augen. «Letzte Woche habe ich jeden Morgen gekotzt, und hier spannt es wie verrückt.» Sie legte ihre freie Hand auf die Brust.

«Es könnte auch etwas anderes sein. Die Hormone können einem Streiche spielen. Es ist gar nicht ungewöhnlich, dass bei jungen Frauen die Regel einmal aussetzt, wenn sie sich wegen irgendwas Sorgen machen.»

«Sorgen machen? Ich mache mir schreckliche Sorgen. Was soll ich bloß tun?» Sie schloss die Augen und legte den Kopf in den Nacken.

Barry hörte O'Reilly eintreten. Als er zu seinem Chef hinüberblickte, legte dieser den Zeigefinger auf den Mund.

«Haben Sie es schon jemandem gesagt?», fragte Barry die junge Frau.

«Wem sollte ich es denn sagen? Mein Papa würde mich umbringen, ganz bestimmt.»

«Miss MacAteer, Sie könnten sich auch irren. Vielleicht machen Sie sich ganz grundlos Sorgen.»

«Ich irre mich nicht. Ich weiß, dass ich … schwanger bin. Was soll ich bloß machen?»

«Ich denke, als Erstes sollten wir prüfen, ob es tatsächlich stimmt. Haben Sie eine Urinprobe mitgebracht?»

«Hier.» Sie zog ein kleines Glasfläschchen aus der Handtasche und reichte es Barry.

«Ich muss das nach Belfast schicken.» Aus dem Augenwinkel sah er, wie O'Reilly den Daumen hob. «Das Ergebnis haben wir am …» Barry wurde klar, dass er nicht wusste, wie lange sie auf das Testergebnis warten mussten.

«Am Freitag», sprang O'Reilly ein.

Die junge Frau fuhr herum und starrte ihn an.

«Das ist Julie MacAteer», stellte Barry sie vor.

«Keine Angst, Julie, ich bin Doktor O'Reilly.»

Sie wandte sich wieder Barry zu und bemühte sich zu lächeln. «Dann muss ich also einfach abwarten. Und Daumen drücken.»

«Tut mir leid», sagte Barry.

Sie senkte den Kopf, ballte die Fäuste und holte tief Luft. «Also gut.»

«Fahren Sie heute noch nach Rasharkin zurück?», fragte Barry.

«Nein. Ich bleibe hier.»

«Wo denn?» Barry fiel auf, dass er vergessen hatte, ihre Adresse aufzuschreiben.

Sie zerrte an ihrem Taschentuch. «Das sage ich nicht.»

«Aber –»

«Es ist nicht wichtig.» O'Reilly legte ihr die Hand auf die Schulter. «Doktor Laverty braucht es nur für die Kartei.

Schreib einfach ‹ortsansässig› in die Spalte», meinte er zu Barry.

«Ist gut.»

«Doktor O'Reilly?» Julie MacAteer reckte die Schultern und sah dem Arzt ins Gesicht. «Wenn ich wirklich ... Sie wissen schon ... ich kann es nicht behalten.»

«Das brauchen Sie auch nicht», erklärte O'Reilly. «Das verspreche ich Ihnen.»

Barry richtete sich kerzengerade auf. Er konnte verstehen, dass eine unverheiratete Frau nicht den Arzt in ihrem eigenen kleinen Dörfchen aufsuchen wollte, und er hatte angenommen, dass Julie MacAteer deshalb nach Ballybucklebo gekommen war. Oder nahm O'Reilly etwa Abtreibungen vor?

«Meinen Sie das ernst?», fragte die Frau.

«Ja», antwortete O'Reilly, «ich gebe Ihnen mein Wort.»

Sie stand auf und umarmte den Arzt.

«Und jetzt gehen Sie erst mal, Julie», sagte er sanft. «Alles wird gut.»

Ach, du grüne Neune. Barry traute seinen Ohren nicht. Abtreibungen waren verboten. Seine Worte sprudelten heraus, bevor er sich überlegen konnte, was er sagte. «Doktor O'Reilly, ich will aber keine –»

«Mal immer langsam mit den jungen Pferden, Barry. Es ist nicht so, wie du denkst.»

Barry biss sich auf die Zunge.

«So, Julie.» O'Reilly trat einen Schritt zurück. «Jetzt waschen Sie sich hier am Becken das Gesicht und schminken sich ein bisschen. Soll doch nicht jeder sehen, dass Sie geweint haben.»

«Danke», flüsterte sie.

«Ach, für was denn? Nur mit der Ruhe.»

Barry, der befürchtete, dass er vielleicht doch etwas äußern könnte, was er später bereuen würde, verließ das Behandlungszimmer. Er bemühte sich, die Dankesworte der jungen Frau zu überhören. Wie konnte O'Reilly ihr bloß versichern, alles sei in Butter? Es war doch sehr wahrscheinlich, dass sie schwanger war, und dagegen konnten sie überhaupt nichts tun.

Fast hätte er Mrs Kincaid angerempelt, die gerade die beiden Kinder zur Haustür brachte.

«'tschuldigung», knurrte er. «Hab nicht geguckt, wo ich hingehe.»

«Macht nichts.»

Die Tür des Behandlungszimmers öffnete sich, und O'Reilly geleitete Julie am Arm zur Haustür. Barry sah, wie Mrs Kincaid das Gesicht der jungen Frau musterte. «Hm», brummte sie.

«Kommen Sie Freitag wieder und machen Sie sich möglichst keine Sorgen. Wir kriegen das schon hin, ganz bestimmt», hörte Barry O'Reilly sagen. Die Haustür wurde geschlossen. «Mittagessen, Kinky. Wir haben heute Nachmittag eine Menge Besuche zu machen», sagte O'Reilly.

Barry ging ins Esszimmer. Auf keinen Fall würde er sich vor Mrs Kincaid mit O'Reilly streiten.

O'Reilly folgte ihm, und sie setzten sich an den Tisch.

«Du hast es ihr versprochen, Fingal, oder?» Nur mit Mühe konnte Barry sein Händezittern unterdrücken. «Wie kannst du ihr so was versprechen?» Er stützte sich auf seine gespreizten Hände und beugte sich über den Tisch. «Machst du hier Abtreibungen? Hier in der Praxis? Ist sie deswegen ganz aus Rasharkin gekommen?» Barry erinnerte sich an die menschlichen Wracks, die die gynäkologische Station überschwemmten, immer am Freitagabend, wenn die Männer ihre Lohntüten nach Hause brachten und die

Frauen ein bisschen Geld hatten, um den kleinen Gassen hinter der Shankill Road oder der Sandy Row heimlich einen Besuch abzustatten. Die Unglücklichen kamen mit heftigen Schmerzen, Blutungen und Infektionen, die sich wie Buschfeuer ausbreiteten. Manche brauchten nie mehr Angst vor einer Schwangerschaft zu haben, dafür sorgten die Vernarbungen und die Zerstörung ihrer Eileiter. Andere starben, und das nur, weil sie keine weitere Schwangerschaft mehr verkraften konnten und sich keinen anderen Rat wussten, als zu einer schmutzigen alten Vettel zu gehen, die dann eine Stricknadel oder einen verbogenen Kleiderbügel in das werdende Leben rammte, das sie im Leib trugen.

O'Reilly sog die Wangen ein, verschränkte die Arme und schaute Barry gelassen an.

«Bist du etwa einer von den Scharlatanen, die von den reichen Damen in der Malone Road oder im Cherryvalley Geld kassieren und dafür sorgen, dass sie ihre kleinen Störenfriede loswerden?»

«Immerhin», unterbrach O'Reilly ihn milde, «arbeiten diese Kerle steril.»

«Und du meinst, Sterilität wäre eine Rechtfertigung für das, was sie da machen?»

«Jedenfalls sind sie besser als die Engelmacherinnen.»

«Herrgott.» Barry stand auf. «Damit will ich nichts zu tun haben.»

«Brauchst du auch nicht.»

«Das habe ich mir gedacht. Offenbar bist du ja bisher auch ganz gut ohne mich klargekommen.»

«Ja», sagte O'Reilly, «das stimmt.»

Barry schluckte. Ihm war klar, dass er hier nicht bleiben wollte, nicht bleiben konnte, obwohl ihm die Arbeit in Ballybucklebo inzwischen Freude machte. Wegen so etwas konnte er seine Zulassung verlieren. Entscheidend aber war, dass er sich selbst nicht mehr ins Gesicht würde sehen können. Er hatte sich schon halb umgedreht und wollte gerade das Zimmer verlassen, als er O'Reilly klar und deutlich sagen hörte: «Ich mache keine Abtreibungen.»

«Was?» Rasch wandte Barry sich wieder um.

«Ich habe gesagt, ich mache keine Abtreibungen. Allerdings bin ich mir nicht sicher, ob man sie nicht vielleicht legalisieren sollte. Ich möchte keine unverheiratete Frau sein und schwanger werden, du etwa?»

Barry runzelte die Stirn. «Nein. Aber wenn du so was nicht machst ... wie konntest du Julie dann versprechen, dass sie es nicht behalten muss?»

«Ich habe ja nicht gesagt, sie müsste das Kind nicht kriegen.»

«Ach komm, Fingal.» Bis vor einem Moment noch war Barry sich so sicher gewesen, dass er im Recht war. «Wie könnte eine ledige Mutter in einem Dorf wie Rasharkin leben? Oder hier in Ballybucklebo? Die Schande würde sie doch umbringen.»

«Jetzt atme mal tief durch, zähle bis zehn und setz dich wieder hin.» In O'Reillys letzten Worten schwang ein Hauch von Befehlston mit.

Langsam setzte Barry sich wieder.

«Wenn sie schwanger ist, und das ist sie wahrscheinlich, dann organisiere ich einen Platz in Liverpool für sie.»

«In Liverpool?»

«Ja. Da gibt es eine Wohltätigkeitsorganisation, die ein Heim führt.»

«Ein Heim?»

«Ein Wohnheim für schwangere Frauen aus Irland. Dort kümmern sie sich um die werdende Mutter, bis sie entbunden hat, und leiten eine Adoption in die Wege. Die Leute in

Rasharkin können dann zwar ihre Vermutungen anstellen, aber sie können nie sicher sein, dass Julie ein uneheliches Kind zur Welt gebracht hat.»

«Ach so.» Barry konnte O'Reilly nicht in die Augen sehen. «Fingal?»

«Ja?»

«Also ... Es tut mir leid. Ich hätte nicht so voreilig meine Schlüsse ziehen dürfen.»

«Nein, das hättest du nicht tun sollen.»

Barry fuhr zurück.

«Aber eins muss ich sagen. Ich bewundere einen Mann, der den Mut hat, seine Meinung zu sagen.»

Als Barry aufblickte, sah er, dass O'Reilly sanft lächelte.

«Und jetzt reden wir nicht mehr davon. Natürlich wäre die ganze Geschichte viel einfacher, wenn der Vater des Babys sie zu einer ehrbaren Frau machen würde.»

«Hältst du das für wahrscheinlich?»

«Eigentlich nicht. Wenn er das vorhätte, wäre sie gar nicht erst hergekommen.»

«Warum ist sie überhaupt hier? In Ballybucklebo, meine ich? Ich dachte schon, sie hätte gehört, dass du ...» Barry verkniff sich den Rest des Satzes.

«Keine Ahnung.» O'Reilly ignorierte die unausgesprochene Frage und schaute über Barrys Kopf hinweg auf Mrs Kincaid, die mit zwei dampfenden Tellern in der Tür stand. «Was meinen Sie, Kinky?»

«Worum geht es denn?»

«Warum kommt eine junge Frau aus Rasharkin hierher zu mir?»

«Also hat das Fräuleinchen Probleme?» Mrs Kincaid stellte die Teller auf den Tisch.

«Ich fürchte, ja.» O'Reilly schnappte sich Messer und Gabel und machte sich über sein Essen her.

«Da muss ich mich ein bisschen umhören», meinte Mrs Kincaid stirnrunzelnd, «aber irgendwo habe ich das Mädchen schon mal gesehen.»

«Tun Sie das, Kinky. Bis Freitag möchte ich es wissen.» O'Reilly spießte ein Würstchen auf die Gabel.

«Gut.» Mrs Kincaid legte ihm ein Blatt Papier neben den Teller. «Und hier ist Ihre Liste für heute Nachmittag. Jetzt greift tüchtig zu. Nach dem Mittagessen müsst ihr beide mehr Kranke heilen als unser heiliger Herr Jesus persönlich.»

14

Der General in Hochform

❀

Den Flur entlang, durch die Küche und in den Garten hinaus. Barry hielt nach Arthur Guinness Ausschau, doch der Hund lag in seiner Hütte, den großen Kopf auf den Vorderpfoten, die Augen geschlossen.

«Arthur!», brüllte O'Reilly. «Wach auf, du fauler Trottel.»

Arthur öffnete ein rotunterlaufenes Auge, murmelte ein leises *Aaarrr* vor sich hin und schlief wieder ein.

«Geschieht dir ganz recht, du Säufer», sagte O'Reilly.

Wenigstens sind meine Hosen heute vor dir sicher, dachte Barry, schlug aber vorsichtshalber einen großen Bogen um die Hundehütte.

«Zu wem müssen wir heute, Fingal?», fragte er, als sie in den Wagen stiegen.

O'Reilly überflog seine Liste. «Der alte Archie Campbell hat wieder mit seiner Arthritis zu tun, Katy Corrigans Bronchitis ist schlimmer geworden, Mrs Mallon glaubt, ihr Jimmy hätte sich den Fuß gebrochen … das bezweifle ich, aber wir schauen lieber mal rein … und … das kommt ja wie gerufen.»

«Was denn?»

«Die Mallons wohnen ganz in der Nähe von Maggie. Dann besuchen wir sie als Letzte und fragen sie, ob sie einen Vorschlag hat, wie wir mit Lady Macbeth verfahren sollen.»

• • •

Die Krankenbesuche hatten nicht lange gedauert. Der Großteil der Zeit verging damit, von einem Patienten zum anderen zu fahren, und Barry verstand jetzt, warum O'Reilly ihm am ersten Tag – war das wirklich erst eine Woche her? – erklärt hatte, es sei wichtig, sich in der Gegend auszukennen, damit man keine Zeit mit Irrfahrten verschwendete.

Bei ihrem ersten Halt hatte O'Reilly Archie Campbells verkrümmte, gerötete und entzündete Hände und Knöchel untersucht. Er hatte dem alten Mann gesagt, er solle seine Hände weiter fleißig in Salzwasser baden und seine Aspirindosis verdoppeln. Im Auto hatte der Arzt anschließend laut überlegt, ob es nicht vielleicht an der Zeit sei, dem Achtzigjährigen Cortison zu verabreichen, dieses Wundermittel.

Katy Corrigan lag im Bett und röchelte wie ein zusammengebrochenes Kutschpferd. Sie erklärte sich bereit, dreimal am Tag die Dämpfe von *Friar's Balsam* zu inhalieren, schickte ihren Ältesten auch gleich mit dem Fahrrad in die Apotheke, um das Penicillin abzuholen, für das O'Reilly ihr ein Rezept geschrieben hatte, dann aber machte sie den beiden Ärzten unmissverständlich klar, dass sie nicht die geringste Absicht hatte, das Rauchen aufzugeben.

Jimmy Mallons Fuß hatte eine Wunderheilung erfahren. Als O'Reilly nach dem Patienten fragte, meinte seine Mutter, sie müsse ihn hereinrufen, er spiele gerade Fußball. Barry erwartete, dass O'Reilly an die Decke gehen würde, aber er zuckte nur die Achseln und hielt Mrs Mallon einen kurzen Vortrag darüber, wie viel die Ärzte heutzutage zu tun hatten. Er schloss mit der Bitte, sie möge ihn in Zukunft nur noch anrufen, wenn sein Besuch wirklich nötig sei.

«Manchmal muss man Zugeständnisse machen», bemerkte er, als der Rover das Grundstück der Mallons verließ. «Sie hat acht Kinder, und ihr Mann verbringt sogar noch mehr Zeit im Dreckspatz als Seamus Galvin. Was wir brauchen, ist eine vernünftige Methode der Empfängnisverhütung ... wie diese Pille.»

«In England ist sie seit letztem Jahr auf Rezept erhältlich.»

«Hier nicht. Aber ich halte das für verdammt notwendig.»

Barry hatte sich schon den ganzen Nachmittag gefragt, wann O'Reilly wieder auf das Thema Fortpflanzung zu sprechen kommen würde, das ihn beim Mittagessen zur Rebellion getrieben hatte.

War dies jetzt der Startschuss? Vielleicht war die Luft wirklich noch nicht rein – im übertragenen Sinne. Wörtlich genommen war sie es nämlich keineswegs, denn O'Reilly hatte sich sein Pfeifchen angesteckt. Bedächtig sagte Barry: «Jedenfalls hätte das der Frau heute Morgen eine Menge Kummer erspart.»

«Julie MacAteer?»

«Ja.» Wie konnte der Alte sich bloß immer die Namen merken?

«Und uns auch», sagte O'Reilly. «Wenn du das meinst.»

«Ich habe ja gesagt –»

«Dass es dir leidtut, und ich habe gesagt, wir wollen nicht mehr darüber reden. Also, Barry, lass gut sein. Es gibt wichtigere Dinge, über die wir nachdenken müssen.»

«Zum Beispiel, wie man sie in Liverpool unterbringt?»

«Nein, du Schafskopf. Das ist doch einfach. Nein, aber lass uns mal die Daumen drücken, dass Maggie eine Lösung für die Geschichte mit Lady Macbeth hat.»

«Ach so.» Barry wurde bewusst, dass O'Reilly auf diese Weise das Thema wechselte. Doch wenn der Chef seinen Ausbruch wirklich als vergeben und vergessen ansah, dann sollte ihm das nur recht sein.

«Wir sind da.» O'Reilly parkte den Wagen am Straßenrand vor Maggies Häuschen. «Komm.»

«Hallo, meine Lieben.» Maggie stand mit der Pflanzschaufel in der Hand vor einem Blumenkasten. «Was für ein herrlicher Tag.»

Sie hatte recht. Auf der anderen Straßenseite, weit draußen auf der türkisgrünen Bucht mit ihren weißen Schaumkronen, konnte Barry eine Flotte von Segelbooten erkennen, die vor dem Wind liefen. Ihre bunten Spinnaker blähten sich im Sonnenlicht wie märchenhafte Fallschirme. Da draußen wäre ich jetzt auch gerne, dachte er.

«Wie geht's, Maggie?», fragte O'Reilly.

«Sehr gut, ja.» Sie wischte sich mit dem Handrücken über die Stirn. Barry fiel auf, dass die Geranien in ihrem Hutband durch Ringelblumen ersetzt worden waren. «Ich bin froh, dass ihr vorbeigekommen seid. Ich möchte euch um einen kleinen Gefallen bitten.»

«Alles zu seiner Zeit, Maggie. Wir sind hergekommen, weil wir einen Rat brauchen.»

«Ja? Worum geht's denn?»

«Um Katzen», meinte O'Reilly. «Ich habe gerade eine neue gekriegt.»

«Gut. Die wird Ihnen eine bessere Gesellschaft sein als der trottelige Arthur Guinness.» Liebevoll schaute Maggie den großen Mann an.

Barry fragte sich, ob Mrs Kincaids Versicherung, nur sie

und er wüssten um O'Reillys Verlust, wohl der Wahrheit entsprach.

«Ich habe Schwierigkeiten mit ihrer Erziehung.»

Maggie stieß ein gackerndes Gelächter aus. «Als ob man Katzen erziehen könnte.»

«Das kann man nicht?» O'Reilly wirkte bestürzt. «Dann muss ich mich einfach von meinen Wohnzimmermöbeln verabschieden?»

«Sie schärft sich die Krallen, was?»

«Wie ein Tiger mit Tobsuchtsanfällen.»

Maggie runzelte die Stirn. «Sie könnten es ja so versuchen, wie ich es mit dem General gemacht habe. Kommen Sie rein, ich zeig's Ihnen.» Sie führte die beiden ins Haus, wo der General auf einem Sessel neben dem unbeheizten Kamin lag.

Maggie ging ins Nebenzimmer und kam mit einem großen, T-förmigen Objekt in der Hand zurück. Von einem Fuß, der aus einem Stück Sperrholz bestand, erhob sich senkrecht ein knapp ein Meter hohes Vierkantholz, das mit einem Stück alten Teppichs beklebt war.

«So was hier könnte helfen.» Sie reichte O'Reilly den Gegenstand. «Das ist nämlich ein Kratzbaum, ja.»

Der General öffnete sein Auge, starrte den Kratzbaum an und gab ein klagendes Geräusch von sich. Er duckte sich flach auf den Sessel.

Maggie streckte die Hand aus und nahm O'Reilly den Kratzbaum wieder ab. «Du kennst das Ding hier, was, General Sir Bernard Law Montgomery?»

Der General wimmerte. Er glitt vom Sessel herunter und huschte, den Bauch fast auf dem Boden, unter den Tisch. Von da aus beobachtete er den Kratzbaum böse mit seinem gesunden Auge.

«Früher hat der General mir auch alles zerkratzt,

stimmt's, du Strolch?» Sie schwenkte den Kratzbaum in seine Richtung. Der Kater legte sich eine Pfote über sein Auge und zog sich noch weiter zurück, bis er nicht mehr zu sehen war.

«Wie hast du das Ding denn benutzt?», erkundigte O'Reilly sich.

«Als der Kater noch klein war, habe ich ihn neben den Sessel gestellt, an dem er sich so gerne die Krallen geschärft hat –»

«Verstehe», unterbrach O'Reilly sie, «und jedes Mal, wenn er sich am Sessel die Krallen schärfen wollte, hast du ihm den Kratzbaum gezeigt, und so hat er gelernt, den stattdessen zu zerkratzen. Prima.»

«Überhaupt nicht», meinte Maggie. Sie hob die Stimme. «Wenn er's versucht hat, habe ich das Ding hier genommen und ihm damit ordentlich eins über die Rübe gegeben, stimmt's, General?»

Aus dem Augenwinkel sah Barry, wie ein orangefarbener Blitz an ihm vorbei durch die offene Tür nach draußen sauste. Ob der Kater noch jaulte, konnte er nicht mehr hören, denn O'Reilly lachte so laut, dass die Deckenbalken bebten.

«Vielleicht», sagte sein Chef, als er sich endlich wieder beruhigt hatte, «würde eine zusammengerollte Zeitung den gleichen Zweck erfüllen?»

«Mag sein.» Maggie machte ein nachdenkliches Gesicht. «Etwas Besseres fällt mir nicht ein.»

«Danke, Maggie.» O'Reilly ging zur Tür, blieb wieder stehen, drehte sich um und sagte: «Fast hätte ich es vergessen. Welchen kleinen Gefallen sollten wir dir denn tun?»

Maggie wackelte nervös mit dem Kopf. «Ich mache manchmal einen kleinen Gang an Sonnys Haus vorbei.»

Barry sah, wie sich ihre Wangen röteten.

«Aber ich komme nicht oft da entlang, verstehen Sie?»

«Natürlich», sagte O'Reilly.

Die alte Frau sah dem Arzt in die Augen. «Aber heute Morgen bin ich oben gewesen, und ich glaube, dem alten Kerl geht's nicht gut.»

«Wieso?»

«Normalerweise versteckt er sich ja in seinem Auto, wenn er mich kommen sieht.» Sie nickte rasch, wie um sich selbst zu bestätigen, dass sie das Richtige tat. «Aber heute hat er nur auf seinem Stuhl gesessen. ‹Morgen, Maggie›, hat er gesagt und gehustet. Nicht bloß so ein kleines Hüsterchen. Nein, das war ein richtiger, ausgewachsener Hustenanfall. Er wurde ganz blau im Gesicht, oh ja. ‹Morgen, Sonny›, sage ich. Man muss ja höflich sein. ‹Alles klar mit dir?› ‹Kümmere dich um deinen eigenen Kram›, sagt er unter Gehuste und Geschnaufe.» Maggie legte O'Reilly die Hand auf den Arm. «Er hat noch nie jemanden um irgendwas gebeten, aber würden Sie vielleicht kurz bei ihm vorbeigucken?»

«Natürlich. Das machen wir sofort.»

«Danke, Doktor … und sagen Sie ihm auf keinen Fall, dass ich es war, die Sie geschickt hat. Er würde ausrasten.»

«Ich werde schweigen wie ein Grab, Maggie.»

Barry folgte O'Reilly nach draußen. Maggie kam hinter ihnen her. Während er in den Rover einstieg, hörte er sie brummen: «Er ist ja man bloß ein alter Esel, aber ein Christenmensch würde doch auch kranken Tieren helfen.» Barry sah ihre Augen glitzern. «Sie kümmern sich um ihn, ja?» Ihre Stimme klang zittrig.

• • •

Von Sonny war nichts zu sehen. Auch als O'Reilly seinen Namen brüllte, tauchte er nicht auf. Vier oder fünf Hunde rannten bellend über den Schrottplatz zum Tor in der Hecke. Der Spaniel stellte sich vor ein Autowrack und sprang mit den Vorderpfoten auf die Schwelle der offenstehenden hinteren Tür.

«Da muss er sein.» O'Reilly schob das Tor auf. «Zum Teufel mit euch.» Er scheuchte die Hunde fort und wanderte, mit Barry im Schlepptau, einen ausgetretenen Fußweg entlang, der durch Unkraut und rostende Metallteile führte. An der offenen Autotür bückte er sich.

«Bist du da drin, Sonny?»

Barry hörte ein rasselndes Husten und ein schwaches: «Gehen Sie weg.»

«Hier ist Doktor O'Reilly.»

«Lassen Sie mich in Ruhe.»

«Kommt gar nicht in Frage.» O'Reilly kletterte durch die offene Tür in das Schrottauto hinein.

Barry lugte durch die schmutzigen Scheiben. O'Reillys Rücken nahm ihm fast die Sicht, aber er konnte eine Gestalt ausmachen, die zusammengekrümmt auf dem Rücksitz lag.

«Ach, Herrgott nochmal, lassen Sie mich doch, Doktor.» Wieder ein Hustenanfall.

O'Reilly schob sich rückwärts aus dem rostigen Gefährt. Er hatte Sonny unter den Armen gepackt. «Es wäre verdammt nochmal leichter, wenn du mitmachen würdest», keuchte er. «Du bist richtig krank.»

«In Ordnung. In Ordnung.»

«Leg mir den Arm um den Hals.»

«Kann ich helfen, Fingal?»

«Geh mir aus dem Weg.» O'Reilly richtete sich auf. Er hielt Sonny in den Armen, sodass seine langen Beine seitlich herabbaumelten und sein Kopf an der Brust des Arztes ruhte. Sonnys Wangen waren schiefergrau. Beim Einatmen bebten seine Nasenflügel wie die Nüstern eines erschrockenen Pferdes, und seine Nackenmuskeln traten wie Taue hervor. Man brauchte gar kein Stethoskop, um das feuchte Rasseln in seinen Lungen zu hören. War seine Herzinsuffizienz plötzlich schlimmer geworden?

«Komm», sagte O'Reilly, «wir müssen ihn in die Praxis bringen.»

«Ja.»

Das Letzte, was Barry im Davonfahren hörte, war das klagende Geheul von Sonnys Hunden.

• • •

O'Reilly legte Sonny auf die Untersuchungsliege. «Hilf mir mal bei seinen Klamotten.»

Sie zogen ihm zuerst den Regenmantel aus, dann einen dicken Pullover und ein kragenloses Hemd. Um die Schichten alter Zeitungen zu entfernen, die unter dem Hemd auf seinem Körper klebten, brauchten sie mehrere Minuten. Sonnys Arme waren bis zu den Ellbogen braun – Bauernarme, dachte Barry –, und auch auf der Brust zeichnete sich ein tiefgebräuntes V ab, aber sein übriger Körper war perlweiß. Bei jedem schnarrenden Atemzug wimmerte er leise.

«Das Atmen tut weh, was?», fragte O'Reilly, während er Sonnys Puls maß.

«M-hm.» Sonny legte sich eine Hand auf die Rippen.

«Wann hat es angefangen?»

«Gleich nach» – er hustete –, «nach dem Sturm. Bin» – Husten – «bis auf die Haut nass geworden.»

«Hilf mir, ihn aufzurichten.»

Barry legte Sonny einen Arm um die Schultern. Seine Haut war glühend heiß, und er war verdammt schwer, auch wenn O'Reilly ihn getragen hatte wie ein kleines Kind. Mit einem Blick sah Barry, dass Sonnys Halsvenen angeschwollen waren, ein sicheres Zeichen dafür, dass sich vor dem Herzen das Blut staute, weil das Herz nicht die Kraft hatte, es weiterzupumpen.

O'Reilly klopfte Sonny den Rücken ab. Dort, wo eigentlich ein klangvoller Ton zu hören sein sollte, vernahm Barry nur ein dumpfes Pochen. Also waren entweder die Lungen oder aber die Pleurahöhlen, die schmalen Zwischenräume zwischen den glänzenden Häuten, die die Lungen umgaben, mit Flüssigkeit gefüllt. O'Reilly stopfte sich das Stethoskop in die Ohren und lauschte. Seine Nasenspitze wurde weiß. «Du blöder alter Sack. Warum hast du mich bloß nicht eher gerufen?»

Sonny hustete.

«Gut.» O'Reilly nahm das Stethoskop wieder aus den Ohren. «Warte mal.» Er fummelte unter der Liege herum und stellte das Kopfteil in einem 45-Grad-Winkel auf. «Jetzt soll er sich wieder hinlegen.»

Behutsam ließ Barry Sonnys Kopf zurück auf das Kissen sinken.

O'Reilly schob Sonny ein Hosenbein hoch und drückte mit dem Daumen gegen das Schienbein. Als er den Daumen fortnahm, sah Barry, dass eine tiefe Druckstelle zurückblieb. Das hieß, dass sich unter der Haut Flüssigkeit angesammelt hatte. Ein Ödem.

«Herzinsuffizienz?»

«Und Pneumonie und Pleuritis. Beidseitig.» O'Reilly schüttelte den Kopf. «Vermutlich wolltest du niemanden belästigen. Kreuzdonnerwetter nochmal. Du gehörst ins Krankenhaus, Sonny.»

Ja, dachte Barry, da gab es bei einer beidseitigen Lungen- und Rippenfellentzündung wirklich keine Diskussion.

Er sah die Angst in Sonnys Augen. «Meine Hunde» – Husten –, «und wer kümmert sich um meine Hunde?»

«Deine Hunde haben viel mehr davon, wenn du am Leben bleibst und später wieder für sie sorgen kannst», meinte O'Reilly nüchtern, «und wenn du jetzt nicht ganz schnell nach Belfast ins *Royal* kommst, hast du keine Chance.» Er wandte sich an Barry. «Ruf bitte den Krankenwagen. Die Nummer liegt neben dem Telefon. Wir brauchen so schnell wie möglich Sauerstoff.»

«Mache ich.»

«Ich bitte Kinky, ein paar Decken zu bringen.» Doch als er sich abwenden wollte, griff Sonny nach O'Reillys Arm.

«Lassen Sie mich nicht allein.»

«Nein, das tue ich nicht.»

«Ich bringe die Decken mit», erbot Barry sich.

«Prima.»

Barry sah, wie O'Reilly Sonnys Hand hielt. Mit der anderen Hand strich er ihm sanft das graue Haar aus der Stirn. Barry fiel der viktorianische Stich ein, der in der Mensa gehangen hatte. In einem vollgepfropften Zimmer standen im Hintergrund die Eltern und rangen die Hände über einem Kind, das ausgestreckt auf einem zerwühlten Bett lag. Ein bärtiger Arzt im Gehrock saß am Bettrand, das Kinn in der Hand, in den müden Augen – ja was? Mitgefühl? Verzweiflung? Barry war sich nie sicher gewesen, doch der Ausdruck in der Miene dieses Mannes hatte die Zeit überdauert, und jetzt fand er ihn im braunäugigen, krummnasigen Gesicht von Doktor Fingal Flahertie O'Reilly wieder.

• • •

«Sherry?»

«Ja, bitte.» Barry saß in seinem inzwischen gewohnten Sessel oben in der Wohnstube.

«Hier. Für dich.» O'Reilly reichte Barry ein Glas, stellte seinen Whiskey auf den Couchtisch, schob Lady Macbeth von seinem Sessel herunter und setzte sich. Als die Katze ihm auf den Schoß sprang, streichelte er ihr den Kopf. «Mein Gott», sagte er, «ist das mal wieder ein Sturzregen. Was für ein Tag. Die Praxis knüppelvoll, eine Schwangere aus Rasharkin. Morgen muss ich die Leute in Liverpool ihretwegen anrufen ... und das ist noch längst nicht alles.» O'Reilly runzelte die Stirn. «Ich mache mir furchtbare Sorgen um Sonny und sein Grundstück.»

«Glaubst du, dass er's nicht schafft?»

«Steht auf der Kippe. Pneumonie, Pleuritis, und außerdem hat seine Pumpe einen Knacks weg. Aber er ist ja ein zäher alter Bursche. Im *Royal* tun sie jedenfalls, was sie können, und wenn sie ihn nicht wieder hinkriegen, war das sein Schicksal. Das ist es nicht, was mich so beschäftigt.»

Nach einem harten, schmerzhaften Lernprozess wusste Barry mittlerweile, dass man sich als Arzt nicht zu sehr um seine Patienten sorgen durfte. Man konnte sie einfach nicht alle heilen, und wenn man nicht eine Mauer um sich herum baute, hinter der man sich verstecken konnte, wenn man sich nicht einen Panzer aus erzwungener Gleichgültigkeit wachsen ließ, wurde man verrückt. Folglich konnte er O'Reilly seine scheinbare Gleichgültigkeit in Bezug auf Sonnys Genesung nicht zum Vorwurf machen, aber warum hatte er das verwahrloste Grundstück angesprochen? Barry betrachtete Lady Macbeth. O'Reilly hatte eine Schwäche für Tiere. Aber nein, das konnte es nicht sein.

«Du willst doch nicht etwa hinfahren und seine Hunde versorgen?», fragte Barry vorsichtshalber.

O'Reilly schüttelte den Kopf. «Nein. Um die Hunde wird Maggie sich kümmern, wenn wir sie darum bitten.»

«Ich habe ihr Gesicht gesehen, als wir losfuhren. Sonny bedeutet ihr immer noch sehr viel.» Doch sogleich bereute Barry seine Worte.

«So was kommt vor», meinte O'Reilly leise und schaute aus dem Fenster. «Aber was Sonny solche Angst macht, sind nicht nur seine Hunde.»

«Sondern?»

«Bishop.» O'Reilly spuckte den Namen aus. «Dieser verdammte Bishop. Sonny hat es mir erzählt, als du den Krankenwagen gerufen hast. Es gibt irgendeine Gemeindeverordnung, die besagt, dass die Gemeinde, wenn ein Besitz verkommt und der Eigentümer wegzieht, dafür sorgen kann, dass das Grundstück verkauft wird. Sie verscherbeln es dann an den, der am meisten dafür bietet. Und was glaubst du, wer das sein könnte?»

«Nein.»

«Doch. Dieser Schweinehund versucht schon seit Jahren, sich Sonnys Anwesen unter den Nagel zu reißen.»

«Könnten wir nicht mit Bishop reden?»

«Da hätten wir etwa so viel Aussicht auf Erfolg wie Moses, als er ein Wörtchen mit dem Pharao redete und ihn bat, die Israeliten zu einem langen Urlaub losziehen zu lassen. Es sei denn, dir fallen ein paar Plagen ein, die wir über sein Haupt bringen können.» O'Reilly knirschte mit den Zähnen. «Ich sehe im Moment wirklich keinen Ausweg, aber möglicherweise hört Bishop erst mal ein paar Tage nichts davon, und das Gemeindebüro ist in dieser Woche geschlossen, wegen des 12. Juli. Vielleicht fällt uns ja noch etwas ein.»

«Das hoffe ich, und ich hoffe auch, dass Sonny wieder gesund wird.»

«Das versteht sich von selbst», meinte O'Reilly. Er holte tief Luft. «Es hat keinen Sinn, weiter darüber nachzudenken. Wir haben getan, was wir konnten, und jetzt müssen wir abwarten, wie's weitergeht.» Er machte eine Bewegung, als wollte er aufstehen.

Lady Macbeth sprang auf den Fußboden. Sie richtete sich auf, stemmte beide Vorderpfoten gegen Barrys Sessel, warf einen Seitenblick zu O'Reilly hinüber, ließ sich wieder zu Boden fallen, ohne auch nur die Krallen ausgefahren zu haben, und schlenderte davon.

«Dieses Katzenvieh kann hellsehen. Natürlich ein Weibchen», sagte O'Reilly, indem er sein zusammengerolltes Exemplar des *Belfast Telegraph* senkte. «Und da wir gerade von Weibchen reden, ich habe ja gesagt, du kannst Freitag freihaben. Willst du dein Mädel nicht anrufen?»

«Doch, gerne.»

«Na, dann los.»

Barry lief nach unten, wählte und wartete.

«Hallo? Kinnegar 65 73 34.»

«Patricia? Hier ist Barry. Hör mal, ich habe Freitag frei. Hast du Lust, mit mir was essen zu gehen?»

«Furchtbar gerne, aber ich habe am Abend ein Seminar.»

«Mist. Es ist mein einziger freier Abend.» Er umklammerte den kühlen Kunststoffhörer.

«Vielleicht ... vielleicht könnte ich mir von jemand anders die Mitschrift ausleihen.»

«Tu das.»

«Es ist ein wichtiges Seminar.»

«Arbeit allein macht einen auch nicht glücklich.»

«*Eine* meinst du wohl.» Er hörte Patricia kichern. «Also gut. Wann denn?»

«Um sieben. Wir könnten nach Bangor fahren, in meinen Yachtclub.» Für Mitglieder ist das Essen da billiger, dachte Barry.

«Super. Ich freue mich schon. Jetzt muss ich schnell los.»

Bevor sie auflegte, meinte Barry einen Kuss zu hören, aber er war sich nicht sicher. Es spielte auch keine Rolle. Freitag würde er sie sehen. Nur noch drei Tage – na ja, vier, wenn er die Arbeitszeit am Freitag mitrechnete. Er legte auf und wollte gerade die Treppe wieder hochsteigen, als das Telefon klingelte.

Verdammt. Bestimmt ein Patient. «Schon gut, Mrs Kincaid.» Barry nahm ab. «Praxis Doktor O'Reilly.»

«Könnte ich bitte mit Doktor Laverty sprechen?»

Barry erkannte die Stimme sofort. «Jack? Wie geht's dir denn?»

«Verdammt viel zu tun, aber Freitag habe ich frei. Hast du Lust auf ein Bierchen?»

Barry lachte. «Tut mir leid.»

«Du arbeitest?»

«Nein. Ich habe eine Frau zum Essen eingeladen.»

«Die Arme.»

«Halt die Klappe. Diese ist anders.»

«Das habe ich schon mal gehört, aber ich wünsche dir trotzdem viel Glück. Schade, dass wir uns nicht sehen. Ich reiße mir hier nämlich den Arsch auf. Keine Ahnung, wann ich das nächste Mal freihabe.»

«Macht's dir noch Spaß?»

«Weißt du noch, wie wir früher *Dr. Kildare* im Fernsehen gesehen haben? ‹Wie gefällt Ihnen die Arbeit, Kildare?›» Jack ahmte den amerikanischen Akzent nach. «‹Es ist die Hölle, Doktor Gillespie, aber ich liebe jede einzelne mörderische Minute.› Diese Pfuscher. Aber ja, ich bin mir ziemlich sicher, dass ich mich richtig entschieden habe.»

Barry lachte in sich hinein. «Ich auch.» Und er wusste, dass er die Wahrheit sagte.

«Es ist sehr tröstlich zu wissen, dass du da draußen bist und Krankheiten ausrottest», meinte Jack. «Hör mal, ich habe rausgekriegt, wer das war mit dem Blinddarmabszess. Es war wirklich eine Patientin von O'Reilly.»

«Jeannie. Jeannie Kennedy.»

«Der Name fällt mir nicht mehr ein, aber es geht ihr schon viel besser. In ein paar Tagen müsste sie wieder rauskommen.»

«Toll.»

«Mist.» Im Hintergrund hörte Barry ein Piepen. «Ich werde gerade angepiept. Muss los. Ruf mich doch einfach nächste Woche an.»

«Mache ich.»

«Und, Barry? Wegen Freitagabend – versuch mal, dich zurückzuhalten.»

15

Die Sterne auf ihrer Bahn

❈

Der Dienstag und der Mittwoch vergingen wie im Flug. Für Barry verflossen die Arbeitsstunden in der überfüllten Praxis und die mit eiligen Hausbesuchen vollgepfropften Nachmittage zu einem einzigen Nebel, aus dem später nur wenige Momente herausragten, weil sie sich für die Zukunft von Doktor O'Reillys wichtigsten Sorgenkindern als bedeutsam erweisen sollten.

O'Reillys Anruf im *Royal Victoria Hospital* ergab, dass Sonny sich wacker hielt. Er war zwar noch nicht über den Berg, aber sein Zustand hatte sich auch nicht verschlechtert. Maggie hatte sich bereit erklärt, für seine Hunde zu sorgen.

Seamus Galvin erschien, um seinen schmerzenden, aber tadellos geschrubbten Knöchel begutachten zu lassen, und die Quelle des Vermögens, das auf ihn wartete, wurde offenbar.

O'Reilly und Donal Donnelly führten ein äußerst merkwürdiges Gespräch über einen Hund.

Irgendwo im Dorf versuchte Julie MacAteer, sich keine Gedanken über das Ergebnis ihres Schwangerschaftstests zu machen, was ihr aber nicht gelang.

Councillor Bishops Finger musste noch einmal untersucht werden.

Und trotz der Überstunden fühlte Barry sich immer wohler, zum einen mit seiner Berufswahl überhaupt, zum anderen aber auch gerade in diesem Dorf, in Ballybucklebo, wo die Menschen wie Planeten auf ihren vorbestimmten Bahnen kreisten, ganz individuell und jeder für sich, so lange, bis sie von den Schicksalsgöttinnen in eine große Konjunktion gestupst wurden – wozu die Himmlischen sich gelegentlich ihres ortsansässigen Boten in Gestalt von Doktor Fingal Flahertie O'Reilly bedienten.

Am Dienstagmorgen kam Seamus Galvin in die Praxis. Er setzte sich auf den Patientenstuhl und nahm die Tuchmütze von seinem birnenförmigen Schädel. Zwischen seinem Haaransatz und dem Kiefer lauerten wie ängstliche braune Tiere die kleinen, eng zusammenstehenden Augen, nie ruhig und anscheinend nie auf etwas Bestimmtes gerichtet.

«Guten Morgen, Herr Doktor O'Reilly. Morgen, Doktor Laverty.»

«Morgen, Seamus. Wie geht's dem kleinen Barry Fingal?», erkundigte sich Barry.

«Prächtig. Aber es ist schon gut, dass Männer nicht stillen können. Er hält Maureen die halbe Nacht auf Trab, oh, ja, das tut er.»

«Hm», meinte O'Reilly, «du kämst wahrscheinlich nicht auf den Gedanken, dem Kind ab und zu mal ein Fläschchen zu geben?»

«Ganz bestimmt nicht. Man kauft doch keinen Hund und bellt dann selbst. Das ist Maureens Job, ja.»

O'Reilly warf Barry über seine halben Gläser hinweg einen Blick zu und schüttelte den Kopf. «Ich will ja nicht, dass du dir einen Bruch hebst, Seamus. Ein klügerer Mann als ich hat mal gesagt: ‹Arbeit ist der Fluch der trinkenden Klasse.›»

«Das war Wilde», unterbrach Barry. «Oscar Fingal.»

«Genau der», meinte O'Reilly, «aber deswegen bist du nicht hier, Seamus, oder?»

«Nein, nein, Sir. Es ist Zeit, dass Sie mal wieder einen Blick auf meinen Knöchel werfen.»

«Hm. Und wahrscheinlich willst du eine Bescheinigung?»

«Oh, ja, Sir, das stimmt. Ich muss aufs Amt.»

Barry verstand. Seamus brauchte eine Krankschreibung, damit er vom Amt für Arbeitslosigkeit Krankengeld erhielt.

«Wir werden sehen», sagte O'Reilly. «Zeig mir mal dein Fußgelenk.»

Galvin bückte sich und wickelte die elastische Binde ab.

O'Reilly lehnte sich zurück und stellte die Knie zusammen. «Leg es mir auf den Schoß.»

Seamus gehorchte. Barry rückte näher heran. Der fragliche Knöchel sah vollkommen normal aus. Keine Schwellung. Kein Bluterguss.

«Kannst du den Fuß beugen?», fragte O'Reilly.

Galvin tat so, als gäbe er sich große Mühe, den Fuß zu strecken. «Aua. Uuhh.»

«Und jetzt hoch», sagte O'Reilly.

«Uuhh. Au!»

O'Reilly nahm den Fuß zwischen seine großen Hände und fragte, indem er ihn nach links bog: «Tut das weh?»

«Au. Uuhh. Autsch!»

«Bist du sicher?»

«Ganz bestimmt, Sir.»

«Hmm. Gut. Lass mal sehen, wie du darauf gehst.»

Galvin stand auf und schwankte, den angeblich verletzten Fuß nachziehend, durch den Raum. Er hätte eine ganz gute Imitation eines Kiebitzweibchens abgegeben, das eine Verletzung vortäuscht, um ein Raubtier vom Nest abzulenken, nur dass diese Vögel normalerweise nicht «uuhh, aua» rufen, während sie über die Moorwiesen flattern.

«Du bist ein ganz besonderer Fall, Seamus», meinte O'Reilly schließlich. «Anscheinend hast du es geschafft, dir die Seite zu verletzen, die gesund war, als du mir den Huf zum ersten Mal gezeigt hast.»

Galvin senkte den Kopf.

«Vielleicht sollten wir dich für einen Oscar nominieren? Für die beste Nebenrolle?»

«Aber er tut weh, Sir. Wenn ich versuche, darauf zu stehen, schießt mir ein furchtbarer Schmerz bis ins Knie hoch.»

«Aber Sonntag an der Bar, als du dein Vermögen losgeworden bist, hast du ganz gut darauf gestanden.»

Galvin verzog das Gesicht zu einem schmeichlerischen Grinsen, bei dem Barry an Charles Dickens' Uriah Heep denken musste. «Ach, aber Sie wissen doch sicher, Herr Doktor, dass Alkohol Schmerzen betäubt.» Einen Moment lang funkelten Galvins trübe Äuglein. Im Geiste sah Barry jetzt Wile E. Coyote vor sich, über dessen Cartoon-Kopf eine Glühbirne an- und ausging. «Ich weiß schon, dass ich mir ein oder zwei genehmigt habe. Dabei muss ich mir wohl die andere Seite verletzt haben.»

«*Ecce Galvinus. Homo plumbum oscillandat*», bemerkte O'Reilly zu Barry, der sofort verstand. O'Reilly hielt Galvin für einen Drückeberger.

«Ist dieses *plumbum* schlimm, Sir?» Galvin humpelte durch den Raum und setzte sich schwer wieder hin, den Mund im schmalen Gesicht weit aufgerissen.

«Das kommt darauf an», sagte O'Reilly. «Gib mir nochmal deinen Fuß.» Galvin gehorchte, und O'Reilly legte ihm rasch die Bandage wieder an. «Du möchtest, dass ich dir eine Bescheinigung schreibe?»

Galvins Gesicht hellte sich auf. «Ja, bitte, Sir. Für zwei Wochen, wenn das geht.»

«Vielleicht», sagte O'Reilly, «aber ...»

«Was aber, Herr Doktor?»

«Aber ich muss wissen, was es mit dem Vermögen auf sich hat, das angeblich auf dich wartet.»

Galvin lehnte sich auf dem Stuhl mit der nach vorn geneigten Sitzfläche zurück. «Ach, nein, das müssen Sie nicht wissen, Sir. Nee, nee.»

«Doch, doch, Seamus. Sonst gibt's keine Bescheinigung.»

Daran, wie Galvin die Stirn runzelte und die Zähne zusammenbiss, erkannte Barry, dass er einen schweren Kampf mit sich ausfocht.

«Keine Antwort – keinen Schein.»

Galvin holte tief Luft. «Maureen hat mir das Geld gegeben.»

O'Reillys Nasenspitze wurde blass. «Wie bitte? Das Geld für Kalifornien?»

Galvin ließ den Kopf sinken.

«Du Nichtsnutz. Du absoluter Vollidiot. Gib es ihr zurück, hörst du?»

«Das geht nicht, Sir. Es ist schon ausgegeben. Für Enten.»

«Für was bitte?» O'Reilly erhob sich und beugte sich über Galvin. «Ich bringe dich um. Ich schlag dich mausetot.»

Der derart Bedrohte hob beide Arme schützend über den Kopf und wich O'Reilly aus. «Ja, für Enten. Für Schaukelenten.»

O'Reilly zog eine seiner zottigen Augenbrauen hoch. «Was redest du da?»

Langsam ließ Galvin die Arme wieder sinken. «Schaukelenten, Herr Doktor. Ich will Schaukelenten bauen. So wie Schaukelpferde. Die Kinder in Ballybucklebo sind bestimmt ganz wild darauf. Das Holz und die Farbe habe ich schon besorgt. Ich kann sie dann für doppelt so viel wieder verkaufen, wie sie mich gekostet haben. Deswegen möchte ich noch zwei Wochen freihaben, damit ich sie fertig machen und verkaufen kann. Dann können Maureen und ich und der Kleine mit ein bisschen Knete in der Tasche nach Amerika fahren.»

«Und Maureen fand diese schwachsinnige Idee gut?»

«Aber ja, Sir.»

Barry war sich ziemlich sicher, dass der Mann log, denn er wich O'Reillys wütendem Blick aus.

«Wie viele willst du machen?»

«Ungefähr hundert.»

«Jesus, Maria und Joseph. Und was glaubst du, wie viele Kinder es in Ballybucklebo gibt, die eine Schaukelente haben wollen?»

«Das weiß ich nicht, Sir.» Galvins Adamsapfel hob und senkte sich.

«Vierzig, vielleicht auch fünfzig. Glaubst du, sie werden immer gleich zwei davon kaufen? Immer gleich ein Pärchen?»

«Das hab ich mir noch nicht überlegt, Sir. Aber es klappt, Sie werden schon sehen.»

«Das bezweifle ich», meinte O'Reilly.

Galvin schob sich auf der Sitzfläche hoch, wobei er sich, wie Barry auffiel, kräftig mit seinem angeblich verletzten Fuß abstieß. «Also schreiben Sie mir die Bescheinigung, Herr Doktor?»

Barry war überrascht, als O'Reilly sagte: «Versprochen ist versprochen», und an seinem Schreibtisch ein Formular ausfüllte. Eigentlich erwartete man von den Ärzten doch, dass sie ehrlich waren, wenn sie eine Krankengeldforderung unterstützten.

«Hier.» O'Reilly reichte Galvin das Formular. «Zwei Wochen. Aber mach diese dämlichen Enten fertig. Ich kenne einen Laden in Belfast, der sie vielleicht alle nehmen würde.»

Galvin zupfte an seiner Stirnlocke und erhob sich. «Gott segne Sie, Herr Doktor, und ich baue sie, ganz bestimmt.» Mühsam, unter klagenden Uuhhs und Auas, humpelte er zur Tür.

«Und, Seamus», sagte O'Reilly leise.

«Ja, Herr Doktor?»

«Sieh zu, dass du nachts aufstehst und deiner Frau zur Hand gehst, hast du mich verstanden?»

«Ja, mache ich.» Galvin verließ das Behandlungszimmer.

«Dieser Taugenichts», meinte O'Reilly. «Ich hab's dir ja gesagt, neulich schon, als du mir Vorhaltungen gemacht hast, weil ich ihn in die Rosen geschmissen habe.»

«Aber warum hast du ihn dann krankgeschrieben? Wenn wir doch beide wissen, dass er nur simuliert?»

O'Reilly setzte sich wieder in den Drehsessel. «Ich habe mich zu oft mit meinen Patienten gestritten, wenn ich ihnen ihre Bescheinigungen nicht ausstellen wollte.»

«Aber das gehört zu unserer Arbeit dazu.»

«Unsinn. Wir haben die Aufgabe, uns um sie zu kümmern, wenn sie krank sind, aber nicht, uns wie Staatsbeamte aufzuführen.»

«Ich weiß, aber –»

«Was weißt du über den ärztlichen Gutachter?»

«Nicht viel.»

«Die Politiker haben manchmal nützliche Ideen. Vor ein paar Jahren haben sie sich ausgedacht, dass ein unabhängiger

Arzt, ein Gutachter, der vom Ministerium angestellt wird, solche Patienten überprüfen könnte, bei denen der Hausarzt das Gefühl hat, sie betrügen das System. Um den Hausarzt zu entlasten. Der Gutachter sollte ab und zu willkürlich eine Bescheinigung ziehen und den Patienten zu einem Besuch einladen. Damit sollte gewährleistet sein, dass die Leute ehrlich blieben. Und der Bösewicht war der Arzt im Ministerium. Er sah den Patienten ohnehin nie wieder.»

«Klingt vernünftig.»

«Hat aber nicht funktioniert. Ich war immer noch der Übeltäter, wenn ich jemandem gedroht habe, ich würde ihn zum Gutachter schicken. Sie haben nämlich eine Heidenangst vor ihm. Es war so, als würde ich ihnen ins Gesicht sagen, dass ich mich verarscht fühlte.»

«Und was machst du jetzt?»

O'Reilly lachte in sich hinein. «Der Gutachter ist ein Studienkollege von mir. Wir haben uns einen Geheimcode ausgedacht. Hier.» Er reichte Barry ein unbeschriebenes Formular. «Siehst du die Zeile, wo es heißt: Unterschrift des überweisenden Arztes?»

«Ja.»

«Wenn ich mit F. F. O'Reilly unterschreibe, weiß mein Freund, dass ich den Patienten wirklich für krank halte. Das erspart ihm und dem Kranken dann eine Menge Ärger, denn er weiß, dass er ihn nicht einzuladen braucht. Aber ...» O'Reilly lachte jetzt laut. «Wenn ich mit F. F. O'Reilly, Praktischer Arzt und Chirurg, unterschreibe, ist der Drückeberger im Ministerium, bevor die Tinte auf dem Papier getrocknet ist.»

«Du raffinierter Hund.»

«Der Patient weiß nicht, dass ich die Finger im Spiel hatte. Keine Streitereien mehr hier. Funktioniert wie geschmiert.»

«Und wie, wenn ich fragen darf, hast du bei Galvin unterschrieben?»

«Ach» – O'Reilly schüttelte den Kopf –, «lass uns einfach sagen, meine Empfehlung war nicht eingeschränkt. Und jetzt sei so gut und schau nach, wer als Nächster dran ist.»

. • .

«Es könnte ein bisschen schwierig werden, auf der Hauptstraße zu parken, denn sie bereiten schon alles für Donnerstag vor», meinte O'Reilly nach dem Mittagessen. «Wir müssen kurz zu Declan Finnegan. Er wohnt über dem Lebensmittelladen. Aber das Wetter ist ja nicht schlecht heute, also lass uns zu Fuß gehen. Wir können den Wagen dann anschließend holen.»

«Schön.» Barry freute sich auf die Bewegung. Es kam ihm vor, als hätte er in letzter Zeit nur gesessen, entweder in O'Reillys Praxis oder in dem großen Rover. Mit Wehmut dachte er an seine Angelrute, die unbenutzt in der Dachkammer stand. Nein, zum Angeln hatte er einfach keine Zeit – und auch der Freitag und das Essen mit Patricia schienen noch unendlich fern.

«Ist es schön da?», fragte O'Reilly.

«Wo denn?»

«Wo immer du in deinem Kopf gerade bist. Es ist zwar nicht mehr Frühling, aber kann es sein, dass deine Gedanken zur Liebsten hinschweifen?»

«Na ja, eigentlich geht es dich nichts an, aber ich habe ans Fischen gedacht.»

«Tatsächlich? Ich habe gesehen, dass du eine Angelrute mitgebracht hast. Du angelst gern?»

«Sehr.»

«Dann rede ich mal mit Seiner Lordschaft.»

«Mit wem?»

«Mit dem Marquis von Ballybucklebo. Netter alter Kerl. Ihm gehört eine Strecke am Ballybucklebo River. Ich könnte mir denken, dass er dich da angeln lässt, wenn ich ihn darum bitte.»

«Würdest du das tun?»

«Wenn ich ihn das nächste Mal sehe.»

«Ich würde zu gerne mal wieder einen Tag lang an einem schönen Forellenbach angeln.»

«Ich kümmere mich darum.» O'Reilly erhob sich. «Aber wenn wir hier rumsitzen und quatschen, werden wir heute gar nicht mehr fertig. Komm.»

Wenigstens, dachte Barry, während er die grüne Haustür hinter sich schloss, bin ich, wenn wir hier vorne rausgehen, nicht dem Casanova der Hundewelt ausgeliefert. «Es ist ein herrlicher Tag, Fingal.»

«Zu schwül. Da könnte ein Gewitter im Anzug sein», meinte O'Reilly, während er den Bürgersteig entlangstürmte und sich mit den Ellbogen in den Menschentrauben Platz verschaffte. «Tag, Aggie. Tag, Cecil.»

Barry hielt mit seinem Chef Schritt und erwiderte nickend die Grüße der Entgegenkommenden. Im Ort war viel los. Einkaufende Frauen und Kinder, die Ferien hatten, füllten die schmalen Bürgersteige und wichen auch auf die Straße aus, wo sie mit einem Farmer und seiner kleinen Herde Angus-Aberdeen-Ochsen zusammenstießen. Der Mann trieb sie ungerührt die Hauptstraße entlang, obwohl sich hinter ihm hupend die Autos stauten.

Einige Männer gingen gebückt ihrer Arbeit nach. Sie bemalten die Bordsteinkanten mit glänzenden rot-blau-weißen Streifen.

Auch der Maibaum hatte eine Auffrischung in diesen Farben – den Farben der Loyalisten – erhalten, und von seiner Spitze hing eine große Flagge herab, die sanft im Seewind wehte: die Rote Hand, das Symbol für Ulster, auf einem roten Georgskreuz vor weißem Hintergrund. Kleinere Schwestern und Union Jacks, die aus den Fenstern der Obergeschosse baumelten, leisteten ihr Gesellschaft.

Ein weiterer Trupp Männer war damit beschäftigt, einen Bogen aufzustellen, der sich über die Straße wölben sollte.

«Guck dir das mal an», sagte O'Reilly.

Barry betrachtete das Kunstwerk. Mit Sperrholz verkleidete Pfosten trugen einen schmalen Viertelkreis aus dem gleichen Material, der sich über die Straße bog. In der Mitte hing ein Bild von einem Mann in einer Tracht aus dem siebzehnten Jahrhundert, der einen sich aufbäumenden Schimmel ritt. Vom schräg aufgesetzten Hut wehte eine Feder, die schwarzen Reitstiefel glänzten blank poliert. In einer Hand hielt der Reiter die Zügel, mit der anderen schwang er einen Säbel über dem Kopf.

«Schade nur», bemerkte O'Reilly trocken, «dass Wilhelm von Oraniens Streitross schielt.»

Barry sah genauer hin. O'Reilly hatte recht. Der Künstler hatte es fertiggebracht, die funkelnden Augen so zu malen, dass sie beide auf den gleichen Fleck direkt vor den bebenden Nüstern schauten.

«Derry, Aughrim, Enniskillen und Boyne», las O'Reilly die Namen der Schlachten vor, die zu beiden Seiten des Reitersmannes auf gemalten Schriftrollen aufgeführt waren. «1690 oder so. Lauter alte Schlachten, die längst vergessen sein sollten, aber wenn man sich anguckt, wie manche Dorfbewohner sich aufführen, könnte man meinen, sie hätten gestern erst stattgefunden.»

«Hattest du nicht gesagt, Protestanten und Katholiken sind hier in Ballybucklebo ein Herz und eine Seele?»

«Na ja, hier wird nichts offen ausgetragen, nicht mit der

Bosheit und dem Gehetze wie in Belfast. Aber mir gefällt es trotzdem nicht», meinte O'Reilly. «Ich habe mal einen Bericht in den Nachrichten gesehen, aus Alabama oder Mississippi. So eine Bande von Idioten in weißen Gewändern und mit spitzen Kapuzen, die haben ein Kreuz verbrannt, bloß um den Schwarzen unter die Nase zu reiben, dass sie Bürger zweiter Klasse sind. Es ist mir kalt den Rücken runtergelaufen, als ich das gesehen habe.»

«Aber man kann doch ein bisschen Dekoration, ein paar Fahnen und einen Umzug nicht mit einer Kundgebung des Ku-Klux-Klan vergleichen, oder?»

«Während der Unruhen hier war ich noch ein Kind – die Schwarzen und die Braunen und der Bürgerkrieg –, damals in den zwanziger Jahren. Ich fände es schrecklich, wenn der Konflikt wieder ausbrechen würde, aber wenn man die Leute ständig mit der Nase darauf stößt, mit Flaggen und Paraden ...»

«Ich bin sicher, dass es solche Auseinandersetzungen nie wieder geben wird. Hier nicht.»

«Ich hoffe, dass du recht hast», meinte O'Reilly nachdenklich, «aber das gute Gedächtnis der Leute hier ist Irlands Fluch. Für die meisten ist der 12. Juli einfach ein Feiertag, doch es gibt auch eine Horde von Eiferern, die immer wieder alte Wunden aufreißen und den alten Hass lebendig erhalten ... wie unser ehrenwerter Councillor Bishop. Wenn er nicht gerade einen anständigen alten Mann von seinem Besitz vertreibt und ein bisschen Zeit erübrigen kann, würde er mit Vergnügen ab und zu einen Katholen an einer Laterne aufknüpfen.»

«Er ist wirklich ein widerwärtiger Kerl, was?»

«Er ist ein absolutes Arschloch», sagte O'Reilly. «Ich weiß nicht, wie es dir geht, aber ich bin mit der Frage, wie wir Sonny helfen können, noch keinen Schritt weiter, und jetzt müssen wir auch noch einen Weg finden, um Maureen Galvin wieder zu ihrem Geld zu verhelfen.»

«Hattest du nicht gesagt, du kennst eine Firma in Belfast, die die Schaukelenten kauft?»

«Ich kann einen Mann anrufen, mit dem ich früher mal Rugby gespielt habe, aber würdest du jemandem die Dinger verkaufen wollen?»

Barry schüttelte den Kopf.

Sie überquerten die Straße. «Irgendwas wird sich ergeben», meinte O'Reilly, als sie auf der anderen Seite ankamen. «Was zum Kuckuck ist denn hier los?»

Barry sah, wie der rotblonde Donal Donnelly ihnen zuwinkte, während er sich an dem dungverschmierten Rumpf eines Ochsen vorbeidrängte. Ein grauer Hund begleitete ihn. Die beiden kamen auf den Bürgersteig hoch.

«Doktor? Könnte ich Sie kurz sprechen?» Donals vorstehende Zähne vibrierten auf seiner Unterlippe.

«Ja, klar.»

«Das hier ist Bluebird.» Er zupfte an einem dünnen Strick, und der Hund hob die schmale Schnauze. Mit dem Ausdruck reinster Verehrung in den schimmernden braunen Augen schaute er sein Herrchen an.

«Bluebird?»

«Ja, so wie das Rennboot von diesem Mann.»

Barry betrachtete das Tier genauer. Es hatte lange, dünne Beine und trug den mageren Schwanz in einem Bogen unter dem Bauch. Jede einzelne Rippe war zu sehen, wie bei einem Skelett in der Anatomie.

«Von Donald Campbell?»

«Genau. Den meine ich.»

«Der ist gerade in Australien», sagte Barry. «Er will noch in diesem Monat den Welt-Geschwindigkeitsrekord auf dem Wasser brechen.»

«Sie läuft Rennen, ja?» O'Reilly bückte sich und betrachtete die Flanken des Hundes.

«Ja, Sir, aber sie hat noch keins gewonnen.»

«Warum nennst du sie denn Bluebird, wenn sie so langsam ist?» O'Reilly zog die Stirn kraus.

«Weil» – Donals linkes Augenlid senkte sich zu einem langsamen Zwinkern –, «weil sie nämlich mit Wasser läuft.»

O'Reilly staunte. «Mit Wasser?»

Auch Barry war verblüfft.

«Aber am Freitag bei dem Rennen in Dunmore Park läuft sie trocken.»

«Ach, tatsächlich?» O'Reilly machte große Augen.

Worum geht es hier eigentlich?, dachte Barry.

«Ich hab gedacht, das würde Sie vielleicht interessieren, Herr Doktor.» Donal schaute sich verstohlen um. «Aber jetzt kein Wort mehr davon.»

«Hab nichts gehört und nichts gesehen, Donal», sagte O'Reilly. «Danke, ich behalte es im Sinn. Vielleicht fahre ich einfach mal nach Dunmore hoch. Doktor Laverty könnte mich in der Praxis vertreten.»

Barry wich zurück. Nein. Freitag war sein freier Abend.

«Wir laufen weiter.» Donal zupfte am Strick. «Woll'n dich fit machen, Mädel.»

«Fingal», sagte Barry, «du hast doch gesagt, ich könnte Freitagabend freihaben.» All seine Fragen zu dem rätselhaften Gespräch der beiden waren bei dem Gedanken, dass er Patricia vielleicht nicht würde sehen können, völlig unwichtig geworden.

«Tatsächlich?»

«Ja.»

«Dann muss ich das vergessen haben.»

Barry wappnete sich. «Siehst du, Fingal –»

«Keine Sorge, wir können beide weg. Du hältst einfach die Stellung, bis es für dich Zeit zum Gehen ist.»

«Aber wer kümmert sich um die Praxis, wenn keiner von uns da ist?»

«Kinky. Ich mache das nicht sehr oft, aber wenn keine Entbindung bevorsteht und es einigermaßen ruhig ist, nimmt Kinky die Anrufe entgegen. Dann bittet sie die Patienten entweder, bis zum nächsten Morgen zu warten, oder, wenn sie schnelle Hilfe für nötig hält, sie bestellt den Krankenwagen, der den Patienten dann ins *Royal* bringt.»

«Ach so.»

«Dann kannst du also die Blume deines Herzens sehen, und ich kann mich auch ein bisschen vergnügen.» O'Reilly lachte in sich hinein. «Der Herrgott geht manchmal seltsame Wege, um seine Wunder zu vollbringen.»

«Ich kapiere überhaupt nichts mehr.»

«Das kann vorkommen», erwiderte O'Reilly, «und ich habe jetzt keine Zeit, es dir zu erklären. Wir sind schon spät dran. Jetzt komm, damit wir uns Declan Finnegan ansehen können.»

. • .

Declan Finnegan war ein Mann in den Fünfzigern, der schwer unter der Parkinsonkrankheit litt. Die Diagnose wurde Barry sofort klar, als er die kleine Wohnung über dem Laden betrat. Das Gesicht des Mannes wirkte wie eine Maske, ausdruckslos und unbeweglich. Aus einem Mundwinkel hing ihm ein Speichelfaden. In seinem Blick lag keine Frage an die Ärzte. Jede Hoffnung auf Heilung, die er vielleicht einmal gehabt hatte, musste sich vor langer Zeit schon zerschlagen haben. Als er eine Hand zur Begrüßung ausstreckte, sah Barry, wie der Daumen sich verräterisch an den Fingern rieb, die unbeherrschbaren Bewegungen des «Pillendrehens».

Finnegans Frau wirkte sorgenvoll, hielt sich aber wie eine viktorianische Witwe. Ihr Haar, das wie italienischer Marmor schimmerte, trug sie zu einem strengen Knoten frisiert.

«*Bonjour, Monsieur le Docteur.*»

«*Bonjour, Madame Finnegan. Comment ça va aujourd'hui?*», gab O'Reilly in fast akzentfreiem Französisch zurück.

«*Je crois qu'il est encore plus mal. C'est très triste, ça.*»

Barry sah den Kummer in ihren Augen. Er hörte zu und beobachtete sie. Sein Schulfranzösisch erlaubte ihm gerade, die Fragen und die Antworten zu verstehen. Anscheinend hatte der Zustand ihres Mannes sich seit O'Reillys letztem Besuch tatsächlich verschlechtert. Das Pillendrehen nahm zu, und als O'Reilly Declan bat, ein wenig auf und ab zu gehen, schlurfte er mit winzigen Schrittchen durch das Zimmer.

O'Reilly bot den beiden das bisschen Trost, das er geben konnte. Er stimmte zu, dass es gut sei, den Termin in einigen Wochen wahrzunehmen, den sie mit dem Neurochirurgen im *Royal* verabredet hatten. Vielleicht war es tatsächlich an der Zeit, dass man mittels einer stereotaktischen Operation jenen Teil des Gehirns zerstörte, der sich selbständig gemacht hatte und dafür sorgte, dass die Muskeln rebellierten. «*Au revoir, Madame. Nous vous verrons un jour pendant la semaine prochaine*», sagte O'Reilly, als sie die beiden verließen.

«Ich habe gar nicht gewusst, dass du Französisch sprichst», meinte Barry, als sie zu O'Reillys Haus zurückgingen, um den Wagen zu holen.

«Doch, ja», meinte O'Reilly, «und früher auch ein bisschen Italienisch. Hab ich damals auf der *Warspite* aufgeschnappt. Ab und zu ist das ganz praktisch. Allerdings ist sie die einzige Französin in Ballybucklebo, von der ich weiß. Declan war im Panzerregiment. Er hat sie '44 irgendwo in der Normandie kennengelernt.»

«Der arme Kerl. Das ist eine schreckliche Krankheit.»

«Ja, es gibt hier ein paar wirklich kranke Menschen. Nicht nur die alltäglichen Wehwehchen. Ich wünschte bloß, bei Gott, dass wir für Leute wie Declan mehr tun könnten.» O'Reillys Stimme hatte eine Schärfe wie ein neues Skalpell.

Barry hatte keine Gelegenheit zu antworten, denn der Arzt senkte den Kopf, vergrößerte seine Schritte und schob sich wie ein wütender Bulle durch die Fußgänger.

• • •

O'Reilly absolvierte die Krankenbesuche am Dienstagnachmittag so schnell, dass Barry kaum mitkam. Mittwochvormittag ging es in der Praxis im gleichen Tempo weiter, und als Mrs Kincaid das Mittagessen auf den Tisch stellte, war Barry froh über die Pause.

«Ihre Liste, Doktor. Gar nicht so schlecht heute.» Sie reichte O'Reilly das Blatt.

«Danke, Kinky.» O'Reilly überflog die Liste. «Nein, wirklich nicht schlecht. Ich weiß nicht, wie es dir geht, Barry, aber ich bin ein bisschen erledigt.»

«Hm», murmelte Barry mit dem Mund voller Lammbraten.

«Kinky? Haben Sie bei Ihren Nachforschungen über Julie MacAteer Erfolg gehabt?», erkundigte sich O'Reilly.

«Ich bin nicht sehr weit gekommen. Das Fräuleinchen lebt hier irgendwo, aber keiner weiß, wo.»

«Bleiben Sie dran, ja?»

«Ich will –»

Es läutete an der Haustür.

«Ich sehe mal nach, wer das ist.»

Mit hochrotem Kopf und blitzenden schwarzen Augen kam Mrs Kincaid zurück. «Der kleine Diktator. Seine Exzellenz, Councillor Bishop. Dieses Großmaul sagt, es ist ihm sch … – also, es ist ihm egal, dass Sie Mittagszeit haben. Er will Sie sofort sprechen. Soll ich ihm sagen, dass er warten muss?»

«Nein.» O'Reilly schob seinen Teller beiseite. «Stellen Sie unser Essen in den Ofen, Kinky. Komm, Barry.»

Barry erhob sich.

Breitbeinig, mit verschränkten Armen und zusammengekniffenen Augen, stand Councillor Bishop im Flur.

«Sie haben sich aber Zeit gelassen.»

«Ach», sagte O'Reilly sanft, «müden Beinen ist schwer pfeifen.»

«Was zum Teufel reden Sie da?»

«Doktor Laverty und ich hatten in den letzten Tagen einfach ein bisschen zu tun. Wir waren gerade beim Mittagessen. Hätten Sie nicht während der Sprechstunde kommen können?»

«Und ewig warten? Mit den Ungewaschenen zusammen? Reden Sie keinen Stuss.»

Tief in O'Reillys braunen Augen sah Barry einen Funken aufglimmen, der das Höllenfeuer widerspiegelte. Die Konsultation würde interessant werden, dachte er.

«Kommen Sie mit in die Praxis.» O'Reilly ging durch den Flur und hielt ihm die Tür auf. Er setzte sich ans Schreibpult und wartete, bis Bishop auf dem Patientenstuhl Platz genommen hatte. «Was kann ich für Sie tun?»

Während Barry es sich auf der Untersuchungsliege bequem machte, streckte Councillor Bishop O'Reilly den verbundenen Finger unter die Nase. «Ich hab's Ihnen Sonntag schon gesagt. Der hier muss morgen besser sein.»

«Alles klar.» O'Reilly trat an sein Instrumententablett und nahm eine Schere und eine schmale Zange zur Hand. «Ich hatte vergessen, dass ich im Dreckspatz eine Filiale habe. Es gibt doch nichts Schöneres, als jemanden medizinisch zu beraten, während man in Ruhe sein Bier trinkt.»

«Was?»

O'Reilly setzte sich wieder. «Zeigen Sie mir Ihren Finger.»

Bishop hielt O'Reilly die Hand hin, und dieser hob die Bandage unten mit der Zange an, schob eine Schneide der geöffneten Schere darunter und begann zu schneiden. Als er oben an der Fingerspitze angelangt war, packte er einen Zipfel des aufgeschnittenen Verbands mit der Zange und riss einmal kräftig daran, wobei er mit der anderen Hand Councillor Bishops Handgelenk festhielt.

Barry war überzeugt, dass er gehört hätte, wie der Verbandsmull von dem gerade zugeheilten Fleisch abriss, wenn nicht ein ohrenbetäubendes *Aauuaaa* alle anderen Geräusche übertönt hätte.

«Tut mir leid», meinte O'Reilly. «Ich hätte den Finger fünfzehn Minuten lang einweichen können, dann hätte sich die alte Blutkruste gelöst, aber ich weiß, dass Sie es immer eilig haben.»

Barry war froh, dass er hinter Bishop saß, sodass dieser sein breites Grinsen nicht sehen konnte.

«Waschen Sie den Finger im Waschbecken», sagte der Arzt.

Der Ratsherr gehorchte.

«Alles fertig für den großen Tag morgen?», erkundigte sich O'Reilly.

«Erzählen Sie mir nichts. Je schneller er vorbei ist, desto besser.» Councillor Bishop hielt den Finger unter den Wasserstrahl. «Ich habe was Wichtigeres zu tun.»

«Ach ja?» O'Reilly warf Barry einen Blick zu.

«Sonny ist im Krankenhaus, und das Grundstück –»

«Das werden Sie nicht tun», sagte O'Reilly, «oh, nein.»

«Doch», entgegnete der Gemeinderat.

Mehr brauchte Barry nicht zu hören. Er rutschte von der Liege herunter. «Ich finde, das ist das Gemeinste –»

«Niemand hat dich nach deiner Meinung gefragt», fuhr O'Reilly ihn an. Er schüttelte den Kopf.

Barry verkniff sich den Rest des Satzes. Er spürte die Hitze in seinen Wangen, und sein Atem wurde schneller.

Councillor Bishop drehte den Wasserhahn zu und betrachtete finster seine Fingerspitze. «Sieht gar nicht so schlecht aus», räumte er ein. «Muss da ein neuer Verband drum?» Er stapfte zu O'Reilly hinüber, der den Zeigefinger untersuchte.

«Meiner Ansicht nach ist er in Ordnung.»

«Gut. Dann bin ich weg. Ich habe zu tun.»

«Schön», meinte O'Reilly, während er Bishop zur Tür geleitete. «Und wie geht's Ihrer Frau Gemahlin heute?»

Barry, immer noch gekränkt wegen der Zurechtweisung, folgte ihnen. Er war verwundert über O'Reillys Höflichkeit und enttäuscht, dass der Arzt sich nicht für Sonny eingesetzt hatte. Nun hörte er den Ratsherrn im Flur antworten.

«Sie ist stinksauer. Unser neues Hausmädchen. Eine Kleine aus Antrim. Sie hat gekündigt, und wo findet man heutzutage noch gutes Personal?»

«Da dürfen Sie mich nicht fragen.» O'Reilly lächelte Mrs Kincaid zu, die im Speisezimmer beschäftigt war. Er öffnete die Haustür und ließ Bishop an sich vorbeigehen. Als der dicke Mann den Fußweg hinunterwatschelte, rief O'Reilly ihm nach: «Wie bitte?»

«Ich habe nichts gesagt!», rief der Gemeinderat über die Schulter zurück.

«Dann habe ich mich getäuscht», erklärte O'Reilly mit lauter Stimme, «ich hätte schwören können, dass Sie gerade eben ‹danke› gesagt haben.» Leise murmelte er: «Drecksack.»

Barry, der inzwischen hinter O'Reilly stand, meinte: «Du hast doch gesagt, die Patienten dürften einem nie auf der Nase herumtanzen. Du warst viel zu höflich zu dem Kerl.» Die Worte sprudelten nur so aus ihm heraus. «Und ich dachte, wir wollten die Sache mit Sonnys Grundstück mit ihm klären. Du hast recht gehabt, Bishop will es sich unter den Nagel reißen. Als ich gemerkt habe, dass du nichts unternimmst, und helfen wollte – warum bist du da so auf mich losgegangen?»

«Von freundlichen Worten allein wird der Braten nicht fett, mein Sohn. Mit Männern wie Bishop zu diskutieren bringt nichts. Es macht sie nur umso entschlossener. Wenn wir ihn zur Räson bringen wollen, brauchen wir einen Hebel. Ein Argument, das er nicht widerlegen kann.»

«Und was bitte könnte das sein?» Barry war nicht zufriedengestellt.

«Das frage ich mich auch, aber allmählich kommt mir eine Idee. Ich hab nicht gewusst, dass sein Hausmädchen aus County Antrim kommt.» O'Reilly schaute zum Himmel hinauf, als wartete er auf eine göttliche Eingebung. «Verflixt, guck dir das an. Ich habe ja gesagt, es ist zu schwül.»

Barry starrte in den Himmel hinauf. Über Ballybucklebo war er zwar noch strahlend blau, aber keine zehn Meilen entfernt, über den Bergen von Antrim, hatten sich dunkle Gewitterwolken zusammengeballt, die in geschlossener Front bedrohlich näher rückten. Aus der Schützenlinie wurde bereits scharf geschossen. Den vereinzelten Blitzen folgte heftiges Donnergrollen.

«Ich glaube, das gibt ein Unwetter», sagte Barry.

«Ja», meinte O'Reilly, während er finster den Rücken des davoneilenden Bishop betrachtete, «da könntest du recht haben.»

16

Hoppe, hoppe Reiter

O'Reilly öffnete das Schiebefenster in der Wohnstube. «Wir schauen uns das von hier oben aus an», sagte er.

Barry blickte zum Kirchturm hinüber, der dunkel vor einem bleigrauen Morgenhimmel aufragte, und dann die Hauptstraße entlang. Die von Laternenmast zu Laternenmast quer über die Straße gespannten roten, weißen und blauen Wimpel hingen schlaff herab. Rechts und links am Straßenrand warteten die Bürger Ballybucklebos. Einige Frauen trugen Kleider, die aus Union Jacks geschneidert und mit Perlmuttknöpfen geschmückt waren. Kinder ritten auf den Schultern ihrer Väter. Andere versuchten, sich zwischen den Beinen der Erwachsenen durchzuquetschen, oder flitzten hinter den dichtgedrängten Reihen umher. Streunende Hunde kläfften. Die Krähen, die aus den Eiben auf dem Friedhof aufgeschreckt worden waren, verzogen sich flatternd und unter Protestgeschrei in die Ballybucklebo Hills. Feuchte Luft wehte ins Zimmer und trug das Gerassel der Marschtrommeln und das ferne Jaulen von Dudelsäcken herein.

«Das sind die Ballybucklebo Highlanders, die sich am Maibaum einspielen», bemerkte O'Reilly. «Die wackersten Musikanten, die je die Sackpfeife geblasen haben. An der Spitze Donal Donnelly, an der Basstrommel Seamus Galvin und so weiter.» O'Reilly lachte in sich hinein und zündete sich eine rötlich verfärbte Meerschaumpfeife an. «Wenn die Parade vorbei ist und die Massen auf den Versammlungsplatz gezogen sind, um die Reden anzuhören, Kirchenlieder zu singen und sich ein bisschen gegenseitig zu beschimpfen, wie das unter Nachbarn üblich ist, kriegen wir vielleicht was zu tun. Vom Dudelsackspielen kriegt man Durst.»

«Ich weiß.» Barry grinste. «Letztes Jahr habe ich in Bangor auf dem Festplatz gearbeitet. Als sie anmarschiert kamen, war die Welt noch in Ordnung. Auch beim Beten und bei der Predigt und den Reden haben sich alle noch gut benommen, aber dann haben sie ihre Bierchen gekippt – und als der Tag um war, hatte ich mehr genäht als eine Hemdenfabrik.»

«Und ich wette, dass ein paar von den Schlimmsten irgendwelchen Abstinenzler-Vereinen angehörten», sagte O'Reilly. «Aber vielleicht haben wir heute Glück, und das Gewitter geht los, bevor sie sich richtig volllaufen lassen können.»

Nach einer einigermaßen erkennbaren Wiedergabe von *Rock around the Clock* ging die Dudelsackmusik in eine Reihe von Jaul- und Quietschtönen über. Dazwischen hörte Barry einen leisen Klagegesang, ein monotones *Auwauuwauu*.

«Das ist Arthur», stellte O'Reilly fest. «Er liebt die Dudelsäcke ungefähr so sehr wie Ihre Ladyschaft den Strawinsky.» Der Arzt nickte zu Lady Macbeth hinüber, die eingerollt auf der Matte vor dem Kamin lag. «Gegen Flöten oder Akkordeon hat er nichts, aber Dudelsäcke hasst er.»

Macht nichts, dachte Barry, jedenfalls mag er Hosenbeine und Smithwick's Bitter.

O'Reilly hielt ein zweites Streichholz an den Kopf seiner Meerschaumpfeife. «Aus Cullybackey und Broughshane kommen auch noch Orange Lodges, um den Ballybucklebo Loyal Sons of King William, den getreuen Söhnen von König Wilhelm, Gesellschaft zu leisten.» Er schaute auf die Uhr. «Elf. Es müsste gleich losgehen.»

Ta-ta-wumm, ta-ta-wumm. Die fernen Marschtrommeln begannen mit den doppelten Triolen, die ankündigten, dass eine Dudelsackkapelle sich in Bewegung setzte, und tatsächlich, bald wehten die ersten Taktfetzen Ballybucklebos Hauptstraße herauf. Barry erkannte *The Boyne Water,* das alte Lied der Protestanten, in dem die blutige Schlacht am River Boyne und der Sieg der Truppen König Wilhelms III. über die irischen Katholiken besungen wird.

«Da kommen sie», meinte O'Reilly. «Vorne an der Spitze, das muss Meister Bertie Bishop sein, hoch zu Ross.»

In der Ferne konnte Barry einen Mann auf einem hellen Pferd ausmachen. Hinter ihm marschierten die Mitglieder einer Orange Lodge mit ihrer Flagge. Dann kam ein Tambourmajor, der seinen Stab mit der silbernen Spitze herumwirbelte und einen Trupp Dudelsackpfeifer in Kilts anführte.

«Das Schönste, was Ballybucklebo zu bieten hat», sagte O'Reilly. «Unsere Highlander. Kein Wunder, dass die Deutschen im Ersten Weltkrieg die schottischen Soldaten in ihren Röcken als *Ladies from Hell* bezeichnet haben.»

Barry reckte den Hals, um an O'Reilly vorbeischauen zu können. Hinter den Dudelsackpfeifern kam eine weitere Loge samt Flaggen, der eine Musikkapelle mit Flöten und Trommeln folgte. «Ich frage mich, wer sich wohl die Uniformen für die Flötenspieler ausgedacht hat», meinte er.

«Christian Dior an einem schlechten Tag, vermute ich. Wie kann man nur auf die Beine von himmelblauen Hosen außen rote Nähte setzen?»

«Oder den Leuten die gleichen Schirmmützen verpassen, wie Busschaffner sie tragen?»

«Na», meinte O'Reilly, «wenn du die Uniformen da schon ein bisschen bunt findest, dann warte mal, bis das Akkordeonorchester kommt. Ach ja, womit wir bei der Definition eines wahren Gentleman wären.»

«Nämlich?»

«Jemand, der Akkordeon spielen kann ... es aber nicht tut.»

«Komm, Fingal, der hat einen Bart.»

«Ich weiß, aber es stimmt trotzdem.» O'Reilly deutete mit seinem Pfeifenstiel auf die Straße unter ihnen. «Jetzt guck dir mal den Esel da unten an.»

Vor lauter Trommelrasseln, Dudelsackpfeifen und Jubelrufen der Zuschauer konnte Barry kaum noch verstehen, was O'Reilly sagte. «Wo siehst du einen Esel? Ist das nicht ein Pferd?», fragte er vorsichtig.

«Ich habe nicht den Ackergaul unseres Herrn Fettsack zu Kuhfladen gemeint, sondern den Reiter höchstselbst.»

Unter ihrem Fenster lenkte Councillor Bishop stolz sein Pferd die Straße entlang, direkt gefolgt von der Ballybucklebo Orange Lodge. Auf dem Kopf trug der Gemeinderat schräg aufgesetzt einen Hut mit einem ganzen Busch von Hahnenfedern, die aussahen, als wäre ihr ursprünglicher Besitzer an der Geflügelpest zugrunde gegangen. Selbst von oben konnte Barry sehen, dass der korpulente Reiter heftig schwitzte. Er hatte seinen massigen Körper in einen scharlachroten Sergemantel gezwängt, dessen Farbton überhaupt nicht zu der orangefarbenen Schärpe passte. Darunter trug er weiße Reithosen, die in schlammbespritzten Gummistiefeln verschwanden. Am Gang des Clydesdale konnte Barry erkennen, dass selbst dieses schwere Zugpferd, das es an Kraft durchaus mit dem Schlachtross von Wilhelm III. hätte aufnehmen können, mit dem Gewicht des Ratsherrn einige Mühe hatte.

O'Reilly grinste, als das Tier schnaubte, den Schwanz hob und – der Reaktion der Oranier, die ihm am nächsten waren, nach zu urteilen – einen gewaltigen Furz losließ.

Auf beiden Straßenseiten liefen jetzt zwei kleine Jungen, die Barry auf sechs oder sieben schätzte. Beide trugen kleine orangefarbene Schärpen. In einem erkannte Barry Mr Brown wieder, der in die Hosen gemacht hatte. Jetzt hielt er, genau wie sein Kamerad, ein geflochtenes Seil in der Hand. Diese Seile halfen, ein großes besticktes Tuch aufgespannt zu halten, unter dem zwei Männer mit Melonen, weißen Handschuhen und orangefarbenen Schärpen dahinschritten. Sie trugen zwei Stangen, zwischen denen an einer Querstrebe die Fahne hing.

«Schön, was?», brummte O'Reilly.

Barry war sich nicht sicher, ob er sich damit auf die Protestäußerung des Pferdes bezog oder auf die Flagge der Orange Lodge, die mit goldenen Quasten und einem orangefarbenen Rand geschmückt war. Auf blauem Hintergrund bäumte sich der Schimmel mit seinem edlen Reiter auf. Darüber war zu lesen: *Ballybucklebo Loyal Sons of William, Lodge 747.* Am linken Rand stand *Remember 1690. No Surrender,* und der Slogan auf der rechten Seite lautete: *Civil and Religious Liberty for All.*

«Ja», meinte O'Reilly, «bloß nicht kapitulieren. Aber ‹Freiheit für alle› klingt ein bisschen ironisch, oder?»

Barry nickte.

«Und versuche bloß nicht, den Mitgliedern so einer Loge die Wahrheit zu sagen.»

«Wie meinst du das?»

«Ihre berühmte Schlacht am River Boyne hat nämlich am 1. Juli 1690 stattgefunden, nicht am 12. Am 12. Juli 1691 wurde die letzte und entscheidende Schlacht geschlagen, die Schlacht von Aughrim.»

«Das habe ich nicht gewusst.»

«Die meisten Leute hier wissen es auch nicht. Sie glauben, sie würden heute die Schlacht am River Boyne feiern.»

«Ich glaube, den Loyalisten ist es egal, und schließlich hat Wilhelm von Oranien ja tatsächlich King James geschlagen.»

«In Wirklichkeit aber ist bei dieser letzten Schlacht bei Aughrim keiner von beiden dabei gewesen. Godert de Ginkell hat König Wilhelm vertreten und Patrick Sarsfield unseren James. Es war die blutigste Schlacht, die Irland je erlebt hat. Jedenfalls haben die Jakobiten verloren, und Wilhelms Leute sind Sieger geblieben, und deswegen dürfen wir jetzt jedes Jahr so eine Parade bewundern. Ich frage mich», meinte O'Reilly nachdenklich, «wie lange es noch dauert, bis irgendein neunmalkluger amerikanischer Anthropologe angereist kommt und eine wissenschaftliche Abhandlung über ‹Stammessitten der primitiven Völker in Ulster› schreibt.»

«Ich glaube, so was Ähnliches hat Brendan Behan auch gesagt.»

«Kluger Kopf, dieser Behan. Schade nur, dass er dem Suff verfallen ist. Aber ganz ehrlich, guck dir die Leute da unten doch an. Man brauchte ihre Insignien bloß gegen Schilfröckchen auszutauschen und ihnen Knochen durch die Nase zu stecken, und schon könnten sie auf einer Kannibaleninsel rumlaufen.»

Barry blickte nach unten auf die Mitglieder der Loge, die in acht Reihen zu viert nebeneinander marschierten. Jeder trug eine mit Silber eingefasste, orangefarbene Schärpe über einem dunklen Jackett, weiße Glacéhandschuhe und eine Melone. Die Männer schienen ihre runden Hüte ebenso als Zeichen ihrer Würde zu betrachten wie der Bürgermeister von Belfast seine goldene Kette. Obwohl alle sich Mühe gaben, die Marschordnung einzuhalten, waren zwei Männer aus dem Tritt geraten, und einer schlenderte in einer Art Passgang dahin, indem er den rechten Arm und das rechte Bein gleichzeitig nach vorn schwang.

«Sieh dir die Gesichter an.» O'Reilly schüttelte den Kopf. «Lauter kräftige Gesichter hier aus der Gegend. Vom Land. Gesund und wettergegerbt. Man könnte meinen, sie hätten sich mit Schmirgelpapier rasiert. Und einer wie der andere hat die Mundwinkel auf zwanzig vor vier runtergezogen.»

«Sie sehen wirklich finster aus», stimmte Barry zu. Seit die Flöten die Dudelsäcke abgelöst hatten, brauchte er nicht mehr so laut zu sprechen.

«Findest du? Dann hättest du mal Bishops Gesicht sehen sollen, als ich ihm erzählt habe, dass es hinreichende Beweise dafür gibt, dass sein König Wilhelm, ‹ruhmreichen und unsterblichen Angedenkens›, stockschwul war.»

«Wilhelm von Oranien war homosexuell?»

«Ja, eine Schwuchtel. Dabei sehe ich nicht ein, wieso es eine Rolle spielen sollte, was jemand in seiner Freizeit macht», erklärte O'Reilly ruhig. «Den alten Griechen jedenfalls war es egal.»

«Unter Königin Victoria haben sie deinen Namensvetter dafür eingesperrt.»

«Oscar Wilde? Ach, sagt man deswegen ‹schwul wie Oscar›? Der dumme Kerl – er hätte bei seiner Schriftstellerei und seinen grünen Nelken bleiben und sich von Rechtsverdrehern fernhalten sollen.»

«Trotzdem –»

«Nichts trotzdem. Menschen sind nun mal verschieden. Wenn du als Arzt irgendwie was ausrichten willst, musst du lernen, das zu akzeptieren. Uns sollte nicht interessieren, ‹was sie im Schlafzimmer tun, solange sie es nicht auf der Straße tun und die Pferde scheu machen›. Das hat Mrs Patrick Campbell gesagt, du weißt schon, die Schauspielerin, und ich …»

Seine Worte wurden von schrillem Gewieher übertönt. Barry sah, wie sich Councillor Bishops Reittier am Anfang des Zuges auf die Hinterbeine stellte und mit den Vorderhufen in die Luft schlug. Dann bockte es, drehte sich, warf den Reiter aus dem Sattel und entfernte sich im Galopp, wobei es in ungezügeltem Trotz noch einmal kräftig mit den Hinterhufen ausschlug.

«Ich frage mich, was da unten auf der Straße passiert ist», meinte Barry.

O'Reilly krümmte sich vor Lachen. Schließlich japste er, sich immer noch den Bauch haltend: «Das ist ja besser als Theater. Dafür müsste man Eintritt verlangen!»

Barry beobachtete, wie die Logenbrüder aus Ballybucklebo sich um ihren gestürzten Meister scharten. «Hoffentlich hat er sich nicht verletzt.»

«Das hoffe ich auch. Er ist wirklich der Letzte, den ich heute verarzten möchte. Sieht aber aus, als wäre ihm nichts passiert. Er steht schon wieder auf.»

Doch Barry sah, dass jetzt auch unten vor dem Haus etwas nicht stimmte. Die Dudelsackpfeifer, die gerade das schöne Lied *Dolly's Braes* begonnen hatten, schienen den musikalischen Faden verloren zu haben – unwiderruflich.

«Fingal, guck mal da.»

Das Missgeschick des Gemeinderats hatte die marschierenden Logenbrüder vorzeitig zum Stehen gebracht und hinderte nun auch die Dudelsackpfeifer am Weitergehen. Der Tambourmajor verlor seinen Stab und ließ sich auf alle viere nieder, um ihn wieder aufzuheben. Die erste Reihe seiner Musikanten kam in einem heillosen Chaos zum

Halten. Sie nahmen ihre Sackpfeifen von den Schultern und versuchten strammzustehen.

«Da vorne links, das ist Donal Donnelly», sagte Barry.

«Der erste Dudelsackpfeifer. Wie gefällt dir seine Uniform?», fragte O'Reilly und brach in schallendes Gelächter aus.

Donal trug eine flaschengrüne Tunika, auf deren linker Brustseite eine große keltische Anstecknadel prangte. Sie wurde von einem breiten Lackledergürtel zusammengehalten, an dem eine prächtige, fellbesetzte Kilttasche baumelte. Unter seinem safrangelben Kilt, der nicht, wie es üblich gewesen wäre, knielang war, sondern bis halb über die Waden fiel, zeichneten sich Donals knochige Hüften ab.

«Pass auf, Donal», brüllte O'Reilly, mit dem gleichen Erfolg, als wenn Kinder im Kino «Achtung, hinter dir!» rufen, um den Helden auf der Leinwand vor dem Bösewicht zu warnen. Mit offenen Mündern beobachteten die beiden Männer von ihrem Fensterplatz aus, wie der rotgesichtige Dudelsackbläser in der nächsten Reihe mit geschlossenen Augen ungebremst gegen Donals mageren Rücken prallte.

Begleitet vom disharmonischen Gejodel seines Dudelsacks, dem rasch die Luft entwich, rutschte Donals Kilt herunter. Donal ließ seinen Dudelsack los, bückte sich und zog das Kleidungsstück hastig wieder hoch.

«Ich sehe» – O'Reilly rang nach Luft –, «dass Donal gar nicht wie ein echter Highlander gekleidet ist. Aber wenn er schon Unterhosen anhat, warum trägt er sie dann mit dem Schlitz nach hinten?»

Aufheulend ließen auch andere Dudelsäcke die Luft ab, während die Reihen sich auflösten. Die Trommler, die am Schluss der Kapelle marschierten, hatten gerade noch genug Zeit, um dem Durcheinander auszuweichen. Seamus Galvin gab den Rhythmus vor. Seine riesige Basstrommel, die er an einem Schultergeschirr trug und über die er nur gerade eben hinwegsehen konnte, verdeckte beinahe das abgeschabte synthetische Leopardenfell darunter.

«Das ist ja toll», rief O'Reilly. «Weiter so, Seamus!»

Barry bezweifelte, dass Seamus seinen Arzt gehört hatte, aber es war klar, dass er gar keine weitere Ermutigung brauchte, um seine trommlerische Virtuosität vorzuführen. Wirbelnd kreisten die flauschigen Köpfe seiner Trommelstöcke über seinem Kopf. Seamus hatte beide Arme gerade in die Luft gestreckt und ließ die Stöcke wie die Heckpropeller eines ungewöhnlich konfigurierten Hubschraubers rotieren.

Ohne einen einzigen Taktschlag zu verpassen, schlug er die Trommel mal auf beiden Seiten, dann kreuzte er die Arme über ihrem Rand und versetzte dem linken Trommelfell einen Schlag mit dem rechten Stock und dem rechten Fell einen mit dem linken. Immer mehr Zuschauer strömten herbei. Vielleicht, dachte Barry, interessierte es diese Leute nicht mehr, was aus dem Rest der zum Stehen gekommenen Parade wurde.

«Mach weiter, Seamus.» O'Reilly schien ein kleines Freudentänzchen aufzuführen. «Junge, der legt ja los wie Gene Krupa, wenn er was genommen hat, wahrscheinlich was Verbotenes.»

Da löste sich der Riemen, mit dem der eine Trommelstock an Seamus' Handgelenk befestigt war. Das Geräusch von splitterndem Glas, das sie gleich darauf hörten, konnte eigentlich nur von O'Reillys Speisezimmerfenster kommen.

«Mist», sagte O'Reilly, grinste dabei aber eher noch breiter als vorher.

Wie aus Solidarität mit dem Tohuwabohu unten mischte sich nun auch der Himmel ein. Die Schützenlinie vom vergangenen Abend war durch mehrere Artillerieeinheiten verstärkt worden. Haubitzen und Kanonen donnerten und krachten und schossen ihre Kugeln in leuchtenden Blitzen aus Grellgelb und Schwefelblau über das Bollwerk der Wolken hinweg.

Sintflutartig brach der Regen los. Er peitschte auf Teilnehmer und Zuschauer herunter, dass die Musiker eilends Zuflucht in Hauseingängen nahmen und die Trommler versuchten, ihre Trommelfelle vor den Wassermassen zu schützen. Wie aus dem Nichts erschienen überall durchsichtige Plastikregenhäute, und ganze Familien versammelten sich unter dem zweifelhaften Schutz dieser über den Köpfen aufgespannten dünnen Folien.

«Auch das nenne ich absolut sehenswert.» O'Reilly schob das Fenster zu. «Aber es hat keinen Sinn, dass wir das Wohnzimmer absaufen lassen.»

«Und die Scheibe unten?»

«Seamus Galvin ist Schreiner von Beruf. Er macht –»

Es klingelte an der Haustür.

«Das ist er bestimmt», meinte O'Reilly. «Er kriegt das im Handumdrehen wieder hin. Magst du einen Sherry?» Er schenkte sich sein großes Glas voll. «Ich trinke heute Bushmills. Schließlich ist ja der Zwölfte, da muss es einer sein, der hier in Ulster hergestellt wird.» Genüsslich kostete er den ersten Schluck. «Die Sonne ist noch nicht ganz hinter der Fockrah verschwunden, das weiß ich, aber ich glaube trotzdem, dass wir heute nicht viel zu tun kriegen.»

• • •

O'Reilly sollte mehr oder weniger recht behalten. Der erste Verletzte erschien um vier in der Praxis.

«Das sieht gar nicht so schlimm aus, Constable Mulligan», sagte der Arzt zum Ortspolizisten, während er ihm das Blut von einer kleinen Platzwunde über der rechten Augenbraue wischte. «Wie ist es denn passiert?»

Der Polizist, dessen dunkelgrüne Uniform durch den Regen, der immer noch herunterprasselte, noch dunkler geworden war, saß starr auf dem Patientenstuhl, die Füße in den ehemals blankpolierten Stiefeln fest nebeneinander auf den Teppich gestemmt. Eine Hand ruhte auf dem Pistolenhalfter, die andere auf seinem Knüppel, einem bösartig wirkenden Stück aus Ebenholz. Der Polizist spitzte den Mund. Er sah aus, als müsste er vor Gericht aussagen. Barry rechnete fast damit, dass er als Erinnerungsstütze ein Notizbuch zurate ziehen würde.

«Um drei Uhr vierundzwanzig am Donnerstag, dem 12. Juli, machte ich mich in Richtung Osten auf den Weg, Herr Doktor, um einer Information nachzugehen, die ich erhalten hatte. Vor dem zum Alkoholausschank berechtigten Lokal namens Schwarzer Schwan waren angeblich Unruhen ausgebrochen.»

«Ach so?», fragte O'Reilly in höflichem Ton. «Bitte, sprechen Sie weiter.»

Barry war ziemlich überrascht. Normalerweise unterbrach O'Reilly seine Patienten, wenn sie zu einer weitschweifigen Geschichte ausholten.

«Bei meiner Ankunft vor besagter Lokalität sah ich zwei männliche Personen, die in Handgreiflichkeiten verwickelt waren –»

«Ja, ist das denn möglich?» O'Reilly trat an den Instrumentenwagen, bückte sich und entnahm ihm ein Pflaster.

«Der erste Verdächtige trug nichts weiter als einen Kilt und die Kopfbedeckung der Flötenspieler. Der andere war ohne Kopfbedeckung, trug aber andere Kleidungsstücke als der Flötenspieler.»

«Klingt nach einem freundschaftlichen kleinen Uniformtausch.»

Der Polizist schnaubte verächtlich, während O'Reilly das Pflaster über die Wunde klebte. «Der Verdächtige A hatte beide Fäuste in aggressiver Weise erhoben. Der Verdächtige B blutete aus der Nase. Mehrere Passanten hatten sich versammelt und feuerten die streitenden Parteien an. Der Verdächtige A sagte: ‹Du da, du könntest ja nicht mal die Haut vom Milchreis runterhauen.›»

«Kämpferische Worte», meinte O'Reilly.

Die von Natur aus geröteten Wangen des Polizisten leuchteten nun scharlachrot auf, während er murmelte: «Der Verdächtige B antwortete: ‹Verpiss dich und fick dich ins Knie.› Entschuldigen Sie, Herr Doktor.»

«Hab schon Schlimmeres gehört», brummte O'Reilly. «Also haben Sie die beiden wegen Ruhestörung eingebuchtet?»

«Das war meine Absicht, Sir, aber als ich diese kundtat, rückte die Menge vor.» Er deutete auf seine Augenbraue, über der jetzt kein Blut mehr zu sehen war. «Eine oder mehrere unbekannte Personen warfen eine Flasche.»

«Verstehe», brummte O'Reilly. «Aber das hätte auch viel schlimmer ausgehen können.»

«In dem darauffolgenden Handgemenge war es mir nicht möglich, die Verdächtigen in Gewahrsam zu nehmen. In Übereinstimmung mit den Vorschriften habe ich daher meinen Knüppel gezogen.» In den Augen des Schutzmannes zeigte sich ein stählernes Glimmen. «Ich habe dafür gesorgt, dass die Menge sich zerstreute, und bin hergekommen.»

«Die beiden Faustkämpfer sitzen inzwischen wahrscheinlich einträchtig beim Bier.» O'Reilly betrachtete noch einmal die verpflasterte Wunde. «Ich würde mir nicht zu viele Gedanken um die Strolche machen. Gehen Sie nach Hause und trinken Sie ein Tässchen Tee. Sollte Ihr Chef Fragen haben, dann werde ich schon mit ihm reden.»

«Da bin ich Ihnen sehr zu Dank verpflichtet, Sir.» Schutzmann Mulligan erhob sich und verließ die Praxis.

«So kenne ich dich ja gar nicht, Fingal», sagte Barry. «Ich dachte schon, er würde überhaupt nicht mehr aufhören.»

«Der verdammte Arthur Guinness», knurrte O'Reilly. «Ich muss unseren Dorfsheriff ganz besonders zuvorkommend behandeln.»

«Wieso?»

«Letztes Jahr ist jemand hier bei mir eingebrochen und hat ein paar Flaschen Whiskey geklaut. Mein Hund von Baskerville hat anscheinend versucht, ihn mit dem Schwanz totzuwedeln.»

«Oder aber ...» Barry unterdrückte eine bissige Bemerkung.

«Sein Beschützerinstinkt meldete sich erst, als Mulligan ankam.» O'Reilly legte die Stirn in Falten. «Ich glaube, seine Uniform hat den Hund irritiert.»

«Arthur hat ihn doch nicht etwa –»

«Doch, und wie. Er hat Mulligan den Hosenboden zerrissen und ihm dazu noch ein ordentliches Stück aus der Hinterbacke rausgebissen.»

«Ach du je.»

«Ich kann von Glück sagen, dass er Arthur nicht hat abholen lassen, aber Mulligan ist ein anständiger Kerl. Ich muss mich jetzt bloß ein bisschen vorsehen.»

«Verstehe.»

Es klingelte an der Haustür.

Als Barry öffnete, stand vor ihm im Regen ein Fremder. Er trug die Uniform eines Busschaffners und hatte eine Flöte bei sich. Durch seine kunstvolle, mit Pomade verschönerte

Haartolle, auf die selbst Elvis Presley stolz gewesen wäre, rann in kleinen Bächen Blut. «Kommen Sie herein.» Barry führte den Mann in die Praxis, nahm ihm seine Flöte ab und setzte ihn auf den Patientenstuhl. «Ihr Name bitte?»

«Sammy Greer. Aus Cullybackey.» Er sprach undeutlich.

«Das ist aber ein übler Riss, den Sie sich da zugezogen haben, Mr Greer», meinte Barry, indem er den Kopf des Mannes betrachtete. Oben auf dem Schädel, genau in der Mitte, war die Kopfhaut kreuzförmig aufgesprungen. Es sah aus, als hätte jemand einer reifen Orange einen kräftigen Schlag verpasst. «Das muss genäht werden.»

«Scheißegal. Machen Sie voran.»

Barry warf O'Reilly einen Blick zu. «Machen Sie nur weiter, Doktor Laverty», sagte sein Chef, «ich hole das Nahtmaterial.»

«Wie ist es passiert?», fragte Barry.

Sammy Greer kicherte. «Hab eine Flasche nach einem Scheißpolypen geschmissen, jawoll. Und ich hab ihn erwischt.» Greer verschränkte die Arme. «Er mich dann leider auch.»

Das also hatte Schutzmann Mulligan mit seiner Bemerkung gemeint, er habe den Knüppel gezogen und dafür gesorgt, dass die Menge sich zerstreute.

«Mein Gott, geht das nicht 'n bisschen schneller? Ich hab im Pub noch 'n paar Pints stehen, die werden ja schal.» Greer räusperte sich und spuckte auf den Teppich. «Nicht, dass ich viel von eurem Dreckspatz hier halten würde.»

«Wie reizend», brummte O'Reilly, dessen Nasenspitze aschfahl geworden war. Er schob den Wagen mit den Instrumenten neben den Patienten. «Waschen Sie sich die Hände, Doktor Laverty. Die Instrumente liegen bereit.»

Barry schrubbte sich die Hände und trocknete sie ab. Er freute sich, dass er das Nähen übernehmen durfte.

O'Reilly nahm eine Schere vom Wagen. «Wir müssen Ihnen ein paar Haare wegschneiden.»

«Da passen Sie man lieber auf.» Greer versuchte, O'Reilly mit seinen geröteten Augen zu fixieren. «Hab einige Jährchen gebraucht, um mir das so wachsen zu lassen.»

«Alle großen Leistungen brauchen Zeit», erklärte O'Reilly, «aber Sie möchten ja nicht gerne Haare in Ihre Wunde eingenäht haben, oder?»

«Nein, ganz bestimmt nicht», pflichtete Barry ihm bei. Er fragte sich, wie O'Reilly diesen mürrischen Patienten daran hindern wollte, ihm auf der Nase herumzutanzen.

«Und ich will das anständig desinfektiert haben. Ich kenne nämlich meine Rechte, jawoll.»

«Da bin ich sicher», meinte O'Reilly mit kaum verhohlenem Grinsen, während er beherzt ein fettiges, blutverklebtes Haarbüschel nach dem anderen abschnitt. «Ich verspreche Ihnen, dass Sie die beste Desinfektion im ganzen County Down kriegen.»

«So soll das auch sein, verdammt nochmal.»

Barry zog Xylocain in die Spritze auf, legte sie auf den Wagen und präparierte einige Zangen mit Gazetupfern. «Das Dettol bitte, Doktor O'Reilly.»

«Nein. Das würde zu stark brennen. Nehmen Sie das hier.» O'Reilly goss eine dunkle Flüssigkeit in ein Schälchen.

Barry tunkte die Tupfer ein und wandte sich dem Patienten zu, doch dann zögerte er. O'Reilly hatte das Operationsgebiet wirklich großzügig vorbereitet: Oben auf Greers Schädelkuppe hatte er einen kreisrunden Fleck von der Größe einer Mönchstonsur weggeschoren. Barry versuchte, im Gesicht seines Chefs zu lesen, doch dessen Miene war vollkommen ausdruckslos.

«Gut», sagte Barry, «es geht los.» Mit den durchtränkten

Tupfern bestrich er die geschorene Stelle. Schon beim ersten Strich färbte sich die Kopfhaut des Mannes leuchtend blau, sodass Barry herumfuhr und O'Reilly anstarrte, der aber nur freundlich lächelnd nickte. Also gut, dachte Barry und arbeitete weiter.

Stoisch saß Greer auf seinem Stuhl, während die Kanüle in die Wundränder stach. «Hab kein bisschen gemerkt.»

«Sie sind hart im Nehmen, was?», meinte O'Reilly. «Ein richtiger Mann.»

«Da ham Sie verdammt recht. Ich bin 'n knallharter Bursche.»

Und dumm wie Schifferscheiße, dachte Barry, während er eine Zange und einen Nadelhalter zur Hand nahm. Letzteren hatte O'Reilly mit einer gebogenen Nadel mit einem schwarzen Seidenfaden bestückt.

«Ich schneide die Fäden ab», meinte er jetzt.

Rein mit der Nadel auf der einen Seite, auf der anderen wieder raus, rasch den Faden einmal um die Zange gedreht und dann noch einmal. Der erste Knoten war fertig.

«Gut», sagte O'Reilly, als er den Faden abschnitt.

In null Komma nichts, so erschien es Barry, war die Arbeit getan.

«Schön», sagte O'Reilly. «Wirklich hübsch.»

Barry war sich nicht sicher, ob der Arzt damit tatsächlich die beiden Reihen fein säuberlicher schwarzer Stiche meinte, mit denen die jetzt nicht mehr blutende Wunde verschlossen worden war. Vielleicht spielte sein Chef auch auf seinen eigenen, sehenswerten Beitrag zum Behandlungsergebnis an.

«Kann ich endlich gehen?» Sammy Greer erhob sich.

«Oh, natürlich», meinte O'Reilly. «Vergessen Sie Ihre Flöte nicht.»

Greer schnappte sich sein Instrument.

«Ihr Arzt in Cullybackey wird Ihnen nächste Woche bestimmt gern die Fäden ziehen. Ich vermute mal, dass Sie sich den Weg hierher lieber sparen wollen.»

Barry hatte Mühe, eine ernste Miene zu bewahren.

«Ist doch klar wie Kloßbrühe.»

«Dann raus mit Ihnen», sagte O'Reilly.

Sobald sich die Haustür hinter Sammy Greer geschlossen hatte, fing O'Reilly an zu lachen. «Oje: ‹Hab einige Jährchen gebraucht, um mir das so wachsen zu lassen.› Es wird Wochen dauern, bis auf dem kahlen Fleck überhaupt wieder was zu sehen ist.»

«Und» – Barry konnte sich vor Lachen kaum noch aufrecht halten – «‹ich will das anständig desinfektiert haben›.»

«Das haben wir prima hingekriegt», prustete O'Reilly. «Doch, das haben wir gut gemacht.»

«Ich weiß, Fingal, aber musstest du mir wirklich das Gentianaviolett anreichen?»

«Doch. Doch, ja. Das Schönste ist, dass Sammy Greer selbst gar nicht sehen kann, dass seine Schädelkuppe jetzt wie ein leuchtend blauer Fußball mit schwarzem Kreuzstich aussieht. Und weißt du, was?»

«Nein.»

«Wir haben beide vergessen, ihm Schmerzmittel mitzugeben. Junge, Junge, was wird der morgen für einen Brummschädel haben.»

«Geschieht dem Ganoven recht.» Allmählich gewann Barry seine Selbstbeherrschung wieder.

«Ich hoffe bloß, dass er heute Abend noch nach Cullybackey zurückfährt. Der arme Kerl sollte morgen lieber nicht unterwegs sein.»

«Warum nicht?»

«Weil morgen der Dreizehnte ist. Freitag der Dreizehnte.»

«Stimmt ja. Du willst morgen zum Hunderennen, und ich –»

«Du bleibst eine Weile hier allein. Ich glaube, du bist jetzt gerade so weit. Eben das Nähen hast du sehr gut gemacht.»

Barrys Stolz auf O'Reillys Lob wurde von den Zweifeln gedämpft, ob er sein Versprechen, Patricia zum Essen einzuladen, würde halten können.

«Guck nicht so sorgenvoll, Barry. Das klappt ganz bestimmt mit eurem Essengehen morgen Abend. Freitag der Dreizehnte? Reiner Aberglaube. Da wird schon nichts schiefgehen.»

17

Der Mensch denkt …

❋

Am Freitag dem Dreizehnten hatte sich das Gewitter verzogen, und helles Sonnenlicht strömte durch das eine Fenster des Speisezimmers. Noch am Abend zuvor hatte Seamus Galvin das andere mit Sperrholz vernagelt.

«Das wird ein großer Tag für uns beide», meinte O'Reilly, während er sein Frühstück beendete.

«Ich weiß.» Barry versuchte, nicht zu sehr an seinen Abend mit Patricia zu denken. «Du gehst vor die Hunde.»

«Na, so würde ich das nicht bezeichnen.» O'Reilly grinste. «Aber ich will wirklich mal sehen, wie Donals Bluebird läuft.»

«Mit Wasser? Das hat Donal doch gesagt, oder?»

«Heute Abend läuft sie trocken. Das heißt, der Hund bleibt trocken, ich natürlich nicht. Ich treffe mich mit einem alten Freund.»

«Nicht zufällig mit dem Mann, der vielleicht Seamus Galvins Schaukelenten kauft?»

«Doch, mit genau dem, und solche geschäftlichen Dinge lassen sich immer viel reibungsloser abwickeln, wenn man sie ein bisschen begießt.» O'Reilly erhob sich. «Aber eins nach dem anderen. Was hältst du davon, wenn du heute Morgen die Praxis übernimmst?»

«Ich? Im Ernst?»

«Ja. Ich habe dich beobachtet, mein Sohn. Maureens Entbindung hast du hervorragend begleitet, und die Naht gestern hätte ich selbst auch nicht besser hingekriegt.»

«Ehrlich?» Barry spürte unter seinem Kragen Hitze aufsteigen.

«Zeit für den ersten Alleinflug. Na ja, zu Anfang noch mit Doppelsteuerung. Ich leiste dir Gesellschaft, aber du machst die Arbeit. Ich werde dir nicht dazwischenreden.»

Barry rückte seinen Schlips gerade, strich sich die Locke auf dem Kopf glatt und sagte: «Wenn das wirklich dein Ernst ist, dann lass uns loslegen.» Er schickte sich an, zum Wartezimmer zu gehen.

O'Reilly hielt ihn auf. «Nein, ich hole die Patienten. Ich erkläre ihnen, wer heute das Sagen hat. Ein paar werden sich verdünnisieren, wenn sie das hören.»

«Ach so.» Barry zog die Stirn kraus.

«Nimm das nicht persönlich. Selbst wenn der heilige Herr Jesus Christus persönlich hier arbeitete, würden einige von den Älteren doch lieber zu mir kommen.»

«Verstehe.» Barry sah ein, dass O'Reilly recht hatte. Verletzter Stolz war hier nicht angebracht.

«Und du», meinte O'Reilly, indem er sich Lady Macbeth schnappte, die gerade versuchte, in den Behandlungsraum zu huschen, «du verziehst dich mal ganz schnell. Doktor Laverty braucht heute keinen Rat von dir. Also ab in die Küche. Wir sprechen noch eben mit Kinky. Sie wollte ja etwas über Julie MacAteer in Erfahrung bringen. Julie müsste eigentlich nachher kommen, um ihr Testergebnis zu erfahren.»

«Stimmt», sagte Barry. «Wie kriegen wir das Ergebnis eigentlich? Rufen wir im Labor an?»

O'Reilly schüttelte den Kopf. «Es kommt mit der Post, um neun Uhr dreißig, denke ich.» Er klemmte sich die protestierende Lady Macbeth wie einen Rugbyball unter den Arm und machte sich auf den Weg zur Küche. «Ich bringe dann gleich den ersten Patienten mit.»

. • .

Mit jedem Patienten nahm Barrys Selbstvertrauen zu. Seinem Versprechen getreu, gab O'Reilly nur Ratschläge, wenn sein Assistent ihn darum bat, und saß ansonsten schweigend auf der Untersuchungsliege. Der Vormittag verging schnell und, was Barry betraf, auf angenehme Weise.

Kurz vor dem Mittagessen brachte O'Reilly Maureen Galvin herein. Sie trug den kleinen Barry Fingal auf dem Arm, den sie in ein blaues Tuch gehüllt hatte.

«Guten Morgen, Maureen», sagte Barry. «Für eine postnatale Untersuchung ist es noch ein bisschen früh. Ist alles in Ordnung?»

«Doktor Laverty, ich mache mir etwas Sorgen um Barry Fingals kleinen Schniedel.»

«Dann wollen wir ihn lieber mal anschauen. Können Sie ihn auf die Untersuchungsliege legen?»

Maureen packte den Kleinen auf die Liege, wickelte ihn aus dem Tuch und löste die Sicherheitsnadeln aus seiner unförmigen Frotteewindel. Sie lächelte ihr Söhnchen an und sprach leise mit ihm. «Wenigstens ist er sauber», sagte sie dann.

«Was macht Ihnen Sorgen?», fragte Barry.

«Hier unten», erklärte Maureen, indem sie sanft die Vorhaut herunterschob. «Irgendwie sieht das nicht richtig aus.»

Barry beugte sich über den Jungen, um seinen winzigen Penis besser sehen zu können. «Ah ja.» Er lächelte. «Kein Grund zur Besorgnis.» Zweifelnd sah Maureen ihn an.

«Wir bezeichnen diese Erscheinung als Hypospadie. Sie ist ziemlich häufig.»

Maureen runzelte die Stirn. «Hypo...?»

«...spadie. Die Harnröhrenöffnung, also das kleine Loch, aus dem sein Pipi rausfließt, liegt nicht genau in der Mitte der Eichel, sondern ein bisschen nach unten verschoben. Aber das ist keine Beeinträchtigung für ihn. Es hat mit der Entwicklung des Kindes im Uterus zu tun.»

«Sie meinen, ich hab während der Schwangerschaft was verkehrt gemacht?» Maureen ließ die Vorhaut wieder zurückgleiten.

«Nein. Nein, natürlich nicht.» Barry schaute zu O'Reilly hinüber, bevor er weitersprach. «Die Urethra – das ist die Röhre, durch die der Urin aus der Blase kommt – wird im Fötus aus anderem Gewebe gebildet als der übrige Penis. Manchmal schafft die Harnröhre es nicht ganz bis an die Spitze.»

«Ich weiß nicht.» Maureen steckte die Windel wieder fest. «Ich glaube, da stimmt was nicht.»

«Du machst dir Sorgen, Maureen?», fragte O'Reilly.

Barry schaute zu, wie er der Patientin eine Hand auf die Schulter legte. Sie sah ihm in die Augen und nickte. «Warte mal ab, was für Sorgen du dir erst in sechzehn Jahren machen wirst, wenn er hinter allem her ist, was in Kalifornien Röcke trägt.»

Seine Worte zauberten ein Lächeln in Maureens Gesicht. «Der wird bumsen, dass es kracht.»

Barry zuckte zusammen. Musste O'Reilly denn so derb werden?

«Danke, Doktor O'Reilly.» Maureens Lächeln wurde noch breiter. Sie hob Barry Fingal von der Liege und wiegte ihn in den Armen. «Du wirst mal ein kleiner geiler Bock, was?»

«Ganz bestimmt», meinte O'Reilly, «der wird rammeln wie ein Karnickel.»

Fingal!, dachte Barry empört, doch dann sah er Maureens zufriedenes Gesicht. O'Reilly hatte ihr die Angst genommen und damit bereits die halbe Arbeit eines guten Arztes erledigt. Barry ärgerte sich, dass er die eigentliche Sorge der jungen Mutter nicht erkannt hatte: ob der Junge nämlich ein normales Sexualleben würde führen können, wenn er erwachsen war. Es war ihr zu peinlich gewesen, dieses Thema direkt anzusprechen. O'Reilly aber hatte den Nagel auf den Kopf getroffen und sich dabei einer Sprache bedient, die sie verstand. Kein Wunder, dass Begriffe wie «Hypospadie» diese einfache Frau bloß verwirrt hatten.

Maureen lachte. «Mehr will ich gar nicht wissen.»

«Gut», sagte O'Reilly, «aber ich hätte das gleich nach seiner Geburt sehen sollen.»

«Ach, niemand ist vollkommen», beruhigte Maureen den Arzt. «Das macht nichts.»

«Danke», sagte O'Reilly. «Das weiß ich zu schätzen.»

Ich auch, dachte Barry. Um Fehler zuzugeben, braucht es Aufrichtigkeit und Stärke.

«Barry Fingal und ich sollten jetzt lieber weiter, Herr Doktor», bemerkte Maureen.

«In Ordnung. Wie geht's übrigens Seamus?»

«Er hat gesagt, er kommt später mit der Fensterscheibe vorbei, und es tut ihm schrecklich leid, dass er sie kaputt gemacht hat.»

«Richte ihm aus, dass er sich keine Gedanken machen soll. So was passiert schon mal.»

«Er ist sehr beschäftigt. Er und seine Schaukelenten.» Maureens grüne Augen funkelten. «Er sagt, wir werden eine Menge Geld damit machen. Sie hätten es organisiert, dass er alle zusammen an eine Firma in Belfast verkaufen kann.»

«Hm», meinte O'Reilly, «vielleicht.»

«Ich weiß, dass alles gut wird, Herr Doktor. Er und ich und der kleine Barry Fingal da drüben, wo immer die Sonne scheint.»

«Das hoffe ich.» O'Reilly nahm sie am Arm und führte sie zur Tür. «Wir sehen uns in fünf Wochen wieder.»

«Wenn wir dann noch hier sind», sagte Maureen. Barry hörte, wie sie ihrem Kleinen im Flur leise etwas vorsang: «*California here we come, right back where we started from ...*»

O'Reilly schloss die Tür zum Behandlungszimmer. «Ich hoffe so sehr, dass sie recht hat. Ich muss meinem Freund heute Abend einfach die Daumenschrauben ansetzen – oder mir was anderes ausdenken.» Er verschränkte die Arme und strich sich mit der linken Hand über das Kinn. «Und wir müssen uns noch um Julie MacAteer kümmern. Sie ist die Nächste.»

«Was sagt der Test?»

O'Reilly stöhnte. «Mal wieder typisch.» Er zog einen Umschlag aus der Jackentasche. «Sieh dir das an.»

Barry las das Ergebnis der Aschheim-Zondek-Reaktion laut vor: «‹Urin toxisch. Mäuse verendet.› Na klasse», sagte er.

«Genau, und Mrs Kincaid ist mit ihren Nachforschungen über das geheimnisvolle Fräulein in Ballybucklebo auch nicht weitergekommen.» O'Reilly stieß die Luft aus. «Ich gehe sie holen.»

Kurz darauf war er wieder da und bat Julie, Platz zu nehmen.

Sie setzte sich, stellte die Schuhe fest auf den Teppich, drückte die Knie zusammen und faltete die Hände im Schoß ihres karierten Rockes. «Und?», fragte sie beherrscht.

«Wir wissen es noch nicht. Der Test hat nicht geklappt. Das tut mir wirklich sehr leid», sagte Barry.

«Meine Regel ist ausgeblieben.»

Barry schluckte. «Wir machen einen neuen Test. Das dauert dann nochmal ein paar Tage.»

«Ich weiß, dass ich schwanger bin», sagte die junge Frau leise.

«Vielleicht haben Sie ja recht», räumte Barry ein, «aber lassen Sie uns sichergehen.»

«Ist wohl besser. Aber wenn ich einfach noch ein paar Monate warte, weiß ich es auch mit Sicherheit, oder?» Sie schniefte und wischte sich mit dem Handballen die Augen.

«Das stimmt», mischte O'Reilly sich vorsichtig ein.

Sie drehte sich zu ihm um. «Was soll ich tun?»

«Doktor Laverty hat recht. Wir wiederholen den Test. Aber in der Zeit organisieren wir schon einen Platz in Liverpool für Sie. Bloß für alle Fälle.»

«In Liverpool?» Sie lehnte sich wieder zurück. «In England?»

O'Reilly nickte. «Da sind Sie gut aufgehoben. Und niemand hier braucht etwas davon zu erfahren.»

«Ich müsste das Baby erst kriegen – und dann weggeben?»

«Ja.»

«Ach, du lieber Gott.» Nun strömten ihre Tränen so heftig, dass ihre Wimperntusche verlief.

«Das wird schwer für Sie», sagte O'Reilly. «Das weiß ich wohl.»

Barry sah, wie ihre Schultern bebten. Dann holte sie zweimal tief Luft. «Ich habe keine andere Wahl, oder?»

«Tut mir leid», erwiderte O'Reilly sanft, «außer –»

«Außer?»

«Außer Sie können uns sagen, wer der Vater ist.»

Sie schüttelte den Kopf, dass ihr maisgelbes Haar flog. «Nein.»

Barry drehte sich auf seinem Stuhl und wollte gerade etwas sagen, als er O'Reillys Blick auffing. Ihm wurde bewusst, dass es auf die junge Frau so wirken musste, als hätten sie sich gegen sie verschworen, wenn er jetzt eingriff.

«Das kann ich nicht», erklärte sie. «Das geht einfach nicht.»

«In Ordnung», meinte O'Reilly. «Ich verstehe das.»

«Nein, das können Sie nicht verstehen. Niemand versteht das.» Sie schluchzte noch zweimal auf, dann reckte sie die Schultern. «Kann ich heute Nachmittag eine neue Probe bringen?»

«Ja. Und jetzt gehen Sie nach Hause. Geben Sie Mrs Kincaid die Probe, wenn Sie wiederkommen. Sie ist unsere Haushälterin.»

«Mache ich.»

«Sie kocht Ihnen auch noch eine Tasse Tee. Wäre das nicht was?»

Julie nickte. «Liverpool. Jesus, Maria und Joseph.» Sie schniefte heftig.

Barry bot ihr sein Taschentuch an.

Nachdem sie sich die Nase geputzt hatte, gab sie es mit einem schwachen Lächeln zurück. «Hier.»

Er steckte es wieder ein.

Die junge Frau stand auf. «Ich wusste schon, dass ich wegmuss. Hab's einfach gewusst. Ich hab sogar schon gekündigt.»

«Tatsächlich?», hakte O'Reilly nach. «Wo arbeiten Sie denn?»

«Das sage ich nicht.»

«Kein Problem.» O'Reilly zog die Schultern hoch und streckte die Handflächen vor. «Geht mich auch nichts an.»

Julie zögerte. «Dürfte ich mir noch das Gesicht waschen?»

«Natürlich.»

Barry sah zu, wie sie sich wieder zurechtmachte.

«Ich sage Mrs Kincaid Bescheid, dass Sie gleich bei ihr hereinschauen», erklärte O'Reilly, während er die Tür öffnete. «Sie werden sie bestimmt mögen.»

«Liverpool», hörte Barry Julie MacAteer noch sagen, als sie das Sprechzimmer verließ.

. • .

«Vier Uhr. Jetzt wird's aber Zeit für mich», erklärte O'Reilly. Er lehnte im Wohnzimmer am Kaminsims und paffte aus seiner Bruyèrepfeife dicke Qualmwolken in die Luft.

Barry, der unruhig in seinem Sessel herumrutschte, musste husten und fragte sich, ob der Kapitän der *Warspite* wohl jemals in Erwägung gezogen hatte, den Stabsarzt O'Reilly zu bitten, die gesamte Mittelmeerflotte in einen Rauchschleier einzuhüllen. «Ist es nicht noch etwas früh?»

«Ich muss Donal und Bluebird abholen und sie zum Dunmore Park bringen. Dann flitze ich noch kurz ins *Royal*. Ich will sehen, was Sonny macht.»

«Allmählich müsste es ihm bessergehen.»

«Das hoffe ich auch, aber was wir mit ihm machen, wenn er aus dem Krankenhaus entlassen wird, steht noch in den Sternen. Er kann nicht mehr in seinem Auto wohnen.»

«Vielleicht ist er Maggie so dankbar, weil sie seine Hunde betreut hat, dass er sein Dach instand setzt und ihr einen Heiratsantrag macht ... und sie nimmt an ... und lässt ihn bei sich einziehen, bis sein Haus fertig ist.»

«Ja. Und Councillor Bishop kauft Seamus' Schaukelenten alle auf, und mit dem Holz repariert er Sonnys Dach. Dann stellt sich heraus, dass der Vater von Julie MacAteers unehelichem Baby Sean Connery ist, und der holt sie nach Hollywood und verschafft ihr die weibliche Hauptrolle im nächsten James-Bond-Film» – O'Reilly klopfte den Rest Tabak aus seinem Pfeifenkopf in den Kamin –, «und Reverend Ian Paisley geht als Novize in ein Jesuitenkloster.»

Barry lachte.

«Ich glaube kaum, dass wir beide heute noch die Rätsel des Universums lösen werden.» O'Reilly steckte die Pfeife in seine Jackentasche. «Halte einfach ein Auge auf die Praxis, bis du selbst losmusst.»

«Ich werde mein Bestes tun.»

«Das weiß ich.» O'Reilly schaute Barry in die Augen. «Wie gesagt, ich habe dich beobachtet. Du hast das Zeug zu einem verdammt guten Arzt, mein Sohn.»

«Danke, Fingal.» Barry war bewusst, dass er grinste, aber warum auch nicht? Auf ein Lob von O'Reilly konnte man sich wirklich etwas einbilden. «Ich werde mein Bestes tun.»

«Ach Gott.» O'Reilly schmunzelte. «Du hörst dich an wie ein christlicher Pfadfinder. Also gut, Baden-Powell, du bleibst hier und tust deine gute Tat für heute. Ich bin weg, und ich wünsche dir viel Vergnügen heute Abend. Das hast du dir verdient.»

Barry lehnte sich zurück. O'Reilly hatte recht gehabt. Der Alltag in einer gutbesuchten Landarztpraxis hatte wirklich etwas ausnehmend Befriedigendes, und es war erfreulich, äußerst erfreulich, dass sein Chef seine Arbeit schätzte und ihm so viel zutraute, dass er ihm die Praxis überließ. Trotzdem machte es ihn auch ein wenig nervös, dass er nun allein war. Er stand auf und ging ans Fenster, gerade rechtzeitig, um den schwarzen Rover auf der Belfast Road davonbrausen zu sehen.

Als er kurz darauf die Haustür zufallen hörte, schaute er nach unten. Julie MacAteer ging gerade an den Rosenbüschen vorbei zur Straße. Das arme Mädchen. Es war schrecklich für sie, von einem Dreckskerl geschwängert zu sein, der sich weigerte, die Verantwortung zu übernehmen. Und diese ganze Heimlichtuerei. Warum erzählte sie ihren Ärzten nicht, für wen sie arbeitete? Doch da klingelte es irgendwo in Barrys Hinterkopf. Hatte nicht jemand etwas von einem Hausmädchen erzählt, das gekündigt hatte? Einem Mädchen aus Antrim?

Barry hatte nicht gehört, dass Mrs Kincaid hereingekommen war, und fuhr zusammen, als sie fragte: «Möchten Sie Tee, Doktor Laverty?»

«Ja, bitte.»

«Er hat ein bisschen lange gezogen.» Mrs Kincaid stellte ein Tablett auf die Anrichte. «Ich habe ihn für diese nette kleine MacAteer gemacht, das arme Häschen.»

«Wie geht's ihr denn, Mrs Kincaid?»

«Nach außen hin ist sie ganz tapfer. Sehr verschlossen. Er hat ja gemeint, ich sollte versuchen, etwas von ihr zu erfahren.» Sie reichte Barry eine Tasse. «Milch ist schon drin, so wie Sie's mögen.»

«Danke.» Barry nahm die Tasse entgegen. «Und was haben Sie herausgefunden?»

«Nicht viel. Im Dorf scheint niemand sie zu kennen. Aber sie hat hier irgendwo eine Stelle, vielleicht auch ein bisschen weiter draußen auf dem Land. Ihre Hände sind weich, folglich arbeitet sie nicht bei einem Bauern.»

«Aber was könnte sie dann machen?»

«Vielleicht ist sie im Haushalt angestellt. Lord Ballybucklebo beschäftigt noch einen Wildhüter und ein paar Hausmädchen.»

Da fiel bei Barry der Groschen: Councillor Bishop war es gewesen, der berichtet hatte, seine Frau rege sich schrecklich auf, weil ihr Hausmädchen gekündigt habe.

«Mrs Kincaid?»

«Doktor Laverty, es würde mich sehr freuen, wenn Sie mich auch Kinky nennen würden, so wie Doktor O'Reilly.»

Barry fühlte sich geschmeichelt. «Ja, Kinky, gerne.»

Sie lächelte.

«Kinky, könnte Julie MacAteer vielleicht für die Bishops arbeiten?»

Die schwarzen Äuglein der Haushälterin wurden schmal. «Ja, doch.»

«Können wir das rauskriegen?»

«Am Montag gehe ich wieder zum Landfrauenverein. Mrs Bishop ist auch Mitglied.»

«Könnten Sie Mrs Bishop mal fragen?»

«Das mache ich, ja.»

«Schön. Wie ist Mrs Bishop eigentlich so?»

«Sie ist keine Schönheit, aber eine gute Seele. Was sie eigentlich an ihrem Mann findet, ist mir ein Rätsel. Vermutlich wollte sie nicht als alte Jungfer enden.»

«Da muss sie aber ganz schön arm dran gewesen sein, dass sie Bishop genommen hat.»

Mrs Kincaids voluminöses Kinn wackelte, und sie sagte lachend: «Arm dran? Na, vielleicht, weil sie Torschlusspanik kriegte, aber sie hatte von ihrem Vater geerbt, ein ganz hübsches Sümmchen. Unser kleiner Diktator dagegen hatte keinen Penny in der Tasche, als er sie geheiratet hat.»

«Interessant.» Barry trank seinen Tee aus. Kaum hatte er die Tasse abgesetzt, klingelte es an der Haustür.

«Ich schau mal nach, wer das ist», sagte Mrs Kincaid.

«Schon gut, Kinky, ich gehe selbst.» Vielleicht ist es ja mein erster Patient, dachte Barry, während er einen Blick auf die Uhr warf. «Ich habe noch viel Zeit, bevor ich mich fertig machen muss.»

«Ja», sagte Kinky, als es erneut läutete. «Sie sind genauso wie er, als er hier angefangen hat. Er konnte sich auch immer kaum bremsen, wie ein rettender Engel auf Rollschuhen.»

Als Barry die Wohnstube verließ, sah er Mrs Kincaid lächeln. Sie schaute ihm nach wie eine Mutter, deren Kleiner gerade einen Preis in der Sonntagsschule bekommen hat.

• • •

Die füllige Frau, die vor der Tür stand, kam Barry bekannt vor. Sie trug einen Strohhut und ein Blümchenkleid, dessen Rock an ein kleines Rundzelt erinnerte. Barry fiel auf, dass ihre aufgedunsenen Knöchel über den Rand ihrer weißen Tennisschuhe quollen.

«Doktor Laverty?»

«Ja.»

«Könnte ich ganz kurz mit Ihnen sprechen?»

«Natürlich, Mrs ...»

«Sloan. Cissie Sloan. Ich kriege Aufbauspritzen.» Ihre Stimme klang rau und heiser.

«Treten Sie ein.» Barry trat zur Seite, damit sie sich an ihm vorbei ins Behandlungszimmer schieben konnte. Sie war diejenige, die am ersten Morgen ihr Korsett angehabt hatte, als O'Reilly ihr das Vitamin B12 verabreichen wollte.

«Was kann ich für Sie tun?» Er schloss die Tür und setzte sich auf den Drehsessel.

Cissie Sloan ließ sich mit ihrer ganzen Masse auf dem Patientenstuhl nieder. «Kalt hier drin», sagte sie.

Barry wunderte sich, dass sie fror, denn der Raum war mollig warm.

«Mir ist irgendwie chronisch kalt.»

«Ja? Sind Sie deswegen hier?»

Sie schüttelte den Kopf. «Seit sechs Monaten bin ich jetzt bei Doktor O'Reilly, aber er hilft mir nicht. Ich möchte eine zweite Meinung hören. Er ist weggefahren, oder?»

«Ja.» In Ballybucklebo verbreiteten Neuigkeiten sich offenbar mit Lichtgeschwindigkeit, dachte Barry.

«Donal Donnelly ist ja mein Neffe. Er wollte mit seinem Hund und Doktor O'Reilly nach Belfast, hat er mir erzählt. An Ihrem ersten Tag hier hat Doktor O'Reilly gesagt, Sie wären der jüngste Arzt, der jemals einen Preis für sein Studium bekommen hat.»

«Na ja, ich –»

«Deswegen möchte ich, dass Sie mir sagen, was mit mir nicht stimmt.»

«Ich will's versuchen. Können Sie mir ein paar Hinweise geben?»

Sie schob sich auf der schrägen Sitzfläche hoch, verschränkte die fleischigen Arme und brummte: «Ich dachte, Sie wären hier der Experte. Es ist Ihre Aufgabe, das rauszufinden.»

«Ich weiß, aber ich muss trotzdem Ihre Krankengeschichte aufnehmen und Sie vielleicht untersuchen.»

«Dann fragen Sie.»

Mit großer Geduld und trotz seiner wachsenden Sorge, dass er wegen dieser Konsultation zu spät bei Patricia eintreffen könnte, gelang es Barry, einige Goldkörnchen klinisch relevanter Information aus dem Schlackenberg von Cissies detaillierten Schilderungen herauszufiltern, aus Erinnerungen, die sie mit heiserer, monotoner Stimme langsam von sich gab. «Der erste Tag, an dem es mir nicht gutging, war der Donnerstag. Nein. Nein. Stimmt gar nicht. Es war der Mittwoch, an dem Donals anderer Hund gestorben ist. Der mit dem kurzen Stummelschwänzchen ... Also hab ich zu Aggie gesagt, also zu Aggie Arbuckle, meine ich, hab ich gesagt ... jetzt heißt sie ja Mehaffey. Ist mit Hughie verheiratet, das ist der Cousin zweiten Grades von Maggie MacCorkle ... mütterlicherseits ... Jedenfalls, Doktor O'Reilly hat zu mir gesagt ... Sie wissen ja, wie er ist ... in einem Ton, als würde Jehova Moses die Zehn Gebote verkünden ... er sagt also zu mir: ‹Du bist abgewirtschaftet, Cissie. Du brauchst 'ne Stärkung.› Und jetzt hole ich mir seit sechs Monaten alle sechs Wochen eine Spritze ab, und es geht mir nicht besser –»

«Gut, Mrs Sloan.» Endlich gelang es Barry, ihren Redefluss einzudämmen. «Mal sehen, ob ich das richtig verstanden habe. Sie sind seit sechs Monaten müde, und es wird immer schlimmer?»

«Ja.»

«Sie frieren?»

«Genau.»

«Und haben Muskelkrämpfe?»

«Ganz schlimm. In den Beinen. Und Sie werden es nicht glauben, Doktor, aber ich habe zugenommen.»

«Unmöglich», sagte Barry, während er sich im Stillen dazu gratulierte, dass er es schaffte, seine ernste Miene zu bewahren. «Haben Sie auch Haarausfall gehabt?»

«Woher wissen Sie das?»

Barry ignorierte ihre Frage. «Und Verstopfung?», erkundigte er sich.

«Verstopfung? Ich fühle mich seit Monaten wie eine Henne, die ihr Ei nicht rauskriegt, und ...» – sie senkte die Stimme zu einem Flüstern – «... seit Januar habe ich meine Regel nicht mehr gehabt.»

Barry klopfte sich mit seinem Stift gegen die Zähne, beugte sich vor und musterte ihr Gesicht. Von ihren Augenbrauen war außen etwa ein Drittel ausgefallen. Die Gesichtshaut war gelblich, teigig, und ihre Tränensäcke waren aufgedunsen.

«Ich möchte gerne Ihren Hals untersuchen.» Barry stand auf und stellte sich hinter ihren Stuhl. «Keine Angst, ich will Sie nicht erwürgen», beruhigte er sie, als er die Finger auf ihre Kehle legte. Unter dem Fett konnte er eine feste, gummiartige Masse ertasten. Barry trat zurück. Mrs Sloan hatte recht. Sie war nicht einfach müde, sondern sie zeigte alle klassischen Symptome einer Schilddrüsenunterfunktion. Fingal hatte eine falsche Diagnose gestellt.

«Was meinen Sie, Doktor?»

Barry hüstelte. Er wusste noch nicht, wie er ihr ehrlich antworten konnte, ohne O'Reillys guten Ruf zu schädigen.

«Ich bin mir nicht sicher», erklärte er. «Wir müssen Sie zu einem Test im Krankenhaus anmelden.»

«Im Krankenhaus?»

«Leider ja.»

«Habe ich Krebs?»

Barry zögerte. Auch das war möglich, aber ihre Schilddrüse hatte sich glatt angefühlt, nicht hart und zerklüftet. «Ich glaube nicht.» Er sah, wie seine Patientin sich entspannte. «Vermutlich arbeitet Ihre Schilddrüse zu wenig.»

«Und warum hat O'Reilly diesen Test nicht machen lassen?»

«Äh ... das ist ein neuer Test. Ich habe erst dieses Jahr davon erfahren.» In Wahrheit hatte O'Reilly es wahrscheinlich einfach eilig gehabt und die Symptome übersehen.

«Sehen Sie. Ich wusste doch, dass es richtig war, zu Ihnen zu kommen.»

«Aber wenn der Test positiv ist, was ich vermute, muss Doktor O'Reilly die Behandlung übernehmen und Ihnen die Medikamente verschreiben. Er hat viel mehr Erfahrung als ich.» Nach zwei Wochen, dachte Barry, schon nach zwei

Wochen fing er an, die Wahrheit zu verdrehen, aber er konnte O'Reilly nicht bloßstellen. «Soll ich Ihnen das mit der Schilddrüse und dem Test erklären?»

Mrs Sloan schüttelte den Kopf. «Nein, nein. Ich würde doch kein Wort verstehen. Bringen Sie's einfach in Ordnung. Sie können es mir ja erzählen, wenn Sie die Ergebnisse kriegen.»

«Ich gehe eben telefonieren», erklärte Barry. «Warten Sie hier.»

Das Labor hatte noch geöffnet, als er anrief. Ja, sie konnten einen Radiojodtest machen. Würde er bitte eine Überweisung ausfüllen und sie der Patientin mitgeben? Um zehn Uhr am Montagvormittag war noch ein Termin frei.

«Hier.» Barry reichte Mrs Sloan das ausgefüllte Formblatt. «Montagmorgen um zehn im *Royal Victoria Hospital*. Gehen Sie zur Information, da wird man Ihnen zeigen, wie Sie ins Labor kommen.»

«Danke schön, Herr Doktor Laverty.» Cissie Sloan erhob sich und verließ den Raum.

«Es war mir ein Vergnügen», sagte Barry, und er meinte es ehrlich. Er hatte sich davor gefürchtet, ganz allein in der Praxis zu sein, aber falls bis halb sieben, wenn er losfahren würde, um Patricia abzuholen, nichts Dramatisches mehr passierte, fand er es durchaus in Ordnung, sich ein bisschen auf seine Leistungen einzubilden.

18

… Gott lenkt

❋

Barry warf einen letzten Blick in den Spiegel. Wahrscheinlich wäre diese zweite Rasur heute gar nicht nötig gewesen. Als er das Old Spice auftrug, zuckte er zusammen, weil es brannte. Obwohl er genau wusste, dass es vergebliche Liebesmüh war, bürstete er sich die Haare. Gleich würde seine Locke wieder hochstehen, sodass sein Kopf aussah, als hätte er einen kaputten Hut aufgesetzt, aber wenigstens hatte er es versucht. Er band sich seinen Schlips von der Queen's University mit einem halben Windsorknoten und schaute an sich hinunter. Seine Schuhe waren frisch gewienert, seine Kordhosen gebügelt. Im Stillen bedankte er sich bei Mrs Kinc… nein, bei Kinky.

Er rannte eine Treppe hinunter und in die Wohnstube. Bevor er sein Jackett von der Sessellehne nahm, zog er seine Brieftasche heraus. So wahnsinnig viel zu arbeiten hatte auch sein Gutes: Man hatte kaum Zeit, Geld auszugeben. Er besaß fast fünfunddreißig Pfund. Mehr als genug.

Barry schlüpfte in sein Jackett. «Benimm dich ordentlich, Lady Macbeth.»

Die weiße Katze, die auf der Matte vor dem Kamin lag, öffnete ein Auge.

«Ich bin weg.»

Während er die nächste Treppe hinunterstürmte, fing

das Telefon an zu klingeln. Barry zögerte. O'Reilly hatte gesagt, Kinky solle sich um die Anrufe kümmern.

Er hob den Hörer ab. «Hallo?»

«Ich möchte Doktor O'Reilly sprechen.»

«Tut mir leid, der ist in Belfast.»

«Ist da der junge Laverty?», fragte eine Frauenstimme.

«Doktor Laverty, ja. Mit wem spreche ich denn?» Barry hörte die Unterhaltung am anderen Ende der Leitung. «O'Reilly ist nicht da», sagte die Frau. «Ich will aber, dass O'Reilly selbst kommt.» – «Das geht nicht. Du musst dich mit Laverty zufriedengeben.»

Barry gab ein empörtes Prusten von sich und verdrehte die Augen. Neben ihm stand Kinky, die aus der Küche gekommen war.

«Sind Sie noch dran, Laverty?»

«Ja.»

«Hier ist Mrs Fotheringham. Es ist sehr dringend.»

«Verstehe.»

«Ich möchte, dass Sie sofort kommen. Der Major ist krank geworden. Sehr krank.»

«Und was fehlt ihm Ihrer Ansicht nach?» Barry schaute auf die Uhr. Viertel nach sechs.

«Es ist sein Hals. Er hat furchtbare Schmerzen, die bis in den Hals reinziehen.»

Und mir hängt er zum Hals raus, dachte Barry. «Hat das vielleicht noch Zeit bis morgen früh?»

«Ich möchte, dass er sofort untersucht wird.»

Barry wusste, dass er es nicht vertreten konnte, wegen eines schmerzenden Halses einen Krankenwagen zu bestellen. «Also gut», sagte er, «ich bin gleich bei Ihnen.»

«Machen Sie schnell.» Mrs Fotheringham legte auf.

Barry legte den Hörer auf die Gabel zurück. «Ist schon gut, Kinky. Major Fotheringham hat einen steifen Hals oder so was. Ich schaue noch eben bei ihm vorbei. Ist ja fast auf dem Weg.»

«Rufen Sie Ihr Mädel doch schnell an. Sagen Sie ihr, dass Sie vielleicht später kommen.»

«Das mache ich.» Barry nahm den Hörer wieder ab und wählte. Besetzt, verflixt. «Sie telefoniert offenbar gerade», meinte er. «Ich hole meine Tasche.»

«Fahren Sie einfach los, Herr Doktor, und machen Sie sich keine Sorgen. Ich kümmere mich darum. Welche Nummer hat sie?»

«Kinnegar 65 73 34.» Barry flitzte ins Behandlungszimmer, schnappte sich seine Arzttasche und wollte gerade in Richtung Küche gehen, als er sich eines Besseren besann. Er hatte Brunhilde zwar auf dem Weg hinter dem Haus geparkt, aber er war nicht so blöd, jetzt an Arthur Guinness vorbeizugehen. Also kehrte er um und verließ das Haus durch die Vordertür.

. • .

Der Kies knirschte unter seinen Schuhen, als Barry, nachdem er den Käfer geparkt hatte, mit der Arzttasche in der Hand dem Haus mit der imitierten Kutscherlaterne im Windfang zustrebte. Mrs Fotheringham öffnete ihm. Sie trug braune Schnürschuhe mit niedrigen Absätzen, dicke, lange Strümpfe und ein zweiteiliges Kostüm aus heidekrautfarbenem Tweed. Auf ihrem rechten Jackenaufschlag prangte eine Brosche in Form einer silbernen schottischen Distel, deren Blütenkopf aus einem Amethyst bestand. Ihren Hals schmückte eine einreihige Perlenkette.

«Mrs Fotheringham.»

«Kommen Sie herein, Laverty. Der Major ist im Salon», sagte sie in herablassendem Tonfall.

Barry folgte ihr. Ihre veränderte Haltung amüsierte ihn. Als er sie das letzte Mal gesehen hatte, war sie um O'Reilly herumscharwenzelt, aber ihn selbst behandelte sie jetzt wie einen Dienstboten. Mrs Fotheringham musste eine recht deutliche Vorstellung vom Kastenwesen in Ballybucklebo haben. Jedenfalls war sie wie die Frau eines schottischen Gutsherrn gekleidet, und «Salon» war offenbar einfach ein hochgestochener Ausdruck für das, was normale Menschen als Wohnzimmer bezeichneten.

«Laverty ist da, Liebling», säuselte sie und trat zur Seite, um Barry in das geräumige Zimmer vorangehen zu lassen.

Rechts und links neben dem Kamin standen zwei Sessel mit Schonbezügen, und auf dem Kaminsims tickte eine goldglänzende Uhr. Barry war enttäuscht, dass er keine Topfpalme in der Ecke entdeckte. Die Uhr zeigte fünf nach halb sieben. Er musste sich beeilen.

«Major Fotheringham», sprach er seinen Patienten an, der auf dem Sofa zwischen den beiden Sesseln lag. «Wie geht es Ihnen?»

Der Major hob seine schlaffe linke Hand an den Hals und deutete auf eine Stelle zwischen seinem Unterkiefer und der tadellos gebundenen Krawatte. «Mein Hals», stellte er fest.

«Und was ist mit Ihrem Hals?»

«Er ist furchtbar steif.»

«Seit wann?»

«Seit heute Morgen, deshalb haben wir gedacht, wir bitten Doktor O'Reilly lieber um einen Besuch, bevor es zu spät wird.»

Damit er nicht auf die Idee kommt, nochmal einen Test zu verordnen, der die ganze Nacht dauert, dachte Barry. «Was haben Sie gemacht, als Ihr Hals steif wurde?», erkundigte er sich.

«Er hat gerade Leitern getragen», mischte Mrs Fotheringham sich ein. «Ich habe ihm zwar gesagt, er sollte warten, bis der Gärtner kommt, aber so ist mein Mann eben.» Sie rümpfte die Nase.

«Wahrscheinlich haben Sie sich einfach eine Zerrung geholt.» Barry legte dem Major prüfend den Handrücken auf die Stirn. Ein Grund für einen steifen Hals konnte Meningitis sein, aber in dem Fall hätte der Patient Fieber, und die Stirn des Majors war kühl und trocken. «Würden Sie sich bitte aufsetzen und Ihren Schlips abnehmen?»

Mrs Fotheringham trat hinzu, um ihrem Mann zu helfen, wobei sie Barry den Blick auf die Kaminuhr versperrte. Er griff nach dem Handgelenk seines Patienten. Ihm den Puls zu fühlen konnte nicht schaden, und Barry verschaffte es einen Vorwand, seine Uhr zu befragen. Sechs Uhr siebenunddreißig, und der Puls war normal. «Gut», sagte Barry. «Und jetzt schauen Sie mich bitte an.» Die Pupillen des Majors hatten beide die gleiche Größe, es gab also keine frühen Anzeichen für einen verstärkten Hirndruck. «Zeigen Sie mir mal, wo der Schmerz am größten ist.»

«Es tut weh, wenn ich versuche, das Kinn auf die Brust zu legen. Hauptsächlich links», stöhnte der Major.

Barry tastete die linke Seite seines Halses ab. Er spürte die Anspannung im Sternocleidomastoideus, dem Muskelstrang, der vom Schlüsselbein zum Nacken verlief. Wenn es nicht einfach eine Zerrung war, konnte es sich auch um einen Schiefhals handeln. In diesem Fall war die Verspannung des Muskels häufig eine hysterische Reaktion. Jetzt konnte er die Uhr wieder sehen. Zwanzig vor sieben. «Sie haben einen Schiefhals, Major Fotheringham.»

Barry sah, wie Mrs Fotheringham die Schultern anspannte und die Lippen verzog. «Man bezeichnet diese Erscheinung auch als Caput obstipum oder Torticollis», fügte er rasch hinzu und konnte beobachten, wie die Majorsgattin sich wieder entspannte. Das war interessant. Maureen Galvin hatte die Fremdwörter verwirrend gefunden, aber Mrs Fotheringham konnte er damit offenbar imponieren. Vielleicht klang Torticollis einfach vornehmer als Schiefhals. «Das werden wir gleich haben.» Barry öffnete seine Tasche und entnahm ihr eine Sprühdose mit Äthylchlorid. «Das Zeug hier ist ziemlich kalt.» Er drückte den roten Knopf herunter. Zischend legte sich weißer Dampf auf die Haut des Majors.

«Huuh.» Der Patient zuckte zusammen. Schon hatte sich eine dünne Raureifschicht auf seinem Hals gebildet. «Das ist *sehr* kalt.»

«Ja, leider, aber es sorgt dafür, dass die Muskeln sich wieder entspannen.» Barry steckte die Dose in seinen Arztkoffer zurück. «Wenn es morgen nicht besser ist, oder falls es schlimmer werden sollte, rufen Sie uns an.»

Die Messinguhr schnaufte, klickte, und das Glockenspiel des Big Ben zur Dreiviertelstunde ertönte. *Bim-bam, bim-bam ...*

«Ich muss noch einen weiteren Krankenbesuch machen», sagte Barry. Das stimmte zwar nicht ganz, aber in diesem Fall hielt er eine Notlüge für gerechtfertigt. «Ich finde den Weg nach draußen schon allein.»

Dass Mrs Fotheringham ihn *Doktor* Laverty nannte, als sie sich verabschiedete, entging Barry nicht.

. • .

Nervös trommelte Barry mit den Fingern auf dem Lenkrad herum. Das war das ländliche Ulster zur besten Fußgängerzeit. Schon fast sieben. Jetzt würde er zu spät kommen. Hoffentlich konnte Patricia Verständnis dafür aufbringen, dass ein Arzt nicht immer Herr über seine Zeitplanung war und dass man auf Landstraßen tatsächlich manchmal hinter einem Traktor hängenblieb. Während Brunhilde vorwärtsschlich, dachte Barry über den Besuch bei den Fotheringhams nach. O'Reilly würde mit der Art und Weise, wie er den Major behandelt hatte, einverstanden sein, insbesondere mit der Verwendung des Äthylchlorids. Niemand hatte die geringste Ahnung, warum es krampflösend wirkte, aber es hatte auf jeden Fall Qualitäten, die die Patienten auf ihren Platz verwiesen. Das Einzige, was Barry quälte, war der Gedanke, dass er seine Untersuchung vielleicht ein bisschen voreilig beendet hatte. Er hatte keine vollständige neurologische Untersuchung gemacht, bei der man die Sensibilität der Haut und die Reflexe testete, denn das hätte mindestens eine halbe Stunde gedauert und beinahe mit Sicherheit absolut nichts ergeben. Ein steifer Hals konnte zwar einen ernstzunehmenden Grund haben, aber das war äußerst selten, und auch hier galt, was einer seiner Professoren immer gerne gesagt hatte: «Wenn auf einem Telegraphenmast ein Vogel sitzt, ist es höchstwahrscheinlich ein Spatz und kein Kanarienvogel.»

Und dieser verdammte Trecker da vorne tuckerte mit der Geschwindigkeit einer schwerverletzten Schnecke voran. Auf Barrys Uhr war es jetzt sieben. Verdammter Mist. Er sah, wie der Treckerfahrer den rechten Arm ausstreckte, um anzuzeigen, dass er rechts abbiegen wollte, und bremste. Der Trecker fuhr nach rechts hinüber, doch dann, als hätte er es sich anders überlegt, änderte er seine Richtung um gut hundertzwanzig Grad und rollte quer über die Straße in ein Feld auf der linken Seite. Aber wenigstens hatte Brunhilde jetzt freie Fahrt.

Barry trat aufs Gaspedal. Das Knattern des VW-Motors wurde lauter, dann hörte er ein Spucken, ein Pfeifen – und nichts mehr. Verflucht nochmal. Barry war klar, dass sein gesamtes Wissen über das Innere eines Verbrennungsmotors kaum eine Briefmarke füllte. Als er den Zündschlüssel drehte, wurde er vom mahlenden Leiern des Anlassers belohnt – das allerdings kontinuierlich langsamer wurde, weil die Batterie schlappmachte –, und als er den Schlüssel losließ, störte nur noch der in der Nähe arbeitende Trecker mit seinem Gebrumm die Stille.

Mit zusammengepressten Lippen stieg Barry aus.

Der Trecker, der gerade noch auf das Feld abgebogen war, fuhr wieder auf die Straße. Möglicherweise, dachte Barry, hatte der Fahrer ja ein wenig Erfahrung als Mechaniker. «Hallo!», schrie er. Der Massey-Harris hielt an. «Mein Motor läuft nicht mehr.»

Der Treckerfahrer war ein Mann mittleren Alters mit Aknenarben im Gesicht und einem Haarschopf wie ein zerwühlter Heuhaufen. Er griff sich grüßend an die Schirmmütze, kletterte von seinem Gefährt herunter und überquerte die Straße. Barry erkannte ihn an seinem schwankenden Gang. Er war letzte Woche in die Praxis gekommen, um sich eine Salbe für seine schmerzenden Knie verschreiben zu lassen.

«Tut mir leid, dass ich Sie aufhalte, Mr O'Hara, aber verstehen Sie etwas von Motoren?»

«Ja.»

«Könnten Sie sich meinen hier mal ansehen?»

«Ja.» Der Mann beugte sich in den Wagen hinein, und Barry hörte ein Klicken, als die Arretierung der Haube aufsprang. O'Hara öffnete sie.

Erschrocken fuhr er zurück. «Ach du je.» Seine Augen waren groß, der Mund weit geöffnet. Er drehte sich um und schaute die Landstraße entlang. «Junge, Junge, mein lieber Doktor. Ihr Motor ist rausgefallen.»

Trotz seiner Frustration musste Barry lachen. Freundlich sagte er: «Beim Käfer ist der Motor hinten. Hier.» Er hob die Motorhaube mit den Lüftungsschlitzen an. O'Hara schaute ihm über die Schulter.

«Da haben die Konstrukteure sich aber was einfallen lassen», bemerkte er. «Ich versuche mal eben, ihn anzulassen.» Doch in der Fahrertür blieb er stehen und schaute auf das Armaturenbrett. «Entschuldigen Sie, Herr Doktor, aber würden Sie sich den Tankanzeiger mal anschauen?»

Noch bevor Barry bei ihm war, sprach O'Hara weiter: «Motoren laufen besser, wenn ein bisschen Sprit im Tank ist.»

«Was?»

«Ja. Sie haben ihn leergefahren.»

«Ach, verdammt. Und ich bin sowieso schon spät dran.»

«Ich könnte sie bis zu Paddy Farrellys Werkstatt mitnehmen.»

«Würden Sie das tun?»

«Klar.» Er torkelte zu seinem Trecker zurück, und Barry folgte ihm. Auf seiner Armbanduhr war es zehn nach sieben. Jetzt würde er noch viel später kommen. Er konnte nur hoffen, dass Patricia Verständnis haben würde.

19

Ja, die Liebe hat bunte Flügel …

Acht Uhr dreißig. Auf Barrys Hosen war der Kuhdung vom eisernen Sitz des Traktors angetrocknet, seine Hände stanken nach Benzin, und nur Gott wusste, ob sein Schlips gerade saß. Nachdem er bei Patricia geklingelt hatte, wartete er mit gefalteten Händen. Die Haustür wurde geöffnet.

«Tut mir leid, dass ich so spät komme.»

Patricia lachte. «Ist schon in Ordnung. Eure Mrs Kincaid hat mich angerufen, sie hat gesagt, du müsstest zu einem Notfall und du hättest sie gebeten, mir Bescheid zu sagen.»

Während er im Stillen Kinky segnete, betrachtete Barry Patricia. Heute trug sie ihr Haar offen, und es fiel ihr auf die Schultern, glatt und glänzend wie Rabenschwingen. Sie hatte einen Lippenstift in einem kühlen Rosaton aufgetragen und dazu einen Hauch Lidschatten, der ihre Mandelaugen betonte.

«Zunge verschluckt?»

«Nein. Ich war in Gedanken. Kein Wunder, dass Marcus Antonius sich in Kleopatra verguckt hat. Wenn sie solche Augen hatte wie du.»

«Danke schön, mein Herr», sagte sie unbefangen und

küsste ihn auf den Mund. Es war ein kurzer, geschwisterlicher Kuss, doch Barry schloss die Augen und genoss den Geschmack nach Parfüm. «Du hast also ein Leben gerettet?»

«Ein Leben? Nur *ein* Leben? Ich habe die Pest im Hinterland von Ballybucklebo ausgerottet, habe einen im Sterben liegenden Simulanten wieder zum Leben erweckt, drei Pints von meinem eigenen Blut gespendet –»

«Hör auf!» Patricia lachte. «Ich glaube, du kannst überhaupt nicht ernst sein.»

«Doch, das kann ich.»

«Nein, wirklich», meinte sie, «du kommst sehr spät. Es muss ein schwieriger Fall gewesen sein.»

«Eigentlich nicht. Ein Hypochonder mit einem steifen Hals.» Der verdammte Major Fotheringham, dachte Barry. «Ich habe nicht lange gebraucht, um ihn zu verarzten.»

«Aber was hat dich dann so lange aufgehalten?»

«Ich hatte kein Benzin mehr.»

«Nicht wahr.»

«Doch. Ich musste einen Bauern bitten, mich auf dem Trecker mitzunehmen. Deswegen …» Barry deutete auf seine schmutzige Hose. «Komm, wir sollten uns beeilen. Im Club haben sie nur bis neun Uhr warme Küche.»

«Nicht nötig. Ich habe in Bangor angerufen und den Tisch abbestellt. Hab uns stattdessen hier einen Happen gemacht.» Sie nahm Barry an der Hand und zog ihn in den Flur.

Was für eine Frau. Schön, beherrscht und durchaus in der Lage, sich veränderten Gegebenheiten anzupassen. Nicht wie seine Vorige, dachte Barry, die immer einen Anfall gekriegt hatte, wenn er auf der Station aufgehalten worden war und ihre Pläne durchkreuzt hatte.

«Macht dir das wirklich nichts aus?»

«Ich koche gerne. Und es ist ja nicht deine Schuld, dass du deine Arbeit machen musstest. Die Arbeit ist ein ganz wichtiger Teil des Lebens.» Sie führte Barry in ein kleines Zimmer. «Aber dass jemand auf dem Weg zu einer Verabredung seinen Tank leerfährt, höre ich zum ersten Mal.»

«Ich weiß. Normalerweise richte ich es so ein, dass es auf dem Nachhauseweg passiert. Auf einer dunklen, wenig befahrenen Nebenstraße.»

«Na, das wirst du heute Abend also nicht ausprobieren können.»

«Ich? Ausprobieren? Niemals.» Barry griff nach Patricia, aber sie wich ihm aus. Er verfolgte sie nicht, denn er wusste, dass er alle Zeit der Welt hatte. Neugierig schaute er sich im Zimmer um.

Auf provisorischen Regalen aus Brettern und Ziegelsteinen standen Rücken an Rücken ihre Bücher. Viele waren Lehrbücher für angehende Ingenieure, aber er entdeckte auch Werke von Steinbeck, Tolkien und – was für ein komischer Titel – ein Buch namens *Der Weiblichkeitswahn* von einer Betty Friedan. Er überlegte, ob es vielleicht etwas Ähnliches war wie dieses äußerst seltsame *Das andere Geschlecht* von der Französin Simone de Beauvoir. Er hatte versucht, es zu lesen, aber er war nicht recht durchgestiegen. An einem Fenster mit Blick über die Bucht von Belfast war ein Tisch für zwei gedeckt.

«Eine schöne Wohnung hast du hier.»

«Danke.»

Patricia legte eine Platte auf. Ein Sopran sang, auf Italienisch, wie Barry vermutete. Die Töne schwollen an und verklangen wieder, die Melodie stieg und fiel in einer Weise, die tief in seinem Innern etwas berührte.

«Was ist das? Es ist wunderschön.» Genauso schön wie du, hätte er fast gesagt. Patricia stand vor ihm, von hinten beleuchtet durch den hellen Widerschein, der vom ruhigen Wasserspiegel der Bucht abstrahlte. Ihre weiße Seidenbluse betonte dezent ihre dunklen Augen und ihr schwarzes Haar, so wie die Fassung eines Brillanten den Stein verschönert.

«Mozart», sagte sie. «Das ist die Arie *Voi che sapete* aus der *Hochzeit des Figaro*. Gefällt sie dir?»

«Bin ganz bezaubert.»

«Ich hoffe, du magst Lasagne», sagte Patricia.

«Ich hab mal einen gehabt ... aber die Räder sind abgefallen.»

«Wie bitte?»

Barry lachte. «Nie gehört.»

«Dummkopf.» Auch Patricia musste lachen. «Das ist ein italienisches Gericht.»

«Ach so.»

«Ja. Italienische Musik, italienisches Essen, italienischer Wein.» Sie reichte ihm einen Korkenzieher und deutete auf den Tisch. «Valpolicella. Machst du die Flasche auf, bitte?»

«Jetzt brauchen wir nur noch ein paar Mandolinenspieler, die auf und ab schlendern, dann haben wir hier *la bella notte*.» Barry wusste, dass sein italienischer Akzent gut war. Schließlich war er lange genug mit Jack Mills, dem hervorragenden Imitator, befreundet.

«Du sprichst Italienisch?»

«Überhaupt nicht, aber ich habe *Susi und Strolch* gesehen.»

«Blödmann.» Patricias Haar schwang weich mit, als sie den Kopf schüttelte, und ihr Lachen, das tiefer war als die Töne der Sopranistin, erfüllte den kleinen Raum. «Ich hab mal gelesen, dass Frauen sich vor Männern in Acht nehmen sollen, die sie zum Lachen bringen. Ich werde ein Auge auf dich haben müssen, Barry Laverty.»

Und ich werde dich nicht aus den Augen lassen, Patricia,

dachte er, während er ihren runden Busen und ihre schlanke Taille betrachtete und darüber ihr Humpeln vergaß – ja, es überhaupt nicht bemerkte, als sie nun, immer noch lachend, durch eine Tür verschwand, die vermutlich in ihre Küche führte.

. • .

«Das war großartig», erklärte Barry, während er Messer und Gabel auf den mit Tomatensoße verschmierten Teller legte. Er trank einen Schluck von dem dunkelroten Wein, der nach toskanischer Sonne schmeckte. «Einfach köstlich.»

«Freut mich, dass es dir geschmeckt hat.» Patricia räumte die Teller ab. «Bin gleich wieder da. Bleib sitzen. Ich weiche sie nur eben im Spülbecken ein.»

Barry, der sich nach der Lasagne und zwei – er schaute in sein Glas –, nein, fast drei Gläsern Wein wohlig satt fühlte, streckte die Beine aus. Dieser Abend hätte zwar katastrophal ausgehen können, aber in seinem privaten Universum schien sich alles ganz so zu entwickeln, wie es sollte. Nur ab und zu meldete sich leise die Sorge, dass er sich für die Untersuchung von Major Fotheringham vielleicht mehr Zeit hätte nehmen sollen. Was würde Fingal sagen? «Was passiert ist, ist passiert.» Als Patricia wiederkam und sich über den Plattenspieler beugte, verdrängte Barry alle Gedanken an seinen Patienten.

«Das hier ist mein Lieblingsstück», sagte sie. «Hör es dir mal an.»

Es war ein Duett. Zwei Sopranistinnen sangen mit Stimmen wie aus flüssigem Silber und geschmolzenem Gold, die mal zusammen dahinströmten, sich dann wieder trennten, aber dabei immer im Einklang waren.

«Das ist aus der Oper *Lakmé* von Leo Délibes, das Blumenduett: *Viens, Mallika.*»

Mit geschlossenen Augen wiegte Patricia sich zu der Musik. Barry stand auf und trat hinter sie. Als er ihr die Hände auf die Hüften legte, lehnte sie sich gegen ihn, bis ihr Kopf an seiner Brust lag. Behutsam hob er das Haar von ihrem Nacken und küsste sie dort, wo nur feinster Flaum wuchs. Er drehte sie zu sich um, hörte, wie ihr Atem schneller ging, zog sie an sich, spürte ihre Weichheit. Dann küsste er sie langsam, lange und fühlte, wie sie mit den Zähnen an seiner Unterlippe knabberte. Während die Musik sie sanft umfing und das Abendlicht die Wände des Zimmers in zart hingetüpfelte Aquarellfarben tauchte, hielt er Patricia in den Armen.

Barrys Hand fand ihre Brust, fest unter dem Seidenstoff, und sie stöhnte. Ihr Atem war warm wie frische Buttermilch, süß wie frischgemähter Klee. Doch als Barry am obersten Knopf ihrer Bluse herumfingerte, spürte er Patricias Hand auf seinem Handgelenk. Sie wich zurück.

«Noch nicht, Barry. Bitte.»

«Patricia –»

«Noch nicht. Mach es nicht kaputt.» Ihre Stimme war leise.

Barry schluckte. Schwer. Ihre Augen waren groß, weich wie Samt schimmerten sie durch einen feinen, glänzenden Feuchtigkeitsfilm hindurch.

«In Ordnung.» Hatte er sie erschreckt? War er zu schnell gewesen? Würde sie – nein, bitte nicht –, würde sie ihn wegschicken?

«Es tut mir leid, Barry. Ich möchte gerne, aber ...»

«Psst.» Beruhigend streichelte er ihr Haar.

«Aber jetzt noch nicht. Nicht heute Abend.»

«Das verstehe ich.» Überhaupt nichts verstand er. Auch

wenn er nicht sehr viel Erfahrung mit Frauen hatte, hatte er gewusst – er hatte einfach gewusst, dass sie ihn genauso sehr wollte wie er sie. «Ist schon gut.»

«Danke.» Patricia nahm seine Hand und führte ihn zu ihrem kleinen Sofa. «Setzt du dich neben mich? Sei mir nicht böse.»

«Ich bin dir nicht böse.» Er setzte sich.

«Barry.» Sie zögerte. «Barry, ich glaube, ich könnte mich in dich verlieben. Aber ich weiß nicht, ob ich schon so weit bin.»

«Warum nicht?»

«Ich möchte Ingenieurin werden.»

«Das weiß ich.»

«Ich habe keine Zeit, mich zu verlieben.»

«Ich wohl.» An ihrem angespannten Unterkiefer konnte Barry erkennen, dass eine Diskussion zwecklos war. Sein rasender Puls, die Feuchtigkeit auf seinen Handflächen, seine Gedanken, die wie ein ruderloses Segelboot im Sturm dahinschossen, all das sagte ihm, dass er sich bereits verliebt hatte, dass er bis über beide Ohren verliebt war.

Während die letzten traurigen Töne des Blumenduetts im schwindenden Abendlicht verklangen, saß er neben ihr, hielt ihre Hand und fand keine Worte.

«Nein, das verstehst du nicht», widersprach Patricia. «Es geht nicht um Sex. Es geht um mich. Ich will in einer Männerwelt einen Männerberuf ausüben, deswegen muss ich doppelt so hart arbeiten. Du weißt doch, wie viel Anstrengung dich das Medizinstudium gekostet hat.»

«Ich habe die Prüfer bestochen.» Wie so oft nahm Barry Zuflucht zu Witzeleien. War da ein Lächeln auf ihrem Gesicht zu erahnen?

Doch sie schüttelte den Kopf. «Nein, dazu war harte Arbeit nötig, du musstest dich der Sache ganz und gar widmen.» Wie ein Scherenschnitt zeichnete sich ihr Gesicht vor dem letzten Abendschein ab.

«Aber Zeit für ein bisschen Vergnügen hatte ich trotzdem.»

«Ich habe heute Abend ein Seminar geschwänzt, weil ich dich sehen wollte, und du hast selbst gesagt, dass dein Studium dich ganz schön in Anspruch genommen hat.» Ihre Brust hob und senkte sich.

«Für eine Freundin habe ich aber Zeit gehabt.»

«Ich nicht … für einen Freund, meine ich. Jedenfalls nicht für etwas Ernsthaftes. Ich will es nicht riskieren, hinterherzuhinken – im Studium, meine ich.» Sie stand auf und verschränkte die Arme. Barry hätte gern ihre Augen gesehen, aber inzwischen war es im Zimmer zu dunkel.

«Dann gehe ich jetzt lieber.» Seine Worte klangen härter, als er es beabsichtigt hatte.

«Bitte … bitte, sei nicht böse. Ich mag dich sehr gern, aber ich will nicht, dass du oder irgendwer sonst –»

«Ich verstehe.» Barry stand auf. «Hast du mal dieses Lied gehört? ‹Tanz, Ballerina, tanz und schau nicht in die zweite Reihe auf den leeren Platz.›»

«Was willst du damit sagen?» Ihre Stimme war ein klein wenig scharf geworden.

«Die Tänzerin hat den Mann, den sie liebte, um ihrer Karriere willen aufgegeben. Später hat sie es bereut.»

«Und du glaubst, ich würde es auch bereuen?» Patricia trat einen Schritt zurück.

«Ganz ehrlich, Patricia, ich weiß es nicht … aber ich fände es sehr schade.» Ich fände es furchtbar schade, dachte Barry, ich würde es betrauern wie einen Tod, wie einen bitteren, unerträglichen Verlust.

«Es tut mir leid.»

«Mir auch.» Er wartete darauf, dass sie noch etwas sagte,

irgendetwas, aber sie hatte sich halb abgewandt und starrte in die dunkle Nacht hinaus.

«Also gut.» Barry ging zur Tür. «Danke für das leckere Essen.» Seine Worte klangen höflich, kalt.

«Barry, ich …»

«Ja?»

«Ich möchte dich trotzdem wiedersehen.» Sie näherte sich ihm wieder, und er nahm ihren Duft wahr.

Um mir zu sagen, dass dein Beruf wichtiger ist? Um Hoffnungen zu wecken und sie wieder zu zerschlagen? Barry erinnerte sich an den Rat seines Chirurgieprofessors: «Wenn du versuchst, Krebs zu behandeln, musst du ihn früh erkennen und dann weiträumig und tief wegschneiden. Alles muss raus.» Es war besser, diesen Ratschlag zu befolgen. Und trotzdem … «Ich werde in den nächsten paar Wochen nicht mehr freihaben», sagte er.

«Rufst du mich an?»

Barry zögerte. Nein. Es hatte keinen Sinn, den Hoffnungen neue Nahrung zu geben.

«Bitte.» Patricia kam noch näher, aber er streckte nur die Hand aus. Als sie seine Hand ignorierte und ihn küsste, nahm er sie in die Arme.

«Ich rufe an», sagte er schließlich und schluckte. Ich bin dumm, dachte er. Aber es würde niemals eine andere Patricia geben. Für ihn nicht. Auch das hatte er von seinem Professor gelernt: «Solange es Hoffnung gibt, und wenn es auch nur ein kleines Fünkchen ist, dürfen Sie den Kampf nicht aufgeben.»

«Danke», sagte Patricia leise. «Bitte versuche, mich zu verstehen.»

«Gute Nacht», murmelte Barry und zog die Tür hinter sich zu.

20

Pech auf der ganzen Linie

«Du machst ein Gesicht wie ein Spaten aus Lurgan», sagte O'Reilly, womit er auf ein Arbeitsgerät zum Torfstechen anspielte, das ein besonders langes Blatt hatte und für das Städtchen Lurgan im County Armagh typisch war. «Schlecht geschlafen?»

«Eigentlich nicht.» Barry schlürfte seinen Tee und schaute durch die mit Kittresten verschmierte neue Scheibe, die Seamus Galvin in das Fenster im Esszimmer eingesetzt hatte. Doch, er hatte eine schlechte Nacht hinter sich. Mit Patricia war es überhaupt nicht so gelaufen, wie er es sich erhofft hatte, deswegen war sein Schlaf unruhig gewesen, aber er sah keinen Grund, sich O'Reilly anzuvertrauen.

«Kinky hat gesagt, du hättest ordentlich zu tun gehabt.»

«Cissie Sloan war hier.» Barry zögerte. Er hatte keine Lust auf eine Diskussion, falls sein Chef mit dem, was er unternommen hatte, nicht einverstanden war.

«Und?»

«Ich glaube, in ihrem Fall hast du dich geirrt.» Prüfend betrachtete er O'Reillys Gesicht. Gestandene Ärzte konnten sehr unangenehm werden, wenn sie das Gefühl hatten, dass ihre Kompetenz in Frage gestellt wurde.

«Tatsächlich?»

«Ich bin mir sicher, dass sie eine Hypothyreose hat.»

«Wie kommst du darauf?»

«Also ...» Barry zählte schnell ihre Symptome auf.

«Da könntest du allerdings recht haben.» O'Reilly ging zur Anrichte hinüber und nahm sich einen zweiten Kipper. «Gut gemacht.»

Ermutigt fuhr Barry fort: «Ich habe sie zum Radiojodtest geschickt. Montag hat sie den Termin.»

«Das wird ja immer besser.» O'Reilly ließ sich den von Butter triefenden geräucherten Salzhering schmecken. «Wenn du da wirklich richtigliegst, wird das deinem Ruf gehörig auf die Beine helfen.»

«Und deinem?»

«Ich bin groß und hässlich genug, um selbst auf mich aufzupassen», knurrte O'Reilly.

Und großzügig noch dazu, dachte Barry. «Ich könnte auch noch einen Kipper vertragen», sagte er und stand auf. Gewiss, er war zwar über Patricias Haltung enttäuscht, aber wenn er ihr Zeit ließ, war vielleicht noch nicht alles verloren. Und bis das geklärt war, wollte er sich damit entschädigen, dass er hier nach besten Kräften seine Arbeit tat.

«Kinky hat erzählt, dass du Major Fotheringham einen Besuch abgestattet hast.»

Barry verdrehte die Augen. «Wieder falscher Alarm. Schiefhals. Ich habe ihm eine Portion Äthylchlorid verpasst und gesagt, er sollte uns anrufen, wenn es nicht besser wird.»

«Herrgott nochmal.» O'Reilly wischte sich den Mund mit seiner Serviette ab. «Eines Tages fehlt dem Mann wirklich was, und wir übersehen es. Dann hat er uns nicht grundlos geholt. Aber seit ich ihn kenne, macht er ein Geschrei, als hätten Akela, Mowgli und die ganze verdammte Bande ihn angegriffen.»

«Kipling», sagte Barry und kehrte an den Tisch zurück.

«*Das Dschungelbuch.*» O'Reilly lachte. «Ich mag die Wölfe so gern. *Canis lupus*, um den lateinischen Namen zu nennen.»

«Ich weiß. Einen ihrer Nachkommen, *Canis familiaris*, hast du hinten im Garten.» Und für meinen Geschmack ein bisschen zu familiär, dachte Barry im Stillen.

«Der gute alte Arthur», meinte O'Reilly liebevoll. «Und gestern hatte ich eine Menge Spaß mit einem anderen Hundetier.»

«Mit Donals Bluebird?»

«So eine goldige Hündin. Sie hat sich selbst übertroffen.»

«Aha?»

«Im dritten Rennen hat sie mit zwanzig zu eins gewonnen.»

Barrys Hand, die gerade die Gabel zum Mund führen wollte, erstarrte. «Und du hattest auf sie gesetzt?»

«Hättest du das etwa nicht gemacht, wenn du einen Insider-Tipp erhalten hättest?»

Barry schob sich den Bissen Kipper in den Mund, genoss den salzigen Geschmack, schluckte und fragte: «Darum ging es bei eurem Gerede von mit Wasser laufen und trocken laufen?»

«Genau.»

«Fingal, würde es dir etwas ausmachen, mir das zu erklären?»

«Wie ein Greyhound-Rennen abläuft?»

«Nein. Einsteins Relativitätstheorie.»

O'Reilly lachte. «Ach, eigentlich sind Greyhounds und die Relativitätstheorie ziemlich ein und dasselbe.»

«Da kann ich dir nicht mehr folgen.»

«Hör zu. Bei so einem Rennen jagt eine Hundemeute auf einer Ovalbahn hinter einem elektrischen Hasen her.

Ihre relative Geschwindigkeit bestimmt, welcher Hund gewinnt. Und nach ein paar Rennen rechnen die Buchmacher für jeden Hund die relative Wahrscheinlichkeit aus, mit der er gewinnt, und auf der Basis bieten sie dann den Wettkurs an.»

«Weiter.»

«Wenn irgendwo Geld im Spiel ist, versuchen die Leute natürlich immer, das System auszutricksen. Manche Hundebesitzer sind sich nicht zu schade dazu, ihren Lieblingen ein bisschen auf die Sprünge zu helfen.»

«Wie denn?»

«Mit Stimulanzien. Deswegen werden alle Hunde, die sich platziert haben, unmittelbar nach dem Rennen kontrolliert.» O'Reilly legte einen dicken Zeigefinger an seine schiefe Nase. «Aber bei den Tieren, die verlieren, wird kein Test gemacht.»

«Warum auch.»

«Was glaubst du, wie der Wettkurs bei einem Hund steht, der in einem halben Dutzend Rennen als Letzter durchs Ziel gelaufen ist?»

«Relativ hoch.»

«Relativ. Siehst du, allmählich begreifst du, wie der Hase läuft.»

«Überhaupt nicht.»

«Wasser», sagte O'Reilly verschwörerisch.

«Wasser?»

«Als Donal mir erzählt hat, dass seine Hündin mit Wasser gelaufen ist, hat er gemeint, dass er sie bei den letzten Rennen immer bis kurz vor dem Rennen hat dursten lassen. Direkt vor dem Start durfte sie dann so viel trinken, wie sie wollte. Aber kein Hund kann laufen, wenn er den Bauch voll Wasser hat.»

«Also sind ihre Wettchancen gesunken.»

«Genau», sagte O'Reilly. «Du bist doch nicht so begriffsstutzig, wie du aussiehst.»

«Und als Donal gesagt hat, dass der Hund gestern Abend trocken laufen sollte ...»

«Richtig. Kein Wasser. Kein Handicap. Toller Wettkurs und im Bluttest überhaupt nichts nachzuweisen.»

«Aber ist das nicht unehrlich?»

«Ja, absolut und ganz und gar, aber auf diese Weise bleiben die Buchmacher bescheiden, und im Laufe der Jahre haben sie genug von meinem schwerverdienten Geld gekriegt.»

«Du riskierst gerne hin und wieder ein paar Scheinchen?»

«Ich wette nur auf Hunde und auf Pferde. Ein Mann muss schließlich auch seine kleinen Laster haben.»

«Wie viel?»

«Zwanzig Pfund.»

Barry stieß einen Pfiff aus. Das ist fast so viel, wie ich in einer Woche verdiene, dachte er. Dann rechnete er. «Aber das heißt ja, dass du vierhundert Pfund gewonnen hast.»

«Stimmt.» O'Reilly schmunzelte. «Aber das Geld ist für einen guten Zweck.»

Nämlich für den Fingal-Flahertie-O'Reilly-Hilfsfonds, dachte Barry.

«Donal hat auch ein hübsches Sümmchen kassiert», meinte O'Reilly. «Insgesamt war es ein sehr zufriedenstellender Abend.»

«Und die Krönung des Ganzen ist vermutlich, dass es Sonny bessergeht und dass dein Freund Seamus Galvins Schaukelenten kauft. Du hattest doch gesagt, du wolltest Sonny besuchen.»

«Hab ich auch gemacht. Er kriegt keinen Sauerstoff mehr, seine Temperatur ist wieder normal, und er hat eine

Heidenangst um seine Hunde. Aber immerhin war er so liebenswürdig zu sagen, dass er Maggie besuchen will, sobald sie ihn wieder rauslassen, um sich bei ihr fürs Aufpassen zu bedanken.»

«Schön. Alte Liebe rostet ja angeblich nicht.» In Barrys Worten schwang nur ein Hauch von Bitterkeit mit.

«Mmmm.» O'Reilly schaute aus dem Fenster. «Leider will mein Geschäftsfreund Galvins Enten nicht haben. Wahrscheinlich lacht er immer noch über das Angebot. Eigentlich kann ich ihm das auch nicht verübeln.»

Barrys Gedanken waren zu Patricia abgeschweift. «Wie bitte?» Er wunderte sich, dass O'Reilly strahlte.

«Aber ich bin sicher, dass sich für Seamus etwas ergeben wird.» O'Reilly zwinkerte ihm zu, und Barry bemühte sich zu erraten, was er wohl meinte. Er war der Sache noch kein bisschen näher gekommen, als O'Reilly weitersprach. «Ich habe auch noch in anderer Hinsicht Glück gehabt. Und Seine Lordschaft auch, was dich freuen wird.»

«Mich? Wieso?»

«Der alte Knabe geht auch gern mal zum Hunderennen oder zum Pferderennen. Ich habe ihm den Tipp mit Bluebird gegeben, und als er seinen Gewinn abgeholt hat, habe ich ihn gefragt, ob du hin und wieder mal in seinem Flüsschen angeln dürftest. ‹Jederzeit›, hat er gesagt.»

«Danke schön, Fingal.»

«Vermutlich wird es dich schon bald da hinziehen.»

«Warum sagst du das?»

O'Reilly schob seinen Teller fort. «Junge Männer, die eine Verabredung mit einer schönen jungen Frau hatten, strahlen normalerweise am nächsten Morgen ein bisschen. Davon ist bei dir aber heute Morgen nichts zu sehen. Und glückliche junge Kerle freuen sich auch normalerweise, wenn bei anderen der Himmel voller Geigen hängt.»

Barry bereute, dass er sich so missmutig zu Sonny und Maggie geäußert hatte.

«Ich vermute mal, dass du dich mit Patricia nicht verstanden hast.»

Barry wollte seinen Chef gerade bitten, sich um seinen eigenen Kram zu kümmern, doch als er ihn anschaute, sah er nichts als Mitgefühl in den braunen Augen. «Das könnte man so sagen», murmelte Barry leise.

«Habe ich gerade getan. Du wirst drüber wegkommen. Aber das braucht Zeit. Ich kann ein Lied davon singen.»

Das weiß ich, dachte Barry, erinnerte sich aber an Kinkys Ermahnung, O'Reillys Privatsphäre zu respektieren. Er seufzte, und während er noch überlegte, wie er antworten könnte, klingelte im Flur das Telefon.

«Wenn es ein Patient ist, gehe ich dran, Barry.»

«Danke, Fingal, ich –»

Mrs Kincaid kam ins Zimmer gestürzt. «Mrs Fotheringham ist am Apparat. Sie sagt, Sie müssen sofort kommen. Ihr Mann ist bewusstlos.»

Barry warf O'Reilly, der schon unterwegs zur Tür war, einen Blick zu. «Warte auf mich, Fingal.»

«Haustür», rief O'Reilly nur. «Ich habe den Wagen gestern Nacht an der Straße stehen lassen.»

. • .

O'Reilly jagte den Rover die schmale Straße entlang. Barry versuchte, seine Fragen zu beantworten und gleichzeitig die Straße im Auge zu behalten. Als der Wagen aus einer Kurve herausschoss und ein Stück gerade Strecke vor ihnen lag, bemerkte er in der Ferne einen Radfahrer.

«Was genau hast du festgestellt, als du ihn untersucht hast?» O'Reilly packte mit beiden Fäusten das Lenkrad.

«Nicht viel. Leichte Verkrampfung links in der Nackenmuskulatur. Die Pupillen waren gleich groß, weder vergrößert noch verkleinert.»

«Und seine Reflexe?»

Barry war kurzzeitig abgelenkt. Als der Wagen ein paar Meter vor dem Radfahrer war – Barry erkannte Donal Donnellys rotblondes Haar –, riss dieser den Mund zu einem unhörbaren Schrei auf und schmiss sich samt seinem rostigen Drahtesel in den Straßengraben.

«Fingal, beinahe hättest du Donal Donnelly angefahren.»

«Beinahe zählt nicht. Was war mit Fotheringhams Reflexen?»

«Ich ... ich habe sie nicht geprüft.» Barry räusperte sich. «Ich habe gedacht, Fotheringham würde sein übliches Spielchen spielen.»

«Wäre mir wahrscheinlich genauso gegangen.»

«Glaubst du?»

«Vermutlich ja.» O'Reilly trat so heftig auf die Bremse, dass Barry nach vorn flog. «Raus. Tor aufmachen.»

Barry gehorchte, wartete, bis der Wagen durchgefahren war, und rannte dann den inzwischen vertrauten Kiesweg entlang, vorbei am geparkten Rover, dessen Fahrertür noch weit offen stand, und ins Haus hinein. Er sah O'Reilly gerade noch oben im Schlafzimmer verschwinden und jagte die Treppe hinauf. Keuchend kam er oben an.

Mrs Fotheringham stand am Fußende des Bettes. O'Reilly saß schon auf dem Bettrand, fühlte dem offensichtlich bewusstlosen Major Fotheringham den Puls und bombardierte seine Frau mit Fragen.

«Doktor Laverty ist also hergekommen, hat Ihren Mann untersucht und seinen Hals besprüht, und daraufhin hat der Schmerz nachgelassen?»

«Das stimmt.»

«Er hat auch gesagt, Sie sollten anrufen, falls es schlimmer würde?»

«Ja. Basil hat gemeint, das Spray würde helfen, aber er fühlte sich so merkwürdig im Kopf, deshalb wollte er ins Bett gehen. Als ich aufgestanden bin, um Frühstück zu machen, schlief er noch. Ich wollte es ihm gerade hochbringen, da hörte ich ihn rufen.» Sie umklammerte die rechte Faust mit der linken Hand. Tränen liefen ihr über die Wangen.

«Wann hat er sich übergeben?»

Barry hatte den säuerlichen Geruch bereits wahrgenommen, und nun sah er die halbverdauten Möhrenstücke, die wie kleine Inseln in einem gelblichen See neben Major Fotheringhams Kopf auf dem Kissen schwammen. Steifer Hals, Kopfschmerzen, Erbrechen, Koma. Allmächtiger Gott, das durfte nicht wahr sein.

«Tut mir leid, dass ich keine Zeit mehr hatte, es wegzumachen.»

«Kein Problem», knurrte O'Reilly. «Wann ist es passiert?»

«Ich bin hochgekommen, und er hat gesagt, ihm wäre, als hätte ihm jemand auf den Kopf gehauen.» Sie zog die Nase hoch. «Da habe ich gesagt, er sollte sich nicht anstellen. Ach, hätte ich das bloß nicht getan.»

Barry sah die Zeilen in seinem Lehrbuch vor sich, die er für die Abschlussprüfung auswendig gelernt hatte, Wort für Wort: «... und die Kopfschmerzen können so plötzlich auftreten, dass es dem Patienten vorkommen kann, als hätte er einen Schlag bekommen.» Herrgott.

«Weiter.» O'Reilly zog eine Diagnostikleuchte aus seiner Tasche und beugte sich über den Patienten, um seine Augen zu untersuchen. Barry war sich schon ganz sicher, dass eine Pupille stark geweitet sein und nicht reagieren würde, wenn O'Reilly den Lichtstrahl unter das Augenlid lenkte. Trotzdem hielt er den Atem an.

«Dann hat er sich übergeben. Hat sich an den Kopf gegriffen und …» Sie wurde von Schluchzen geschüttelt.

«Rechte Pupille starr», sagte O'Reilly.

Barry atmete aus. Seinetwegen brauchte O'Reilly nicht mehr zu demonstrieren, dass im linken Arm und im linken Bein des Patienten keine Muskelreflexe mehr auftraten oder dass sich der große Zeh, wenn man mit einem Schlüssel über die Fußsohle kratzte, nach oben krümmte statt, wie es normal gewesen wäre, nach unten – das sogenannte Babinskizeichen. Major Fotheringham hatte eine intrakranielle Blutung erlitten, und sein steifer Hals gestern Abend war das erste Symptom dafür gewesen.

O'Reilly stand auf, nahm Mrs Fotheringham am Arm und führte sie zu einem Sessel mit Samtbezug und Knöpfen auf der gesteppten Rückenlehne. «Setzen Sie sich.»

Sie gehorchte und schaute schweigend zu O'Reilly hinauf.

«Ich fürchte, Ihr Mann hat eine Art Schlaganfall gehabt.»

Mrs Fotheringham verschränkte die Arme vor dem Bauch und wiegte sich vor und zurück, während sie ununterbrochen leise Klagelaute von sich gab.

Und wenn ich es nicht so eilig gehabt hätte und mir nicht dauernd dazu gratuliert hätte, dass ich meinen Chef in Cissie Sloans Fall bei einer Fehldiagnose ertappt hatte … Barrys Gedankengang wurde unterbrochen. «Schade, dass Doktor Laverty die Diagnose gestern Abend noch nicht gestellt hat», sagte O'Reilly gerade.

Barry erstarrte. Er konnte nicht glauben, dass O'Reilly versuchte, sich die Hände in Unschuld zu waschen.

«Ich bezweifle allerdings, dass das überhaupt irgendjemand gekonnt hätte.» O'Reilly sah Barry an und nickte ihm fast unmerklich zu.

«Ich weiß. Er war sehr nett.» Mrs Fotheringham rang sich ein winziges Lächeln ab.

Obwohl Barry O'Reillys unausgesprochene Beruhigung halb akzeptierte, schrumpfte er innerlich. «Nett» reichte nicht. Was O'Reilly gesagt hatte – und Barry war ihm zutiefst dankbar für seine Unterstützung –, hätte gestimmt, wenn er den Major gestern Abend gründlich untersucht hätte, wenn er seine Reflexe geprüft und sie für normal befunden hätte. Das jedoch war nicht geschehen

«Gut», sagte O'Reilly, «er muss ins *Royal*.»

«Wird er sterben?», flüsterte Mrs Fotheringham.

O'Reilly nickte. «Ich will Ihnen nichts vormachen. Ja, das ist möglich.»

Barry hatte die Statistik nur allzu deutlich vor Augen. Mindestens die Hälfte der Patienten, die sich in Fotheringhams Verfassung befanden, erholten sich nicht mehr davon.

Mrs Fotheringham schrie auf, presste sich aber sofort eine Faust in den Mund.

«Es kann auch sein, dass er überlebt, aber gelähmt bleibt.»

«Mein Gott.»

«Aber die Ursache werden wir erst erfahren, wenn die Spezialisten eine sogenannte Lumbalpunktion vorgenommen und vielleicht spezielle Röntgenaufnahmen gemacht haben.»

Vielleicht ist es einfach ein blutendes Aneurysma, dachte Barry, und schon sprach O'Reilly seinen Gedanken aus: «Wenn es einfach ein Riss in einem dünnwandigen Blutgefäß ist, lässt sich das normalerweise operieren. Manche Patienten werden wieder ganz gesund.»

«Wirklich?» Barry sah an Mrs Fotheringhams Augen, wie sie Hoffnung schöpfte.

«Ja. Aber ich will nichts versprechen.»

Ihre Augen trübten sich wieder. Nachdem sie einmal tief Luft geholt hatte, stand sie auf. «Vielen Dank, Doktor O'Reilly, dass Sie mir die Wahrheit gesagt haben.»

«Doktor Laverty, könnten Sie den Krankenwagen rufen?», brummte O'Reilly.

«Ja.» Barry suchte in einer Innentasche seines Jacketts nach dem Notizbuch, in dem er wichtige Telefonnummern stehen hatte. Als er es aufschlug, sprang ihm Patricias Nummer entgegen. Als müsste man mich noch mit der Nase darauf stoßen, warum mir gestern Abend ein so schwerwiegender Fehler unterlaufen ist, dachte er und sagte: «Ich kümmere mich darum.»

21

Petri Heil

❋

«Wo ist denn Lady Macbeth?», fragte O'Reilly, während er geradewegs auf die Anrichte im Wohnzimmer zusteuerte.

Barry hatte keine Ahnung, und es interessierte ihn auch nicht.

«Hier, das trinkst du jetzt.» O'Reilly reichte ihm ein Kristallglas mit irischem Whiskey.

«Ich möchte lieber einen Sherry.» Oder einen Schierlingsbecher, dachte Barry. Es war jetzt über eine Stunde her, dass O'Reilly Major Fotheringhams Hirnblutung diagnostiziert und ihn und seine Frau ins Krankenhaus geschickt hatte. Auf der Rückfahrt nach Hause hatten Barry und O'Reilly nur wenige Worte gewechselt.

«Dieser Whiskey ist Medizin. Setz dich, trink ihn aus und halte den Mund.»

Barry setzte sich hin. Der Whiskey schmeckte nach Torf und brannte ihm auf der Zunge.

O'Reilly zündete seine Bruyère an, trank einen Schluck aus seinem eigenen Glas, ließ sich in dem anderen Sessel nieder und sah Barry in die Augen. «Ich bin enttäuscht», erklärte er.

Barry fuhr zurück. Es überraschte ihn nicht, dass O'Reilly sich von ihm im Stich gelassen fühlte, aber musste er das so unverblümt sagen? Doch, natürlich. Das war ja seine Art.

Und, verdammt nochmal, er war zu Recht ärgerlich. «Es hat keinen Sinn, mich herauszureden. Also will ich es auch gar nicht erst versuchen.»

«Herauszureden? Wieso?»

«Ach komm, Fingal. Ich habe dir doch erzählt, dass ich es gestern Abend eilig hatte. Ich habe keine komplette neurologische Untersuchung gemacht.»

«Und wenn du eine gemacht hättest, was glaubst du, was dabei rausgekommen wäre?»

«So viel jedenfalls, dass ich ihn ins Krankenhaus hätte einweisen können, bevor die Blutung in seinem Kopf richtig schlimm geworden wäre.»

«Vielleicht – aber was hat seine Frau gesagt?»

«Wie meinst du das?»

«Richtig deutlich wurde die Symptomatik doch erst heute Morgen. Viele Stunden nachdem du bei ihnen warst.»

«Aber –»

«Wenn der Major gestern schon anständig geblutet hätte, wäre dir das doch sofort aufgefallen, meinst du nicht? Ein Student im dritten Semester hätte doch gesehen, was da los war. Aber die Blutung war noch nicht stark und deswegen noch nicht richtig zu erkennen.»

«Ich habe mich gestern Abend geirrt.»

«Und deswegen bin ich enttäuscht.»

«Weil ich meine Arbeit nicht richtig gemacht habe?»

O'Reilly stand auf und beugte sich über Barry. «Nein, du Hornochse. Du hast gewusst, dass dein Patient gerne simuliert. Trotzdem bist du hingefahren – obwohl du das nicht musstest. Du hast sein Wohl über dein eigenes gestellt, obwohl keine Notwendigkeit dafür bestand. Ich weiß doch, wie gerne du dieses Mädel sehen wolltest. Du hättest zu deinem großen Abend zu spät kommen können.»

«Bin ich auch.»

«Und das wäre nicht nötig gewesen. Ich habe dir gesagt, dass Kinky die Anrufe erledigen kann. Fotheringham wäre es kein bisschen schlechter gegangen, wenn du gestern Abend nicht so gewissenhaft gewesen wärst und wir erst heute Morgen zu ihm rausgefahren wären.»

«Es gibt trotzdem keine Entschuldigung.»

«Mann, was glaubst du denn, wer du bist? Sir William Osler? Hippokrates? Oder der Allmächtige selbst? Das ist doch der reine Schwachsinn.»

«Ich weiß. Aber als Arzt hat man eine gewisse Verantwortung.»

«Du bist ein eingebildeter junger –»

«Das muss ich mir nicht bietenlassen.» Barry schickte sich an aufzustehen, aber O'Reilly umklammerte seine Schulter und drückte ihn in den Sessel zurück.

«Doch, mein Lieber, das bist du. Hör mir zu. Wie kommst du darauf, dass du der einzige Arzt bist, der Fehler macht? Meinst du etwa, dass ich Cissie Sloans kaputte Schilddrüse und die Hypospadie von dem kleinen Galvin übersehen habe, wäre der einzige Bockmist, den ich in meinem Leben gebaut habe?»

«Also, ich –»

«Natürlich nicht. Dir erscheint es vielleicht wie das Ende der Welt, dass du gestern Abend deinen persönlichen Maßstäben nicht gerecht geworden bist. Aber das ist es nicht. Als Arzt wirst du Fehler machen. Und selbst wenn man alles hundertprozentig richtig gemacht hat, kommt man ins Grübeln, wenn dann trotzdem ein Patient dran glauben muss. Aber keiner von uns kann wie der Papst in Rom ex cathedra sprechen.»

«Ex was?»

«Ex cathedra. Wenn jemand unfehlbar ist. Du machst dich gerade selbst zur Schnecke, weil du denkst, du müsstest unfehlbar sein. Deswegen bin ich von dir enttäuscht. Eigentlich solltest du es besser wissen.» O'Reilly ließ Barrys Schulter los und trat zurück. «Lass gut sein, Junge. Geh nicht so hart mit dir ins Gericht.» Barry sah zu dem hochgewachsenen Mann auf. Der Anflug eines Lächelns umspielte seine Mundwinkel, als er fragte: «Wie lange bist du jetzt hier?»

«Zwei Wochen.»

«Das reicht mir schon. Wie gesagt, Laverty, du hast das Zeug zu einem verdammt guten praktischen Arzt. Aber wenn du dir unbedingt alles so zu Herzen nehmen willst, hältst du das nicht lange durch.»

«Ich finde immer noch, dass ich das besser hätte machen können.»

«Ja», bestätigte O'Reilly ruhig, «das stimmt auch. Aber du hast es erkannt, und das muss man dir zugutehalten. Was passiert ist, ist passiert. Lerne daraus und lasse es hinter dir.»

Barry hätte nicht sagen können, dass ihm ein Stein vom Herzen fiel, aber der Druck hatte doch irgendwie nachgelassen.

Plötzlich grinste O'Reilly breit, und Barry musste zurücklächeln.

«Gut, Barry.» O'Reilly trank seinen Whiskey aus. «Weißt du, was ich mache, wenn das hier zum siebten Kreis von Dantes *Inferno* wird?» Er trat an die Anrichte, um die Gläser neu zu füllen.

Du besäufst dich, hätte Barry fast gesagt, aber er widerstand der Versuchung. «Keine Ahnung.»

«Ich nehme Sir Arthur mit an den Strangford Lough.»

«Auf Entenjagd?»

«Das ist bloß ein Vorwand, denn die Enten sind eigentlich nicht wichtig. Nein, aber es geht nichts über einen Tag an der frischen Luft, weit weg von allem, was an den verdammten Beruf erinnert, damit man endlich wieder klar im Kopf wird.»

«Früher bin ich angeln gegangen.»

O'Reilly schaute auf die Uhr. «Es ist erst zwei. Schnapp dir doch deine Angel und fahr runter zu Seiner Lordschaft. Die Forellen beißen heute Abend wahrscheinlich gut an. Und ab und zu findet man auch noch einen Lachs im Ballybucklebo River.»

«Das würde ich gerne tun, Fingal.»

«Also trink deinen Whiskey aus. Kinky macht dir ein paar Sandwiches, und los geht's. Vergiss Fotheringham. Vergiss dein gebrochenes Herz. Mädchen sind wie Omnibusse. Der nächste ist immer schon unterwegs.»

«Glaubst du das wirklich?»

«Nein», sagte O'Reilly, «aber das ist kein Grund, warum du's nicht glauben solltest.»

«Verstehe.»

«Ich kümmere mich um den Laden. Und könntest du mir einen Gefallen tun, Barry?»

«Aber sicher.»

«Nimmst du Arthur Guinness mit? Er ist so gerne unten am Fluss.»

· • ·

Die Angelrute in der Hand, den Fischkorb, der halb mit Kinkys Schinkensandwiches gefüllt war, am Riemen über der Schulter und die hüfthohen Watstiefel am Gürtel festgeschnallt, so verließ Barry das Haus durch die Hintertür. Falls der Hund sich über sein Bein hermachen sollte, war er heute jedenfalls richtig dafür angezogen.

«Hierher, Arthur.»

Unter heftigem Schwanzwedeln kam der Labrador aus

seiner Hütte getaumelt, blieb stehen, um Barrys Bein zu besteigen, zögerte, beschnupperte die Gummistiefel und wandte sich mit verächtlicher Miene ab.

«Bei Fuß.»

Arthur sah Barry an, als fiele es ihm schwer, sich zu entscheiden, aber dann setzte er sich hin.

«Nicht *sitz. Bei Fuß. Fuß!*, du Riesentrottel.» So nannte O'Reilly seinen Hund immer. Zu Barrys Überraschung stand der Labradorrüde tatsächlich auf und stellte sich hinter Barrys linkes Bein. Dort blieb er auch, während Barry durch den Garten und auf den Weg stapfte. Barry öffnete Brunhildes Beifahrertür. «Spring rein.»

«Rawuff», sagte Arthur und gehorchte unverzüglich. Barry schlug die Tür zu, stieg selbst ein und fuhr los. O'Reillys Anweisungen folgend, steuerte er den Wagen aus Ballybucklebo heraus und dann die Küstenstraße entlang. Gerade wollte er an Maggies Häuschen vorbeifahren, da sah er sie draußen in einem Liegestuhl sitzen, umringt von Sonnys Hunden. Er bremste und kurbelte die Scheibe herunter.

«Wie geht's Ihnen, Miss MacCorkle?» Ihm fiel auf, dass sie frische Löwenmäulchen im Hutband stecken hatte.

«Sind Sie's, lieber Doktor?»

«Doktor O'Reilly ist gestern Abend bei Sonny gewesen. Es geht ihm besser.»

«Na, das will ich auch hoffen», meinte Maggie. «Dann kann er ja kommen und diese verflohten Viecher wieder abholen.» Aber ihr zahnloses Grinsen und die liebevolle Art, mit der sie einem Hund den Kopf streichelte, straften ihre Worte Lügen.

«Wie gefällt es denn General Montgomery, dass die Hunde hier sind?»

Maggie lachte gackernd. «Sie werden es nicht glauben, aber der alte General versteht sich mit Sonnys Spaniel. Sie sind dicke Freunde geworden, ganz wie David und Jonathan, ja, ja.» Die Alte stand auf und schlenderte zum Wagen herüber. «Ist das der Arthur, den Sie da drinnen haben?»

«Ja.»

«Dann lassen Sie ihn bloß drin. Der General hat sich daran gewöhnt, dass Sonnys Hunde hier sind, aber ich glaube, Doktor O'Reillys Riesenkerl würde er nicht besonders freundlich empfangen.»

«Ich fahre sowieso weiter. Wollte Ihnen einfach wegen Sonny Bescheid sagen.»

«Hm.» Maggie kratzte sich die Wange. «Es geht ihm also besser?»

«Viel besser.»

«Da sollten wir wohl dankbar sein.»

«Bin ich auch.» Manche Patienten, dachte Barry, werden immerhin wieder gesund.

«Ob die Lungenentzündung ihn wohl von seinem Starrsinn heilt?»

«Das kann ich Ihnen leider nicht sagen, Miss MacCorkle.»

«Wenn dem so wäre, wäre das ja wie der Tag, als unser Heiland Wasser in Wein verwandelt hat. Ein wahres Wunder.»

Barry lachte. «Das müssen wir abwarten.»

«Haben Sie da eine Angel im Auto?»

«Ja.»

«Ah ja. Also, wenn Sie unterwegs zum Fischen sind, dann sehen Sie mal zu, dass Sie weiterkommen, und danke, dass Sie vorbeigeschaut haben.»

«Gerne.» Barry legte den ersten Gang ein und fuhr wieder los.

• • •

Er kam an einem Torhaus aus roten Ziegelsteinen vorbei, das bei zwei hohen schmiedeeisernen Torflügeln Wache stand. Beide trugen das Wappen des Marquis von Ballybucklebo. Eine lange Auffahrt führte zum Gutshaus mit seiner georgianischen Fassade, vor der in reichverzierten Pflanzkübeln bunte Sommerblumen leuchteten. Am Ende einer tadellos gepflegten Rasenfläche standen fünf immergrüne Büsche, die offensichtlich beschnitten worden waren, wobei Barry allerdings nicht recht erkennen konnte, ob der eine nun ein Pferd, ein Kaninchen oder eine durchgebrochene Ente darstellen sollte.

Die erste Abzweigung rechts führte zum Fluss, hatte O'Reilly gesagt – ein Fahrweg mit tiefen Furchen, der unter hohen Ulmen verschwand. Während Brunhilde vorwärtsholperte, gab Arthur mehrmals ein aufgeregtes Jaulen von sich. Zweige streiften an den Wagenfenstern entlang, bis das Wäldchen aufhörte und Barry sich auf einer großen Wiese wiederfand. Der Fahrweg führte weiter über die Wiese, die offenbar bis ans Ufer des Ballybucklebo reichte. In einer mäandernden Linie, die vermutlich die Windungen des Flusses nachzeichnete, standen dort Weiden, manche mit herabhängendem silbrigem Laub, andere vielfach beschnitten und mit knorrigen Köpfen.

Irgendwo auf der Wiese verlor sich der Weg. Barry parkte und holte seine Gerätschaften aus dem Wagen. Arthur sprang heraus und durchstöberte das Gelände. Mit der Nase am Boden und wedelndem Schwanz rannte er vor Barry her, mal nach links, dann wieder nach rechts. Barry folgte ihm durch das kniehohe Gras. In den Watstiefeln war das Vorwärtskommen mühsam, doch als er vor sich das Wasser des Flusses schimmern sah, vergrößerte er seine Schritte.

Als ein Paar Wildenten mit lautem Flügelschlagen aufflog, zuckte Barry zusammen. Arthur, der inzwischen triefend nass war, hatte die Vögel im Schilf aufgestöbert. Der Hund trabte zu Barry zurück und schaute ihn an, als wollte er fragen: «Warum hast du nicht geschossen?»

«Fuß, Arthur.» Barry wollte nicht, dass der Hund im Wasser Unruhe verbreitete. Aus langer Erfahrung wusste er, dass Forellen leicht Angst bekamen. Zu seiner Überraschung gehorchte Arthur sofort und blieb dicht an seinem Bein, bis sie die letzten Meter zum Ufer zurückgelegt hatten.

«Sitz.» Arthurs Hinterteil senkte sich. Seine rosa Zunge hing ihm zitternd aus dem Maul, so hechelte er. Kein Wunder, dachte Barry. Wenn man in der warmen Nachmittagssonne so herumgaloppierte, wie der Hund das getan hatte, musste einem ja warm werden.

Barry stand am Fluss und betrachtete prüfend das Wasser. Die sanfte Strömung zog von rechts nach links an ihm vorbei. Flussaufwärts hatte sich in einer weiten Biegung ein Strudel gebildet, und vom anderen Ufer bis zur Mitte des Flusses warf das Sonnenlicht helle Flecken auf die Wasseroberfläche. Am Rand des aufgewirbelten Wassers hielten sich vielleicht Fische auf. Die stille, dunkle Wasserfläche drüben am anderen Flussufer zeigte ihm, dass sich dort im Schatten einer Weide ein Becken im Fluss befinden musste. Dort würden Forellen lauern und hungrig auf Insekten warten, die das Pech hatten, vom Baum zu fallen. Barry zweifelte nicht daran, dass er die Angel bis dorthin auswerfen konnte.

«Komm, Arthur.» Langsam schlenderte Barry stromaufwärts. O'Reilly hatte recht. Die Einsamkeit eines Flussufers hatte etwas Beruhigendes. War es das Plätschern des Wassers, das Muhen einer Herde von Aberdeen-Angus-Rindern, die am anderen Ufer graste, oder das Säuseln der

Weidenblätter, die von einer leichte Brise bewegt wurden? Vielleicht war es auch einfach das Wissen, dass ihn hier niemand anrufen konnte, dass nichts und niemand ihm hier Entscheidungen abverlangen konnte, die eine größere Tragweite besaßen als die Frage, welche künstliche Fliege er als Köder verwenden sollte. Ja, das Flussufer war ein Ort zum Nachdenken, da hatten der Maulwurf und die Wasserratte in *Der Wind in den Weiden* völlig recht. Es war eine Zufluchtsstätte, wo Barry seine Gedanken sortieren und entscheiden konnte, ob es stimmte, wenn O'Reilly sagte, man solle aus einem Fehler lernen und weitermachen. Oder ob das Unglück – denn als solches betrachtete Barry den Vorfall mit Major Fotheringham – ein deutliches Zeichen dafür war, dass praktischer Arzt die falsche Berufswahl für ihn war und dass vielleicht die Pathologie oder die Radiologie, Fachgebiete also, in denen man wenig oder gar keinen Kontakt zu den Patienten hatte, seinem Temperament eher entsprach.

Barry hatte sich der Stelle an der Flussbiegung genähert. Er nahm den Fischkorb von der Schulter, lehnte seine Angelrute an eine Weide und setzte sich unter dem Baum ins Gras, den Rücken an den Stamm gelehnt. Arthur ließ sich neben ihm auf den Boden plumpsen.

Und was war mit Patricia? Was sie anging, lag O'Reilly falsch. Trotz ihrer kurzen Bekanntschaft – eine Zugfahrt, ein Spaziergang und ein katastrophales Abendessen – wusste Barry mit absoluter Sicherheit, dass zwar vielleicht noch mehr Fische im Meer (oder im Ballybucklebo River) schwimmen mochten, dass es für ihn aber niemals eine andere Patricia geben würde. Das war mal wieder typisch für ihn. Wenn es um den einzigen Bereich seines Lebens ging, über den er keine Kontrolle hatte, war er durchaus fähig, sich zu entscheiden, aber im Hinblick auf seine berufliche

Zukunft, den Bereich, in dem es ganz an ihm lag, die Weichen zu stellen, war er unschlüssig.

Er nahm eine Bewegung auf der Wasseroberfläche wahr. Mehrere Kreise bildeten sich und breiteten sich aus, genau über der Stelle, wo er die Fische vermutete. Nun sah Barry auch, warum. Das Wasser war mit winzigen Punkten gesprenkelt, die anzeigten, wo ein Insekt, das gerade seinem Larvenstadium entschlüpft war, sich an die Oberfläche gekämpft hatte, um dort die durchsichtigen Flügel zu trocknen und sich dann in die Luft zu erheben.

Wenn er Forellen fangen wollte, dann war jetzt der richtige Zeitpunkt dazu. Die Fische wollten fressen, daher würden sie immer wieder hochkommen und nach den Maifliegen schnappen. Barry musste dafür sorgen, dass sein künstlicher Köder ganz genauso aussah wie die lebendigen Fliegen. Er stand auf, überhörte Arthurs schroffes *Raff?* und trat ans Wasser. Jetzt musste er sich konzentrieren, jetzt durfte er nicht mehr an den Beruf oder an Frauen denken.

Er musste lächeln, weil er merkte, dass er es genoss, in das Alltagsleben von Ballybucklebo verwoben zu sein. Trotzdem, Sonnys Wohnprobleme, Seamus Galvins Schaukelenten, Julie MacAteers Schwangerschaft und Cissie Sloans Schilddrüse konnten warten. Jetzt schlüpften die Maifliegen.

Barry bückte sich und schöpfte eine Handvoll kaltes Wasser. Er ließ es zwischen den Fingern hindurchtröpfeln, bis er nur noch eine einzige Maifliege in der hohlen Hand hielt. Er betrachtete sie genau und freute sich, dass er mehrere gutgebundene Nachahmungen bei sich hatte. Er öffnete eine kleine Aluminiumdose, nahm eine Fliege heraus und befestigte sie vorne an seiner Angelschnur.

• • •

«Na, was hast du gefangen?», fragte O'Reilly, als Barry die Küche betrat.

Grinsend stellte Barry seine Angel ab, öffnete den Fischkorb, holte zwei schimmernde braune Forellen heraus und legte sie in den Spülstein.

«Nicht schlecht.» O'Reilly nahm ein Messer aus einer Schublade und reichte es Barry. «Du hast sie gefangen, jetzt musst du sie auch ausnehmen.»

«Na gut.» Barry drehte den Kaltwasserhahn auf, nahm den ersten Fisch und zog, nachdem er ihn fachgerecht aufgeschlitzt hatte, mit den Fingern die Gedärme heraus. Ein gleichmäßiger Strahl von mit Blut vermischtem Wasser lief durch die Bauchhöhle des Fisches und verschwand im Abfluss.

«Das war geschickt», meinte O'Reilly. «Hast du dir schon mal überlegt, Karriere in der Chirurgie zu machen?»

Barry schüttelte den Kopf. «Nein, aber ich habe mir nochmal durch den Kopf gehen lassen, was du gesagt hast.» Barry legte den gesäuberten Fisch zur Seite und griff nach dem zweiten. «Ich habe nicht alles für Fotheringham getan, was ich hätte tun können, aber du hast recht. Ich will versuchen, es hinter mir zu lassen.»

«Braver Junge. *Errare humanum est.*»

«Ja, irren ist menschlich, aber verzeihen ist göttlich.» Barry schlitzte den zweiten Fisch auf. «Stammt angeblich von Alexander Pope.»

«Da freut es dich bestimmt zu hören, dass die Götter offenbar über dir gewacht haben.»

«Wie meinst du das?»

«Fotheringham hatte ein kleines Aneurysma. Der Neurochirurg meint, er konnte es vollkommen abdichten und der Major müsste eigentlich wieder einigermaßen gesund werden.»

Barrys Finger hielten in der Bewegung inne. Als er sich zu O'Reilly umdrehte, sah er, dass sein Chef lächelte.

«Ehrlich?»

«Ganz ehrlich.» O'Reilly schoss vorwärts und schlug mit der flachen Hand auf die Arbeitsplatte, wo Lady Macbeth, die wie aus dem Nichts aufgetaucht war, saß und die Forellen beäugte. «Raus mit dir, zum Teufel.»

Leichtfüßig sprang die Katze auf den Fußboden und strich Barry um die Beine.

«Bah», sagte O'Reilly, «das macht sie aus reiner Berechnung.» Er gab Barry einen Teller. «Wir stellen den Fisch lieber in den Kühlschrank, bevor Ihre Ladyschaft ihn erwischt.»

«Gut.» Barry legte die Forellen auf den Teller.

«Also, morgen ist ja Sonntag», sagte O'Reilly. «Keine Praxis. Ich würde gerne kurz nach Belfast fahren. Mal sehen, ob ich diese verdammten Schaukelenten nicht doch loswerde. Glaubst du, dass du hier allein klarkommst?»

Barry zögerte.

«Das ist das Beste, was du machen kannst. Genau so, als ob du vom Pferd gefallen wärst. Die meisten Reiter – wobei ich Bertie Bishop nicht als Reiter bezeichnen möchte – schwören darauf, sich nach einem Sturz so schnell wie möglich wieder in den Sattel zu schwingen.» Er wandte sich zur Tür. «Ich gehe nach oben. Komm rauf und trinke ein Gläschen mit mir, wenn du dich gesäubert hast.»

Mit dem Fischteller in der Hand stand Barry in der Küche, er spürte, wie die Katze sich unermüdlich an seine Beine schmiegte, und war O'Reilly für sein Verständnis am Vormittag dankbar. Fast hatte er das Gefühl, dass der Ausflug nach Belfast morgen einfach nur ein Vorwand war, damit ihm gar nichts anderes übrigblieb, als allein zurechtzukommen.

Er stellte den Fisch in den Elektrolux, holte tief Luft und sah zur Decke hinauf. Seine Religion hatte er schon vor Jahren abgelegt, denn es war ihm nicht gelungen, das Leiden, das er als Student und als Assistenzarzt mit angesehen hatte, mit der Vorstellung von einem barmherzigen Gott zu vereinbaren. Heute jedoch murmelte er, bloß für den Fall, dass er sich doch geirrt hatte, ein unhörbares Danke. Dabei wusste Barry nicht genau, ob er sich bedankte, weil Major Fotheringham Glück gehabt hatte oder weil er selbst eine zweite Chance bekam.

22

Ein Freund, ein guter Freund …

❀

Barry stand in der Nische des Erkerfensters. Draußen goss es mal wieder in Strömen, der Regen peitschte herunter, färbte die Dachziegel des Kirchturms gegenüber schwarz und durchnässte diejenigen Gemeindemitglieder, die gerade zu ihren Autos rannten. Die meisten jedoch hasteten zu Fuß nach Hause, sodass sie von Barrys erhöhtem Fensterplatz wie Regenschirme mit Beinen aussahen. Er erkannte Kinky, die die Straße überquerte, und hörte, wie die Tür ins Schloss fiel, nachdem die Haushälterin hereingekommen war.

Unten klingelte das Telefon und war gleich wieder still. Kinky musste den Anruf entgegengenommen haben. Falls jemand ihn brauchte, war es hoffentlich ein leichter Fall. O'Reilly war vor einer Stunde losgefahren.

«Doktor Laverty?»

Er ging zur Tür.

«Da ist ein ausländischer Herr dran, der sagt, er muss mit Ihnen sprechen.»

«In Ordnung.» Unten griff er zum Hörer. «Doktor Laverty.»

«Wunderbar. Ist da großer Heilersahib?» Die gedämpfte

Stimme des Mannes sprach in dem melodiösen Singsang eines Inders aus Bombay. «Ich sehr denken, ich großen Medizinmann aufsuchen wollen, Doktor Labbertee.»

«Ich heiße Laverty.»

«Sage ich ja, Labbertee, und ich wissen, Sie sind selbst am Apparat, Sahib. Immer ich mir sagen, ich will wissen, wie gehen diese Mann, der bringen Unberührbaren von Ballybucklebo Hygiene und Heilung.»

Barry brach in Gelächter aus. «Hör auf, so rumzublödeln, Mills. Du bist doch nicht Peter Sellers.»

«Aber ich denken, ich ganz gut seinen Mr Banerjee nachmachen, nein?»

«Jack! Hör auf!»

«Na gut, Kollege. Wie geht's dir denn eigentlich?»

«Ganz gut.»

«Und was hast du heute vor?»

«Hab Bereitschaftsdienst.»

«Ich nicht ... ausnahmsweise mal. Ich dachte, ich komme eben schnell rüber und besuche dich.»

«Das wäre klasse. Warte mal.» Barry drehte sich um. «Kinky, könnten Sie für zwei Leute Mittagessen machen?»

«Ja, doch.»

«Komm zum Essen.»

«Prima. Wie finde ich dich?»

Barry erklärte ihm den Weg.

«Schön. Also bis in etwa einer Stunde.»

«Ich habe wirklich Bereitschaftsdienst, falls ich also nicht hier sein sollte, lässt unsere Haushälterin Mrs Kincaid dich rein.»

«Dann warte ich auf dich.» Jack verfiel wieder in seine Inder-Parodie. «Ich muss laufen und fahren schnell wie ein Herde Ziegenböcke rennen in Hindukuschbergen, nein? *Namaste*, Sahib.»

Er legte auf. Immer noch lachend, wandte Barry sich an Mrs Kincaid. «Jack Mills ist ein alter Freund von mir», erklärte er. «Er wird in etwa einer Stunde hier sein. Kümmern Sie sich um ihn, falls ich losmuss?»

«Ja, sicher.» Geschäftig eilte Kinky in die Küche, drehte sich aber nochmal um und fragte: «Möchten Sie die Fische zum Mittagessen?»

«Ja, bitte.» Barry stieg die Treppe wieder hinauf. Er nahm den *Sunday Telegraph* vom Kaffeetisch, suchte das Kreuzworträtsel, bei dem man um die Ecke denken musste, und starrte auf die erste Aufgabe. 1 waagerecht: «Palme steht, richtiggestellt, an der Straßenecke richtig (5).»

Eigentlich eine dämliche Art, sich die Zeit zu vertreiben, dachte er, aber seit seine Mutter ihn vor Jahren mit diesen Rätseln bekannt gemacht hatte, war er richtiggehend süchtig danach. Dabei hatte er wirklich etwas anderes zu tun – zum Beispiel war es höchste Zeit, dass er seinen Eltern schrieb. Ach, vielleicht heute Abend, wenn Jack wieder weg war. Barry ließ sich in seinem Sessel nieder und freute sich, als Lady Macbeth ihm auf den Schoß sprang. «Palme steht, richtiggestellt …»? Aha, also musste er die Buchstaben umstellen? Was ergab sich denn dann? M-e-p-a-l, P-l-a-m-e, M-a-p-l-e … vielleicht Miss Maple? Wie ging es noch weiter? «… an der Straßenecke richtig». Miss Maple an der Straßenecke? Hm. Aber halt. Wie war es denn mit A-m-p-e-l? Bingo! Sogar in Ballybucklebo stand eine Ampel an der Straßenecke. Barry trug die Buchstaben in die Kästchen ein, wobei ihn die Katze, die mit seinem Stift spielen wollte, fast gar nicht störte.

• • •

Barry legte die Zeitung weg. Bis auf 6 senkrecht: «Ein kleiner Dreh, eine Bewegung des Herzens – und ein Begleiter wird was?» hatte er das Kreuzworträtsel gelöst. «Lauf, Katze.» Er stand auf und ließ Lady Macbeth auf den Fußboden rutschen. Der Regen draußen war zu einem Dauernieseln geworden. Grau und düster lag Ballybucklebo unter einer feuchten Decke. Wenn die Sonne schien, sah das Dörfchen wesentlich einladender aus, aber «Ein Neger mit Gazelle zagt im Regen nie», oder wie war das noch? Doch von Jack Mills war noch nichts zu sehen.

Barry durchstöberte O'Reillys Plattensammlung. Beethoven, Beatles, Bix Beiderbecke, Glenn Miller, *Le Nozze di Figaro*, Frank Sinatra. Er überlegte, Sinatra aufzulegen, aber *I've Got the World on a String* beschrieb seine Gefühle zu Patricia eigentlich eher nicht. *Le Nozze di Figaro* – das war doch die Oper, die sie ihm am Freitagabend vorgespielt hatte. Er schlug die Plattenhülle auf und las das Inhaltsverzeichnis. *Voi che sapete* – da war es. Barry legte die schwarze Scheibe auf den Plattenteller und hob den Tonarm über die weiter auseinanderliegenden Rillen vor dem Stück.

Die Töne erfüllten den Raum, so bittersüß wie seine Stimmung. Vielleicht würde er Patricia doch heute Abend anrufen.

«Wenn er der Katze nicht dauernd auf den Schwanz treten würde, würde sie vielleicht aufhören zu schreien.»

Barry fuhr herum. Jack Mills stand in der Tür.

«Eure Haushälterin hat mich reingelassen. Lieber Gott, was für ein scheußlicher Tag.» Jack schüttelte den Kopf, sodass Tröpfchen aus seinen dunklen Haaren sprühten. Er strich sich mit der Hand durch seinen dichten Haarschopf, setzte sich in O'Reillys Sessel und schlug die Beine übereinander. «Schön, dich zu sehen», sagte er, nachdem er sich eine Zigarette angezündet hatte.

«Finde ich auch.»

«Könntest du das bitte ausmachen?»

«Klar.» Vorsichtig nahm Barry den Tonarm von der Platte. Die Arie brach ab. «Das ist ein schönes Stück.»

«Katzenmusik, finde ich.»

Barry lachte. «Du bist ein Kulturbanause, Mills.»

«Stimmt – ein Kulturbanause in Reinkultur.» Jack warf einen Blick zur Anrichte hinüber. «Ob ich wohl ein Gläschen zu trinken haben könnte?»

«Was möchtest du denn?»

«Der John Jameson sieht gut aus.»

Barry schenkte seinem Freund ein. «Bitte schön.»

«Du willst keinen?»

«Nein, die Patienten kriegen einen schlechten Eindruck, wenn man bei der Untersuchung nach Alkohol stinkt.»

«Genau wie zu Hause in Cullybackey», meinte Jack und trank einen Schluck. «Einmal 'ne Fahne, und schon halten sie dich für 'nen Säufer.» Er schaute sich im Raum um. «Sieht aus, als wüsste dein Chef, wie man es sich schön macht.»

«Er ist ein anständiger Mensch. Verdammt guter Arzt.»

«Das sagen sie im *Royal* auch. Die Neurochirurgen sagen, er hätte das Aneurysma neulich wirklich blitzschnell eingeliefert. Ein paar Stunden später und ...» Jack strich sich mit einem Zeigefinger quer über die Kehle.

Barry verzog den Mund. «Das war eigentlich meine Schuld. Ich habe Major Fotheringham falsch diagnostiziert.»

«Wen bitte?»

«Den Mann mit dem Aneurysma.»

«Du spinnst wohl.»

«Nein, das ist wahr. Am Abend vorher war ich bei ihm, weil er über einen steifen Hals klagte. Ich bin überhaupt nicht darauf gekommen, dass er eine Hirnblutung haben könnte. Er hätte sterben können.»

«Deswegen würde ich mir keine Gedanken machen. Wir können sie nicht jedes Mal gesund machen.»

«Das hat Fingal auch gesagt.»

«Sehr vernünftig.» Jack stand auf und trat ans Fenster. «Weißt du noch, wie ich durch das volle Wartezimmer gelaufen bin und das Buch mit den Medizinerwitzen in der Kitteltasche hatte? Mensch, was hat das damals für ein Theater gegeben. Alle konnten den Titel lesen.»

Barry lachte. Er erinnerte sich noch sehr gut an den Vorfall. Der arme Jack war von dem Chirurgieprofessor, einem Mann aus Yorkshire, tüchtig zusammengestaucht worden.

Jacks Akzent veränderte sich. «Und eins sage ich Ihnen, Mills, so eine Dummheit machen Sie nicht noch einmal mit meinen Patienten, verstanden?»

«Es war wirklich ein bisschen unachtsam.»

«Wenn es das *Handbuch der Chirurgie* gewesen wäre, hätte sich niemand darüber aufgeregt.»

«Aber das war es nicht.»

«Na ja, es war wohl nicht besonders taktvoll, mit *Wie man möglichst wenig Patienten umbringt* in der Kitteltasche rumzulaufen.»

«Allerdings nicht.»

«Aber wahrscheinlich ist das tatsächlich das Beste, was wir tun können. So wenige umbringen wie möglich. In den letzten Wochen haben bei mir drei oder vier den Löffel abgegeben. Und ich hatte auch damit gerechnet, dass wir euren Appendix verlieren würden.»

«Jeannie Kennedy?»

«Ich habe noch nie so viel Eiter gesehen wie in dem Abszess. Es ist ein Segen, dass jemand diese neuen Antibiotika erfunden hat, diese Tetrazykline. Damit war sie im Nu wieder auf den Beinen und draußen.»

«Hätte dir das nicht zu schaffen gemacht?»

«Wenn sie gestorben wäre?» Jack wirbelte den Whiskey in seinem Glas herum. «Soll ich ehrlich sein?»

«Ja.»

«Ich glaube nicht. Ich hätte mich geärgert, dass die Operation nicht planmäßig verlaufen ist, aber wenn sie unter diesen sterilen Tüchern schlafen, betrachtet man sie eigentlich nicht als Menschen. Das kann man gar nicht.»

«Wieso nicht?»

«Dann wäre es verteufelt schwer, das Skalpell anzusetzen und in ihren Eingeweiden rumzuwühlen, als würde man einen Fisch ausnehmen.»

Im Geiste sah Barry deutlich die Innereien der Forellen vor sich, glitschige Gewebeklumpen, die in den Ausguss rutschten. «Ich glaube, ich würde mich nicht zum Chirurgen eignen.»

Bevor Jack etwas erwidern konnte, hörten sie Kinky unten rufen: «Das Mittagessen ist fertig!»

«Wir kommen, Kinky!» Barry nickte zur Wohnzimmertür hinüber. «Nimm deinen Whiskey mit, Jack. Kinky kann ein bisschen ungemütlich sein, wenn man ihr Essen kalt werden lässt.»

«Das wollen wir auf keinen Fall.» Jack sprang auf. «Ich könnte mal was Ordentliches vertragen. Die Krankenhauskantine ist nicht besser geworden.»

• • •

«Also, diese Forellen», erklärte Jack mit dem Akzent eines Belfaster Hafenarbeiters, «meine Herren, die konnte man runterkriegen. Gar nicht schlecht.»

«Das klingt, als hätten sie dir geschmeckt?» Barry lächelte. Seit sie sich vor elf Jahren kennengelernt hatten, hatte Jack Mills sich kein bisschen verändert. Handfest. Zuverlässig. Nie konnte er lange ernst sein.

«Habe ich das nicht gerade gesagt?»

«Ich hab sie gestern gefangen.»

«Also hast du doch ab und zu mal ein bisschen frei?»

«Ein bisschen.»

«Hast du dich mit der Puppe getroffen, von der du mir erzählt hast?»

Barry wurde ernst. «Patricia?»

«So heißt sie?»

«Ja, und ich glaube, es wäre ihr gar nicht recht, dass du sie Puppe nennst.»

«Ach nein?»

«Sie studiert Hoch- und Tiefbau.»

«Du lieber Himmel. Wo soll das noch hinführen? Als Nächstes lesen wir in der Zeitung, dass die Frauen jetzt Rugby spielen.»

«Das bezweifle ich. Aber sie ist ganz schön zielstrebig, was ihr Studium angeht.»

«Das wächst sich aus.»

Barry schüttelte den Kopf. «Da kennst du Patricia schlecht. Freitagabend hat sie mir gesagt, dass sie keine ernsthafte Beziehung will. Ihr Beruf ist ihr wichtiger.» Er warf Jack einen Blick zu.

«Und du? Willst du denn was Ernstes?»

Barry nickte stumm.

«Ach je. Geht es dir an die Nieren?»

«Ein bisschen.»

Jack rieb sich mit dem Handrücken über die Oberlippe. «Wie oft hast du sie gesehen?»

«Drei Mal.»

«Und es ist so schlimm?»

«Ja.»

«Ingenieurin oder nicht, sie muss was Besonderes sein.»

«Allerdings.»

«Du armes Schwein.» Mitfühlend sah Jack ihn an. «Und was hast du jetzt vor?»

«Das weiß ich noch nicht. Sie hat mich gebeten, sie anzurufen. Vielleicht mache ich das heute Abend.»

«Würde ich nicht tun.»

«Nein?»

«Lass sie einfach in Ruhe. Entweder gibt sie dir den Laufpass – und du guckst in die Röhre, Junge –, oder aber sie möchte wirklich gern, dass du anrufst, und spielt bloß ein bisschen die Unnahbare.»

«Aber warum sollte ich dann warten?»

«Weißt du noch, wie du mir das Fliegenfischen beigebracht hast?»

«Ja?»

«Du hast gesagt, wir würden die Forellen verscheuchen, wenn wir zu schnell ans Ufer laufen, wir müssten uns anschleichen, uns ganz leise bewegen und uns Zeit lassen.»

«Du meinst, ich sollte mir mit Patricia mehr Zeit lassen?»

«Auf jeden Fall. Lass sie ein bisschen schmoren. Wenn sie das am Freitag ernst gemeint hat und dich nicht wiedersehen will, dann hörst du nichts mehr von ihr. Aber wenn sie dich nochmal sehen möchte, ruft *sie* an.»

«Glaubst du wirklich?»

«Bei mir hat es funktioniert. Erinnerst du dich an diese blonde Oberschwester?»

Ja, Barry erinnerte sich. «Triffst du dich noch mit ihr?»

«Nee, gar nicht. Ich bin bloß ein paar Monate mit ihr

gegangen. Die war wirklich ein heißes kleines Ding, aber dann hat sie angefangen, aufs Heiraten anzuspielen, und du kennst mich ja, Barry. Warum eine Kuh kaufen, wenn man einen Liter Milch im Laden kriegt?»

«Du bist immer noch der Alte, Mills.»

Jack lachte. «Ich habe noch fast vier Jahre Ausbildung vor mir. Du weißt doch, was sie den Assistenzärzten zahlen. Soll ich etwa zölibatär leben, zum Ruhme der Priesterschaft der Chirurgen? Kommt gar nicht in die Tüte. Und ich bin noch nicht so weit, mich häuslich niederzulassen. Könntest du dir das vorstellen? Ich mit Pfeife und Pantoffeln und einer Rasselbande an den Hacken?»

«Nicht so ganz.»

«Überhaupt nicht. Wenn du dir wegen eines Mädchens ins Hemd machst, kann ich dich nicht daran hindern, aber es spricht einiges dafür, sich nicht zu sehr einzulassen.»

«Manchmal kann man das nicht steuern. Es passiert einfach», gestand Barry leise.

«Bei dir ist Hopfen und Malz verloren, Labbertee. Erstens scheinst du zu glauben, dass du dir das Schicksal von jedem einzelnen deiner Patienten zu Herzen nehmen musst. Zweitens kannst du ein Mädchen nicht von der Seite angucken, ohne gleich zu meinen, sie wäre eine Mischung aus der Venus von Milo und Raquel Welch.»

«Ach komm, Jack.»

«Nichts ‹ach komm›. Du bist ein hoffnungsloser Romantiker. Deswegen mag ich dich ja auch.» Jack erhob sich und drückte Barry sein inzwischen leeres Whiskeyglas in die Hand. «Und ich würde dich noch viel lieber mögen, wenn du mir ein bisschen Nachschub besorgen könntest. Auf einem Bein kann man nicht stehen.»

23
Das Trommelblech

❋

«Das ist ja, als gäb's hier was umsonst.» O'Reilly schloss die Tür zum überfüllten Wartezimmer. «Da müssen wir was unternehmen. Ich bin heute Morgen nicht in der Verfassung, mich mit dem Leid der ganzen Welt auseinanderzusetzen.»

Das überraschte Barry nicht. Als er gestern Abend, nach einem erstaunlich ungestörten Tag, um halb elf ins Bett gegangen war, war O'Reilly noch nicht zurück gewesen. Und auch beim Frühstück hatte Barry auf die Gesellschaft seines Chefs verzichten müssen. Dabei verschlief dieser normalerweise nicht. Doch die kleinen roten Äderchen in seinen Augäpfeln und die geschwollenen Tränensäcke legten Zeugnis davon ab, warum der Arzt erst wenige Augenblicke bevor die Praxis öffnen sollte, aufgetaucht war.

«Was können wir denn da machen? Ein paar von ihnen bitten, wieder nach Hause zu gehen?»

O'Reilly gab etwas wie ein Grunzen von sich, dann riss er die Tür weit auf und fragte: «Wer ist der Erste?»

«Ich, Herr Doktor.» Ein kleiner Mann mit einer Tuchmütze stand auf. Er trug einen roten Schal um den Hals, und sein Rumpf wirkte wie ein Bierfässchen. Er hatte einen trockenen, rauen Husten.

«Dann komm mit, Francis Xavier.»

Barry ging voraus.

«Du bist dran», meinte O'Reilly, während er sich auf die Untersuchungsliege setzte. «Ich leide heute Morgen unter akuter Kraftlosigkeit.»

Barry ließ sich im Drehsessel nieder. «Was kann ich für Sie tun, Mr –?»

«Francis Xavier MacMhuireadhaigh.»

Hilflos schaute Barry zu O'Reilly hinüber.

«Francis Xavier Murdoch», übersetzte dieser.

«Nennen Sie mich Frankie», sagte der kleine Mann, indem er rasch seine Mütze abnahm, unter der eine Glatze zum Vorschein kam. «Frankie. Aber ich habe das Blut der Götter in den Adern, ja doch.» Er atmete pfeifend und rieb sich die Kehle.

Sofort fragte Barry sich, ob er es hier wieder mit einem Psychiatriepatienten zu tun hatte, doch dann fiel ihm ein, dass er Maggie MacCorkle an seinem ersten Tag in der Praxis auch falsch beurteilt hatte.

«Das Blut der Götter? Welcher Götter denn?»

Der untersetzte Mann schob sich auf dem schrägen Stuhl nach hinten. «Mein Vorfahre, William Mac Mhuireadhaigh, hat 1800 und noch was die Gasbeleuchtung erfunden. Der letzte Schah von Persien, ein Mann namens Nassreddin, meinte, Willie Murdoch wäre die Reinkarnation von Marduk, dem babylonischen Gott des Lichtes.»

«Das stimmt», bestätigte O'Reilly müde. «Ich habe es nachgeschaut.»

«Sehr interessant.» Barry freute sich, dass er nicht voreilig falsche Schlüsse gezogen hatte. «Und was hat Sie heute hergeführt, Frankie?»

«Ich hab's allein gefunden, bin schon öfter hier gewesen.»

«Und warum sind Sie hergekommen?» Barry wusste,

dass manche Bewohner Ulsters die Sprache sehr wörtlich auslegten.

«Hab 'n schreckliches Pfeifen in der Kehle.» Er hustete.

«Halsschmerzen?»

«Ja. Seit einer Woche.»

«Und fehlt Ihnen sonst noch etwas?»

«Nur die Haare. Ich hab versucht, mir die Birne mit Salzheringen einzureiben, hat aber nichts genützt.»

«Ich glaube, gegen die Glatze können wir nicht viel unternehmen, Frankie.»

«Nein, aber wenn ein Sturm das Stroh vom Dach gefegt hat, kommt die Kälte rein, und das geht auf den Hals.» Mit einer knubbligen Hand rieb er sich die Glatze, mit der anderen den Hals.

«Dann wollen wir mal schauen.» Barry nahm einen hölzernen Mundspatel zur Hand. «Weit aufmachen. Sagen Sie aah.»

Der Rachen des Mannes war gerötet und mit kleinen gelben Flecken übersät, sodass er wie eine reife Erdbeere aussah. Barry legte den Mundspatel wieder fort. «Sie haben sich eine kleine Entzündung geholt, Frankie.»

«Vereitert?»

«Noch nicht schlimm, nur kleine Eiterstippen. Hier ...» Barry kritzelte etwas auf den Rezeptblock. «Das ist ein Rezept für Penicillin. Nehmen Sie viermal täglich eine, und das eine Woche lang.»

Zweifelnd betrachtete der kleine Mann das Rezept. Dann wandte er sich an O'Reilly. «Kriege ich keine schwarze Flasche, Sir?»

«Oh, aber selbstverständlich», antwortete O'Reilly. «Schreiben Sie doch bitte noch *mist. morph. et ipecac.* dazu, Doktor Laverty.»

Barry nahm den Zettel noch einmal zur Hand und

fügte die Anweisungen für die Mixtur in der berühmten «schwarzen Flasche» hinzu. Daran hätte er selbst denken sollen. Das *morph.* – Morphin – eignete sich gut, um den Husten zu unterdrücken, während das *ipecac.* – Ipecacuanha – gar keine medizinische Wirkung hatte, sondern einfach dafür sorgte, dass das Gebräu scheußlich schmeckte, und je ekelhafter der Geschmack, desto größer die Heilwirkung. «Bitte schön, Frankie. Schauen Sie in einer Woche wieder rein, wenn's nicht besser wird.»

«Das mache ich, Herr Doktor.» Frankie erhob sich.

Von Barry unbemerkt, war O'Reilly von der Untersuchungsliege gerutscht. Nun nahm er Frankie am Ellbogen und führte ihn aus dem Behandlungszimmer. Barry hörte nicht, wie die Haustür geschlossen wurde, und als O'Reilly zurückkehrte, machte er die Sprechzimmertür ebenso lautlos hinter sich zu. Er hielt sich den Zeigefinger vor die Lippen und grinste Barry an.

Auf einmal fing O'Reilly an zu jammern, so schauerlich, dass Barrys Nackenhaare sich sträubten. Es war ein Jammern, das tief unten begann und dann mindestens zwei Oktaven in die Höhe ging. Zwischendurch stieß er Schreie aus: «Herrgott, Doktor, hören Sie auf!» und «Sie bringen mich um, Mann!» und «Lieber Gott, das ist genug! Gnade! Erbarmen!». Dann verließ er mit lauten Schritten den Behandlungsraum. Die Haustür schlug krachend zu, und auch als O'Reilly zurückkehrte, schloss er die Tür nicht eben sanft hinter sich.

«Was –»

Wieder hielt sich der Arzt den Zeigefinger vor die Lippen. Dann zog er seine Pfeife aus der Tasche und zündete sie an. «Jetzt warten wir fünf Minuten», flüsterte er. «Und dann gehst du wieder ins Wartezimmer.»

«Ja und?»

«Lass dich überraschen. Die Hälfte von denen, die bloß nichts Besseres zu tun haben und denen eigentlich nichts fehlt, haben die Flucht ergriffen.» Er rieb sich die Stirn. «Ich habe dir ja gesagt, dass ich es heute nicht mit solchen Massen aufnehmen kann.» O'Reilly ging zur Tür. «Du wirst jetzt einen angenehmen Vormittag haben. Ich ziehe mich nochmal eine Weile zurück.»

Barry sah ihm nach. Fingal Flahertie O'Reilly, dachte er, vor zwei Wochen habe ich dich noch für den größten Scharlatan gehalten, der je das Licht der Welt erblickte. Und jetzt? Also, ein Quacksalber bist du mit Sicherheit nicht, aber es wird auch nicht langweilig, hier zu arbeiten.

Als er die Tür zum Wartezimmer öffnete, waren nur noch eine Handvoll Patienten übrig geblieben, und alle betrachteten ihn in stummer Furcht. Ihnen war anzusehen, dass keiner von ihnen, kein Einziger, ihm heute auf der Nase herumtanzen würde.

. • .

Als sie zu den Nachmittagsbesuchen aufbrachen, hatte O'Reillys Laune sich deutlich gebessert, auch wenn er während des Mittagessens, das für Barry kürzer ausgefallen war als sonst, noch schweigsam gewesen war. Die Zahl der Patienten, die Barry heute Vormittag zu behandeln gehabt hatte, war durch O'Reillys Schauspielkünste zwar stark reduziert worden, aber er hatte sich für jeden extra viel Zeit genommen. Er würde dafür sorgen, dass nicht noch ein weiterer Major Fotheringham sein Gewissen belastete.

«Beeil dich ein bisschen», brummte O'Reilly. «Wir haben nicht den ganzen Tag Zeit.»

Mit einem einzigen großen Schluck trank Barry seinen Tee aus.

«Der Wagen steht vorne vor dem Haus.»

«Gut.»

Ihr Programm führte sie in die Ballybucklebo Hills zu einem Farmer, der vor einigen Wochen unter seinen Traktor gekommen war und sich nun auf dem Wege der Genesung befand. O'Reilly war mit seinen Fortschritten zufrieden. Auf dem Rückweg fuhren sie über die Kreuzung *Six Road Ends*. Felder, die noch grün gewesen waren, als Barry Donal Donnelly auf seinem Rad nach dem Weg gefragt hatte, hatten sich inzwischen golden verfärbt, und die borstige Gerste neigte sich schimmernd im Licht der Nachmittagssonne. Eine schwarzweiße Elster mit langem Schwanz schoss im Tiefflug über den Wagen hinweg.

Barry grüßte sie. Trotz seiner wissenschaftlichen Ausbildung war er gegen den Aberglauben auf dem Land nicht gefeit. Ein Kinderreim über Elstern ging ihm durch den Kopf: «Eine bringt Kummer, zwei Freuden genug, dreie ein Mädchen und viere 'nen Bub.» Der einzelne Vogel konnte ein Vorzeichen für Kummer sein, aber wenn man ihn grüßte, dann beschützte er vor dem bösen Blick – so sagte man. Barry wünschte, es wären drei Elstern gewesen. Ihn verlangte es nur nach einem Mädchen.

Als sie an Sonnys Schrottplatz vorbeikamen, drosselte O'Reilly das Tempo. Das Haus ohne Dach wirkte verlassen, und das Unkraut zwischen dem Alteisen und den Autowracks war höher geworden. Die violetten Blütenköpfe der Disteln hatten sich in flaumige Samenstände verwandelt, und wenn der Wind hineinfuhr, verstreute er ihre winzigen Schirmchen überall zwischen den gelben Blütenständen des Jakobskreuzkrauts, den Brennnesseln und dem breitblättrigen Ampfer.

«Ist das nicht komisch», meinte O'Reilly, «dass die Brennnesseln und der Ampfer, der das Brennen lindert, anscheinend immer nebeneinander wachsen? Ich frage mich, welche pharmakologischen Wirkstoffe die Blätter enthalten.»

«Keine Ahnung.» Barry betrachtete Sonnys Waschmaschine, die stumm und reglos am Straßenrand stand.

«Was wir brauchen», fuhr O'Reilly fort, «ist eine Art Ampfer als Gegengift zu dieser alten Brennnessel, unserem Councillor Bertie Bishop, dem Meister der Orange Lodge … diesem Kotzbrocken von oben bis unten. Etwas, das ihn zwingt, mit Sonny einen Kompromiss zu schließen. Der wird nämlich in ein paar Tagen entlassen.» O'Reilly beschleunigte in eine unübersichtliche Kurve hinein. «In Bangor gibt es ein Altenheim. Wir könnten versuchen, Sonny da unterzubringen, aber dann würde Bishop sich sein Eigentum unter den Nagel reißen. Und Sonny würde total abbauen, wenn er das Gefühl hätte, dass er den Rest seines Lebens im Heim zubringen müsste. Das wäre sein Ende.»

«Fingal, pass auf! Ein Radfahrer!»

O'Reilly riss das Steuer herum.

Barry entspannte den Fuß, den er auf den Wagenboden gestemmt hatte, als könnte er das Auto damit bremsen. «Du hast mir ausdrücklich gesagt, wir könnten nicht alle Probleme der Welt lösen.»

Der Wagen schwenkte wieder in die richtige Spur ein.

«Da hast du recht. Aber es ist jammerschade um den alten Burschen.» O'Reilly verfiel in Schweigen, und Barry beschloss, nichts mehr zu sagen, bis sie ihr Ziel erreicht hatten.

Als sie in die Siedlung abbogen, erkannte Barry sogleich den sozialen Wohnungsbau wieder. Zweistöckige Reihenhäuschen standen sich finster gegenüber, an Straßen, die so schmal waren, dass schon um drei Uhr nachmittags die Sonne nicht mehr hineinschien. Ein paar Kinder hatten oben an eine Laterne ein Seil gebunden und schwangen sich daran um den Pfahl herum. Mit ihren hohen Stimmen lachten und zwitscherten sie wie ein Starenschwarm. Abgesehen von ein paar staubigen Spatzen im Rinnstein und Scharen von verwilderten Tauben, waren diese Stare die einzigen Vögel, die das Elendsviertel besuchten.

Barry fiel wieder ein, dass Patricia gerne Vögel beobachtete und dass sie den Vogel hatte bestimmen können, der auf ihrem abendlichen Spaziergang gesungen hatte. An der Vogelwelt hier hätte sie nicht viel Freude gehabt.

O'Reilly bremste. «Jetzt zeige ich dir etwas, das hast du noch nie gesehen.»

«Ja?»

«Komm mit.»

Eine Frau in einer bedruckten Baumwollschürze und flauschigen Hausschuhen ließ sie ein. Barry fiel auf, dass ihre bloßen Schienbeine mit einem Geflecht aus braunen Linien überzogen waren, das sich wie ein verknäultes Fischernetz über die Riffe der Krampfadern zog. *Erythema ab igne*, dachte er, ein chronischer Wärmeschaden, der entstand, wenn die Haut dem Kaminfeuer zu intensiv ausgesetzt war: ein eindeutiges Zeichen für Armut. Wenn für ihre zugigen, feuchten Häuser im Winter keine anderen Wärmequellen zur Verfügung standen, saßen die armen Leute vor winzigen, qualmenden Kohlenfeuern, die auf geheimnisvolle Weise diese merkwürdige Marmorierung an der Vorderseite der Beine hervorriefen.

«Wie geht's Hughey heute?», erkundigte sich O'Reilly.

«Er ist draußen im Garten, Doktor. Da sind noch ein paar Sonnenstrahlen, und er liebt die Wärme, ja doch.»

Barry wunderte sich, dass die Frau ein Backblech und einen Löffel mitnahm, als sie durch die kleine Küche nach draußen gingen.

Der Hof war typisch für diese winzigen Häuser: eine Fläche aus rissigem Beton, die mit niedrigen roten Ziegelmauern eingefriedet war. Die Wäsche, die an der quer darübergespannten Leine zum Trocknen aufgehängt war, wehte im Wind. Der größte Teil der Betonfläche lag im Schatten des Hauses, der zusehends länger wurde, aber das äußerste Ende bekam noch Sonnenlicht. Dort stand ein Mann in einem verschlissenen Pullover und einer Moleskinhose und beugte sich über einen hölzernen Blumenkasten mit roten, weißen und violetten Fleißigen Lieschen. Er drehte sich nicht um, als sie sich näherten, was Barry erstaunte, weil O'Reillys Stiefel auf dem Beton laut klapperten.

Erst als die Frau dem Mann auf die Schulter tippte, fuhr er herum und schaute O'Reilly an.

«Na, wie geht's, wie steht's, Doktor O'Reilly?» Das lederbraune Gesicht des Mannes wies mehrere unregelmäßige, weiße, erhöhte Narben auf. Er grinste.

«Und selbst, Hughey?»

Der Mann hielt sich die hohle Hand hinters Ohr. Barry fiel das Haarbüschel auf, das aus dem Gehörgang quoll.

«Was?» Hughey runzelte die Stirn und schüttelte den Kopf. «Das verdammte Blech, Doreen.»

Barry fuhr zusammen, als Doreen begann, das Backblech mit dem Löffel zu bearbeiten. Er sah, wie O'Reilly sich an den Kopf griff. Bei seinem Kater musste das infernalische Getöse Wunder wirken. Jedenfalls störte es den Frieden eines Taubenpärchens und scheuchte die Vögel von ihrem Sitzplatz auf der Fernsehantenne oben auf dem Schornstein fort.

«Wie geht's dir, Hughie, habe ich gefragt!! Kommst du mit deiner Medizin klar?», brüllte O'Reilly seinen Patienten an.

«Gut. Aber diese Ohrentropfen sind keinen Pfifferling wert.»

Bei dem ohrenbetäubenden Geklapper konnte Barry die Worte des Mannes kaum verstehen. Was ging hier vor?

«Das tut mir leid», schrie O'Reilly. «Vielleicht solltest du sie lieber nicht mehr nehmen. Schade, dass sie nicht gewirkt haben.»

«Ach, es gibt Schlimmeres.» Hughey warf Doreen einen Seitenblick zu. «Wenigstens muss ich mir dann ihr Geschnatter nicht anhören.»

«Du Spinner.» Sie gab ihm ein Küsschen auf die Wange. «Pass auf, sonst schlage ich meine kleine Trommel hier nicht mehr.» Und barmherzigerweise hörte sie tatsächlich auf. «Das war's also, Doktor O'Reilly?»

«Ich fürchte, ja, Doreen. Ich habe den Ohrenarzt in Belfast gefragt, und er hat gesagt, er hätte sein Bestes getan. Es ist schade, dass er nicht mehr tun kann.»

«Ja. Aber wenigstens hab ich ihn noch hier, mein Alterchen.» Sie hämmerte wieder auf ihr Trommelblech ein. «Der Doktor sagt, er kann nicht mehr tun, Hughey.»

Der Mann nickte. «Genau wie in dem alten Lied. ‹Zum Arbeiten bin ich zu alt, aber zum Sterben zu jung.›»

«Ach, was du heute wieder redest. Ich mach dir 'ne schöne Pfanne mit Gebratenem zum Abendessen, und ein paar Fläschchen Stout haben wir auch noch im Haus. Du willst doch nicht sterben, bevor die leer sind, oder?»

Er schüttelte den Kopf.

«Ich bringe die beiden jetzt raus. Los, geh wieder an deine Blumen.»

Hughey nickte und wandte sich erneut den Blumenkästen zu.

«Er liebt seine Blümchen, doch ja», sagte Doreen mit einem feuchten Schimmer in den Augen.

• • •

«So was habe ich wirklich noch nie erlebt», sagte Barry, als er die Wagentür schloss.

«Die verdammten Werften.» O'Reilly fuhr los. «Hughey war Nieter. Sind dir die Narben in seinem Gesicht aufgefallen? Man kann nicht sein Leben lang mit rotglühendem Metall arbeiten, ohne sich ab und zu mal zu verbrennen.»

«Aber was war das mit dem Backblech?»

«Hast du jemals Nieter bei der Arbeit gehört?»

«Nein.»

«Aber ich. Während des Krieges, im Hafen von Valletta auf Malta. Sie haben die *Ark Royal* repariert. Tausend Männer, die mit Nietpistolen loslegen? Das klingt wie die sprichwörtlichen Höllenhämmer. Ein Wunder, dass dabei nicht noch mehr Männer das Gehör verlieren.» Er hielt am Straßenrand, kurz vor dem Maibaum und der Ampel. «Hughey ist stocktaub. Nietertaubheit.»

«Aber wenn jemand auf einem Backblech herumhämmert, kann er hören?»

«Genau. Frag mich nicht, warum, aber so ist es.»

«Erstaunlich.»

«Das finde ich auch.» O'Reilly öffnete die Fahrertür. «So, mit den Besuchen sind wir für heute fertig, und ich brauche ein bisschen Medizin.»

«Was?»

«Um den Kater zu ersäufen. Nachdurst, verstehst du? Ich war gestern Abend nicht ganz abstinent.»

«Ach so», sagte Barry taktvoll.

«Ich lade dich zu einem Pint im Dreckspatz ein.»

«Schön.»

«Aber nur zu einem. Morgen müssen wir beide nämlich in Hochform sein. Die Hälfte der Patienten, die ich heute Vormittag verjagt habe, ist morgen früh bestimmt wieder da, und du musst Cissie Sloan wegen ihrer Schilddrüse behandeln. Ihre Ergebnisse sollten eigentlich auch morgen kommen.»

«Stimmt.»

«Und wenn diese blöden Mäuse nicht wieder abgekratzt sind, müssten wir außerdem erfahren, ob die kleine MacAteer wirklich schwanger ist.»

«Vielleicht sogar noch mehr, Fingal. Kinky geht heute Abend zum Landfrauenverein.»

«Und was hat das damit zu tun?»

«Ich habe vergessen, es dir zu sagen. Kinky meint, Julie könnte vielleicht bei den Bishops Hausmädchen sein. Sie will Mrs Bishop heute Abend fragen.»

«Interessant», meinte O'Reilly, «aber ich verdurste gleich. Du kannst mir das alles im Pub erzählen.»

24

«*Alle Berufe sind Verschwörungen gegen den Laien*»

❋

Barry war ein wenig enttäuscht gewesen, dass er keine Gelegenheit mehr gehabt hatte, mit Kinky zu sprechen, nachdem sie am vergangenen Abend vom Treffen des Landfrauenvereins zurückgekehrt war, aber er und O'Reilly waren wieder zu einer Niederkunft gerufen worden. Er grinste, während er sich den Schlips band. Wenn noch mehr Mütter ihrer Dankbarkeit Ausdruck gaben, indem sie das Baby nach ihm benannten, würde es bald schwierig werden, die kleinen Barrys aus Ballybucklebo voneinander zu unterscheiden.

Nein, er wollte sich nicht beklagen. Es wirkte Wunder für die Moral, wenn man miterlebte, wie eine dankbare, gesunde Frau ohne Komplikationen ein Baby zur Welt brachte. Eine Geburt zu begleiten war zwar vielleicht nicht so anspruchsvoll wie Hirnchirurgie und auch intellektuell nicht so anregend wie die Arbeit eines Kardiologen oder eines Endokrinologen, aber – Barry ärgerte sich, dass er seine Gedanken nicht prägnanter in Worte fassen konnte – er fühlte sich dabei wohl. Und das war angenehm.

Er begab sich ins Speisezimmer.

«Morgen, Fingal.»

«Du siehst aus, als hättest du das große Los gezogen.»

O'Reilly schaute von einem Teller mit einem Gericht aus kleingeschnittenen, gebratenen, scharfgewürzten Lammnieren auf. «Bist du zufrieden mit dir?»

«Na ja, ich ...»

«Da hast du auch allen Grund zu. Du hast ein Händchen für die Geburtshilfe.»

Barry nahm sich auch eine kleine Portion. Der Dampf von einer dieser geheimnisvollen, aber immer köstlichen Soßen, die Kinky zubereitete, stieg ihm in die Nase.

«Ich weiß», meinte O'Reilly kauend, «du bist hergekommen, um dich als praktischer Arzt zu versuchen.»

Barry kam von der Anrichte zurück.

«Ich möchte dich nicht drängen hierzubleiben.» O'Reillys Blick war gelassen. «Vielleicht fährst du besser, wenn du den Facharzt in Gynäkologie und Geburtshilfe machst.»

Barry wusste nicht recht, was er sagen sollte. Er hatte gestern Abend selbst über diese Möglichkeit nachgedacht.

«Du musst das tun, was für dich richtig ist, mein Sohn.»

«Das ist großzügig von dir, Fingal.»

«Quatsch.»

«Doch.»

O'Reilly holte tief Luft. «Ich wollte mich damals ja selbst auf Geburtshilfe spezialisieren. Dann kam der verdammte Krieg, und da habe ich mich idiotischerweise freiwillig gemeldet. Als er vorbei war, war ich zu alt, um nochmal vier Jahre in meine Ausbildung zu stecken. Ich musste meinen Lebensunterhalt verdienen. Und hier ist es gar nicht so schlecht.»

Barry erinnerte sich daran, dass sein Vater gesagt hatte, zu den Kriegsopfern zählten nicht nur die Toten und die Verwundeten. «Das habe ich nicht gewusst.»

«Woher denn auch?» O'Reillys Worte klangen schroff.

Barry schüttelte den Kopf. «Ich weiß. Es ehrt mich, dass du mir davon erzählst.»

«Schwachsinn. Ich sage es dir nur, damit du mich nicht für – wie hast du das noch ausgedrückt? – großzügig hältst.»

Du alter Dummkopf, dachte Barry, du würdest vor Scham umkommen, wenn irgendjemand auch nur den Verdacht schöpfte, dass du auch eine weichherzige Seite hast. «Vielleicht war ‹großzügig› ja das falsche Wort. Das ist fair von dir, habe ich gemeint.»

Das schien O'Reilly zu beschwichtigen. «Es ist deine Sache. Jetzt iss bitte und halte den Mund. Ich habe einiges, worüber ich nachdenken möchte.» O'Reilly beugte sich über seinen Teller, schaufelte sich den Mund voll Nierchen und kaute energisch.

Barry setzte sich hin. Auch er wollte über eine Menge Dinge nachdenken. Gynäkologie und Geburtshilfe hatten viel für sich, und dass die Geburtshilfe ihm Freude machen würde, bezweifelte er nicht. Wenn alles gut lief, hatte man viele zufriedene Patientinnen – und normalerweise lief es gut. Das Problem war die Gynäkologie. Lange Arbeitstage in der Klinik, wo man Frauen mit Vaginalausfluss und schweren Regelblutungen behandelte. Oder Frauen das Herz brach, weil man ihnen mitteilen musste, dass sie nicht schwanger werden konnten. Die Armen, sie glaubten, dass die Ärzte ihnen helfen konnten, aber Barry wusste nur zu gut, dass die Medizin in den meisten Fällen wenig oder gar nichts zu tun vermochte, was erwiesenermaßen half. Es war ein Segen, dass so viele Frauen ganz von selbst schwanger wurden – häufig sogar entgegen der ärztlichen Vorhersage. Und dann waren da die Krebsfälle. Ihn schauderte. Eierstockkrebs. Gebärmutterhalskrebs. Er hatte beides gesehen, und die Frauen waren daran gestorben, trotz heldenhafter Totaloperationen, trotz hoher Dosen der furchtbar kräftezehrenden Strahlentherapie.

«Deine Nierchen werden kalt», schreckte O'Reilly ihn aus seinen Gedanken auf. «Kinky bringt dich um.»

«Was?»

«Tu sie zurück in die Schüssel auf der Wärmeplatte. Vielleicht merkt sie's dann nicht.»

«Gut.» Barry stand auf und kratzte gerade den letzten Rest der gelierten braunen Masse in die Schüssel, als Kinky hereinmarschiert kam und mit einem Blick erfasste, was er da machte. Sie zog die Nase hoch – so kräftig, dass sie, wie sie selbst gesagt hätte, mit ihrem Schniefen ein Kätzchen durch den Schornstein hätte hochsaugen können.

«Waren die Nierchen etwa nicht in Ordnung, nein?» Sie verschränkte die Arme, ihr Dreifachkinn schwabbelte, und Barry huschte in Deckung, wie eine Maus, die von einem Scheinwerfer aufgescheucht wird.

«Doch, doch – aber die Augen waren einfach größer als der Mund. Ich konnte nicht alles aufessen, was ich mir genommen hatte.»

«Hm.»

«Das stimmt», kam O'Reilly ihm zu Hilfe. «Dieser Gierschlund. Aber ich kann ihn verstehen.» Er reichte Kinky seinen Teller, der so gründlich abgegessen war, dass Barry dachte, O'Reilly hätte einen Teil des Musters mitverzehrt. «Sie waren himmlisch.» Er presste einen leisen Rülpser hervor. «'tschuldigung.»

«Bitte sehr», sagte Kinky, ließ die Arme sinken und nahm den Teller entgegen. «Der Rest reicht noch für eine gute Steak-and-Kidney-Pie, wenn Sie nichts dagegen haben, zum Abendbrot nochmal Nierchen zu essen.»

«Das wäre wunderbar», meinte Barry. «Kinky?»

«Ja?»

«Sind Sie zufällig gestern Abend dazu gekommen, mit Mrs Bishop zu sprechen?»

Kinky strahlte. «Ja, und Sie hatten recht. Das Fräuleinchen aus Rasharkin ist tatsächlich Hausmädchen bei den Bishops. Aber bloß ein kleines Dienstmädchen.»

Barry schmunzelte. Die Klasseneinteilung unter den Hausangestellten war so starr wie das Kastensystem in Indien. Und eine Haushälterin stand so weit über einem Dienstmädchen wie ein Brahmane über einem Straßenkehrer.

«Seit wann arbeitet sie denn da?», erkundigte sich O'Reilly.

«Seit drei Monaten.»

Der Arzt zählte etwas an den Fingern ab. «Und wie kommt sie mit den Bishops klar?»

«Mrs Bishop ist todunglücklich, dass Julie gekündigt hat. Das Fräuleinchen wollte ihr auch erst gar nicht sagen, warum. Angeblich ist ihre Schwester in Liverpool krank.»

O'Reilly warf Barry einen Blick zu.

Kinky zog die Nase hoch, diesmal hätte der Sog allerdings nur für ein Mäuschen gereicht. «Mrs Bishop ist stinksauer. Fuchsteufelswild, ja. Sie meint, das mit der Schwester in England sei Humbug.»

«Und was glaubt *sie*, warum Julie gekündigt hat?»

«Weil Bertie Bishop schon immer ein Schürzenjäger war. Mrs Bishop ist sich zwar nicht sicher, aber sie hat den Verdacht, dass ihr Mann dem Fräuleinchen einfach einmal zu oft in den Po gekniffen hat.»

O'Reilly machte große Augen. «Da haben wir's.»

Barry war sich nicht ganz sicher, worauf sein Chef anspielte, aber im Moment erschien es ihm wichtiger, herauszufinden, wer der Vater des Babys war. «Kinky, wissen Sie zufällig, ob Julie einen Freund hat?»

Kinky runzelte die Stirn. «Auch danach habe ich gefragt.»

«Und?»

«Mrs Bishop wusste es nicht, aber abends ist ein paarmal so ein Rotschopf bei den Dienstbotenwohnungen aufgetaucht.»

«Kannte sie ihn?»

Kinky schüttelte den Kopf. «Sie hat ihn nur ganz kurz gesehen.»

«Mist.»

«Mach dir nichts draus, Barry.» O'Reilly rieb sich begeistert die Hände, so wie Ebenezer Scrooge, der einen Haufen Gold-Sovereigns betrachtet, fand Barry. «Tausend Dank, Kinky. Sie sind noch ein besserer Spion als dieser James Bond. Und der kann nicht kochen.»

«Ach, gehen Sie mir weg, mein lieber Doktor.» Kinky kicherte. «Ich habe einen von diesen Nullnullsieben-Filmen gesehen.» Dann senkte sie die Stimme und sagte sehr zu Barrys Erstaunen: «Ich hätte nichts dagegen, wenn die Pantoffeln von diesem Sean Connery unter meinem Bett stünden, nein, gar nichts.»

«Sie sind eine Frau, die es ganz schön in sich hat, Kinky Kincaid», versetzte O'Reilly.

«Und für einen Mann, der eigentlich arbeiten sollte, sind Sie ein großer Schmeichler.»

«Wie viel denn arbeiten?»

«Nicht allzu viel. Ein halbes Dutzend von den Üblichen. Julie MacAteer kommt später.» Kinky zog die Stirn kraus. «Und Cissie Sloan ist da, obwohl sie heute gar nicht mit der Aufbauspritze an der Reihe ist.»

• • •

Kinky hatte recht. Das Wartezimmer war halb leer. Als Barry und O'Reilly durch den schmalen Türspalt lugten, wisperte Barry: «Deine Theatervorstellung gestern muss besser gewesen sein, als du gedacht hast, Fingal. Sie sind doch nicht alle wieder hier.»

«Die kommen schon noch», meinte O'Reilly. «Eigentlich hätte unser Heiland sagen sollen: ‹Die Armen *und* die mühseligen und beladenen Kranken sind immer bei uns.›»

«Eigentlich heißt es: ‹Denn Arme habt ihr allezeit bei euch›, Johannesevangelium, Kapitel 12, Vers 8.»

«Ich lasse mich gern korrigieren», sagte O'Reilly. Dann riss er die Tür auf und rief: «So, wer ist zuerst dran?»

Cissie Sloan erhob sich.

«Tut mir leid, Cissie. Deine Ergebnisse kommen erst in einer halben Stunde. Sobald sie da sind, hole ich dich.»

Schwerfällig setzte sie sich wieder hin.

«Der Nächste?»

«Ich, Sir.»

Barry folgte O'Reilly und dem Patienten ins Sprechzimmer. Er war ein hochgewachsener Mann mittleren Alters, der einen dreiteiligen schwarzen Anzug trug und tieftraurig wirkte. Sein dunkles, glattes Haar war geölt und in der Mitte gescheitelt, mit einer derartigen Präzision, als hätte er ein Lineal dazu verwendet. Oder aber er hatte sich den Schädel schwarz lackiert.

Mit den eingefallenen Wangen unter den hervorstehenden Wangenkochen hätte sein Gesicht einem Totenschädel geähnelt, wäre da nicht seine Nase gewesen, die zur Spitze hin zu einer zerfurchten, mit kleinen Narben gesprenkelten Tomate erblüht war. Barry erkannte dieses Leiden – ein Rhinophym, im Volksmund als Knollennase bezeichnet. Es rührte daher, dass die Talgdrüsen verstopft waren und das Sekret sich darin staute, sodass das Gewebe anschwoll.

Der Unglückliche hätte als Clown durchgehen können, der nur einen Teil seiner Bühnenmaske angelegt hatte, oder auch als magerer W. C. Fields an einem besonders durstigen Tag.

«Setzen Sie sich doch, Mr Coffin», sagte O'Reilly, indem er sich im Drehsessel niederließ. «Was führt Sie zu mir?»

Barry musste ein Schmunzeln unterdrücken. *Nomen est omen*, dachte er. Kein Wunder, dass jemand, der «Sarg» mit Nachnamen hieß, wie ein lebender Leichnam aussah.

«Bin nur noch ein Schatten meiner selbst.» Seine Stimme war genauso trübselig wie seine ganze Erscheinung. Offenbar meinte Mr Coffin, dass er sich ganz allgemein nicht gut fühlte, ohne bestimmte Symptome zu haben.

«Immer noch?», fragte O'Reilly.

«Ja.» Er sprach das Wort langsam aus, gewichtig, und erst nach langem, gründlichem Überlegen. Es klang wie jaaa-aa-a, mit steigender Tonhöhe zum Ende hin.

«Und Sie sind bei den beiden Spezialisten gewesen, zu denen ich Sie geschickt habe?»

«Jaaa-aa-a.» So nachdenklich wie das erste Ja.

«Und beide haben Sie ohne Befund wieder nach Hause geschickt?»

«Jaaa-aa-a.» Die gleiche Intonation.

Die Nordiren waren ja bekannt dafür, dass sie manchmal ein bisschen maulfaul waren, dachte Barry, aber wenn es jemals einen internationalen Wettbewerb in Wortkargheit geben sollte, konnte dieser Mr Coffin durchaus für Ulster antreten.

O'Reilly stellte noch einige weitere Fragen, die alle ein vielsilbiges Ja zur Antwort hatten. «Ich glaube, wir kommen hier nicht richtig weiter, Mr Coffin», erklärte der Arzt schließlich. «Könnten Sie sich vorstellen, ein bisschen Urlaub zu machen?»

Der Patient runzelte die Stirn, blickte zur Decke hinauf, atmete tief ein, setzte zum Sprechen an, überlegte noch einmal und sagte dann zu Barrys Erstaunen ein weiteres Wort. Während sein Ja die Tonleiter hinaufgeklettert war, glitt seine Stimme diesmal in einem unheilvollen Glissando abwärts, wobei er gleichzeitig mit seinem schmalen Hinterteil auf der schrägen Sitzfläche des Stuhls nach unten rutschte.

«Naaaaa-iin.»

«Also» – O'Reilly erhob sich –, «ich kann Ihnen nur raten, sich viel an der frischen Luft aufzuhalten, auf eine gesunde Ernährung zu achten und dafür zu sorgen, dass Sie viel Schlaf kriegen.»

«Jaaa-aa-a?» Leidend.

O'Reilly seufzte. «Na ja, vielleicht könnten Sie auch noch was ausprobieren, was meine Großmutter den Leuten gegeben hat, wenn sie ein bisschen bedrückt waren.»

«Jaaa-aa-a?» Diesmal mit einer Spur von Interesse.

«Sie sammeln ein bisschen Johanniskraut, hacken es klein und kochen daraus einen Tee zum Trinken.»

«Jaaa-aa-a?»

«Jaaa», bestätigte O'Reilly.

Das steckt also an, dachte Barry, als der Arzt Mr Coffin zur Tür geleitete.

«Versuchen Sie's mal mit dem Johanniskraut, aber kommen Sie wieder zu uns, wenn Sie sich noch Sorgen machen», bot O'Reilly ihm an.

«Jaaa-aa.» Stöhnend verließ Mr Coffin den Raum.

«Armes Schwein», meinte O'Reilly, nachdem er die Tür hinter dem Patienten geschlossen hatte. «Bestimmt kannst du erraten, womit er sein Geld verdient.»

Barry schüttelte den Kopf.

«Kein Wunder, dass das Wartezimmer halb leer war. Die

Einheimischen haben eine Heidenangst vor ihm. Sie glauben nämlich, dass er Unglück bringt», erklärte O'Reilly. «Mr Coffin ist unser Leichenbestatter.»

«Das ist nicht wahr.»

«Doch, und hast du seine Nase gesehen? Der Mann hat wirklich sein Kreuz zu tragen. Nichts kann unsere Dorfbewohner davon abbringen, dass eine rote Knollennase eine typische Säufernase ist ... dabei ist der arme Coffin der Vorsitzende der Pioniere in Ballybucklebo.»

«Der Pioniere?»

«Ja, das ist ein Abstinenzlerverein. Schon mit dreizehn schwören sie dem Alkohol ab. Sie meiden ihn wie die Pest.» O'Reilly schüttelte sich.

«Ach so.»

«Kein Wunder, dass er ‹nur noch ein Schatten› ist. Hättest du wohl gerne so einen Job und noch dazu so eine Nase ... ohne dich ab und zu mit einem Gläschen trösten zu können?»

«Das muss ganz schön hart sein.»

«An seiner Nase können wir nichts ändern. Und seine Arbeit aufzugeben, kann er sich nicht leisten.» O'Reilly seufzte. «Wir können bloß dasitzen und zuhören. Aber wer weiß, vielleicht hilft ja auch der Kräutertee von meiner Großmama.»

«Jaaa-aa», sagte Barry.

«Mein Gott, jetzt fang du nicht auch noch an», stöhnte O'Reilly. «Geh mal nachsehen, ob die Post inzwischen da ist. Wenn du recht hast, können wir wenigstens für Cissie etwas tun.»

• • •

In dem braunen Umschlag steckten zwei Laborberichte: einer für Cissie und einer für Julie MacAteer. Barry las beide. Seine Freude darüber, dass der Radiojodtest seine Diagnose tatsächlich bestätigt hatte, wurde durch das einzelne Wort auf dem zweiten Bogen getrübt: «Positiv.»

Er bemühte sich, Julie zuzulächeln, als er das Wartezimmer betrat. «Es geht gleich los, Julie.» Ihrem Blick jedoch wich er aus. «Kommen Sie bitte mit, Mrs Sloan?»

Cissie folgte ihm ins Behandlungszimmer. Sie schlingerte in seinem Kielwasser wie ein Schlachtschiff hinter einem Schleppdampfer.

«Morgen, Cissie.» Als O'Reilly fragend eine Augenbraue hochzog, nickte Barry. «Hier», sagte der ältere Arzt, indem er sich erhob. «Setz dich hierhin.» Er räumte den Drehsessel.

Aha, dachte Barry, wenn man also wirklich krank ist, braucht man nicht auf dem abgeschrägten Stuhl zu sitzen. Doch als Cissie sich bemühte, ihre Leibesfülle zwischen die beiden Armlehnen zu zwängen, beobachtete er, wie O'Reillys beruhigende Geste beinahe entgleiste.

«Also, Doktor Laverty?» O'Reilly streckte die Hand aus, und Barry reichte ihm das rosa Laborformular. O'Reilly kramte in seiner Brusttasche, zog seine Halbbrille hervor und setzte sie fest auf den Nasenrücken. Nachdem er das Papier studiert hatte, gab er es Barry zurück. «Du musst mir erklären, was dieser neumodische Kram bedeutet.»

Meinte O'Reilly das im Ernst? Konnte er die Ergebnisse nicht interpretieren? Barry räusperte sich, und obwohl er nun mit Cissie sprach, wandte er den Blick nicht von O'Reillys Gesicht. «Mrs Sloan, ich will Sie nicht mit Wissenschaft beeindrucken. Kurz gesagt, eine Drüse in Ihrem Hals stellt nicht genug von dem Stoff her, den sie in Ihr Blut absondern sollte.»

O'Reilly verzog keine Miene.

«Dieser Stoff soll Ihnen eigentlich helfen, sich voller Tatendrang zu fühlen, deswegen ist es kein Wunder, dass Sie bisher so schlapp waren.»

Daraufhin ein leises Lächeln von O'Reilly. «Schlapp» verstand Cissie besser als «abgeschlagen».

«Und er soll Ihnen auch helfen, das zu verarbeiten, was Sie essen. Sie wissen ja, wie das ist, wenn Sie Feuer machen, aber die Luftklappe geschlossen lassen?»

«Allerdings», bestätigte sie. Barry schaute seine Patientin an. Sie beugte sich vor – soweit ihr Umfang es zuließ – und sah ihm ins Gesicht. Augenscheinlich nahm sie jedes Wort in sich auf.

«Wenn das passiert, können Sie einen ganzen Berg Kohle in den Ofen schaufeln, aber die wird nicht sehr schnell brennen. Man nennt diesen Stoff Thyroxin.» Das Wort «Hormon» vermied Barry absichtlich, denn er wusste, dass allein seine Erwähnung reichte, um den Patienten vom Land einen Mordsschrecken einzujagen. «Wenn man also nicht genug Thyroxin hat, ist das, als wenn die Luftklappe immer zu wäre.»

Cissie Sloan legte sich beide Hände auf den Bauch. «Und der hier ist wie ein halber Zentner Eierkohlen?»

«Ganz genau.»

«Verdammt nochmal», sagte sie mit großen Augen, «wer hätte das gedacht?»

«Ich habe Ihnen ja gesagt, dass unser Doktor Laverty sehr gebildet ist», meinte O'Reilly.

«Das kann man wohl sagen. Warten Sie mal ab, bis ich meinem Mann erzähle, dass ich mit Kohlen vollgestopft bin, weil meine Klappe zu ist.» Ihr Tonfall war vollkommen ernst.

Barry schaute zu O'Reilly hinüber, der ihn fragte: «Meinen Sie, dass ein bisschen Schilddrüsenextrakt die Sache in Ordnung bringt, Doktor Laverty?»

«Bestimmt. Schreiben Sie das Rezept?»

«Ja.» O'Reilly kritzelte schon los.

«Ich habe Ihnen ja gesagt, dass Doktor O'Reilly der Fachmann für die Behandlung ist», meinte Barry.

«Und was hab ich doch für ein Glück, dass Sie sich beide um mich kümmern.»

«Ach, ich weiß nicht ...», fing Barry bescheiden an.

«Das wird der Aggie das Maul stopfen. Sie hat nämlich gesagt, um ein Haar hätten Sie diesen hochnäsigen Major Fotheringham umgebracht.»

Barry fuhr zusammen.

«Da habe ich zu ihr gesagt, so was hätte auch einem Bischof passieren können. Sie hat geantwortet, als sie das letzte Mal geguckt hat, wären Sie beide keine Bischöfe gewesen. Sie sollten ja Ärzte sein. Da sag ich: ‹Niemand ist vollkommen, Aggie.›» Bei diesen indirekten Worten der Vergebung sah Cissie O'Reilly direkt an.

Er neigte den Kopf.

«Aggie ... sie ist meine Kusine zweiten Grades väterlicherseits ... die mit den sechs Zehen ...»

Ach, Gott, jetzt sabbelt sie wieder los, dachte Barry in Erinnerung an die Schwierigkeiten, die er am Freitag gehabt hatte, als er Cissies Krankengeschichte hatte aufnehmen wollen.

«Aggie hat gesagt, Sie beide könnten ein Hühneraugenpflaster nicht von einem Reinlauf unterscheiden.»

«Von einem was?»

«Von einem Reinlauf. Kennen Sie doch. Was man sich hinten reinschiebt, wenn man Verstopfung hat? In den letzten sechs Monaten hab ich weiß Gott genug damit rumprobiert.»

«Mit dem Mittel hier wirst du auch das los.» O'Reilly reichte ihr das Rezept. «Du wirst rumlaufen wie ein junges Fohlen, mit einer Figur wie eine Sylphide.»

«Wie eine was?», fragte Cissie verwundert.

«Entschuldige bitte, Cissie. Du wirst wieder gertenschlank.» Mit einem Augenzwinkern wandte er sich an Barry. «Genau das versuche ich Ihnen beizubringen, Doktor Laverty. Verwenden Sie immer eine Sprache, die der Patient versteht.»

Du Mistkerl, dachte Barry, zwinkerte aber zurück.

«Also, Cissie ...» O'Reilly gab ihr Anweisungen, wie sie das Medikament einnehmen sollte, erklärte ihr die wichtigsten Symptome für eine Überdosierung, die sie ihren Ärzten unverzüglich mitteilen sollte, und begleitete sie zur Tür.

«Ich werde Aggie und den anderen erzählen, dass wir hier in Ballybucklebo einen richtigen Professor haben.»

«Das ist nicht nötig, Cissie», winkte Barry ab.

«Nein? Nämlich diese Aggie», erwiderte sie, «hat selbst einen Reinlauf nötig.» Cissie senkte die Stimme, schaffte es aber trotzdem, verächtlich zu prusten. «Sie ist bis oben hin voll Scheiße.»

«Gut gemacht», lobte O'Reilly, als die Patientin draußen war. «Doch, wirklich. Das war eine kluge Diagnose, und allmählich kommst du dahinter, wie man den Leuten was erklärt. Die Analogie mit der Luftklappe und dem Feuer hat mir gut gefallen. Und danke für deine Anständigkeit, als du behauptet hast, ich würde mehr von der Behandlung verstehen als du.»

«Eine Krähe hackt der anderen kein Auge aus», sagte Barry lächelnd.

«Klar. ‹Alle Berufe sind Verschwörungen gegen den Laien.›»

Barry runzelte die Stirn. «Von wem ist das denn?»

«Ha! Diesmal hab ich dich reingelegt! Das ist von George Bernard Shaw aus *Des Doktors Dilemma.*»

«Eins zu null für dich, Fingal. Und da wir gerade von Dilemmas reden» – Barry reichte O'Reilly Julie MacAteers Laborbericht –, «sie ist die Nächste.»

. • .

«Ich möchte gerne, dass Sie hier hereinkommen, Julie», sagte O'Reilly, indem er ihr die Tür zum Speisezimmer aufhielt. «Nehmen Sie Platz.» Der Arzt rückte der jungen Frau einen Stuhl zurecht und wartete, bis sie sich, mit Blick auf das Fenster, gesetzt hatte. «Setzen Sie sich doch auch, Doktor Laverty», meinte er dann zu Barry, der die Tür schloss und einen Platz mit dem Rücken zum Fenster wählte, sodass er der sorgenvoll wirkenden Julie gegenübersaß. O'Reilly ließ sich am Kopfende des Tisches nieder.

«Hier ist es ein bisschen gemütlicher als im Behandlungszimmer.»

Während Julie die Hände faltete und die Unterarme auf die Tischplatte legte, beobachtete Barry sie genau. Sie zeigte nicht das geringste Interesse für ihre Umgebung, sondern betrachtete nur ihre Hände.

«Es tut mir leid, Julie ...», setzte O'Reilly an.

«Positiv, ja?» Sie blickte auf.

O'Reilly nickte. «Leider ja.»

Julie reckte die Schultern. «Ich hab's gewusst.» Sie holte tief Luft. «Also ab nach Liverpool?»

«Erst mal noch nicht, aber im Prinzip ja. Solange man es noch nicht sehen kann ... es sei denn ...?»

«Es sei denn was?»

«Der Vater?»

«Er kann nicht.»

O'Reilly kratzte sich am Kinn. «Darf ich fragen, warum er nicht kann?»

«Fragen dürfen Sie, Herr Doktor ... aber ich sage es Ihnen nicht.» Barry sah den Anflug eines Lächelns in ihren Mundwinkeln. Die Frau hat wirklich Courage, dachte er.

«Das ist in Ordnung. Aber ich musste danach fragen.»

«Ich weiß. Ist das alles?»

«Wir sollten mit den vorgeburtlichen Blutuntersuchungen anfangen. Ich hole mal die Laborbögen», antwortete O'Reilly. Als er an ihrem Stuhl vorbeiging, legte er ihr die Hand auf die Schulter und drückte sachte.

Sie drehte sich um und schaute zu ihm auf. «Danke, Doktor O'Reilly.»

O'Reilly gab ein Brummen von sich und verließ den Raum.

«Also, Doktor Laverty», sagte Julie.

Barry zögerte. Kinky hatte sich die Mühe gemacht, etwas über die junge Frau herauszufinden, und vermutlich gab es einen einfachen Grund, warum der Vater des Kindes sie nicht heiratete. Er beschloss, den Stier bei den Hörnern zu packen. «Julie, arbeiten Sie gerne für die Bishops?»

Julie fuhr auf ihrem Stuhl zurück. «Woher wissen Sie, wo ich arbeite?»

«Das Dorf ist klein.»

«Genau wie Rasharkin. Je eher ich hier weg bin, desto besser.»

«Ist Councillor Bishop der Vater?»

«Was? Der alte Wüstling?» Julie zog die Brauen zusammen, und ihre Wangen liefen rot an. Sie stand auf, legte die Hände auf die Tischplatte und stützte sich darauf. «Ich habe einen besseren Geschmack.»

O'Reilly kam wieder herein, in einer Hand die rosa Laborformulare. Er sah erst Julie an, dann Barry, der den Kopf schüttelte.

«Wenn er es ist», sagte Barry hartnäckig, «dann könnten wir wenigstens dafür sorgen, dass er zahlt, für –»

«Er ist es nicht.» Sie kräuselte die Lippen.

«Von wem redet ihr?», erkundigte O'Reilly sich.

«Von Councillor Bishop. Ich habe Julie gefragt, ob er der Vater sein könnte.»

«Und ich habe Doktor Laverty gesagt –» Ein Schluchzer unterbrach ihre Worte. «Einmal hat er's ja versucht, aber wehe, wenn er mir nochmal zu nahe kommt.»

«Ist schon gut, Julie», sagte O'Reilly sanft. «Doktor Laverty wollte Ihnen nur helfen.»

«Das weiß ich.» Mit dem Handrücken wischte sie die Tränen fort. «Aber ich krieg eine Gänsehaut, wenn ich bloß an ihn denke.» Ihre grünen Augen blitzten.

«Wir reden nicht mehr von ihm.» O'Reilly wartete ab.

Nervös zupfte Julie an ihrem Rock, dann streckte sie die Hand aus. «Geben Sie mir die Formulare. Wo muss ich für die Untersuchung hin? Können Sie das hier machen?»

O'Reilly reichte ihr die Bögen. «Das ist möglich, aber wenn Sie die Sache für sich behalten wollen, sollten Sie vielleicht lieber rasch nach Bangor in die Klinik dort fahren.»

«Das mache ich», sagte Julie mit festem Kinn und trockenen Augen. «Wäre morgen in Ordnung?»

«Natürlich. Dann haben wir die Ergebnisse am Freitag.»

Sie schüttelte den Kopf. «Diese Woche kriege ich nicht mehr frei. Könnte ich Montag wiederkommen?»

«Selbstverständlich, und bis dahin haben wir auch die Informationen, die Sie für Liverpool brauchen.»

Julie zwang sich zu einem Lächeln. «Ich hab gehört, in

Liverpool leben so viele Iren, dass es eigentlich die Hauptstadt von Irland ist.»

«Das stimmt», meinte O'Reilly.

«Ja», sagte sie, «wenn dann alles vorbei ist, findet mein armer kleiner Bastard vielleicht ein gutes irisches Zuhause.»

«Das will ich hoffen», sagte O'Reilly.

Julie schob die Formblätter in ihre Handtasche. «So schlimm wird es schon nicht werden. Ich bin nicht das erste Mädchen, das ein Kind angehängt kriegt ... und auch nicht das letzte.» Sie streckte O'Reilly die Hand hin, der aber zögerte.

Barry war überrascht. Normalerweise bot eine Frau einem Mann nicht die Hand.

Doch nun lächelte O'Reilly und fasste zu. «Es wird alles gutgehen, Julie MacAteer.» Er legte ihr den Arm um die Schultern. «Doch, ganz bestimmt.»

Julie sah ihm ins Gesicht und schaute dann wieder Barry an. «Ich bedanke mich für alles, was Sie beide für mich getan haben.» Sie schluckte und wandte sich wieder an O'Reilly. «Wenn das Kleine ein Junge ist, nenne ich ihn vielleicht Fingal. Aber jetzt muss ich los. Bis Montag also.»

«Sie hat es gut aufgenommen, Fingal», sagte Barry, nachdem sie das Zimmer verlassen hatte. «Ich hoffe bloß, es hat sie nicht zu sehr schockiert, dass ich sie nach Bishop gefragt habe, aber ich habe wirklich überlegt, ob –»

«Ich weiß genau, was du überlegt hast, Barry», meinte O'Reilly. «Ich habe selbst in die gleiche Richtung gedacht, und jetzt habe ich eine Idee. Ich brauche deine Hilfe, und wir müssen ein paar Vorschriften umgehen, aber ...»

Mit großen Augen hörte Barry zu, als O'Reilly ihm seinen Plan unterbreitete. Vielleicht klappte das ja tatsächlich – ja, je mehr er darüber nachdachte, desto wahrscheinlicher erschien es ihm – und wenn es half, ein paar Vorschriften zu umgehen, na ja, dann …

«Vorschriften umgehen, Fingal? Da mache ich mit – und wenn wir einen Bogen bis nach Belfast und zurück schlagen müssen.» Wenn O'Reilly's Plan gelang, dann musste sich Councillor Bishop auf einiges gefasst machen.

25

Hochmut kommt vor dem Fall

Gleich nach der Vormittagssprechstunde begab sich O'Reilly zum Telefon im Flur. Ungeduldig trommelte er mit den Fingern auf das Tischchen. «Na los.» Das Trommeln wurde schneller. «Herrgott, stell dir bloß vor, du verblutest gerade und versuchst, in einer Krankenhauszentrale anzurufen. Da brauchst du doch schon beim Warten eine Transfusion. In der Zeit wäre ich ja fast mit dem Auto nach Belfast gefahren.» Er drückte sich den Hörer ans andere Ohr. «Nehmt ihr bitte mal endlich ab?» Er tappte mit dem Fuß, pfiff schräg vor sich hin, und schließlich knurrte er: «Hallo? *Royal Victoria*? Sie haben so lange gebraucht, um dranzugehen, dass ich dachte, ich wäre vielleicht mit dem Weißen Haus verbunden. Nein, nicht mit der Eisdiele in Portrush, sondern mit dem Wohnsitz des amerikanischen Präsidenten. Verbinden Sie mich mit Station sechs. Ja, selbstverständlich bleibe ich dran.» O'Reilly warf einen Blick auf seine Armbanduhr. «Himmel nochmal, da braucht man ja bald keine Uhr mehr, um zu sehen, wie lange man warten muss, sondern einen Kalender!»

«Vielleicht haben sie viel zu tun», warf Barry ein.

«Station sechs? Hier ist Doktor O'Reilly. Kann ich die Stationsschwester sprechen? Ja, ich bleibe dran.»

Barry fiel auf, dass O'Reillys Nasenspitze einen Anflug

von Blässe zeigte. «Sie muss wohl gerade in Südfrankreich Urlaub machen, und jetzt haben sie ein Schiff losgeschickt, um sie zu holen ... Hallo? Schwester Gordon? Hier ist Fingal O'Reilly. Mir geht's gut. Was macht Ihr schlimmes Knie?»

Typisch, dachte Barry, wie O'Reilly im Bruchteil einer Sekunde von glühendem Zorn auf Herzlichkeit umschalten konnte.

«Freut mich sehr, dass es besser wird. Und wie geht's Sonny? Meinem Patienten mit der Lungenentzündung und dem schwachen Herzen? Ich verstehe ... Ja ... ja ... noch eine Woche? Gut. Ich glaube, wir können hier alles für ihn organisieren, aber es wird eine Weile dauern ... Ach, die war schon da? Prima. Dann alles Gute für Sie.» O'Reilly legte auf. «Das habe ich schon als Student gelernt. Die Oberärzte denken gerne, sie hätten das Heft in der Hand, aber das Wichtigste ist, dass man sich mit der Stationsschwester gutstellt.»

«Ich weiß.»

«Auf jeden Fall ist Sonny auf dem Wege der Besserung. Samstag wird er entlassen. Die Almosenpflegerin war da ... ein schönes Wort – wenn es nach diesen verdammten Bürokraten geht, müssen wir ja demnächst ‹medizinischer Sozialarbeiter› sagen ... und sie will ihn nicht wieder zurück in sein Auto lassen. Sie hat ein Bett im Genesungsheim in Bangor für ihn besorgt, und da ist er gut aufgehoben, bis wir hier alles geregelt haben. Und dazu ...» O'Reilly schlug das Telefonbuch auf, blätterte, fand die Nummer, die er gesucht hatte, und wählte. «Doktor O'Reilly hier. Ich will Councillor Bishop sprechen.» Er zwinkerte Barry zu. «Nee, nee. Ich habe mich ganz genau ausgedrückt. Ich habe nicht gesagt, dass ich ihn *gerne* sprechen würde, und auch nicht, dass ich es als Ehre betrachten würde, mit ihm sprechen zu dürfen. Ich habe gesagt» – O'Reilly erhob die Stimme zu einem Brüllen –, «ich will ihn sprechen … und zwar sofort.» Er wartete.

«Councillor Bishop. Tut mir leid, dass ich Sie störe.» O'Reillys Stimme troff vor Besorgtheit. «Ja, bestimmt sind Sie furchtbar beschäftigt. Ich will Sie auch gar nicht aufhalten, aber es geht um Sonnys Grundstück. Ich weiß, dass Sie es sich beschaffen wollen. Und ich glaube, dass ich vielleicht helfen kann.» Er hob eine Hand und formte mit Zeigefinger und Daumen einen Kreis. «Nein, nicht am Telefon. Könnten Sie gegen sechs hier vorbeikommen? Wunderbar.» Die Flammen der Hölle, die Barry schon einmal in O'Reillys braunen Augen hatte lodern sehen, brannten hell. «Ich freue mich drauf.» O'Reilly legte den Hörer auf die Gabel und machte einen kleinen Luftsprung.

«Er hat den Köder also geschluckt», sagte Barry.

«Der hat angebissen wie eine Forelle bei einer Maifliege. Jetzt müssen wir bloß noch ein bisschen mit ihm spielen … was mir ein Vergnügen sein wird … und dann ziehen wir den Drecksack mit dem Fischhaken an Land.»

• • •

«So», sagte O'Reilly, «in ein paar Minuten wird er hier sein. Lass dich einfach von mir leiten. Bestätige alles, was ich sage.»

«Wie in der ersten Nacht bei den Fotheringhams?»

«Nicht so, sondern voller Überzeugung. In der Nacht hast du versucht, mir zu widersprechen.»

«Das tut mir leid.»

Es klingelte an der Haustür. Barry schaute O'Reilly an, der daraufhin erklärte: «Kinky weiß, dass sie ihn hier hochbringen soll.»

Barry hörte Schritte auf der Treppe, und schon führte die Haushälterin Councillor Bishop in die Wohnstube. «Der Gemeinderat, Herr Doktor.» Mit einem Gesicht, als hätte sie etwas Unschönes unter ihrer Schuhsohle entdeckt, wandte sie sich wieder zum Gehen.

«Treten Sie ein, Councillor Bishop.» O'Reilly erhob sich. «Nehmen Sie Platz. Wie wäre es mit einem Schlückchen ...?» Er deutete mit dem Kopf zu den Glaskaraffen auf der Anrichte hinüber.

«Dafür habe ich keine Zeit. Ich bin geschäftlich hier, jawohl.» Councillor Bishop ließ sich in dem Sessel nieder, den O'Reilly gerade frei gemacht hatte. Barry saß ihm gegenüber. O'Reilly lehnte mit der Pfeife im Mund am Kaminsims.

«Was macht Ihr Finger?»

«Was? Ach so, dem geht's gut.»

«Wie schön», sagte O'Reilly.

«Also, kratzt der alte Kerl bald ab?», fragte Bishop ungeduldig.

O'Reilly schüttelte den Kopf. «Nein, Sonny wird nicht sterben. Er ist auf dem Wege der Besserung.»

«Schade.» Bishop schlug seine Stummelbeine übereinander und fing an, mit dem oberen zu schaukeln, auf und ab. «Der und seine räudigen Köter.»

O'Reilly warf Barry einen Blick zu.

«Ich sage Ihnen, O'Reilly, in Ballybucklebo stünde es um einiges besser, wenn wir die ganze Bande von hinten sehen würden.» In den Mundwinkeln des Gemeinderats zeigten sich kleine Speichelbläschen.

«Da haben Sie wahrscheinlich recht», meinte O'Reilly, «aber ich glaube, unser alter Sonny wird noch ein paar Tage unter uns weilen.»

Die Frequenz von Bishops Beinbewegungen erhöhte sich. «Also gut. Wie viel?»

«Wie viel für was?»

«Für Sonnys Grundstück.»

«Ich bin bloß Landarzt, ich habe keine Ahnung.»

Barry konnte kaum glauben, dass O'Reilly imstande war, eine solche Unschuldsmiene aufzusetzen.

Bishops Augen wurden schmal. Er legte die Fingerspitzen zusammen. «Ich bin fair.»

«Aber jaaa», meinte O'Reilly, «das ist allgemein bekannt.»

«Zweitausend Pfund?»

Barry kannte sich mit Grundstückspreisen nicht aus, aber die Summe erschien ihm niedrig.

«Ich bin überzeugt, dass das sehr fair wäre», meinte O'Reilly, «aber wir sprechen eigentlich nicht über den Verkauf von Sonnys Land.»

«Bin ich denn für nichts und wieder nichts hergekommen? Sie haben gesagt, Sie könnten mir helfen, das Grundstück zu kriegen.»

«Nicht ganz», erklärte O'Reilly, «ich habe gesagt, ich weiß, dass Sie sich das Grundstück beschaffen wollen und dass ich vielleicht helfen kann.»

«Das ist doch das Gleiche.»

«Nein, eben nicht. Ich habe nicht gesagt, dass ich *Ihnen* helfen könnte.»

«Herrje, wovon reden Sie bloß, O'Reilly?»

«Ich habe gemeint, vielleicht könnte ich dabei helfen, dass Sie es auf keinen Fall in die Finger kriegen.»

Barry unterdrückte ein Schmunzeln. Bishops Gesicht färbte sich knallrot. Sein Bein hörte auf zu schaukeln. «Und da verschwenden Sie meine Zeit und holen mich her? Hören Sie zu, Sie dummer Landquacksalber, Sie können mich nicht aufhalten. Ende nächster Woche geht Sonnys Grundstück mit allem Drum und Dran in meinen Besitz über.»

«Ach je», sagte O'Reilly.

«Zweitausend Pfund. Ja oder nein. Mir ist das scheißegal.»

«Ich glaube, nein.» O'Reilly blies eine Rauchwolke an die Decke.

«Gut.» Bishop stand auf. «Ich gehe jetzt nach Hause.»

«Ich hoffe, Mrs Bishop wird sich freuen, Sie zu sehen.»

«Wie meinen Sie das?»

«Und die kleine Julie MacAteer auch. Die ist nämlich schwanger.»

Barry biss die Zähne zusammen. Diese Form, die Vorschriften zu umgehen, das Brechen der ärztlichen Schweigepflicht, ging ihm gegen den Strich.

«Und was hat das mit mir zu tun, dass diese Gassengöre einen dicken Bauch kriegt?»

«Ich dachte, das wüssten Sie», antwortete O'Reilly, zum ersten Mal mit einem Anflug von Schärfe in der Stimme.

«Woher sollte ich das denn wissen, zum Kuckuck? Sie hat gekündigt. Ein Glück, dass wir sie los sind.»

O'Reilly zählte langsam bis drei, bevor er leise sagte: «Sie hat gesagt, Sie wären der Papa.»

Barry zuckte zusammen. Er wusste, dass O'Reilly aus vollkommen lauteren Motiven handelte, aber trotzdem. Vielleicht hätte er dem Plan seines Chefs doch nicht so bereitwillig zustimmen sollen, doch jetzt war es zu spät.

Councillor Bishop wippte auf den Fersen. «Was hat sie denn gesagt? Diese kleine Hexe. Die bringe ich um, jawoll.»

«Das glaube ich nicht», meinte O'Reilly, «das glaube ich ganz und gar nicht.»

Gemeinderat Bishops knallrotes Gesicht verfärbte sich puterrot. Er kollerte wie ein Truthahn, der gerade erfahren hat, dass morgen Heiligabend ist. Dann holte er tief Luft, offenbar riss er sich zusammen, in der sicheren Gewissheit, dass er wirklich nicht der Vater war. «Wenn sie sich hat schwängern lassen, ist das nicht mein Bier. Auch wenn ich nichts dagegen gehabt hätte, die Kleine mal aufs Kreuz zu legen.»

«Das haben Sie doch, Bishop.»

«Unsinn. Sie lügt, die Schlampe. Der gebe ich kein Zeugnis, dann kriegt sie nie wieder eine Stelle.»

«Unsere Tests lügen nicht.» O'Reilly rückte näher an den schwitzenden Gemeinderat heran.

«Welche Tests denn?» Bishop legte die schmale Stirn in Falten. «Was für Tests?»

«Eiter», sagte O'Reilly geheimnisvoll. «An dem Abend, als ich Ihren Finger aufgeschnitten habe, ist auf den Tupfern etwas von Ihrem Eiter hängen geblieben.»

«Na und?»

«Erklären Sie es ihm, Doktor Laverty.»

Barry stand auf. «Ich glaube, Sie sollten sich lieber wieder hinsetzen, Herr Gemeinderat.»

Bishop ließ den Blick von O'Reilly zu Barry und wieder zurück wandern. Dann setzte er sich langsam. «Was ist mit dem Eiter?»

«Es ist ein neuer Test», erklärte Barry.

«Ich hatte noch nicht davon gehört», mischte O'Reilly sich ein, «aber die moderne Wissenschaft ist etwas Wunderbares.»

«Ich hab sie nicht angefasst.»

«Vom Anfassen ist sie auch nicht schwanger geworden.» O'Reilly schaute auf Gemeinderat Bishops Hosenschlitz, dann auf seine Wurstfinger. «Auch wenn man vermuten könnte, dass Ihre Finger dicker sind als Ihr Schwanz.»

«Sie Schwein.»

«Nein», sagte O'Reilly, «wer hier das Schwein ist, wird sich gleich zeigen. Erklären Sie es ihm, Doktor Laverty.»

Barry schob die Hände in die Hosentaschen und fing an: «Für einen Laien mag das schwer zu verstehen sein, aber wenn man einer Schwangeren eine Blutprobe abnimmt und das Blut mit altem, ja sogar mit eingetrocknetem Eiter des mutmaßlichen Vaters vermischt, kann es zu einer anaphylaktischen Progression der polyglobalen acidophilen Granulozyten kommen.» Barry wusste, dass er vollkommenen Blödsinn von sich gab, aber so hatte O'Reilly es gewollt. «Blende Bishop mit Wissenschaft», hatte er gesagt.

«Zu einer was?»

«Passen Sie auf», ermahnte O'Reilly Councillor Bishop.

«Zu einer anaphylaktischen Progression der polyglobalen acidophilen Granulozyten. Das ist absolut … pathognomonisch.» Über das letzte Wort stolperte Barry. Es fiel ihm schwer, einen Patienten zu belügen oder einem Dritten etwas über einen Patienten vorzulügen.

«‹Pathognomonisch› heißt, dass alles klar ist», sprang O'Reilly hilfsbereit ein. «Sie sind der Vater, und, um ehrlich zu sein, Herr Gemeinderat, ich bin stolz auf Sie. Wer hätte gedacht, dass so ein jämmerlicher alter Bock wie Sie das hinkriegen würde?»

«Da muss ein Irrtum vorliegen.» Bishop fummelte mit einem Finger unter seinem Krawattenknoten herum. «Ich habe nie …» Er holte tief Luft. «Ihr blödes Testergebnis ist verkehrt. Das kann ich beweisen!»

«Wie?», fragte O'Reilly.

«Die Aussage dieses kleinen Luders steht gegen meine Aussage.»

«Nicht ganz», meinte Barry. «Ihre Aussage, Councillor Bishop, steht gegen die Aussage der werdenden Mutter und die zweier qualifizierter Ärzte und gegen das Ergebnis der modernen Wissenschaft. Acidophile Granulozyten lügen nie.»

«Aber ihr Ärzte … und das weiß ich ganz genau, jawoll … ihr Ärzte dürft nicht öffentlich über Patienten reden.»

Da haben Sie recht, dachte Barry. Er schaute zu O'Reilly hinüber, der sich feierlich verbeugte. «Normalerweise hätten Sie recht, Bishop, aber in Ihrem Fall sind wir bereit, eine Ausnahme zu machen. Der alte Hippokrates würde das verstehen.»

Das hoffe ich, dachte Barry.

«Ach, Gott.» Bishop verbarg sein Gesicht in den Händen.

«Aber es gibt natürlich eine ganz kleine Chance … wie groß wäre die wohl, Doktor Laverty?»

Barry zögerte.

«Doktor Laverty?» O'Reillys Augen waren zwei Achate, als er Barry mit eiskaltem Blick ansah.

«Etwa … etwa eins zu fünfhundert.»

«Dass das Testergebnis falsch sein könnte», erklärte O'Reilly.

«Es könnte falsch sein?» Councillor Bishop war ganz in sich zusammengesunken. «Ja wirklich?»

O'Reilly beschäftigte sich mit seiner Pfeife und zündete sie wieder an.

«Könnte es falsch sein, Herrgott nochmal?»

«Möglich wäre es, aber das würden wir erst in zwei Wochen erfahren.» O'Reilly stieß Rauch aus. «Und bis dahin hätten Ihre Brüder in der Orange Lodge bestimmt etwas dazu zu sagen. Ich habe gehört, dass sie ein bisschen radikal werden, wenn Logenbrüder sich mit außerehelichen Techtelmechteln vergnügen. Dass sie dann häufig den Rücktritt fordern. Auch unser Gemeinderat könnte ein bisschen sauer reagieren.» O'Reilly nahm die Pfeife aus dem Mund und schaute in den Pfeifenkopf, bevor er sagte: «Vielleicht würde ich mich sogar selbst für den Sitz bewerben, der bei Ihrem Abgang frei würde.»

Bishop machte einen letzten Versuch, sich aufzulehnen. «Sie bluffen, jawoll. Sie bluffen einfach.»

«Und dann», sprach O'Reilly liebenswürdig weiter, «ist da auch noch Mrs Bishop. Sie hat Kinky erzählt, sie hätte gesehen, wie Sie sich an Julie MacAteer herangemacht haben. Ich bin sicher, dass es nicht schwer wäre, Ihre Gattin davon zu überzeugen, dass ...»

«Aaaaa.»

«Lassen Sie uns doch mal sehen, Bertie. Sie sind Protestant ... natürlich, sonst könnten Sie nicht Mitglied der Orange Lodge sein ... und ich glaube, die protestantische Kirche ist, was die Scheidung angeht, nicht so empfindlich wie die römisch-katholische.»

«Ich schwöre bei Gott, ich habe nur ein einziges Mal versucht, Julie an die Titten zu packen. Nur das eine Mal.»

«Alter Lüstling», sagte O'Reilly mit harter Stimme. «Vielleicht könnte ich Ihnen sogar glauben, Bertie Bishop, aber Sie müssten schon ein bisschen Überzeugungsarbeit leisten.»

«Und wie soll ich das machen?» Bishop sah zu O'Reilly auf.

«Nichts Großes. Bloß eine kleine Gefälligkeit, mehr nicht.»

Barry beobachtete Bishops aufgedunsenes Gesicht, das zu sagen schien: «Verhandeln? Das kann ich gut.» Laut fragte der Gemeinderat: «Und wie sähe die aus?»

O'Reilly zählte die Punkte mit dem Pfeifenstiel an den Fingern seiner linken Hand auf. «Sie reparieren Sonnys Dach und das übrige Haus ... kostenlos.»

«Was?», wimmerte Bishop.

«Sie überweisen Julie MacAteer fünfhundert Pfund. Das

sind zweihundertfünfzig pro ... wie hatten Sie gesagt? Titte?»

«Oh, mein Gott.»

«Sie schreiben ihr ein Zeugnis, das ihr die Himmelspforten öffnen würde! Und wenn Sie auch nur ein Wörtchen darüber verlauten lassen, dass sie schwanger ist –»

«Ich sage nichts, das schwöre ich bei Gott, ich werde schweigen wie ein Grab.»

«Gut», sagte O'Reilly. «Sehr gut ... dann ist da nur noch eine weitere Kleinigkeit.»

«Ach, Gott, noch mehr?»

«Seamus Galvin sucht jemanden, der ihm ein paar Schaukelenten abkauft. Mit so etwa vierhundert Pfund wäre er zufrieden.»

Barry lachte stumm in sich hinein. Die Galvins hatte er komplett vergessen.

«So», sagte O'Reilly, «ich glaube, das ist alles.»

«Das bringt mich um», murmelte Bishop. «Das wird mich ruinieren.»

«Ganz richtig, dann nämlich, wenn Sie nicht auf Punkt und Komma genau das tun, was ich Ihnen gesagt habe.»

Bishop senkte den Kopf.

«Und falls es Ihnen in den Sinn kommen sollte, herumzuerzählen, dass Doktor Laverty und ich uns das alles ausgedacht haben, dann können wir beide beschwören ... selbstverständlich voller Bedauern ... dass Sie hier heute Abend halluziniert haben.»

«Ein klassischer Fall von paranoider Schizo-Hebephrenie, ganz klar», fügte Barry hinzu. Wenn schon, denn schon.

«Kann ich jetzt gehen?», fragte Councillor Bishop.

«Wenn es sein muss», meinte O'Reilly. «Und ich bin sicher, wenn das Labor die Probe erneut testet, wird sich alles als fürchterlicher Irrtum erweisen.»

Der arme Bishop sah seinen Peiniger flehend an.

«Eins noch zum Schluss, Bishop.»

«Was denn noch?»

O'Reillys Stimme klang hart wie Stahl. «Falls Sie mich noch ein einziges Mal als Quacksalber bezeichnen oder falls Sie jemals vergessen, dass Doktor Laverty und ich für unsere Titel hart gearbeitet haben, dann nehme ich Sie aus wie einen Hering. Dann sorge ich dafür, dass Sie in Ballybucklebo so unbeliebt werden, dass Sie nur Frieden finden, wenn Sie sich hinter einem falschen Bart verstecken und als Torfstecher an der Westküste von Inishmore arbeiten. Soviel ich weiß, ist das die westlichste der Aran-Inseln.»

«Ich habe Sie verstanden, Herr *Doktor* O'Reilly», brummelte Councillor Bishop. «Doch, ganz bestimmt, jawoll.»

«Dacht ich's mir doch.» O'Reilly klopfte seine Pfeife im Kamin aus. Sein Tonfall wurde sanfter. «Kopf hoch, Bishop. Sie müssen Ihre Karten bloß richtig ausspielen, wenn Sie Sonnys Dach reparieren, dann werden Ihre Aktien in Ballybucklebo in die Höhe schnellen. Sie können so tun, als wären Sie der größte Philanthrop seit Dale Carnegie.»

Der Ausdruck, der in Councillor Bishops Augen erschien, erinnerte Barry an den trüben, aber schlauen Blick, den er in den Kulleraugen von Gertrude gesehen hatte, dem Lieblingsschwein von Jeannie Kennedy. «Ja, das könnte ich, was?»

«Die Bürger würden Ihnen ein Denkmal errichten.»

«Ach, hören Sie auf. Das würden sie niemals tun.»

«‹Hören Sie auf, *Herr Doktor*›, heißt das», sagte O'Reilly, «aber ich will Ihnen die Nachlässigkeit verzeihen ... dieses eine Mal.» Er schob seine große Hand unter Bishops Arm und wuchtete ihn hoch. «So, Bertie, dann traben Sie mal los. Denken Sie nur, wie gut Sie auf einem Granitpferd aussehen würden.»

«Mach ich, Herr Doktor.» Bishop schlich zur Tür. «Ich glaube, ich könnte morgen vielleicht schon mal bei Sonny anfangen ...»

«Machen Sie die Tür hinter sich zu», sagte O'Reilly. «So ist's brav.»

Barry konnte sich nur mit Mühe und Not das Lachen verkneifen, bis die Tür fest geschlossen war. Endlich sagte er: «Das war eine Meisterleistung, Fingal.»

O'Reilly trat an die Anrichte und schenkte sich einen Whiskey ein. «Sherry?»

«Warum nicht?»

«Hier, bitte schön. *Sláinte.*»

«*Sláinte mHath.*»

«Kein Zweifel, Barry, daran gibt's überhaupt nichts zu rütteln: Wir beide sind ein großartiges Team.»

26

Wenn dich Triumph und Sturz nicht mehr gefährden . . .

Die Vormittagssprechstunde und das Mittagessen am Mittwoch waren vorüber. O'Reilly griff zu seiner Liste.

«Wunderbar», verkündete er. «Kein einziger Kranker.»

«Also können wir die Füße hochlegen?» Barry stand vom Tisch auf. «Ich werde mich mal an das Kreuzworträtsel von heute machen.»

«Den Teufel wirst du tun.» O'Reilly schüttelte den Kopf. «Wir müssen bei ein paar Leuten vorbeischauen, die wir in letzter Zeit vernachlässigt haben.»

Barry seufzte. «Manchmal wundere ich mich über dich, Fingal.»

«Und warum bitte?» O'Reilly zog eine seiner zottigen Augenbrauen in die Höhe.

«Seit ich hier bin, erzählst du mir, dass wir nicht alles Leid der Welt auf unseren Schultern tragen können. Dass wir gelegentlich Abstand von unseren Patienten brauchen.»

«Stimmt.» O'Reilly blies einen perfekten Rauchkringel in die Luft. «Guck mal.» Er steckte den Zeigefinger durch den Kreis aus Rauch. «Hab gar nicht gewusst, dass ich Ringe zustande bringen kann.»

«Du hast eben viele Talente», grinste Barry. «Demnächst erzählst du mir noch, dass du dich in sphärischer Geometrie auskennst.»

«Das stimmt tatsächlich. Der Navigator auf der *Warspite* hat mir das beigebracht.» Der Rauchkringel stieg auf, verdrehte sich und trieb fort.

Barry schüttelte den Kopf. «Gibt es eigentlich irgendwas, was du nicht kannst?»

«Übers Wasser laufen fällt mir schwer.» O'Reilly grinste. «Und ich gäbe Gott weiß was drum, wenn ich das Zeug in Wein verwandeln könnte.»

«Oder in John Jameson.»

O'Reillys Grinsen wurde noch breiter. «Das ist mal eine gute Idee.» Er beobachtete, wie die blaugrauen Rauchfäden sich langsam auflösten. Als er versuchte, das Kunststück zu wiederholen, gelang es ihm nur, eine kleine Pilzwolke hervorzubringen.

«Und du kannst Tote wieder zum Leben erwecken … wie den Bauern, der in der Kirche umgekippt ist, als du noch neu hier warst.»

O'Reilly stieß Barry mit dem Pfeifenstiel an. «Bleib bei mir, mein Sohn. Ich habe dir ja gesagt, dass du hier das eine oder andere lernen kannst.»

«Ich habe schon einiges gelernt», sagte Barry voller Überzeugung.

«Schön. Und wenn wir mit unseren Besuchen heute Nachmittag fertig sind, hast du vielleicht noch ein bisschen dazugelernt.»

«In Ordnung. Zu wem willst du denn?»

«Zu den Galvins. Ich will hören, ob Bishop sein Versprechen gehalten hat. Zu den Kennedys, um zu sehen, wie es Jeannie geht. Und dann müssen wir mit Maggie sprechen und ihr wegen Sonny Bescheid sagen.»

«Das dürfte nicht lange dauern.»

O'Reillys Miene verdüsterte sich. «Das sind die leichten Fälle. Aber wir müssen auch noch zu Mrs Fotheringham.»

Barry schluckte. Er hatte versucht, an diesen speziellen Fall nicht mehr zu denken. «Müssen wir da wirklich hin?»

O'Reilly nickte. «Sie macht sich bestimmt furchtbare Sorgen, und ich wette, sie hat keine Ahnung, wie es um ihren Mann steht. Die Fachärzte im *Royal Victoria* sind viel zu beschäftigt, um mit den Angehörigen zu sprechen. Und du weißt ja selbst, was während der Besuchszeit los ist. Wenn sie es geschafft hat, telefonisch durchzukommen, dann sagt ihr irgendjemand auf der Station: ‹Ihm geht's den Umständen entsprechend gut› oder ‹Wir dürfen leider am Telefon keine Auskünfte geben›.»

Es war noch nicht lange her, dass Barry dem Trubel des großen Lehrkrankenhauses den Rücken gekehrt hatte. Er erinnerte sich gut daran, wie viel Zeit auf die rein medizinischen Aspekte der einzelnen Fälle verwendet wurde – und wie wenig auf die Sorgen der Patienten und ihrer Familien. Die Besuchszeiten wurden streng eingehalten, nachmittags von zwei bis vier, und nur unmittelbaren Familienangehörigen war der Zutritt gestattet. Am Mittwoch gar keine Besucher. Und inzwischen war ihm klar, dass die Verwandten der Patienten meistens von der Krankenhausumgebung zu sehr eingeschüchtert waren, um Fragen zu stellen. Damals jedoch war ihm dieser ganze Betrieb selbstverständlich erschienen.

«Gut», sagte O'Reilly, «ich rufe auf der Station an und erkundige mich nach Fotheringhams Fortschritten. Der Besuch bei seiner Frau wird nicht lange dauern, aber er wird sie beruhigen.»

Barry stählte sich innerlich, bevor er sagte: «Könnte ich das nicht machen? Ich bin schließlich derjenige, der versuchen sollte, ihr alles zu erklären.»

O'Reilly legte den Kopf schräg. «Weißt du, ich hab schon gehofft, dass du mir das anbieten würdest.» Barry hörte die Befriedigung in der Stimme seines älteren Kollegen, als O'Reilly fortfuhr: «Du musst dich mit Station einundzwanzig verbinden lassen. Ja, ruf du an. Wir treffen uns beim Auto. Wieder vorne an der Straße.»

Barry sprach mit einem der Assistenzärzte auf der Station und bekam zu seiner Freude zu hören, dass Major Fotheringhams Genesung zwar langsam, aber doch wie vorausgesagt fortschritt. Er würde eine sprachliche Beeinträchtigung und eine gewisse Schwäche der linken Seite zurückbehalten, sollte aber eigentlich wieder ein einigermaßen normales Leben führen können. Am Freitag würden die Fäden gezogen, und in der nächsten Woche sollte er dann entlassen werden und anschließend zu Nachbehandlung und Physiotherapie in die Ambulanz kommen.

Barry bedankte sich und wollte auflegen, da fiel ihm etwas ein. «Könnten Sie mich bitte nochmal zur Zentrale durchstellen?», fragte er. Die Verbindung klappte sofort.

«Würden Sie bitte Doktor Mills anpiepen?»

«Augenblick bitte.»

Barry wartete. Er konnte sich Jacks Gesichtsausdruck vorstellen, wenn das *piep-piep-piep* in der Tasche seines weißen Kittels losging. Noch mehr Arbeit, verdammt, würde sein Freund bestimmt denken.

«Mills.» Jacks Stimme klang schroff, professionell.

«Jack? Hier ist Barry.»

«Was? Du persönlich? Ich hab gedacht, Sir Donald Cromie wäre hinter mir her, als mein Pieper losging. Ich bin ein bisschen spät dran. Was gibt's?»

«Nichts. Ich will dich nicht aufhalten, aber ich musste im *Royal* anrufen, und da habe ich gedacht, ich höre mal, ob du da bist.»

«Ich bin gerade auf dem Weg in den OP. Nichts Ernstes, Warzen, Talgdrüsenzysten, eingewachsene Zehennägel. Ein gutes Training für junge Chirurgen, wie Sir Donald sagt.»

«Und ein guter Vorwand für ihn, dich schuften zu lassen, während er –»

«Golf spielt. Das ist einer der Vorteile in der Chirurgie. Wenn du wirklich in eine höhere Position kommst, kannst du die leichten Fälle deinen Assistenten übergeben. Und ein bisschen freimachen. Hast du immer noch so viel zu tun?»

«Geht so.»

«Hast du schon was von deiner Puppe gehört?»

«Von Patricia?» Barry schüttelte den Kopf. Die Krise mit Major Fotheringham, Cissies Schilddrüsenerkrankung und Julie MacAteers Schwangerschaft hatten dazu beigetragen, Patricia aus seinen Gedanken zu verdrängen – meistens. «Nein. Gar nichts.»

«Vergangenen Freitag hat sie dich vor die Tür gesetzt – das ist erst vier Tage her. Gib ihr Zeit.»

«Aber wenn sie nicht anruft?»

«Dann bist du angeschmiert – dann kannst du die Sache vergessen.»

«Ja, das stimmt wohl.» Barry wusste, dass sein Freund recht hatte. Es sah wirklich so aus, als hätte Patricia ihn einfach sehr freundlich abblitzen lassen. Dass sie so darauf herumgeritten hatte, wie wichtig ihr der Beruf war, war bloß eine geschickte Methode gewesen, ihn wissen zu lassen, dass sie von ihm nicht so begeistert war, egal, was er empfand. Und verdammt nochmal, sosehr es ihn auch erwischt hatte, es war ihre Sache, den nächsten Schritt zu machen.

«Die Zeit heilt alle Wunden», sagte Jack, «genauso wie das Produkt von Arthur Guinness und Söhnen. Treffen wir uns irgendwann mal wieder?»

«Ich rufe dich im Laufe der Woche an, falls ich freihabe … und falls ich nichts von Patricia gehört habe.»

«Mach das. Ich muss mich beeilen. Kann die Warzen und die Zehennägel nicht warten lassen … also, bis dann.» Das Gespräch war beendet.

Mit einem Lächeln legte Barry auf.

«Kommst du?», rief O'Reilly von draußen.

Barry schloss die Haustür und eilte zum Wagen.

«Und?», fragte O'Reilly. «Wie geht's dem Major?»

«Besser.»

«Gut.» Langsam steuerte O'Reilly den Rover vom Bordstein fort.

• • •

«Ist das nicht toll, Doktor O'Reilly?» Mit leuchtenden Augen zeigte Maureen Galvin dem Arzt ein Bündel Zwanzig-Pfund-Scheine. «Heute früh ist ein Mann vorbeigekommen. Seamus war nicht da. Der Mann sagt zu mir: ‹Ich habe gehört, dass Ihr Mann eine Menge Schaukelenten zu verkaufen hat.› ‹Stimmt›, sage ich. ‹Ich nehme sie alle›, sagt er. Und jetzt sehen Sie sich das mal an. Vierhundert Pfund!»

«Das freut mich sehr», sagte O'Reilly.

«So was haben Sie im Leben noch nicht gesehen.» Maureen grinste. «Keine Einzige sieht wie eine normale Ente aus.»

«Das müssen ja wahre Schönheiten sein», meinte O'Reilly. «Ich bin sicher, die werden weggehen wie warme Semmeln.»

Maureen verzog den Mund. «Da wäre ich mir nicht so sicher, aber da soll sich der Typ, der sie gekauft hat, Gedanken drum machen.»

«Ganz genau», mischte Barry sich ein. Wenn die Schaukelenten so merkwürdig aussahen, wie Maureen angedeutet hatte, was würde Councillor Bishop dann wohl mit seinen Neuerwerbungen anfangen?

«Jedenfalls haben wir unser Geld wieder raus und auch noch ein bisschen Gewinn.» Maureen lächelte. «Ich weiß nicht, wie Sie das hingekriegt haben, Herr Doktor, aber …»

Mit einer Handbewegung unterbrach O'Reilly ihre Dankesbezeugungen. «Also, wann brecht ihr drei denn ins sonnige Kalifornien auf?»

«Sobald ich die Fahrkarten kaufen kann. Und …» Sie zögerte. «Würden Sie mir einen kleinen Gefallen tun?»

«Nur raus mit der Sprache.»

Maureen reichte O'Reilly die Banknoten. «Würden Sie das Geld für mich verwahren?»

Er nahm das Bündel entgegen.

«Ich wäre froh, wenn Seamus –»

«Mach dir keine Sorgen deswegen.» O'Reilly schob die Scheine in seine Hosentasche. «Bei mir sind sie sicher.»

Maureen lächelte ihn an, legte den Kopf schräg und fragte: «Hätten Sie beide am Samstag Zeit?»

Barry hatte gehofft, dass er am Samstag ein paar Stunden freikriegen würde. Er wollte Patricia sehen, falls sie noch anrief, oder sich sonst vielleicht mit Jack treffen. Fragend schaute er O'Reilly an.

«Vielleicht», antwortete dieser.

«Wir feiern ein kleines Abschiedsfest, und wir möchten gerne, dass Sie beide kommen.»

«Was meinen Sie, Doktor Laverty?»

«Wir würden hier im Haus feiern. Am Nachmittag», erklärte Maureen.

An dem Blick, mit dem sie O'Reilly ansah, konnte Barry

ablesen, wie viel ihr die Anwesenheit ihrer Ärzte bedeutete. «Ich wüsste nicht, was dagegen spräche», antwortete er. Vielleicht konnte er ja nach dem Fest trotzdem noch für ein paar Stunden verschwinden.

«Wunderbar», sagte Maureen.

O'Reilly schaute sich in dem winzigen Wohn- und Esszimmer um. «Was habt ihr denn gedacht, wie viele Leute kommen sollen?»

Maureen zuckte die Achseln.

«Weißt du, was», schlug O'Reilly vor, «könntet ihr vielleicht an das große Zelt rankommen, das die Ballybucklebo Highlanders am 12. Juli immer auf dem Festplatz aufstellen?»

«Ich frage Seamus mal.»

«Bloß für den Fall, dass es regnet», meinte O'Reilly. «Im Garten hinter meinem Haus wäre nämlich wesentlich mehr Platz.»

«Das wäre Ihnen recht, Sir?» Maureen strahlte.

«Absolut. Man weiß ja nie, wie viele Gäste zu einem *céili* in Ballybucklebo erscheinen.»

«Seamus kümmert sich um das Zelt. Er ist schließlich nicht umsonst Erster Dudelsackpfeifer bei den Highlanders. Samstagvormittag stellen wir es auf.»

«Gut», sagte O'Reilly. «Außerdem brauchen wir was zu futtern. Dafür wird Mrs Kincaid sorgen. Und ich besorge ein paar Fässer Stout vom Dreckspatz.»

«Aber die kosten doch ein Vermögen.»

«Nein.» O'Reilly schmunzelte. «Willy, der Barmann, soll den Gästen Geld dafür abknöpfen. Ich bin doch kein Goldesel.»

Barry fiel ein, welche Schwierigkeiten Jack und er gehabt hatten, als sie einmal in der Studentenmensa eine Party hatten geben wollen. Die Schankgesetze in Ulster waren ein bisschen verwirrend. Wenn man Alkohol irgendwo anders als in einem Gasthaus mit Konzession verkaufen wollte, musste man eine besondere Erlaubnis beantragen. Normalerweise dauerte es ein paar Wochen, bis sie erteilt wurde. «Wir haben nicht mehr genug Zeit, um uns eine Genehmigung zu beschaffen», gab er zu bedenken.

«Wir brauchen keine», meinte O'Reilly, «wir verkaufen ja keinen Alkohol, sondern Wasser.»

«Wie bitte?»

«Wasser», wiederholte O'Reilly mit einem breiten Grinsen. «Ein tolles Zeug. Wirkt Wunder bei Windhunden, und man braucht keine Konzession, um es zu verkaufen. Außerdem kann niemand was dagegen haben, wenn man zu jedem Glas Wasser, das man verkauft, ein Gläschen Stout verschenkt.»

«Ist das dein Ernst?»

«Unbedingt.»

«Dann kannst du ja tatsächlich Wasser in Wein verwandeln ... na ja, immerhin in Bier.»

O'Reilly nickte. «Und um ganz sicherzugehen, wollen wir Dorfsheriff Mulligan einladen. Wenn wir dann doch ein Gesetz übertreten und er mitgefeiert hat, muss er sich selbst festnehmen.»

Barry lachte so laut, dass er den kleinen Barry Fingal aufweckte, der der Welt mit kräftigem Geschrei seine Anwesenheit kundtat.

«Ich kümmere mich lieber mal um den Lütten», sagte Maureen. «Also, bis Samstag.»

«Richtig», sagte O'Reilly. «Kommen Sie, Doktor Laverty, wir haben noch mehr Besuche zu machen.»

• • •

Zu Barrys großer Erleichterung war der Feldweg, der zum Farmhaus der Kennedys führte, diesmal trocken. Er besaß immer noch keine Gummistiefel. Wahrscheinlich ratterte das Paar, das er an dem Tag gekauft hatte, als er Patricia kennengelernt hatte, weiter im Zug zwischen Bangor und Belfast hin und her.

Jeannie spielte auf dem Hof mit ihrem Border Collie.

«Hallo, Doktor O'Reilly.» Das Mädchen nahm ihrem Spielgefährten den Stock weg. Sofort ließ die Hündin sich auf den Boden fallen, streckte die Vorderpfoten aus, legte den Kopf zwischen die Beine und heftete den wachen Blick unverwandt auf den Stock in der Hand ihrer kleinen Herrin. «Platz, Tessie.» Die Hündin schaute nur kurz zu den Neuankömmlingen hinüber.

«Wie geht's dir, Jeannie?» O'Reilly schloss die Wagentür und trat zu ihr. Barry folgte ihm.

«Wieder viel besser, danke.»

Barry sah, dass er ein ganz anderes Kind vor sich hatte als die kleine Patientin von vor drei Wochen. Dieses Mädchen hier hatte Farbe im Gesicht, und ihre Augen strahlten so hell wie die porzellanblauen Hundeaugen. Vielleicht hatte sie ein bisschen abgenommen, aber wenn man bedachte, wie krank sie gewesen war, war das kein Wunder.

«Es geht ihr wirklich besser.» Mrs Kennedy erschien in der Haustür. Ihr graues Haar war zu einem glatten Knoten aufgesteckt, und ihre Schürze war sauber. Sie ging zu Jeannie hinüber und legte ihrer Tochter beschützend die Hand auf die Schulter. «Eine Zeitlang haben wir uns solche Sorgen um sie gemacht, aber die Ärzte in der Kinderabteilung waren toll, ja doch.» Sie schaute O'Reilly an. «Da war so ein junger Arzt, Doktor Mills hat er geheißen, der hat gesagt, wenn Sie und Doktor Laverty nicht so schnell gewesen wären ...» Jeannies Mutter schluckte.

«‹Ende gut, alles gut›», brummte O'Reilly. «Und sparen Sie sich die Mühe, mir zu sagen, dass das ein Zitat von William Shakespeare ist, Doktor Laverty. Das weiß ich nämlich selbst.»

Barry grinste. Er musste daran denken, wie kritisch er anfangs die Hauruck-Diagnose seines älteren Kollegen beurteilt hatte. Jetzt erkannte er, dass O'Reilly mit seiner Aussage, manchmal könne ein praktischer Arzt im Leben seiner Patienten wirklich etwas ändern, absolut recht gehabt hatte.

«Viel frische Luft, reichlich zu essen, und bald ist sie wieder putzmunter. Im September kann sie dann wieder zur Schule gehen.»

Jeannie runzelte die Stirn. «Ich hasse Mathe.»

«Ich hab Mathe auch gehasst, als ich in deinem Alter war», sagte O'Reilly. «Aber jetzt mal los. Zeig mir, wie du das Stöckchen werfen kannst.»

Jeannie schleuderte den kleinen Zweig über den Hof. Tessie presste sich flach an den Boden, fixierte Jeannies Gesicht, zitterte, bewegte sich aber keinen Zoll von dem ihr angewiesenen Platz fort.

«Schlaue Hunde, diese Border Collies», bemerkte O'Reilly.

«Hol's!», rief Jeannie, und die Hündin jagte los wie ein Windspiel.

«Sie brauchen uns nicht mehr», meinte O'Reilly zu Bridget Kennedy.

«Dermot wird es leidtun, dass er Sie verpasst hat, Herr Doktor, aber er ist mit dem Mähdrescher draußen.»

«Ein Farmer wird nie mit der Arbeit fertig», seufzte O'Reilly. «Genauso wenig wie ein Arzt.» Er öffnete die Autotür. «Wenn ihr drei am Samstagnachmittag nichts Besseres zu tun habt, seid ihr zu einem kleinen Fest in meinem

Garten eingeladen, für Seamus und Maureen Galvin. Sie reisen bald nach Amerika ab.»

«Ich will Dermot fragen», sagte Bridget. «Und ich bringe *barmbrack* mit.»

«Schön.» O'Reilly ließ sich auf den Fahrersitz sinken. «Steig ein.»

Barry kletterte in den Wagen.

«Mit der Kleinen haben wir Glück gehabt», sagte O'Reilly, während der Rover den ausgefahrenen Weg entlanghoppelte. «Es wäre Bridgets Tod gewesen, wenn das Kind nicht durchgekommen wäre.»

«Mrs Kennedy muss schon ziemlich alt gewesen sein, als Jeannie geboren wurde.»

O'Reilly bog auf die Landstraße ab und trat aufs Gaspedal. «Die übliche Geschichte. Die beiden konnten sich das Heiraten erst leisten, als der alte Kennedy gestorben war und seinem Sohn den Hof vermacht hatte. Ich glaube, Bridget war damals schon zweiundvierzig. Sie hat ewig gebraucht, um schwanger zu werden. Das kleine Mädchen ist ihr Ein und Alles.»

O'Reilly lehnte sich auf die Hupe und fuhr einen Schlenker über die Mittellinie. «Verfluchte Fahrräder! Auf die Seite!»

Barrys Kopf fuhr herum, während er beobachtete, wie der unglückliche Radfahrer schwankte, anhielt und sich mit seinem Drahtesel in den Graben schmiss. «Hast du schon mal einen angefahren?», fragte er.

O'Reilly schüttelte den Kopf. «Bisher nicht. Sie kennen meinen Wagen alle.»

Und auch dich kennen sie alle sehr gut, Fingal Flahertie O'Reilly, dachte Barry, und wenigstens ein paar von ihnen lernen mich ebenfalls allmählich kennen. Seine Freude über diesen Gedanken verging ihm allerdings gleich wieder, als

O'Reilly beide Hände vom Lenkrad nahm, sich die Pfeife anzündete und verkündete: «Nächste Station: Fotheringhams.»

• • •

«Möchten Sie Tee und Scones?», fragte Mrs Fotheringham, als O'Reilly und Barry in den mit Schonbezügen versehenen Sesseln Platz genommen hatten. Sie trug ihr heidefarbenes Tweedkostüm und ihre Perlen, und jedes Härchen auf ihrem Kopf lag genau am richtigen Platz.

«Nein, danke», sagte O'Reilly. «Wir müssen gleich wieder los. Aber Doktor Laverty hat Ihnen etwas zu sagen.»

Die Majorsgattin ließ sich auf dem Sofa nieder, presste die Knie zusammen und legte die Hände wie zum Gebet gefaltet auf den Rockschoß. «Ja, Herr Doktor?», fragte sie mit schmalen Lippen.

Barry schluckte. «Ich habe mit dem Krankenhaus über den Herrn Major gesprochen. Es geht ihm den Umständen entsprechend gut.»

«Und was heißt das genau?»

«Er ist bei vollem Bewusstsein. Eine Schwäche auf der linken Seite ist geblieben, und seine Sprache ist etwas undeutlich. Er wird nie wieder vollkommen gesund werden, fürchte ich, aber die Logopäden und die Krankengymnasten können wahre Wunder vollbringen ... mit etwas Zeit.»

«Ich verstehe.» Ihre Miene war ausdruckslos. «Vielleicht, wenn er eher ins Krankenhaus gekommen wäre?»

Barry warf einen Blick zu O'Reilly hinüber, der nur seine Fingernägel betrachtete. Von seiner Seite war demnach keine Hilfe zu erwarten. Barry holte tief Luft. «Ja. Vielleicht ginge es ihm besser, wenn ich bei meinem Besuch am Freitag schon erkannt hätte, was los war.» Er fragte sich, ob wohl jemand im Krankenhaus diese Saat des Zweifels in ihr gesät hatte. ‹Wenn er bloß früher hergekommen wäre›, war eine gängige Klage der Ärzte dort. «Was haben sie Ihnen denn im *Royal Victoria Hospital* gesagt?», erkundigte er sich.

Mrs Fotheringhams Lippen waren so schmal, dass man sie fast nicht mehr sah. «Sie haben mich kaum zur Kenntnis genommen.»

Barry fragte sich, ob er noch irgendetwas zu seiner Verteidigung sagen könnte, entschied aber, dass hier nur vollkommene Aufrichtigkeit angebracht war. «Ich hatte nicht gedacht, dass es sich bei Ihrem Mann um mehr handeln könnte als um eine Zerrung der Halsmuskulatur.»

«Aber Sie haben sich geirrt, oder?»

«Ja, Mrs Fotheringham, das stimmt.»

«Ich bin froh, dass Sie das zugeben, junger Mann.»

Barry zuckte zusammen.

«Ähem», brummte O'Reilly, «wissen Sie, Mrs Fotheringham, ich glaube nicht, dass ich es besser gemacht hätte. Am Freitagabend waren noch kaum Symptome eines Schlaganfalls zu sehen.»

Hochmütig zog sie die Nase hoch. «Ihr Ärzte haltet natürlich zusammen wie Pech und Schwefel.»

«Das mögen Sie so sehen», meinte O'Reilly gelassen, «aber was ich eben gesagt habe, ist meiner Ansicht nach die Wahrheit.»

«Ich habe Zeit gehabt, über die Sache nachzudenken.» Mrs Fotheringham erhob sich. «Und ich habe beschlossen, dass mein Mann und ich in Zukunft anderswo ärztlichen Rat suchen werden.»

«Selbstverständlich ist das Ihre freie Entscheidung, Mrs Fotheringham. Ich habe gehört, dass Doktor Bowman in Kinnegar sehr gut sein soll», sagte O'Reilly in gemessenem Tonfall.

Barry biss die Zähne zusammen. Die Frau hatte durchaus das Recht, den Arzt zu wechseln, aber er hatte gehofft, dass sie Verständnis aufbringen würde, wenn er vollkommen ehrlich war.

«Wenn das so ist» – Mrs Fotheringham durchquerte den Raum und hielt ihnen die Tür auf –, «wären Sie dann so freundlich, ihm unsere Unterlagen zukommen zu lassen?»

«Aber gerne.»

Mit gesenktem Kopf schlich Barry auf die Diele hinaus. «Es tut mir leid ...»

«Dafür kriege ich meinen gesunden Mann nicht wieder.»

Barry schaute zu O'Reilly hinüber, der aber bloß den Kopf schüttelte und ihr zustimmte. «Sie haben recht.»

«Ich bin froh, dass Sie das wenigstens zugeben», wiederholte Mrs Fotheringham. «Jetzt ...»

«Einen guten Tag, Mrs Fotheringham», sagte O'Reilly von der Vordertreppe aus. «Ich wünsche dem Herrn Major alles erdenklich Gute für seine Genesung.»

«Mhm.» Sie schloss die Tür hinter ihnen.

Langsam ging Barry zum Auto. Er spürte, wie die Federung nachgab, als O'Reilly sich neben ihn setzte.

«Du darfst dir das nicht zu Herzen nehmen.» O'Reilly ließ den Motor an. «Sie ist traurig und wütend.»

«Und sie hat recht», stieß Barry hervor. «Ich hätte –»

«Jetzt fang nicht wieder davon an.» O'Reilly trat auf die Bremse. «Mach das Tor auf.»

Barry gehorchte, wartete, bis der Wagen durchgefahren war, und schloss das Tor wieder. O'Reilly hatte gut philosophieren. Er war ja schließlich nicht derjenige, der die falsche Diagnose gestellt hatte.

«Steig ein», brummte O'Reilly, «und mach bloß nicht so ein Gesicht.» Er gab Gas. «Bei Cissie Sloan hast du ins

Schwarze getroffen; die Sache mit Jeannie Kennedy haben wir beide zusammen hingekriegt, und wir haben dem alten Sonny zu seinem Recht verholfen.» Mit quietschenden Reifen bog O'Reilly nach links auf die Küstenstraße ab. «Du musst es nehmen, wie es kommt. Zum letzten Mal, ich stimme dir zu, dass du im Fall von Major Fotheringham besser hättest arbeiten können, aber seine Frau ist nicht bloß wütend ... sie hat außerdem ein schlechtes Gewissen.»

«Weswegen denn?»

«Sie ist intelligent genug, um zu begreifen, dass du seinen steifen Hals vielleicht ernster genommen hättest, wenn die beiden nicht so oft falschen Alarm geschlagen hätten.»

«Ja. Mag sein.»

«Und wenn Leute ein schlechtes Gewissen haben, dann brauchen sie oft jemanden, auf den sie eindreschen, auf den sie die Schuld abwälzen können. Da kamst du gerade recht. Der perfekte Sündenbock.»

Barry dachte nach. Doch, an dem, was O'Reilly da sagte, war etwas Wahres dran.

«Und denke daran», fuhr O'Reilly fort, «‹Wenn dich Triumph und Sturz nicht mehr gefährden, / Weil beide du als Schwindler kennst, als Schein ...›»

«Das ist aus Rudyard Kiplings ‹Wenn›. Mein Vater hat mir schon während meiner Schulzeit eine gerahmte Abschrift von dem Gedicht geschenkt. ‹Wenn weder Feind dich kann noch Freund dich kränken, / Wenn alle nah, doch nicht zu nah dir gehen ...›»

«Ganz recht», sagte O'Reilly, «‹doch nicht zu nah›. Und das ist eine weitere Regel für uns Ärzte, sie kommt gleich nach ‹Lass dir von deinen Patienten niemals auf der Nase rumtanzen›.»

«Aha?»

«Geht nicht auf Abraham Lincoln der Spruch zurück, dass

man manche Leute zeitweise täuschen kann, aber nicht ständig das gesamte Volk? So ähnlich ist das auch mit Patienten. Egal was du für sie tust, manche sind nie zufrieden.»

«Ich weiß», sagte Barry leise.

«Also», meinte O'Reilly, «je schneller sich da die Wege trennen, desto besser.»

«Du begrüßt es also, dass Mrs Fotheringham in Zukunft zu Dr. Bowman gehen will?»

«Richtig. Sie wird uns ohnehin nie wieder vertrauen. Das ist schade, liegt jedoch in der Natur der Sache. Aber für jede Mrs Fotheringham, für jeden Bertie Bishop gibt es die Cissies und die Jeannies und die Maureen Galvins und … die Maggies, für die sich die ganze Sache lohnt.» O'Reilly parkte den Wagen am Straßenrand vor Maggie MacCorkles Häuschen. «Und jetzt komm. Wir wollen Maggie von Sonny erzählen.»

Ein ganzes Rudel Hunde kam aus Maggies Haustür herausgestürzt und versammelte sich schwanzwedelnd um den Wagen. Die Luft war von ihrem fröhlichen Kläffen erfüllt. Maggie drängte sich durch die Tiere hindurch. Barry fielen die frischen Blumen in ihrem Hutband auf.

«Sie kommen wie gerufen, meine Guten. Das Teewasser kocht.»

«Schön», sagte O'Reilly, «eine Tasse Tee ist jetzt genau das Richtige.»

«Das finde ich auch.» Barry folgte den beiden ins Haus.

«Verzieh dich, General Montgomery.» Maggie scheuchte die gelbe Katze vom Sessel. «Nehmen Sie Platz, Doktor O'Reilly. Zünden Sie Ihr Pfeifchen an.»

Sie machte sich am Herd zu schaffen, wärmte die Teekanne an, goss das heiße Wasser aus, löffelte aus einer Blechdose, auf der die Krönung von Elizabeth II. abgebildet war, Teeblätter in die Kanne und schüttete kochendes Wasser hinzu. «Jetzt lassen wir ihn noch ein bisschen ziehen», erklärte sie.

«Prima», sagte O'Reilly.

«Ich bin froh, dass Sie kommen», bemerkte Maggie. «Mir sind diese kleinen Pillen ausgegangen, und neulich nachts hatte ich wieder mal diese, wie heißen sie noch, Eckzentner-Dingsbums-Kopfschmerzen, doch ja. Sie haben nicht zufällig welche von den Tabletten bei sich?»

O'Reilly schüttelte den Kopf. «Leider nicht, Maggie. Und exzentrische Kopfschmerzen können komisch sein. Kannst du morgen mal reinschauen? Ich würde dich gerne kurz untersuchen, bevor ich dir neue Pillen gebe. Einfach zur Sicherheit.»

Barry musste lächeln. Er war also nicht der einzige Arzt in Ballybucklebo, der eine Klage über Kopfschmerzen in Zukunft ernster nehmen würde.

«Ich komme vorbei», sagte Maggie, während sie den Tee in drei Porzellanbecher einschenkte. Auf einem wurde an die Befreiung der Stadt Mafeking erinnert, auf dem zweiten war ein Bild von Sir Winston Churchill zu sehen, und der dritte trug ein Porträt von John F. Kennedy inmitten schwarzer Fahnen.

«Milch und Zucker?»

«Nur Milch», bat Barry, während O'Reilly nickte.

Maggie reichte ihnen ihre Becher. Der Tee war so stark, dass Barry befürchtete, die Teelöffel könnten sich auflösen. Aber es gab keine Möglichkeit, das Gebräu heimlich loszuwerden, also trank er es in kleinen Schlückchen und hoffte, dass die Gerbsäure seine Magenschleimhaut nicht in Leder verwandelte.

«Wir sind bloß gekommen, um dir von Sonny zu berichten», begann O'Reilly schließlich.

Maggie legte den Kopf schief, wie eine Drossel, die auf

dem Boden gerade einen schmackhaften Regenwurm entdeckt hat. «Und wie geht's dem alten Brummbären?»

«Samstag wird er entlassen», antwortete O'Reilly.

«Ich hab's ja gesagt», meinte Maggie, «den muss man erschießen.» Sie schlürfte ihren Tee. «Das heißt, dass er seine Hunde wieder zu sich nehmen kann.»

«Nicht ganz. Er muss noch eine Weile nach Bangor ins Genesungsheim», erklärte O'Reilly.

«Wie lang ist eine Weile?», fragte Maggie.

O'Reilly warf Barry einen Blick zu, bevor er sagte: «Bis sein Dach fertig ist.»

Barry beobachtete Maggie scharf.

Sie richtete sich kerzengerade auf. «Bis was?» Ihre Augen wurden groß.

«Bis sein Dach wieder heil ist. Councillor Bishop hat mir erzählt, dass ihm Sonnys Situation neuerdings zu Herzen geht.»

«Jesus, Maria und Joseph. Dieser Sauhund Bertie Bishop? Verglichen mit dem Herzen, das der Mann im Leib hat, war Pharaos Herz doch weich wie ein Marshmallow.»

«Aber es stimmt, Maggie», mischte Barry sich ein. «Ehrlich.»

«Das glaube ich erst, wenn ich es mit eigenen Augen sehe», brummte Maggie. «Als Letztes hat Bertie Bishop zu Sonny gesagt, er würde sein Dach erst nach dem Jüngsten Gericht reparieren. Ich glaube doch auch nicht an den Weihnachtsmann.»

O'Reilly lachte. «Dann halte mal Ausschau nach einem Schlitten mit einem alten Herrn drauf und Rentieren davor.»

Sie sah ihn aus schmalen Augen an. «Hand aufs Herz?»

O'Reilly legte seine Rechte auf die Brust.

«Hm», sagte sie spröde, «und was meint Sonny dazu?»

«Er weiß es noch nicht», antwortete O'Reilly, «aber ich habe so eine Idee.»

«Ach ja?», sagte Maggie.

«Ja. Am Samstag will ich ins *Royal*.»

Das war Barry neu, aber es überraschte ihn nicht mehr, dass O'Reilly Taxi für seine Patienten spielte.

«Dann fahre ich Sonny runter nach Bangor, aber vorher gibt es für uns alle ein kleines *céili* bei mir im Garten. Da verabschieden wir die Galvins nach Amerika. Sonny geht es schon so gut, dass er ein Weilchen dabei sein kann.»

«Und weiter?», sagte Maggie.

«Hättest du nicht Lust, auch kurz vorbeizuschauen und ihm von dem Dach zu erzählen?»

Barry beobachtete, wie von irgendwoher tief unter Maggies ledrigen Wangen ein Glühen aufstieg und sich über ihr Gesicht ausbreitete. «Ach, gehen Sie mir weg», sagte sie. «Sonny und ich grüßen uns ja kaum.»

«Ich weiß», erwiderte O'Reilly, «aber als ich ihn das letzte Mal gesehen habe, hat er gesagt, er wollte kurz mit dir reden ... er wollte sich bedanken, dass du dich um seine Hunde kümmerst.»

«Das wäre ja auch nur höflich.»

«Du kommst also?»

«Ich lasse es mir durch den Kopf gehen», versprach Maggie. «Und falls ich komme, bringe ich einen Plumcake mit.»

O'Reilly schielte zu Barry hinüber. «Das wäre wunderbar, Maggie. Deine Plumcakes sind ja genauso berühmt wie dein Tee.»

27

Saure Wochen, frohe Feste

O'Reilly war nach Belfast gefahren, um Sonny abzuholen. Gähnend spielte Barry mit seinem Stück Toast. Er schaute durchs Speisezimmerfenster. Die Wettervorhersage war richtig gewesen: Sonnenschein und ein paar tiefhängende Wolken. Vielleicht würden sie das Zelt, das gerade in O'Reillys Garten aufgebaut wurde, gar nicht brauchen. Barry fand, dass er sich eigentlich auf die Abschiedsparty für die Galvins freuen sollte, aber er war müde und enttäuscht.

Er rollte die Schultern. Ach, Gott, aber Donnerstag und Freitag waren auch wirklich hektisch gewesen. Scharen von Patienten, und obendrein hatte es letzte Nacht einen Verkehrsunfall gegeben. Zwei Männer – der eine mit einem gebrochenen Arm, der andere mit einem gebrochenen Oberschenkel und beide mit kleineren Schnittwunden – hatten Morphium bekommen und geschient und genäht werden müssen, bevor sie dann ins *Royal* geschickt wurden. Erst morgens um vier waren O'Reilly und er endlich ins Bett gekommen.

Ein bisschen ausschlafen hätte heute Morgen nicht geschadet, aber der Krach, den Seamus und seine Leute beim Aufstellen des Festzeltes veranstalteten, hatte ihn geweckt. Bei dem unablässigen Wummern der Holzhämmer auf den

Zeltpflöcken, unter Begleitung von Arthur Guinness' Gebell, war an Schlaf nicht mehr zu denken gewesen.

Seufzend räumte Barry die schmutzigen Teller und das Besteck ab und brachte alles in die Küche. Vielleicht wurde ihm durch die Müdigkeit auch seine Enttäuschung deutlicher bewusst. Jacks Ratschlag, abzuwarten, bis Patricia anriefe, war zwar gut gemeint, aber anscheinend falsch gewesen. Kein Lebenszeichen von ihr, und es war heute acht Tage her, dass … Akzeptiere es, sagte Barry zu sich selbst, sie will nichts mehr von dir wissen.

Kinky, die gebückt vor dem Backofen stand, richtete sich auf. «Stellen Sie das Geschirr in die Spüle», sagte sie. «Ich kümmere mich darum, wenn ich die letzten Wurstpastetchen hier fertig habe.» Sie schob sich mit dem Arm eine Haarsträhne aus der Stirn. «Toller Tag für die Party.»

«Scheint so.» Barry stellte das Geschirr in den Spülstein.

«Sie scheinen sich aber nicht besonders zu freuen.» Prüfend schaute sie ihm ins Gesicht.

«Ich bin nicht so richtig in Partystimmung.»

«Und wie kommt das?»

Barry zuckte die Achseln.

«Sie sehen ziemlich bedrückt aus, ja. Würde es helfen, wenn ich Ihnen noch eine Tasse Tee mache?»

«Nein, danke, Kinky.» Das Gewummer der Holzhämmer draußen wurde noch lauter. «Mein Gott, hoffentlich beeilen die sich ein bisschen. Sind Sie nicht schon fast taub von diesem Höllenspektakel?»

«Ich? Überhaupt nicht, aber Lady Macbeth passt das gar nicht. Sie hat sich irgendwo versteckt.»

«Kluge Katze.»

«Darf ich Sie etwas fragen, Doktor Laverty?» Mit beiden Füßen fest auf dem Fliesenboden der Küche stand Kinky vor ihm.

«Natürlich.»

«Es geht mich ja nichts an, aber –»

«Aber was, Kinky?»

«Ist es das Fräulein, das sie so quält?»

Barry wunderte sich, dass die Haushälterin ihn so leicht durchschaute. Er überlegte, ob er ihr antworten sollte, dass sie das wirklich nichts anging, aber ein Blick in ihr großes, ehrliches Gesicht zeigte ihm, dass sie aus Besorgnis fragte, nicht einfach aus Neugier. «Ein bisschen», räumte er ein.

«Das habe ich mir gedacht. Letzte Woche haben Sie losgelegt wie ein tanzender Derwisch. Und ich weiß ja, dass sie hier nicht angerufen hat und dass Sie seitdem nicht mit ihr ausgegangen sind.»

Barry seufzte. «Es hat nicht funktioniert. Sie hat gesagt, sie wollte keine richtige Beziehung.»

«Ts, ts, ts», machte Kinky. «Das dumme Mädel. Wer nicht gibt, kriegt auch nichts zurück. Das ist eine Tatsache, ja.»

Barry hatte sich schon öfter gefragt, was Mr Kincaid zugestoßen sein mochte. Schließlich wäre Kinky nicht Mrs Kincaid, wenn sie nicht irgendwann einmal verheiratet gewesen wäre. «Sie waren doch sicher verheiratet, Kinky, oder nicht?»

Sie nickte bedächtig. «Ja, und es war wunderbar, doch. Aber ich habe ihn verloren.»

«Das tut mir leid.»

«Es braucht Ihnen nicht leidzutun, aber es ist nett, dass Sie das sagen.»

Barry wartete ab.

Kinky steckte die Hände in die Schürzentaschen. «Ich war erst achtzehn. Er war Fischer, aus Cork. Er ist auf See geblieben, und ich war vollkommen außer mir. Es war, als wäre eine Hälfte von mir da draußen geblieben», sagte sie und wandte sich der Arbeitsplatte zu, auf der neben einem Brett mit einem Berg Pastetenteig eine Schüssel mit Wurstbrät stand. «Aber das Leben muss weitergehen.» Sie griff nach einem Nudelholz und begann mit gleichmäßigen, kräftigen Bewegungen den Teig auszurollen. «Also hab ich mir gedacht, ich wollte was von der Welt sehen.» Kinky kicherte in sich hinein. «Vor dem Krieg war es ein mutiger Schritt, von Cork nach County Down zu gehen, daher habe ich eine Stelle bei dem alten Doktor Flanagan hier in Ballybucklebo angenommen. Es sollte bloß für ein Weilchen sein … bis ich wieder zu mir gefunden hatte. Ich habe Ihnen ja gesagt, ich war außer mir, als mein Paudeen ertrunken ist.»

«Und Sie sind hiergeblieben?»

«Ich habe nie wieder einen Mann wie Paudeen kennengelernt.» Sie streute Mehl auf den flachgewalzten Teig. «Nachdem ich mir ein paar Jahre selbst leidgetan hatte, habe ich mich intensiv nach einem anderen Mann umgesehen, aber ich habe keinen gefunden.»

Barry war sicher, dass es ihm mit Patricia genauso ergehen würde, aber Kinky hatte sich immerhin um einen neuen Partner bemüht, nachdem sie Witwe geworden war. Vielleicht sollte er sich einfach zusammenreißen, nicht mehr weiter Trübsal blasen, sondern mal schauen, was es sonst noch für Mädchen auf der Welt gab.

«Sind Sie hier zufrieden, Kinky?»

Wieder strich sie sich mit dem Arm das Haar zurück, wobei sie eine Mehlspur auf ihrer Stirn hinterließ. «Ja. Ich habe ein gutes Leben, das kann ich wohl sagen. Ich will mich nicht beklagen, aber es tut mir weh, wenn ich sehe, dass ein junger Mann den Kopf so hängen lässt.»

«Ganz schön blöd, oder?» Und verflixt, allmählich glaubte er es selbst. Er war wirklich blöd.

Kinky lächelte. «Natürlich gibt es Zeiten, wenn das Herz über den Kopf regiert.» Wieder bestreute sie den Teig mit Mehl. «Die Zeitung liegt im Flur. Gehen Sie hoch in die Stube. Da ist es bestimmt ruhiger. Ich rufe Sie, falls Patienten kommen sollten.»

«Das mache ich.»

«Und wer weiß? Vielleicht wendet sich doch noch alles zum Guten.»

«Ich wünsche es mir.»

Kinky kniff die Augen zusammen und runzelte die Stirn. «Haben Sie schon mal was vom zweiten Gesicht gehört, Doktor Laverty?»

«Meinen Sie die Gabe des Hellsehens?»

«Es ist eher ein Fluch als eine Gabe.»

«Das ist bloß Aberglaube.»

«Wie Sie meinen, aber es wird sich wirklich zum Guten wenden für Sie, das weiß ich.»

Trotz seiner gründlichen wissenschaftlichen Ausbildung spürte Barry, wie es an den Haarwurzeln in seinem Nacken kribbelte. «Sind Sie sicher?»

Kinky löffelte Wurstbrät auf die Teigplatte und rollte sie mit kräftigen Fingern auf, um die Füllung einzuwickeln. «Los, ab nach oben. Lesen Sie Ihre Zeitung», schmunzelte sie, «und dann können Sie auch gleich noch nach der Katze suchen.»

Barry schaute sie scharf an, aber sie beugte sich über ihre Arbeit. «Also gut, Kinky», sagte er, wohl wissend, dass das Thema von ihrer Seite aus abgeschlossen war.

Er holte sich die Zeitung und wanderte nach oben, wo er sich allerdings nicht allzu sehr bemühte, die Katze zu finden. Nachdem er ein paar Mal «Miez-Miez» gerufen hatte, ließ er sich in einem der bequemen Sessel nieder. Er überblätterte die Politik und wandte sich dem Kreuzworträtsel zu. Doch trotz seiner Versuche, sich zu konzentrieren, schweiften seine Gedanken immer wieder zu dem ab, was Kinky gesagt hatte.

Wenn man ihren eigenen Verlust bedachte, war es kein Wunder, dass sie Mitleid mit O'Reilly hatte. Aber war sie vielleicht ein bisschen enttäuscht, weil er nie wieder einen neuen Versuch unternommen hatte? Wenn das der Fall war, ließ sie sich allerdings nichts anmerken.

Als Kinky ihm erzählt hatte, wie O'Reilly vor Jahren nach so kurzer Ehe seine Frau verloren hatte, hatte Barry Mitleid mit seinem Chef gehabt. Weißt du, Barry Laverty, ermahnte er sich jetzt jedoch, es ist ja schön und gut, dass du O'Reilly bewunderst und dass du versuchst, seine Art zu praktizieren weitgehend nachzuahmen, aber deswegen brauchst du dich noch längst nicht in einen perfekten Doppelgänger zu verwandeln. Dass O'Reilly den Frauen den Rücken gekehrt hat, ist noch lange kein Grund für dich, das auch zu tun. Patricia ist Gold, ja, und vielleicht findest du nie wieder so eine wie sie, aber warum nimmst du dir nicht ein Beispiel an Kinky und versuchst es nochmal?

Es musste schrecklich für sie gewesen sein, so jung schon Witwe zu werden. Barry wusste, dass viele Männer aus den kleinen Fischerdörfern ertranken – so viele, dass es für die Dorfbewohner schon fast zum Alltag gehörte. Die handgestrickten Pullover der Arran-Inseln waren für ihre unterschiedlichen Muster berühmt, die den Touristen so gut gefielen. Doch die Besucher aus dem Ausland wussten nicht, dass jedes Muster zu einer bestimmten Familie gehörte, damit man, wenn ein Mann auf See geblieben war und später irgendwo angespült wurde, die Leiche anhand des Pullovers identifizieren konnte.

In der Landbevölkerung herrschte der Glaube, dass der plötzliche Tod eines geliebten Menschen die Gabe des zweiten Gesichts verleihen konnte. War Kinky wirklich hellsichtig? Diese Frage war schwer zu beantworten. Barry konnte sich noch daran erinnern, wie seine Großmutter sich plötzlich kerzengerade in ihrem Sessel aufgerichtet und feierlich verkündet hatte: «Eben ist meine Schwester Martha gestorben.» Großtante Martha hatte in England gewohnt. Der Telefonanruf einige Stunden später hatte ihren Tod bestätigt. Woher hatte seine Großmutter das gewusst? Barry schüttelte den Kopf.

Er hätte nur zu gerne geglaubt, dass Kinky in Bezug auf Patricia recht hatte, aber wenn das nicht der Fall war, wollte er ihrem Beispiel folgen. Er konnte ja gleich anfangen, nach einer anderen Frau zu suchen. Jack Mills würde das mit Sicherheit auch tun.

Das grässliche Gehämmer im Garten brach ab. Barry rieb sich die Augen, streckte sich, lehnte sich im Sessel zurück und nickte ein.

Er träumte von Patricia und den ertrunkenen Augen von Kinkys Paudeen und von Kinky selbst, die zauberte und die Zukunft vorhersagte – wie eine der Hexen aus *Macbeth*.

· • ·

Barry verzog das Gesicht. Etwas kitzelte ihn in den Nasenlöchern. Undeutlich nahm er ein sanftes Hauchen wahr, begleitet von einem stetigen Brummen. Ein Gewicht lastete auf seinem Brustkorb. Er blinzelte und schüttelte den Kopf. Noch ganz verschlafen, erkannte er verschwommen etwas Weißes. Lady Macbeth lag auf seiner Brust. Sie hatte die Vorderbeine untergeschlagen, in dieser typischen Haltung, die Katzen nur einnehmen, wenn sie sich in Sicherheit wähnen.

Zu dem kitzelnden Gefühl in seiner Nase und dem leisen

Hauchen kam es, das wurde Barry jetzt klar, weil die Katze ihr rosa Näschen ganz dicht vor seiner Nase hatte und direkt in seine Nasenlöcher ausatmete. Das Brummen war ihr ununterbrochenes Schnurren. Aus Erfahrung wusste er, dass Ihre Ladyschaft auf diese Weise sagte: «Wach auf. Ich wünsche, dass du mir Gesellschaft leistest.»

Barry räkelte sich im Sessel, blinzelte wieder, kraulte der Katze den Kopf und fragte: «Wie spät ist es denn?» Er schaute auf seine Uhr. Ach, du Schreck. Viertel vor zwei. Er gähnte, dann streckte er sich mit zusammengekniffenen Augen, geballten Fäusten und vorgeschobenen Schultern. Von seinen plötzlichen Bewegungen aufgescheucht, sprang Lady Macbeth auf den Fußboden.

Mit der Katze auf den Fersen trottete Barry nach oben, wo Lady Macbeth sich auf den Wäschekorb setzte und aufmerksam zuschaute, wie er sich das Gesicht wusch und das Haar kämmte. Die Treppe hinunter lief sie ihm voraus, bis in die Küche, wo der süße Duft von Frischgebackenem ihn empfing und Kinky damit beschäftigt war, Teller mit Sandwiches auf ein großes Tablett zu stellen.

«Haben Sie ein schönes Mittagsschläfchen gehalten?», fragte sie.

Barry nickte. «Ist Doktor O'Reilly schon zurück?», erkundigte er sich.

Kinky schüttelte den Kopf.

Als Barry versuchte, ein Sandwich zu stibitzen, gab sie ihm einen Klaps auf die Hand. «Finger weg», sagte sie, «die sind für die Gäste. Aber da im Regal habe ich Ihnen was zurückgestellt.» Sie deutete auf einen Teller mit Schinkensandwiches, Wurstpastetchen und gefüllten Eiern. «Essen Sie die paar Häppchen ruhig auf.»

«Danke, Kinky.» Barry bediente sich. «Übrigens habe ich Ihre Ladyschaft gefunden.»

«Das sehe ich», meinte Kinky. «Los, los, mein Schnuckelchen, runter mit dir von dem Regal. Wurstpastetchen sind gar nicht gut für Pussikatzen.» Sie schob die Katze vom Brett und nahm das Tablett. «Ich bringe das hier lieber mal nach draußen.»

Barry hielt ihr die Hintertür auf. Mit dem Tablett in den Händen schob Kinky sich seitwärts durch den Ausgang. Lady Macbeth schlüpfte mit hochgerecktem Schwanz an ihr vorbei und spazierte in den Garten.

Neugierig, welche Vorbereitungen für das Fest getroffen worden waren, folgte Barry der Haushälterin in den hellen Sonnenschein hinaus. Das Zelt stand auf der linken Seite des Gartens, dicht am Haus. Es hatte zwei Stützpfosten, einen an jedem Ende, die in der Mitte durch die Dachplanen ragten. Die Halteseile an den Ecken waren an kräftigen Holzpflöcken befestigt, die ein Stück aus dem Rasen ragten. Die hintere Zeltwand und die Seitenwände hatte man heruntergelassen, aber an der Vorderseite war die Plane bis zum Dach aufgerollt und mit einer Reihe von Riemen befestigt worden, sodass sie, fand Barry, wie ein aufgegeites Rahsegel aussah.

Drinnen war es angenehm schattig. Dort, wo die Sonnenstrahlen durch Gucklöcher und – Barry schaute nach oben – zwei Risse im Dach ins Zeltinnere fielen, lagen kleine Lichtflecken auf dem Grasboden.

Willy, der Barmann, stand einsatzbereit hinter einer provisorischen Theke, einer Tischplatte auf Böcken, die den größeren Teil der hinteren Wand einnahm. Er trug seine geblümte Weste, und seine Hemdsärmel wurden von einem Paar mit schwarzem Samt bezogenen elastischen Ärmelhaltern auf die richtige Länge gebracht. Ihm fehlte nur noch grüner Lidschatten, dann wäre er das Abbild eines Mississippi-Riverboat-Gamblers gewesen, dachte Barry.

«Wie geht's denn, Doc?», rief Willy. «Soll's schon ein Bierchen sein?»

«Noch nicht, danke, Willy. Ich wollte nur mal gucken.»

«Sehen Sie sich nur nach Herzenslust um. Alles ist fertig. Von mir aus kann's losgehen.»

Willy hatte recht. Unter der Theke standen vier Aluminiumfässer, alle mit Schläuchen versehen, die zu Hähnen auf der Tischplatte führten. Große und kleine Biergläser, Whiskey- und Weingläser warteten in Reihen wie Fußsoldaten vor der schweren Kavallerie der Schnaps- und Weinflaschen. Die Limonade und das Orangengetränk für die Kinder waren rechts und links davon aufgestellt.

An den Seitenwänden des großen Zeltes standen weitere Tische, beladen mit Tellern voller Sandwiches, Wurstpastetchen, Käse, *barmbrack*, einem Schinken und einer kalten Lammkeule. Kinky stellte den letzten Teller von ihrem Tablett dazu und sagte dann zu Barry: «Das sollte wohl reichen, ja.»

«Reichen? Ich dachte, wir erwarten bloß ein paar Leute. Damit könnte man ja die fünftausend speisen.»

Kinky lächelte. «Ein paar Leute? Es hat sich bestimmt längst herumgesprochen. In den nächsten Stunden werden sie hier einfallen wie ein Heuschreckenschwarm, und ich muss sicher sein, dass niemand hungrig wieder geht.»

«Das ist ja wie in *The Galway Races*, Kinky.»

«Wie meinen Sie das?»

Barry zitierte das alte Lied. Er versuchte nicht, es zu singen, denn er hörte zwar gern Musik, wusste aber, dass er die Stimme nicht halten konnte. «‹Bonbons und Orangen und Limonade und Rosinen / Und Ingwerkuchen und Gewürze für die Damen ...›»

«‹Und für drei Pence einen großen *crúbin* zum Knabbern nebenbei›», beendete Kinky die Strophe. «Allerdings», bemerkte sie dann, «bin ich selbst gar nicht so scharf auf *crúbins*. Ich finde, gekochte Schweinepfötchen sehen nicht besonders appetitlich aus. Aber *drúishin*, so wie man sie in Cork macht ... das ist etwas ganz anderes, ja.»

Barry versuchte sein Schaudern zu unterdrücken. Einmal und nie wieder hatte er die Spezialität der Stadt Cork probiert, eine Wurst, die aus einer Mischung von Schweineblut, Rinderblut und Haferflocken bestand. Schon der Geruch hatte ihm fast den Magen umgedreht.

«Nicht jedermanns Geschmack», sagte Kinky mit einem Schniefen, und Barry wusste, dass sein Abscheu ihr nicht entgangen war.

«Das haben Sie ganz großartig gemacht», sagte er ablenkend.

«Doch, ja.» Kinky war wieder versöhnt. «Eine Platte muss ich noch holen.» Sie eilte geschäftig davon.

Barry spazierte ins Freie. Vom Festzelt bis zum hinteren Zaun waren Reihen mit Liegestühlen aufgestellt. Zwischen diesen Reihen, dem Haus und dem Zelt befand sich ein freier Platz.

Am fernen Ende des Gartens, neben Arthurs Hütte unter der Kastanie, fiel Barry ein merkwürdiges Objekt auf. Es war ein großer Gegenstand von ungewöhnlicher Form, der mit einer Plane bedeckt war. «Haben Sie eine Ahnung, was das dahinten ist, Willy?»

Der Barman hörte auf, sein Glas blank zu reiben. «Der große Klumpen?»

«Ja.»

«Keinen Schimmer, und bleiben Sie lieber davon weg, Doc. Seamus Galvin hat das Ding mitgebracht. Es ist eine Überraschung für Doktor O'Reilly.»

«Ach so», sagte Barry und stolperte fast über eins der Halteseile. Während er sich noch bemühte, sein Gleichgewicht wiederzufinden, bekam er von hinten einen Schubs.

«*Raff*», sagte Arthur voller Freude, schlang die Vorderbeine um Barrys Oberschenkel, stieß zu und schnaufte dabei wie eine Dampfwalze mit überlastetem Kessel.

«Ausssss, Arthur. Sitz, du Riesentrottel.»

Arthur wirkte verblüfft, hielt aber inne und sank dann mit hängender Zunge ins Gras, während sein Schwanz breite Schneisen in die Beetbepflanzung schlug.

«Schon besser», sagte Barry. «Und jetzt benimm dich.»

Gerade hatte er sich umgedreht, um zum Haus zurückzugehen, da hörte er hinter sich ein Zischen wie aus einer ganzen Grube voller Schlangen, gefolgt von einem plötzlichen Aufjaulen. Barry fuhr herum. Mit gekrümmtem Rücken, gesträubtem Schwanz und trotz der hellen Sonne geweiteten Pupillen begann Lady Macbeth offenbar gerade ihren zweiten Angriff auf Arthur Guinness' Schnauze. Ihre Pfote schoss mit ausgefahrenen Krallen vorwärts, wie ein Degen in einem gekonnt geführten Stoß, und Arthur heulte auf. Blut spritzte ihm aus der Nase. Mit eingeklemmtem Schwanz schlich der Hund in seine Hütte, nur über die Schulter warf er Barry noch einen Blick zu, der auszudrücken schien: «Warum ihr euch mit diesem Höllendrachen abgebt, ist mir unbegreiflich.»

«Ja, das Leben ist hart, Arthur», sagte Barry. Kaum hatte sich der Hund verzogen, da schrumpfte Lady Macbeth wieder auf ihre normale Größe zusammen und fing an, sich zu putzen. Als Barry die Hinterpforte knarren hörte, schaute er auf. Die Ehrengäste trafen ein: Seamus, Maureen und Barry Fingal Galvin.

Seamus hatte seinen besten Anzug an, abgetragene schwarze Hosen, die, den Falten nach zu urteilen, frisch gebügelt waren, ein Hemd mit einem Kragen und einen

Schlips, auf dem Barry die Regimentsfarben der *Brigade of Guards* erkannte. Er bezweifelte jedoch, dass ihr Träger jemals in diesem Regiment gedient hatte. Seamus' Bemühen, sich festlich zu kleiden, wurde allerdings teilweise durch eine flache Tuchmütze vereitelt, die verwegen schräg auf seinem birnenförmigen Kopf saß.

Maureen konnte sich auf dem weichen Rasen nur mühsam fortbewegen, denn ihre hohen Absätze sanken bei jedem Schritt in den Boden ein. Sie trug einen gelben Faltenrock, eine blassgrüne Bluse, einen Schlapphut und dazu weiße Handschuhe. Vor sich her schob sie einen Kinderwagen, ein monströses Vehikel auf hohen Speichenrädern, von der Art, wie sie in viktorianischen Zeiten bei den Kindermädchen der oberen Schichten beliebt gewesen war.

«Guten Tag, Sir.» Seamus griff an den Schirm seiner Tuchmütze.

«Seamus, Maureen.» Barry trat an den Kinderwagen. «Und wie geht's dem kleinen Barry Fingal?»

«Ausgezeichnet, ja», antwortete Maureen, während sie mit ihren grünen Augen zärtlich in den Wagen hineinlächelte. «Er wächst wie Unkraut.»

«Heilige Mutter Gottes, guck dir das mal an.» Mit einer alles umfassenden Armbewegung machte Seamus auf die Köstlichkeiten im Zelt aufmerksam. «Ein Festmahl für einen König.»

«Kann ich Ihnen etwas holen, Maureen?», fragte Barry.

«Das mache ich schon», sagte Seamus, der den Blick auf die Aluminiumfässer geheftet hatte und sich mit der Zungenspitze die Lippen leckte. «Vielleicht besorge ich mir auch gleich selbst ein Schlückchen.»

Maureen schwankte. Barry griff nach ihrem Arm, um sie zu stützen, und führte sie zum nächsten Liegestuhl. «Setzen Sie sich doch, Maureen.»

Mit der einen Hand den Hut festhaltend, die andere am Griff des Kinderwagens, ließ Maureen sich nieder. Barry Fingal gluckste vergnügt, als sie ihn schaukelte. «Ein wunderbarer Tag für das Fest», bemerkte sie, während sie sich im Garten umsah. Einen Moment lang ruhte ihr Blick auf dem geheimnisvollen, in die Segeltuchplane gehüllten Klumpen. «Wo ist er?», fragte sie.

Als hätte ihre Frage Doktor Fingal Flahertie O'Reilly herbeigerufen, bog der große Rover in den Weg hinter dem Haus ein und kam mit einem Schütteln zum Stehen. O'Reilly öffnete die Beifahrertür und half Sonny heraus. «Mach mal jemand die Pforte auf», brüllte der Arzt.

Arthur Guinness streckte den Kopf aus seiner Hundehütte. Lady Macbeth, die auf dem Hüttendach saß, beugte sich vor und gab ihm einen Nasenstüber. Arthur zog sich wieder zurück, und die Katze putzte sich.

Barry öffnete die Pforte. «Wie geht es Ihnen, Sonny?», erkundigte er sich, während O'Reilly den alten Mann in den Garten geleitete. Sein graues Haar war ordentlich gekämmt, und auf seinen wettergegerbten Wangen war nicht mehr der leiseste Schimmer von der unheilvollen Blaufärbung zu sehen, die Barry an dem Tag aufgefallen war, als er Sonny kennengelernt hatte.

«Mir geht es sehr gut, danke, Sir», antwortete Sonny.

«Und noch besser wird's dir gehen, wenn du deine Füße entlastest.» O'Reilly half Sonny, sich neben Maureen Galvin in einen Liegestuhl zu setzen. «Kennst du Mrs Galvin?»

«Habe noch nicht das Vergnügen gehabt.» Sonny wollte wieder aufstehen und hob automatisch die Hand an einen nicht vorhandenen Hut.

O'Reilly legte ihm die Hand auf die Schulter. «Bleib sitzen. Du bist noch nicht wieder ganz bei Kräften.»

«Entschuldigen Sie», sagte er zu Maureen. Barry musste über die altmodische Galanterie des Mannes lächeln.

«Das ist Sonny», stellte O'Reilly ihn Maureen vor.

«Der Mann mit den Autos?»

«Ganz richtig», bestätigte Sonny mit einer knappen Verbeugung.

«Tag, Herr Doktor.» Seamus Galvin erschien. In der einen Hand balancierte er einen Teller mit einem Glas Limonade und einem Stapel Sandwiches, und in der anderen hielt er ein bereits halbgeleertes Glas Guinness. «Bitte schön, Schatz.» Er gab Maureen den Teller und schaute zu O'Reilly hinauf. «Sir, ich hab mich noch gar nicht richtig dafür bedankt, dass Sie die Leute aus Belfast dazu gebracht haben, meine Schaukelenten zu nehmen. Darf ich Sie zu einem Bier einladen?»

«Nein», sagte O'Reilly mit breitem Grinsen, «ich habe einen Durst wie die Wüste Sahara. Du darfst mich zu zwei Bier einladen.» Er schickte sich an, mit Seamus zum Zelt zu gehen, blieb aber noch einmal stehen und bat Barry: «Würdest du dich um Sonny kümmern?»

Barry nickte. «Kann ich Ihnen etwas holen, Sonny?»

Sonny zog die Nase kraus. «Nach dem Krankenhausessen» – er warf einen Blick auf Maureens Teller – «... ein bisschen von dem Schinken, das wäre sehr nett, und glauben Sie, dass ich mir wohl ein kleines Gläschen Stout genehmigen dürfte?»

«Natürlich», sagte Barry, «ich hol's Ihnen.»

Als er Sonny seinen Teller und das Bier gebracht hatte, war die Festgesellschaft schon deutlich gewachsen. Kinky hatte zu Recht gesagt, sie müsste darauf vorbereitet sein, die fünftausend zu speisen. Der Garten füllte sich. Frauen trafen grüppchenweise ein, jede in ihrem Sonntagsstaat. Barry musste sich an Trauben von Männern vorbeidrängen, von denen er einige als Mitglieder der Ballybucklebo Highlanders wiedererkannte.

Mr Coffin, dessen rote Nase im Sonnenschein leuchtete, war in eine Unterhaltung mit Dorfpolizist Mulligan vertieft, der in Zivil erschienen war.

«Das war ziemlich schockierend», hörte Barry Mr Coffin sagen. «Als der Küster die erste Schaufel Erde auf den Sarg schütten wollte, legte er in dem Erdhaufen, der aus dem Grab ausgehoben worden war, einen Schädel frei.» Bedächtig wiegte der Bestatter den Kopf. «Es war ein Familiengrab, wissen Sie.»

«Einen Totenschädel?», fragte Constable Mulligan mit großen Augen.

«Der Küster, und ich muss sagen, er ging dabei mit großem Geschick vor, gab dem Schädel mit der Schaufel einen Schubs. Er rollte vom Erdhaufen hinunter ins Grab und fiel mit Geklapper auf den Mahagonisarg.»

«Mein Gott.» Constable Mulligan schauderte.

«Jetzt sollte man ja erwarten, dass alte Knochen zerbrechen ...»

«Das glaube ich Ihnen sofort, Mr Coffin.»

«Oh, ja, damit rechnet man doch, aber dieser Schädel sprang zweimal hoch und blieb dann einfach auf dem Sargdeckel liegen. Die ganze Trauergesellschaft schaute hinunter, und Sie werden nicht glauben, was der Bruder des gerade Verstorbenen sagte.»

Barry entdeckte im Gesicht des Bestatters etwas wie den Anflug eines Lächelns.

«Was hat er denn gesagt?»

«‹Ich glaube, das war ein Stück von Tante Bertha, die vor zehn Jahren hier reingelegt wurde. Sie hat sich wirklich gut gehalten.›»

Der Dorfpolizist schnappte nach Luft, aber dann sah er

offenbar, wie Mr Coffins Lächeln breiter wurde. «Sie wollen mir einen Bären aufbinden, was?»

«Oh, nein, es ist wirklich wahr.» Mr Coffin brachte ein Geräusch hervor, das tatsächlich wie ein trockenes Lachen klang.

Du meine Güte, dachte Barry, vielleicht hat das Zeug, das O'Reilly ihm vorgeschlagen hat, dieser Johanniskrauttee, ja tatsächlich gewirkt und den trübseligen Mr Coffin aufgeheitert. Barry begrüßte die beiden, die jetzt herzlich lachten, mit einem Nicken, während er sich weiter seinen Weg bahnte. Ihm kam der Gedanke, dass das, was er gerade gehört hatte, wohl ein treffendes Beispiel für den sogenannten Friedhofshumor war.

Irgendwo hatte Barry gelesen, die besten Partys seien diejenigen, die sich einfach zufällig entwickelten. Wenn man sich die Länge der Schlange vor dem Zelt anschaute, das Gedränge im Garten, wo es inzwischen nur noch Stehplätze gab, oder die immer noch in Scharen eintreffenden neuen Gäste, dann entwickelte diese Party sich hervorragend.

Der säbelbeinige Mr O'Hara, der Barry auf seinem Trecker mitgenommen hatte, führte ein angeregtes Gespräch mit Francis Xavier MacMhuir... – Barry stolperte über die gälische Aussprache –, Murdoch. Um sich bei dem Lärm Gehör zu verschaffen, brüllte der Mann so laut, dass kein Zweifel bestand: Seinem Hals ging es wieder besser.

Die Gespräche und das Gelächter der Erwachsenen vermischten sich mit den hellen Kinderstimmen zu einem stetig anschwellenden Dröhnen. Jemand tippte Barry auf die Schulter. Als er sich umdrehte, blickte er in das offene Bauerngesicht von Jack Mills.

«Na, Barry, wie geht's?», fragte Jack.

«Was machst du denn hier?»

«Dein Chef war heute bei uns im *Royal*. Er hat ein Schwätzchen mit Sir Donald Cromie gehalten, und ich kam dazu und wurde ihm vorgestellt. Anscheinend hat O'Reilly mich mal für Ulster Rugby spielen sehen. Jedenfalls hat er mich gefragt, ob ich dein Jack Mills wäre, und mich zur Party eingeladen.»

«Ach, das freut mich aber.» Barry schlug seinem Freund auf die Schulter.

Jack verfiel in den breiten Tonfall von John Wayne. «Jaaah, Kumpel, freut mich auch sehr, aber in dem Pferch hier kann man ja glatt verdursten.»

Barry lachte.

«Dann komm, wir holen uns was zu trinken.»

«Prima Idee, Kumpel.» Jack senkte eine Schulter und fing an, ihnen einen Weg zum Zelt zu bahnen. Plötzlich blieb er stehen. «Ach, du liebe Güte.» Er sprach wieder mit seiner eigenen Stimme. «Wer in Gottes Namen ist das denn?» Staunend zeigte er auf eine Frau, die sich ihnen durch die Menge entgegendrängte.

Barry musste zweimal hinschauen, bevor er Maggie MacCorkle erkannte. Sie hatte ihren düsteren rostroten Rock gegen ein zwar ebenfalls knöchellanges, aber scharlachrot leuchtendes Kleidungsstück eingetauscht.

«Der sieht ja aus wie Mammys Unterrock in *Vom Winde verweht*», war Jacks Kommentar.

Wie üblich trug Maggie mehrere Schichten Strickjacken, die nur am Hals zugeknöpft waren. Alle hatten verschiedene Farben. Gekrönt wurde dieses Outfit von einem Hut von so schwindelerregenden Ausmaßen, dass Barry meinte, er könnte aus dem Kostümfundus stammen, den Cecil Beaton für die Szene beim Pferderennen in Ascot in *My Fair Lady* entworfen hatte. Und wie immer steckten in Maggies Hutband frische Blumen, diesmal ein Strauß orangeroter

Lilien. In einer Hand trug sie ein Bündel, unter ihrem anderen Arm klemmte Lady Macbeth.

«Ach, da sind Sie ja, Doktor Laverty», sagte sie, als sie die beiden erreicht hatte. «Hier.» Sie drückte ihm die Katze in die Arme. «Diese kleine Pussikatze hier mag so viele Leute nicht. Bringen Sie sie lieber ins Haus.»

«Mache ich, Maggie», sagte Barry.

Sie schwenkte ihr Bündel. «Ich gehe mal eben rüber und stelle den Teekuchen hier aufs Büfett.» Vorher jedoch ließ sie den Blick über die Festgesellschaft schweifen. «Irgendjemand hat gesagt, der alte Brummbär Sonny wäre hier. Haben Sie ihn schon gesehen?»

«Er sitzt dahinten unterm Apfelbaum», meinte Barry, halb abgelenkt von einer sich windenden Lady Macbeth.

«Schön», sagte Maggie, «und würden Sie um Gottes willen dieses verängstigte Pussikätzchen ins Haus bringen? Heute wird hier in Ballybucklebo gefeiert, und wir haben noch nicht mal richtig angefangen.»

28

Alte Liebe …

❀

Mit einem Pint Guinness in der Hand schaute O'Reilly strahlend auf Jeannie Kennedy hinunter, die mit dem Hosennässer Colin Brown und seiner zukünftigen Braut Susan MacAfee spielte. «Ihr geht es wieder prima», sagte O'Reilly, indem er sich zu Jack umdrehte. «Sehen Sie, was aus Ihrem Bauchabszess geworden ist, Doktor Mills?»

«Ich habe die Kleine kaum wiedererkannt», erklärte Jack.

O'Reilly tätschelte Jeannie den Kopf. «Und jetzt komm mit», forderte er Barry auf, «ich will hören, was sich zwischen Maggie und Sonny abspielt.» Er zwinkerte Barry zu und überquerte den Rasen. Barry folgte ihm. Hinter dem Kastanienbaum versteckt, belauschten die beiden Männer schamlos das Paar.

«Ich muss mich bei Ihnen dafür bedanken, dass Sie sich um meine Hunde gekümmert haben, Miss MacCorkle.»

«Hat mir keine Mühe gemacht. Ich behalte sie gerne noch bei mir, bis Sie nach Hause kommen, doch ja.»

«Das wäre äußerst großzügig von Ihnen.»

Barry fiel auf, dass Maggie und Sonny sich nicht in die Augen schauten. Sonny räusperte sich.

«Fühlen Sie sich nicht wohl, Sonny?», fragte Maggie mit einer Stimme, der die Besorgnis deutlich anzuhören war.

«Ach, nur ein Kitzeln. Ein Frosch im Hals.»

«Das hoffe ich. Kein Wunder, dass Sie sich da draußen in dem alten Auto fast den Tod geholt hätten.»

Sonny saß steif auf seinem Stuhl. «Mir ist es recht so, und diesem widerwärtigen Kerl, diesem Bishop, zahle ich keinen Penny.»

Maggie grinste zahnlos und strahlte dabei wie das Sonnenlicht, das durch das Blätterdach der Kastanie fiel.

«Und was erheitert Sie daran so sehr, Miss MacCorkle?»

Maggie kicherte. «Das brauchen Sie auch gar nicht. Dem Bishop was zahlen, meine ich.»

Sonny runzelte die Stirn. «Warum nicht?»

«Weil nämlich – aber fragen Sie mich nicht, wieso und warum – Councillor Bishop gestern angefangen hat, das Dach zu reparieren.»

Sonny machte große Augen. «Ich bezahle nichts. Keinen Penny.»

Jetzt trat O'Reilly hinter dem Baum hervor. «Das brauchst du tatsächlich nicht, Sonny.»

«Herr Doktor O'Reilly, ich verstehe das nicht.» Sonny versuchte sich zu erheben.

«Bleib nur sitzen.»

«Aber ...»

«Der Wind hat sich gedreht.» O'Reilly schmunzelte. «Bertie Bishop ist vor ein paar Tagen zu mir gekommen. Hat von einem Sinneswandel geredet. Es täte ihm leid, dass du so krank bist, hat er gesagt, und er würde dir das Dach umsonst reparieren.»

«Ich weiß gar nicht, was ich sagen soll.» Sonny schaute von O'Reilly zu Maggie hinüber und dann wieder zu O'Reilly.

«Ich wohl.» Maggie beugte sich vor und drückte Sonny einen dicken, feuchten Kuss auf die Stirn. «Und wenn du mich nochmal so schön bitten würdest wie damals, vor all den Jahren ... dann würde ich laut und deutlich ‹ja› sagen, wenn der Pfarrer in der Kirche fragt, doch, doch.»

Sonny nahm Maggies Hand in seine arthritischen Finger und hob sie an die Lippen. Er lächelte zu O'Reilly hinauf, und dieser drehte sich zu Barry um. «Darauf müssen wir einen trinken», sagte er. «Komm mit.» Mit gesenkter Stimme sprach er weiter: «Ich glaube, die beiden Turteltauben möchten jetzt gern allein sein.»

«Gut», sagte Barry mit einem Nicken zu Jack hinüber.

«Worum ging's denn da?», fragte Jack, während das Trio sich wieder zum Zelt durchkämpfte.

Barry lächelte. «Der liebe Gott und Doktor Fingal Flahertie O'Reilly bedienen sich beide geheimnisvoller Methoden, um ihre Wunder zu vollbringen. Das ist eine lange Geschichte ...»

Seine Erklärung wurde von einem wilden Geheul unterbrochen. Als Barry herumfuhr, sah er, dass Seamus Galvin, den Windsack unter dem Arm und die Bordunpfeifen über der Schulter, mit aufgeblasenen Wangen die lebhafte Melodie von *The Rakes of Mallow* spielte und dazu mit dem Fuß den Takt klopfte. Vor ihm saß Arthur Guinness. Der Hund hatte den Kopf unglaublich weit zurückgelegt und die Augen fest geschlossen. Sein klagendes, tremolierendes Heulen folgte einer eigenen Melodie. Am Haus hatte eine Gruppe von Gästen, die Männer inzwischen ohne Mäntel und die Frauen ohne ihre Sonntagshüte, einen Set gebildet und tanzte einen Reel.

«Du meine Güte», sagte O'Reilly, «das ist ja wie in *The Galway Races*.» Mit einer überraschend wohlklingenden Baritonstimme sang er: «‹Und siehst du da, sie spielen um die Wette, Dudelsack und Fidel, / und die Tänzer leichten Schrittes gleiten über die Wiese.›» Während O'Reilly sang, gelang es Constable Mulligan, der vielleicht nicht ganz so leichtfüßig war wie die anderen, über die eigenen Stiefel zu stolpern. Er sank zu Boden. «Der ist wohl eher gerutscht als geglitten», meinte O'Reilly grinsend und trank sein Pint aus. «Wer will noch eins?»

«Ich», sagte Jack. Barry schüttelte den Kopf.

«Dann kommen Sie mit, Mills», forderte O'Reilly ihn auf. Er warf einen Blick auf den jodelnden Hund. «Arthur hat bestimmt auch Durst von dem vielen Singen. Mal sehen, ob unser Barmann Willy eine Dose Smithwick's für ihn hat.»

Barry blieb stehen und schaute den Tänzern zu, bis ihn jemand ansprach.

«Herr Doktor?»

Als er sich umdrehte, stand der rotblonde Donal Donnelly mit den Hasenzähnen vor ihm und grinste wie ein Mondkalb. «Könnte ich Sie mal ganz kurz sprechen, Herr Doktor?» Er musste schreien, um sich bei dem Lärm des Dudelsacks und dem Heulen des Hundes Gehör zu verschaffen.

«Selbstverständlich.» Doch dann fehlten Barry die Worte. Donal hielt Julie MacAteer fest an der Hand.

«Julie und ich hier wollten uns bei Ihnen und bei Doktor O'Reilly bedanken, dass Sie so anständig waren.»

«Sagen Sie bloß ...», stammelte Barry.

Donal errötete bis in die erdbeerblonden Haarwurzeln. «Wir konnten uns nicht leisten zu heiraten», erklärte er, während er mit den Füßen im Gras scharrte, «und Julie wollte keinem sagen, dass ich der Vater bin.»

«Und wieso ist das jetzt anders? Was ist passiert?»

Donal schluckte, sodass der Adamsapfel in seiner mageren Kehle hüpfte. «Ich habe mit Bluebird ein bisschen Geld gewonnen.»

«Doktor O'Reilly auch, aber das ist doch schon ein paar Wochen her.»

«Es hätte auch nicht gereicht, aber Julie hier hat ein ganz hübsches Sümmchen Bargeld von Councillor Bishop gekriegt, als Abfindung.»

Julie sah Barry tief in die Augen. «Ich bin sicher», meinte sie mit einem ironischen Lächeln, «dass unsere Ärzte hier davon überhaupt nichts wissen.»

«Überhaupt nichts», bestätigte Barry, fragte sich dabei aber, ob er wohl rot wurde. Er wandte den Blick ab.

«Na, wie auch immer», sagte Donal, «einen neuen Job hab ich jetzt auch. Ich arbeite für den Councillor an Sonnys Haus.»

«Also heiraten Sie», sagte Barry, «das freut mich sehr. Und Doktor O'Reilly wird sich auch sehr darüber freuen. Dahinten ist er. Gehen Sie doch hin und sagen Sie es ihm.» Manchmal, dachte Barry, heiligt der Zweck also tatsächlich die Mittel. Sonny und Maggie. Julie und – kaum zu glauben, aber wahr – Donal Donnelly mit den Hasenzähnen. Keins der beiden Paare wäre jetzt zusammen, wenn O'Reilly, mit Barry als Komplizen, nicht seine Schweigepflicht gebrochen hätte. Nein, wenn O'Reilly Councillor Bishop nicht gezwungen hätte, Seamus Galvins Schaukelenten zu kaufen, dann hätte es nicht einmal einen Anlass für dieses Fest gegeben.

Barry schaute hinter Donal und Julie her, die, immer noch Hand in Hand, zu O'Reilly hinüberspazierten. Fingal schlug Donal auf die Schulter, und sein fröhliches, dröhnendes «Na, wunderbar!» übertönte den Schluss der Musik.

Barry freute sich für das junge Paar genauso, wie er sich für Maggie und Sonny freute. Ein Song von Frank Sinatra ging ihm durch den Kopf: *Everybody's hand in hand, swinging down the lane.* Er schaute in sein leeres Sherryglas. Verdammt, es war doch wirklich ein schöner Tag. Alle amüsierten sich königlich. Er würde das Beste daraus machen.

Auf dem Weg zum Zelt zurück erwiderte er die Grüße der Gäste. Zu spüren, dass er allmählich im Dorf akzeptiert wurde, war ein schönes Gefühl. Eine Geige fing an zu spielen. Jemand nahm eine Pennywhistle zur Hand. Ein großer Mann schlug auf einer *bodhrán*, einer irischen Rahmentrommel, den Rhythmus. Barry erkannte die Melodie von *Planxty Gordon*. Während er sich in die Schlange vor dem Bartisch einreihte, summte er schräg ein paar Töne mit.

«Noch einen Sherry, Doc?», fragte Willy.

«Nein. Ich nehme ein Guinness.»

«Prima, Mann», meinte Willy, als er das Guinness zapfte. «Das bringt's. Davon kriegen Sie Haare auf der Brust, doch ja.» Er reichte Barry das gefüllte Glas. «Shilling und Sixpence bitte für Ihr Wasser, Sir», sagte er mit einem Augenzwinkern. Dann reichte er Barry eine Dose Smithwick's. «Und würden Sie bitte Arthur versorgen?»

Barry bezahlte, nahm die Dose an sich, trank einen Schluck von dem bitteren Stout und begab sich wieder in den Sonnenschein hinaus.

Seamus Galvin hatte sich die *bodhrán* von ihrem Besitzer ausgeliehen und schlug darauf einen wilden Trommelwirbel. Das Stimmengewirr erstarb. «Meine Damen und Herren!», rief Seamus. «Meine Damen und Herren!» Er schwankte ein wenig und grinste. «Ich möchte unseren hochverehrten alten Medikus, Doktor Fingal Flahertie O'Reilly, auffordern, ein Lied zum Besten zu geben.»

Die Menge jubelte. «Singen Sie, Doktor», riefen einige, während Barry sich über Arthurs Napf beugte und das Bier hineingoss. Arthur beäugte derweil Barrys Hose, beschloss aber offenbar, sich an diesem warmen Tag lieber sein zweites Bierchen zu gönnen.

Als Barry wieder aufschaute, hatte O'Reilly sich mitten auf dem Rasen aufgebaut. Er hatte ein Bein vorgestellt, hielt die Aufschläge seines Tweedjacketts gepackt und legte den Kopf zurück.

«‹Ich bin ein freier Mann aus dem fahrenden Volk. / Hab kein festes Heim, sie zählen mich zu den Nomaden. / Über die Landstraßen führt seit jeher mein Weg. / Mocht' mich nie mit irgendwas beladen …›»

Doch, du bist wirklich ein freier Mann, Fingal O'Reilly, auch wenn dir Autobahnen vermutlich lieber wären als Landstraßen, dachte Barry, während er leise die Melodie des Liedes von Ewan MacColl mitsummte.

Seamus Galvin fasste ihn am Ellbogen. «Sie sind als Nächster dran, Doktor.»

«Nein, bitte nicht.» Barry versuchte sich loszumachen. «Ich nicht.»

«Doch, Sie auch. Sie müssen auch was vortragen.»

«Aber ich kann nicht singen.»

«Macht nichts. Wir freuen uns auch über eine gute Rätseltation, doch ja. Sie sind ein gebildeter Mann. Bestimmt können Sie ein Gedicht oder eine Ballade aufsagen.»

«Also, ich –»

«Prima», sagte Seamus, «Ihr Chef ist gleich fertig.»

«‹… die Tage eures Wanderns sind vorbei!›», beendete O'Reilly das Lied zu einem Chor von Jubelrufen und Pfiffen.

Kaum hatte sich der Lärm wieder gelegt, da führte Seamus Barry auf die freie Fläche in der Mitte. «Ruhe bitte für unseren anderen Arzt. Für den jungen Doktor Barry Laverty.»

Barry schaute sich im Kreis der erwartungsvollen Gesichter um. Cissie Sloan lächelte ihn an und wischte sich mit einem Taschentuch über die Stirn. «Warm heute, Herr Doktor», sagte sie. Wenn ihr nicht mehr kalt war, musste das Schilddrüsenmedikament also schon wirken. Die blonde Frau, die neben Jack stand, war Barry unbekannt, aber die Hand seines Freundes lag ein wenig tiefer auf ihrer Hüfte, als es unverfänglich gewesen wäre. Jack drückte, und sie kicherte.

«Na los, Doktor Laverty», rief Jack und hob sein Glas. Hilfesuchend sah Barry zu O'Reilly hinüber. Dessen Gesicht war noch stärker gerötet als sonst, und aus seiner Pfeife quoll dichter Rauch.

Jemand fing an zu singen: «*Why are we waiting? Why-hy are we waiting?*» Andere Stimmen fielen in den Refrain ein.

Barry hob beide Hände. «Also gut. Ist ja gut.»

Das Singen verstummte.

Er räusperte sich. «*The Charge of the Light Brigade*», kündigte er das patriotische Gedicht von Alfred Lord Tennyson an, das er dann, zu seinem eigenen Erstaunen, fast ganz, ohne steckenzubleiben, «rätseltierte».

Als Barry geendet hatte, erhielt er donnernden Applaus. Er ließ zu, dass ein paar Leute ihm gutmütig auf den Rücken klopften. Jemand drückte ihm ein frischgezapftes Bier in die Hand, und O'Reilly hob sein Glas. «Auf die gelungene Premiere, mein Junge», sagte er.

Barry sonnte sich im Glanz seines Auftritts. Gerade wollte er das Glas an die Lippen heben, da flüsterte Kinky, deren Erscheinen er gar nicht bemerkt hatte, ihm zu: «Würden Sie bitte ins Haus kommen, Doktor Laverty? Jemand möchte Sie sprechen, ja.»

«Kann er nicht warten?»

«Nein, nein. Es ist wirklich ein dringender Fall. Und man hat speziell nach Ihnen gefragt.»

«Also gut.» Er reichte sein Glas an den grinsenden Jack

Mills weiter. «Pass bitte darauf auf. Ich muss zu einem Patienten.»

«Du bist wirklich der geborene Arzt – weder Regen noch Schnee können dich von deinen Pflichten abhalten.»

«Verpiss dich», sagte Barry mit einem Lächeln und folgte Kinky ins Haus.

«Im Sprechzimmer», sagte sie.

Barry brummte eine Antwort, ging durch den Flur, öffnete die Tür zum Behandlungszimmer – und blieb wie angewurzelt stehen.

«Hallo, Barry», sagte Patricia, «ich dachte, du wolltest mich anrufen.»

Mit offenem Mund stand Barry vor ihr, unfähig, auch nur ein Wort herauszubringen.

«Doch, das hattest du gesagt.» Ihre Stimme war tief, genauso, wie Barry sie in Erinnerung hatte. «Du hast gesagt, du würdest anrufen.»

«Ich weiß», stammelte Barry. Er versuchte sich zu sammeln, fragte sich, ob er so erschrocken war, weil sie zu ihm gekommen war oder weil ihre Anwesenheit ein Beweis für Kinkys angebliche übersinnliche Fähigkeiten war. Aber wie auch immer, er freute sich, Patricia zu sehen. «Ich dachte, du hättest mich bloß aus Höflichkeit gebeten, dich anzurufen … weil du mir auf freundliche Art und Weise einen Korb geben wolltest.»

Patricia schüttelte den Kopf, ihr dunkles Haar schwang, ihre Mandelaugen lachten. «Nein. Ich habe es genauso gemeint, wie ich es gesagt habe. Ich war mir nicht sicher, ob ich bereit bin, mich wirklich darauf einzulassen.»

«Ach so.»

«Und», erklärte sie in ruhigem Tonfall, «bevor du dir irgendwas in den Kopf setzt, ich bin mir immer noch nicht sicher.»

«Warum bist du denn dann hier?» Barry spürte, wie er die Fäuste ballte. Lieber Gott, aber sie war einfach bezaubernd.

«Weil …» Sie hinkte durch den Raum, bis sie dicht vor ihm stand, und schaute ihm in die Augen. «Du hast etwas an dir, Barry Laverty – frag mich nicht, was das ist, aber ich glaube, ich möchte es gerne besser kennenlernen.»

«Wirklich?» Seine Fäuste entspannten sich. «Meinst du das im Ernst?»

«Sonst wäre ich nicht hier. Da du mich nicht angerufen hast, hatte ich das Gefühl, ich sollte dich hier besuchen.»

Er nahm ihre Hand. «Da bin ich aber froh.» Jack hatte recht gehabt, dachte Barry mit Genugtuung. Er entschied sich, nichts zu überstürzen, auch wenn er Patricia am liebsten irgendwohin entführt hätte, um sie ganz für sich zu haben. «Und du hast dir den richtigen Tag ausgesucht», sagte er stattdessen. «Wir feiern draußen gerade eine kleine Party.»

«Darauf wäre ich nie gekommen», erwiderte Patricia mit einem Lächeln, während von draußen Dudelsackmusik, Arthurs Jaulen und jetzt auch ein plötzlicher Applaus in den Raum drangen. «Darf ich denn mitgehen?»

«Sofort.» Barry zog Patricia an sich und küsste sie, in O'Reillys Sprechzimmer, zwischen dem Rollpult, dem Drehsessel, dem Patientenstuhl mit den verkürzten Beinen und der alten Untersuchungsliege. Er küsste sie in einem Raum, der ihm in nur drei Wochen so vertraut geworden war wie sein altes Zimmer in seinem Elternhaus in Bangor. Doch er hätte sie ebenso gut auf der anderen Seite des Mondes küssen können, so versunken war er in diesen Kuss.

Sie lösten sich voneinander. Patricia trat einen Schritt zurück. «Also», sagte sie, und Barry fiel auf, dass sie ein wenig atemlos war, genauso wie er selbst. «Was ist jetzt mit dieser Party?»

«Komm mit.» Barry führte sie an der Hand durchs Haus und in die Küche, wo Kinky gerade wieder ein Blech mit Gebackenem aus dem Ofen holte.

«Mrs Kincaid, ich möchte Ihnen Patricia Spence vorstellen.»

«Wir sind uns schon an der Haustür begegnet, ja.» Kinky stellte das Backblech auf die Arbeitsplatte und schüttelte ihre Topfhandschuhe ab. «Freut mich, Miss Spence. So, und jetzt muss ich weiterarbeiten, also zieht los, ihr beiden.»

Barry schaute von Kinky zu Patricia und wieder zu Kinky hinüber. Er entdeckte etwas in ihren Augen, etwas Unergründliches, und wusste, dass sie recht gehabt hatte, einerlei, ob sie nun das zweite Gesicht besaß oder ihre weibliche Intuition hatte spielen lassen. Es würde tatsächlich gut werden. Er zog Patricia an der Hand. «Was kann ich dir von der Bar holen?», fragte er, während er ihr die Tür ins Freie aufhielt.

Dabei nahm er kaum wahr, wie Lady Macbeth an ihnen vorbei in den sonnenhellen Garten hinausschlüpfte.

29

Happy days are here again

❋

Barry bahnte sich einen Weg zur Getränkeschlange. «Tut mir leid, dass hier so ein Gedränge ist», meinte er. «Was möchtest du trinken?»

«Bier, bitte.»

«Falls wir jemals drankommen», stöhnte Barry, denn weiter vorne verhinderten zwei hitzig diskutierende Männer jedes Vorrücken der Wartenden.

«Kommt nicht in Frage, Sammy. Das ist meine Runde.»

«Du spinnst wohl. Du hast doch gerade eben bezahlt, ja doch.»

«Stimmt gar nicht.»

«Hast du wohl, du Schafskopp.»

«Willst du mit mir vors Zelt kommen und nochmal Schafskopp zu mir sagen?»

«Ja, das bist du, und zwar einer mit Segelohren.»

In diesem Moment erschien mit aufgekrempelten Hemdsärmeln O'Reilly und bahnte sich einen Weg zu den Streithähnen. Er packte die beiden an den Schultern und brüllte: «Ihr Dummköpfe, hört auf, hier rumzuzanken. Wenn ihr Streit sucht, dann seht zu, dass ihr schleunigst aus meinem Garten verschwindet. Und sonst bezahlt jetzt sofort einer von euch, und ihr haltet beide die Klappe.» O'Reillys Stimme wurde, schätzte Barry, um mindestens zehn Dezibel lauter: «Und dann macht endlich Platz, verdammt nochmal, bevor die anderen alle verdursten.»

«Das ist Doktor O'Reilly», sagte Barry leise zu Patricia.

«Ist er wirklich so ein Raubein?»

Barry schüttelte den Kopf, während O'Reilly brüllte: «Ein Pint für dich, Barry, und was trinkt deine Freundin?»

«Sie sind noch gar nicht dran», beschwerte sich der Mann, der eigentlich an der Reihe war.

O'Reilly würdigte diese Bemerkung keiner Antwort. Stattdessen starrte er den Mann nur an, wobei er, fand Barry, dem Basilisken aus der Sage, dessen Blick einen Menschen in Stein verwandeln konnte, alle Ehre machte. Errötend murmelte der Unglückliche: «'tschuldigung, Sir. Ich hatte Sie nicht erkannt.»

«Ich habe hier gewisse Vorrechte», brummte O'Reilly. «Also, Willy, zwei Pints, und was nimmt deine Freundin, Barry?»

«Ein Halfpint», rief Barry.

«Red keinen Quatsch», rief O'Reilly zurück, «natürlich auch ein Pint, nicht so ein popeliges kleines Glas.» Mit drei Pintgläsern jonglierend, drängte er sich zu Barry und Patricia durch. «Bitte schön.» Er verteilte die Gläser.

«Fingal, das ist Patricia Spence.»

O'Reilly lächelte ihr zu und streckte die Hand aus. «Sie ist viel zu gut für einen wie dich, Laverty. Wie geht's, Miss Spence?»

Sie schüttelte ihm die Hand. «Sehr gut, danke.»

«Schön.» O'Reilly beschrieb mit der freien Hand einen Kreis. «Und was halten Sie von der Party?»

«Sehr nett», antwortete Patricia.

«Ich sage Ihnen», meinte O'Reilly, indem er sein Glas mit einem Zug halb leer trank, «Partys sind wie diese Raketen, die die Amerikaner und die Russen in den Weltraum schicken. Nach dem Abschuss fliegen sie entweder nur ein kurzes Stück und fangen dann an zu eiern und explodieren, oder aber sie werden immer schneller und rasen in die Ionosphäre und dann raus in den Weltraum und bis zu den Sternen.»

«Ich glaube, das nennt man Fluchtgeschwindigkeit», warf Barry ein.

«Stimmt», meinte Patricia. «Eine Rakete muss eine bestimmte Geschwindigkeit erreichen, um die Gravitationskraft der Erde zu überwinden.»

«Patricia ist nämlich Ingenieurin», erklärte Barry.

«Tatsächlich? Ist ja toll.» O'Reilly grinste. «Apropos Fluchtgeschwindigkeit – als ich Seamus Galvin das letzte Mal gesehen habe, flog er wirklich, aber der arme alte Mr Coffin ist der Anziehungskraft der Erde erlegen. Er schläft im Gemüsebeet.»

«Ist er nicht Abstinenzler?», fragte Barry.

«Doch, aber ich habe den Verdacht, dass Constable Mulligan seinen Tee ein bisschen aufgepeppt hat.»

«Ich dachte, nur die netten Männer aus Crossmaglen würden einem Whiskey in den Tee schütten», sagte Barry in Anspielung auf ein Volkslied aus Ulster.

«Wahrscheinlich war es eher Wodka», meinte O'Reilly, «den schmeckt man nicht so. Aber wie dem auch sei, sein Drink hat ihn aufgeheitert, und auch die übrige versammelte Menge scheint sich prächtig zu amüsieren. Guck doch mal.»

Barry betrachtete das Bild, das sich ihnen bot.

Seamus Galvin schwankte sacht im Rhythmus der Musik. Er spielte zusammen mit ein paar anderen Ballybucklebo Highlanders den Tänzern auf. Keiner der Männer trug noch ein Jackett oder eine Krawatte. Etwas näher am Haus standen der Geiger und sein kleines Ensemble. Sie begleiteten ein halbes Dutzend Männer, die einander die Arme über die Schultern gelegt hatten und eine der letzten Strophen von *The Rocky Road to Dublin* sangen.

Ganz in der Nähe stand Doreen, die mit ihrem Löffel auf Hugheys Backblech eindrosch. «Willst du noch ein Pint?», hörte Barry sie rufen. «Was schreist du denn so, Frau?», antwortete Hughey. «Ich will noch ein Pint!»

Sonny und Maggie saßen in ihren Liegestühlen unter dem Apfelbaum.

«Mein Gott» – O'Reilly nickte zu dem betagten Paar hinüber –, «die beiden sitzen da wie Adam und Eva im Paradiesgarten.»

«Fehlt nur noch die Schlange», bemerkte Barry.

«Ich habe Councillor Bishop nicht eingeladen, und der ist die einzige Schlange, die der heilige Patrick damals nicht aus unserem Ländchen vertrieben hat», erklärte O'Reilly, indem er wehmütig sein inzwischen leeres Glas betrachtete. «Also, Barry», sagte er dann, «bevor unser ehrenwerter Seamus sich bis zur Besinnungslosigkeit volllaufen lässt, sollten wir lieber ein paar Formalitäten hinter uns bringen.»

«Formalitäten?»

«Es ist doch die Abschiedsparty für die Galvins. Da muss jemand ein paar Worte sagen.»

«Richtig.» Barry warf einen Blick auf das in Segeltuch gehüllte Etwas am Rand des Gartens und erinnerte sich daran, dass Willy gesagt hatte, es sei ein Überraschungsgeschenk für O'Reilly. «Was soll ich tun?»

«Schnapp dir deinen Freund, den Mills. Ihr beide holt einen von den kleineren Tischen aus dem Zelt und stellt ihn vors Haus.» Er musterte Barrys Glas. «Und das gibst du mir, du wirst gar nicht dazu kommen, es zu trinken.»

«Stimmt.» Barry überreichte O'Reilly sein Glas und schaute sich nach Jack Mills um.

«So, Miss Spence ...»

«Patricia, bitte.»

«Patricia ... kommen Sie mit», meinte O'Reilly. «Ich möchte Ihnen Arthur Guinness vorstellen. Und dann suche ich Ihnen etwas zum Sitzen.»

Barry fand Jack, der sich weitschweifig dafür entschuldigte, dass er Barrys Pint abgestellt hatte und sich nicht mehr erinnern konnte, wo. Doch die geröteten Wangen seines Freundes zeigten Barry recht deutlich, wohin sein Guinness verschwunden war. Er erklärte Jack, was er vorhatte, löste ihn aus den Fängen der Blonden und tat sein Bestes, um O'Reillys Anweisungen Folge zu leisten.

Sie schleppten einen kleinen Tisch an den Rand des Gartens und bauten ihn als provisorisches Podium vor den Stuhlreihen auf. O'Reilly erschien mit Kinky am Arm. Ohne auf ihre Proteste einzugehen, sagte er: «Hier sind wir, Kinky Kincaid, und hier bleiben Sie jetzt.» Jacks blonde Freundin und Patricia hatten Ehrenliegestühle neben Maureen in ihrem Liegestuhl und Barry Fingal Galvin in seinem Kinderwagen erhalten. Jeannie Kennedy und das Möchtegern-Brautpaar Susan MacAfee und Colin Brown hatten ein freies Fleckchen im Gras gefunden.

«Würde sich der Männergesangverein Ballybucklebo bitte auch zu uns begeben?», brüllte O'Reilly. Das Fiedeln und Flöten brach ab, und die Sänger kamen über den Rasen herbei. «Barry, läufst du bitte eben rüber und holst Seamus?»

Barry wich den offenbar unermüdlichen Tänzern aus. «Seamus.» Er zupfte ihn am Ärmel. «Seamus.»

Endlich ließ Seamus von seinem Dudelsack ab und zog fragend eine Augenbraue hoch.

«Doktor O'Reilly möchte gerne, dass wir uns alle da drüben versammeln.»

«In Ordnung, Sir.» Seamus kicherte. «Wird gemacht.»

Aus dem Augenwinkel sah Barry, wie Lady Macbeth sich in das leere Festzelt schlich. Dann begab er sich zu den Gästen, die jetzt in mehreren Reihen gespannt auf den nächsten Teil des Programms warteten. Seit die Musik verstummt war, hörte man nur noch das leise Gemurmel der Gespräche, das Klappern eines Löffels auf einem Backblech und eine Frauenstimme, die rief: «Der Doktor will ein paar Worte sagen!» Woraufhin unüberhörbar die Antwort ertönte: «Mir scheißegal, was der alte Affe sagen will, ich will noch ein Pint!»

Barry kämpfte sich durch die Reihen hindurch und stellte sich hinter Patricias Stuhl. Als er ihr die Hand auf die Schulter legte, drehte sie sich um und lächelte zu ihm hinauf.

«Hier», sagte Jack, der hinter dem Stuhl der Blonden stand. «Guck mal, was ich gefunden habe.» Er reichte Barry ein Pint Guinness.

«Danke.» Barry nahm das Glas und schaute zu, wie O'Reilly sich mit seiner ganzen Leibesfülle auf den wackligen Tisch hinaufwuchtete. Der Arzt streckte die Arme seitlich aus, spreizte die Finger und drehte die Handflächen nach oben. «Meine Damen und Herren», begann er, «wir sind heute hier zusammengekommen, um drei bedeutenden Bürgern von Ballybucklebo Lebewohl zu sagen. Seamus, Maureen und der kleine Barry Fingal machen sich auf, um in der Neuen Welt ein neues Leben zu beginnen.»

«Will Seamus da arbeiten?», erkundigte sich eine Stimme aus den hinteren Reihen.

«Auf jeden Fall!», rief Seamus zurück.

«Heilige Mutter Gottes», sagte jemand, «es geschehen noch Zeichen und Wunder.»

«Also», setzte O'Reilly wieder an, «ihr wisst alle, dass ich nicht gerne viele Worte mache –»

«Und dass der Papst Presbyterianer ist», rief ein Mann.

«Pass auf, Colin McCartney», warnte O'Reilly den Zwischenrufer, «ich habe ein Auge auf dich.»

«Und wie viele Colins sehen Sie, Herr Doktor?», fragte eine andere Stimme.

Während Barry mit der übrigen Festgesellschaft zusammen lange und herzhaft lachte, warf er einen Blick auf O'Reillys Nase. Rot wie immer. Der Hüne nahm seinen Gästen die Flachserei nicht krumm.

Als die Menge sich wieder beruhigt hatte, fuhr O'Reilly fort. «Also gut, das war nur fair. Aber alles, was ich heute sagen möchte, ist: Jeder von euch, der ein Glas in der Hand hat, erhebe es gemeinsam mit mir auf die Galvins und wünsche ihnen eine gute Reise und ein wunderbares neues Leben.» Er streckte sein Glas in die Luft. «Auf die Galvins!»

«Auf die Galvins!», schallte es aus der Menge zurück.

«Allzeit gute Fahrt und immer eine Handbreit Wasser unter dem Kiel», grölte Fergus O'Malley, bevor er sich mit einem lauten Plumps auf den Boden setzte.

«Oh, Gott», stöhnte O'Reilly, «auf jedem Fest gibt es jemanden, der im Mittelpunkt stehen will. Wenn wir hier eine Totenwache abhielten, wäre Fergus nur zufrieden, wenn er die Leiche wäre.»

«Eine Leiche? Wo denn?», fragte ein eindeutig benebelter Mr Coffin, der gerade aus seinem Schlummer erwacht war.

«Ist schon gut.» Constable Mulligan nahm den Bestatter am Arm. «Jetzt setzen Sie sich einfach schön hier ins Gras und sind still.»

«Los, Seamus, eine Rede!», rief Donal Donnelly.

«Eine Rede! Eine Rede!»

O'Reilly winkte Seamus zu sich. «Komm hier hoch,

mein Junge, und lass uns ein paar Lebensweisheiten hören.» Er sprang vom Tisch.

«In Ordnung.» Seamus brauchte Hilfe, um auf den Tisch zu steigen. Als er den Redner schwanken sah, fühlte Barry sich sofort an den Nachmittag im Dreckspatz zurückversetzt, als sie die Geburt von Seamus' kleinem Sohn gefeiert hatten.

«Ich hab es schon einmal gesagt ... und jetzt sage ich's nochmal: die besten beiden Ärzte in ganz Irland. Das beste Dorf in ganz Irland. Das beste Land auf der ganzen Welt.» Seamus versagte die Stimme.

«Huch» – O'Reilly hatte sich neben Barry gestellt –, «gleich sagt er noch ...»

«Ich will nicht nach Amerika», verkündete Seamus, während ihm aus einem Auge eine Träne tropfte. «Ich will überhaupt nicht weg. Von all meinen Freunden ...»

«Ich hab's gewusst», brummte O'Reilly.

«Wir fahren. Übernächste Woche», verkündete Maureen. «Doktor O'Reilly bewahrt das Geld auf, und die Tickets sind bestellt. Ich und Barry Fingal reisen jedenfalls ab.»

«Und ich fahre mit euch, Liebste.» Seamus warf ihr eine feuchte Kusshand zu.

«Du hast hier noch was zu tun, Seamus Galvin.» Maureen reichte ihrem Mann ein Päckchen hinauf.

«Ja, richtig. Hätte ich fast vergessen.» Seamus hielt das Päckchen hoch über den Kopf. «Das hier ist für Doktor Laverty.» Die Menge klatschte. «Ihr könnt wirklich von Glück reden, dass er hergekommen ist und mit Doktor O'Reilly zusammenarbeitet.»

«Hört, hört!», schrie Cissie Sloan.

Barry war bewusst, dass er bis über beide Ohren grinste.

«Geh, hol dir dein Geschenk», flüsterte Patricia ihm zu.

Mit dem Glas in der Hand begab Barry sich zum Rednertisch.

«Bitte schön, Herr Doktor.» Seamus beugte sich vor und überreichte ihm das Päckchen.

«Machen Sie's auf», bat er.

Barry riss das Papier auf, und eine polierte Aluminiumdose kam zum Vorschein. Als er den Deckel abhob, sah er, dass sie bis zum Rand mit schönen, handgebundenen Fliegen gefüllt war. Er wusste, dass er etwas sagen musste, aber er hatte einen Kloß im Hals, daher nickte er bloß und wandte sich ab. Sicher wirkte das undankbar, aber im Moment konnte er sich nicht auf seine Stimme verlassen.

Schließlich holte er tief Luft und drehte sich wieder der Menge zu. «Danke, Seamus und Maureen», sagte er, «danke euch allen.» Er suchte nach Worten, wollte etwas Passenderes sagen, doch seine Überlegungen wurden von einem kräftigen, tiefen Bellen unterbrochen, dem ein Kreischen folgte, das sich anhörte, als hätten sich die Todesfeen in O'Reillys Garten versammelt.

Lady Macbeth zischte an ihm vorbei, jagte zum Kastanienbaum und sauste wie ein weißer Blitz den Stamm hinauf. Dicht auf den Fersen folgte ihr in vollem Galopp Arthur Guinness. Der Hund knallte Barry gegen die Beine, und ehe dieser sich's versah, lag er der Länge nach im Gras. Als er spürte, wie seine Hose feucht wurde, weil sein verschüttetes Bier allmählich den Stoff durchtränkte, wusste er nicht, ob er lachen oder weinen sollte. Ich wäre nicht in Ballybucklebo, dachte er, wenn dieser verdammte Köter mir nicht die Hose ruinieren würde. Er spürte, wie O'Reilly ihn am Arm zog. «Komm hoch, mein Sohn.»

Barry rappelte sich wieder auf.

«Weißt du», erklärte O'Reilly, «ich habe mir schon gedacht, dass sie eines Tages zu weit gehen würde. Diese blöde Katze hat versucht, ihm die Nase zu zerkratzen, aber anscheinend hat er sich mit dem Smithwick's ein bisschen holländischen Mut angetrunken.»

Als würde er das Chaos ringsherum nicht bemerken, sagte Seamus: «Und noch was. Das hier ist ein Zeichen dafür, dass wir Doktor O'Reilly immer und ewig in Ehren halten werden.» Er sprang vom Tisch und trat zu dem eingepackten Objekt. «Ich möchte, dass er es selbst enthüllt.»

«Los, Fingal», sagte Barry, «du bist dran.»

Während O'Reilly über den Rasen marschierte, kehrte Barry an seinen Platz hinter Patricia zurück. Lachend betrachtete sie seine durchgeweichte Hose. «Ich glaube, das finde ich am interessantesten an dir, Barry.»

«Was denn?»

«Deine Hosen. Ich habe dich nur ein einziges Mal in einer sauberen gesehen.»

Barry, der inzwischen genauso viel Selbstvertrauen entwickelt hatte wie der Katzenjäger Arthur Guinness, und das auf die gleiche Art und Weise, lachte mit. Dann aber sah er Patricia in die Augen und sagte: «Aber jedenfalls bin ich derjenige, der die Hosen anhat.»

«Das werden wir noch sehen», meinte sie, aber sie lächelte dabei. Sie stand auf und küsste ihn. «Könntest du nicht vielleicht heute Abend hier weg? Ich koche dir was.»

Barry sah ihr Lächeln und das Versprechen in ihren Augen. «Doch, komme, was da wolle», sagte er. «Aber vorher ziehe ich saubere Hosen an.»

«Dürfen wir auch mit?», fragte Jack Mills.

«Nie im Leben», meinte Barry lachend Er sah, wie Arthur Guinness in das Astwerk der Kastanie hinaufstarrte. Kinky versuchte, den Hund wegzuscheuchen. «Jetzt komm wieder runter, mein Schnuckelchen», rief sie.

«Das ist genauso, als wenn die Queen was enthüllt», erklärte Seamus gerade. «Sie müssen an dem Seil hier ziehen.»

«Hier?» O'Reilly hielt einen ausgefransten Strick in der Hand.

«Genau da», bestätigte Seamus. «Also, bei drei, Doktor. Eins ...»

«... zwei», brüllte Barry zusammen mit allen anderen, «drei!»

O'Reilly zog. Die Segeltuchplane glitt zu Boden, und da stand, drei Fuß hoch und drei Fuß lang, in all ihrer knallbunten Pracht – mit grünem Kopf und gelbem Schnabel, die in der Nachmittagssonne leuchteten, und einem gemalten schokoladenbraunen Sattel auf dem hellbraunen Rücken – eine Schaukelente.

«Heilige Mutter Gottes!», rief O'Reilly, während die staunenden Zuschauer hörbar nach Luft schnappten. «Ist die aber schön, Seamus.»

«Sie müssen sie ausprobieren.» Seamus nahm O'Reilly am Arm. «Setzen Sie sich mal drauf.»

O'Reilly schwang ein Bein über die Schaukelente.

«Reiten, Cowboy, reiten.»

O'Reilly ging ein wenig in die Knie, zögerte dann aber und sagte: «Ich glaube, ich bin doch etwas zu schwer.» Während er wieder abstieg, kam eine ganze Horde von Kindern angerannt. Er nahm Jeannie hoch und setzte sie in den Sattel. Sie fing gleich an zu schaukeln, lachte und wehrte die anderen Kinder ab, die lautstark ihre eigenen Reitwünsche anmeldeten.

«Sehen Sie», sagte Seamus strahlend, «ich hab's Ihnen ja gesagt, die Kleinen sind verrückt danach.»

«Da könntest du ausnahmsweise mal recht haben», murmelte O'Reilly nachdenklich.

«Wer immer sie gekauft hat, der macht ein Vermögen damit», fügte Seamus hinzu.

Barry verstand sofort, warum O'Reillys Nase einen weißen Schimmer bekam. Er fragte sich kurz, ob der Zeitpunkt wohl klug gewählt war, verließ dann aber Patricia und näherte sich seinem Chef. «Fingal?»

«Was denn?»

«Ich könnte nicht vielleicht –»

«Heute Abend freihaben?» Prüfend betrachtete O'Reilly Patricia.

«Ja, ich –»

«Gib mir ein Pint aus, und ich sage ja.»

«Abgemacht.» Barry wollte schleunigst zum Zelt laufen, bevor die Schlange zu lang wurde. Doch als er O'Reillys Hand auf seinem Arm spürte, drehte er sich wieder um.

«Nimm Morgen auch frei. Ich komme ohne dich klar. Allerdings würde ich mich freuen, wenn du auf lange Sicht hierbliebst ... erst als Assistent ... und in einem Jahr dann als Teilhaber.»

Barry senkte den Kopf, dann schaute er O'Reilly in die braunen Augen und antwortete: «Ich muss erst darüber nachdenken, Fingal. Doch, wirklich. Aber weißt du, es kann gut sein, dass ich mich dazu entschließe.»

«Denk drüber nach», meinte O'Reilly, «aber jetzt sei um Himmels willen so gut und besorge mir ein Guinness. Und für Arthur ein Smithwick's.»

«Bin sofort wieder da», entschuldigte Barry sich bei Patricia und machte sich auf den Weg zu der provisorischen Bar.

Er stellte sich an und wartete geduldig, bis er an der Reihe war, wusste er doch, dass die meisten Dorfbewohner ihn zwar allmählich akzeptierten, dass er aber noch keineswegs O'Reillys gebieterisches Auftreten besaß und sich auch noch nicht das Recht verdient hatte, gleich an die Spitze der Schlange vorzugehen. Alles zu seiner Zeit, dachte Barry.

Er schaute zu Patricia hinüber, die tief in ein Gespräch mit O'Reilly versunken war. Das Sonnenlicht warf helle Kringel auf ihr Haar, und ihre Augen leuchteten. Sie musste gespürt haben, dass er sie ansah, denn sie winkte ihm jetzt zu und lächelte. Barry winkte zurück. Gut, sagte er sich, er würde das Bier für O'Reilly und seinen bescheuerten Hund besorgen und sich dann entschuldigen und verschwinden. Mit Patricia zusammen.

«Ähem?»

Barry drehte sich um.

Hinter ihm stand Donal Donnelly. «Ähem? Doktor, ich weiß, dass Sie gerade bestimmt an was Wichtiges gedacht haben … aber die Schlange ist ein Stück vorgerückt.»

«Was?»

«Ich glaube, wir können schon ein bisschen näher an die Bar rangehen, ja.»

«Stimmt.» Barry schlurfte vorwärts. Im Moment gab es für ihn nichts Wichtigeres als Patricia.

«Also, Sir», bemerkte Donal, «ich selbst habe nämlich gerade an den Tag gedacht, als Sie mich nach dem Weg nach Ballybucklebo gefragt haben. Wissen Sie das noch?»

«Ja, das weiß ich noch.» Doch, Barry erinnerte sich gut daran – der gelbe Stechginster, die schaukelnden Fuchsienblüten, der Gesang der Amsel, die Anweisung, bei der schwarzweißen Kuh *nicht* abzubiegen, seine Nervosität vor dem Vorstellungsgespräch bei Doktor O'Reilly und wie Donal bei der bloßen Erwähnung dieses Namens die Flucht ergriffen hatte. Zu dem Zeitpunkt hatte Barry nicht verstanden, warum Donal so schnell davongeradelt war, aber jetzt, doch, jetzt war es ihm sonnenklar.

Donal nickte, um darauf hinzuweisen, dass die Schlange sich wieder ein Stück bewegt hatte. Barry machte ein paar Schrittchen vorwärts.

«Darf ich Ihnen eine kleine Frage stellen, Sir?», fragte Donal mit schräggelegtem Kopf.

«Nur zu.»

«Sie sind jetzt schon eine ganze Zeit hier. Wie gefällt Ihnen denn Ballybucklebo … und die Arbeit für den Alten?»

«Sehr gut», sagte Barry, ohne auch nur einen Moment zu zögern. Er dachte an das kleine, ruhige Dörfchen am Ufer der Bucht von Belfast, mit seinem Maibaum, dem Pub und den strohgedeckten Häuschen, und natürlich an seine Bewohner: Kinky, Donal, Julie MacAteer, Jeannie Kennedy, die Galvins, Maggie und Sonny.

Das wiehernde Gelächter von O'Reilly, das durch den milden Sommerabend schallte, lenkte ihn ab. Doktor Fingal Flahertie O'Reilly war wirklich ein schräger Vogel, aber eins war Barry klar: Falls er selbst jemals krank werden sollte, gäbe es keinen Arzt, von dem er sich lieber behandeln ließe.

Während er O'Reilly und Patricia zulächelte, sagte er leise zu sich selbst: «Ich glaube, ‹gefallen› ist hier nicht das richtige Wort. Ich liebe dieses Dörfchen.» Und Doktor Barry Laverty wusste, dass das die Wahrheit war.

Ein Schlusswort von Mrs Kincaid

❋

Man könnte meinen, eine arme Frau aus Cork, die in Ballybucklebo für Doktor O'Reilly und den jungen Doktor Laverty sorgt, hätte nichts anderes zu tun, als hier am Küchentisch zu sitzen und Rezepte aufzuschreiben. Dabei bin ich im letzten Monat fleißiger als eine Biene gewesen, ja doch, damit der junge Laverty trockene Hosen zum Anziehen hatte. Und um die Mägen der Ballybucklebo Highlanders zu füllen, hätte man heute die beiden Brote und die fünf kleinen Fische ganz aufgebraucht, und auch die zwölf Körbe mit Brocken hätte man aufsammeln können. Aber schließlich bin ich ja auch nur Kinky Kincaid und nicht der Herr Jesus Christus, und wenn Doktor O'Reilly sagt, ich vollbrächte in der Küche wahre Wunder, muss man berücksichtigen, dass er immer gerne übertreibt. Allerdings koche ich wirklich leidenschaftlich gerne.

Gelernt habe ich das Kochen von meiner Mutter unten in *Béal na mBláth* – das heißt «Mündung der Blumen» – in West-Cork … ganz richtig, in dem winzigen Dörfchen, wo Michael Collins, er ruhe in Frieden, erschossen wurde. Meine Mutter hat das Kochen wiederum von ihrer Mutter gelernt.

Doktor O'Reilly sagt, die alten Bräuche verschwinden langsam. Aber jetzt hat dieser Patrick Taylor – eigentlich heißt er ja Padraic Mac an Tàillier, aber er stammt aus Ulster und spricht kein *gaeilge* – angefangen, Geschichten über das Leben hier in Ulster zu erzählen, und da meint O'Reilly, es könnte nicht schaden, wenn ich auch ein paar von meinen Rezepten weitergebe, bevor sie verlorengehen.

Ich habe ihm geantwortet, ich könnte ja mit *crúbins* anfangen, aber er meint, er glaubt kaum, dass irgendwo auf der Welt eine Nachfrage nach eingelegten Schweinepfötchen besteht. «Schreib einfach ein paar von den Rezepten auf, die hier für Ulster typisch sind», sagt er, «aber lass deinen *drishin* ruhig weg.» Mir jedoch läuft das Wasser im Munde zusammen, wenn ich nur daran denke. *Drishin* ist nämlich eine köstliche Blutwurst aus der Stadt Cork, auch wenn Doktor O'Reilly sagt, allein von dem Geruch beim Braten würde ja sogar einer Made speiübel. Er meint, wenn meine Rezepte unter die Leute kommen, werde ich noch richtig bekannt, «so berühmt wie eine Fernsehköchin», sagt er.

«Ach», habe ich da gesagt, «Ruhm ist bloß eine Pflanze, die bald zu Asche wird, aber ein gutgefüllter Bauch ist etwas Schönes.»

Und jetzt geht's los.

Mit dem *barmbrack* fange ich an. Das Wort kommt vom irischen *aran breac*, «gesprenkeltes Brot». Ohne dieses Brot gäbe es kein Halloween, man backt einen Ehering, eine Silbermünze und einen Knopf hinein, um die Zukunft vorherzusagen. Dann kommt das Weizenbrot, das *wheatie bread*, wie wir hier im Norden sagen. Und zum Schluss schreibe ich mein Rezept für die Leberpastete auf. Also, es könnte sein, dass meine Ma es von einer Engländerin gekriegt hat, aber das ist kein Grund, es nicht nachzukochen, wenn die Pastete wirklich lecker ist ... und das ist sie, ja doch.

Rezepte aus Ulster

Barmbrack

• • •

1 Pfund Sultaninen (2 Tassen)
1 Pfund brauner Zucker (2 Tassen)
1 Pfund Mehl (4 Tassen)
1 Pfund Rosinen (2 Tassen)
3 Tassen schwarzer Tee ohne Milch
3 Eier
3 gestrichene Teelöffel Backpulver
3 Teelöffel Weihnachts-Gewürzmischung (nach Belieben)

Die Früchte und den Zucker über Nacht im Tee einweichen. Am nächsten Tag abwechselnd das Mehl und die 3 geschlagenen Eier hinzugeben. Zum Schluss das Backpulver hineinrühren. Wenn Sie es würzig mögen, fügen Sie bis zu 3 gestrichene Teelöffel Gewürzmischung hinzu. Den Teig in 3 gefettete Backformen füllen und 1 ½ Stunden auf niedriger Stufe (150°C) backen. Nach dem Abkühlen die Brote oben mit einer Glasur aus zerlassenem Honig bestreichen.

Normalerweise isst man *barmbrack* getoastet und mit Butter. In Ulster wird dieses Brot traditionell mit Hefe gebacken, aber dieses Rezept hier ist einfacher.

Weizenbrot

• • •

2 ½ Tassen Weizenvollkornmehl
1 Esslöffel Kristallzucker
1 Teelöffel Haushaltsnatron
1 Teelöffel Salz
1 ¾ Tassen Buttermilch

Die trockenen Zutaten sehr gründlich vermischen. Dann die Buttermilch hinzufügen, sodass eine dicke Paste entsteht – der Teig sollte nicht zu trocken sein. In eine gutgefettete Kastenform geben und sofort bei 200 °C 15 Minuten lang backen, bis der Teig aufgegangen ist, dann weitere 45 Minuten bei 180 °C backen. Wenn das Brot oben zu braun wird, kann man es mit Pergamentpapier abdecken.

Es wird mit Butter oder Hähnchenleberpastete (siehe rechte Seite) gegessen.

Ursprünglich von: *Kate Taylor, eigenes Rezept*

Hähnchenleberpastete

• • •

1 Zwiebel, gehackt
2 Knoblauchzehen, gehackt
175 g Butter
350 g Hähnchenleber
½ Teelöffel gemahlene Muskatblüte
2 Esslöffel Brandy
½ Teelöffel getrockneter Thymian
Salz
Pfeffer

Zwiebel und Knoblauch mit 60 g Butter schmoren, bis sie weich sind. Die Lebern hinzufügen und 7 Minuten mitschmoren, bis sie gar, aber immer noch rosa sind. Alles pürieren, anschließend die übrige Butter, die Muskatblüte, den Brandy und den Thymian daruntermischen. Reichlich Salz und Pfeffer hinzugeben, dann in eine Form füllen. Bis zum Servieren kühl stellen. Auf Weizenbrot streichen (siehe voriges Rezept), essen, sterben und gen Himmel fahren.

Eignet sich gut zum Einfrieren.

Ursprünglich von: *Kate Taylor, eigenes Rezept*

So, das hätten wir. Probieren Sie die Rezepte aus und essen Sie alles schön auf, wenn es fertig ist. Das nächste hänge ich noch an, damit Sie was zu lachen haben.

Irische Hungersnotsuppe

. • .

Man nehme 4 Liter Wasser und lasse es sprudelnd kochen, bis es sehr, sehr kräftig ist.

So, das reicht für heute Abend. Ich kriege schon einen Krampf vom Schreiben, und mit dem Füllfederhalter bin ich ohnehin nicht geübt. Aber wenn dieser Taylor jemals dazu kommen sollte, noch mehr Geschichten über Ballybucklebo zu erzählen, dann kriegen Sie vielleicht auch noch ein paar Rezepte von mir – Kochrezepte, wohlgemerkt, nicht zu verwechseln mit den Zettelchen, die der gute Doktor O'Reilly seinen Patienten mitgibt.

Viel Freude also mit meinen Rezepten, und wenn Sie zum fertigen Schmaus ein kleines Gläschen *uisce beatha* trinken, wünsche ich Ihnen *míle sláinte.*

Mrs Kinky Kincaid,
Haushälterin bei
Doktor Fingal Flahertie O'Reilly
Praktischer Arzt und Chirurg, Arzt für Geburtshilfe
1, Main Street
Ballybucklebo
County Down
Northern Ireland

Nachbemerkung des Autors

Ihren ersten Auftritt hatten Doktor Fingal Flahertie O'Reilly und die Bewohner von Ballybucklebo 1995 in meiner monatlichen Kolumne in *Stitches: The Journal of Medical Humour*. Dort schlug man mir vor, diese Charaktere zur Grundlage für einen Roman zu machen.

Da ich gerade meinen Nordirland-Roman *Pray for Us Sinners* beendet hatte und zögerte, mich wieder in das Elend dieses Konflikts zu vertiefen, reizte mich die Idee, etwas Leichteres zu schreiben. So nahm *Ein irischer Landarzt* nach und nach Gestalt an.

Wie *Only Wounded* und *Pray for Us Sinners* spielt dieses Buch im äußersten Nordosten von Irland, aber anders als bei den Vorgängern, wo ich um historische Genauigkeit bemüht war, habe ich mir bei dieser Geschichte in Bezug auf Geographie und Zeitgeschichte eine Reihe von Freiheiten herausgenommen.

Schauplatz ist ein fiktives Dorf, dessen Name ich meinem Französischlehrer zu verdanken habe. Erbost über meine Unfähigkeit, unregelmäßige Verben zu konjugieren, brüllte er: «Taylor, du bist so dumm, als kämst du aus Ballybucklebo.» Diejenigen unter meinen Lesern, die sich ein wenig für Ethymologie interessieren, möchten vielleicht wissen, was dieser Name bedeutet. *Bally* (irisch *baile*) ist ein *townland* – ein geographischer Begriff aus dem Mittelalter, der eine kleine Siedlung und die umliegenden Gehöfte bezeichnet.

Buachaill bedeutet «Junge», und *bó* ist eine Kuh. In *Bailebuachaillbó* oder Ballybucklebo sind Zeit und Ort ähnlich irreal wie in Brigadoon.

In der Wahl der Sprache und der Episoden habe ich mich um ein möglichst genaues Abbild der regionalen Eigenheiten der Menschen in Ulster bemüht.

Perfektionisten mag jedoch auffallen, dass der 12. Juli des Jahres 1964 auf einen Sonntag fiel, nicht auf einen Donnerstag, und dass Seamus Heaneys erster Gedichtband erst 1966 veröffentlicht wurde. Auch fließt kein Lachsflüsschen durch den Norden von County Down. Der nächste Fluss ist der Shimna River in den Mourne Mountains. Alles andere aber habe ich so wirklichkeitsgetreu dargestellt, wie umfangreiche Lektüre und Erinnerung es zuließen.

Das ländliche Ulster, das ich schildere, gibt es so nicht mehr. Die Farmen und Dörfer sehen zwar noch ähnlich aus wie früher, aber der Nordirlandkonflikt und der alles beherrschende Einfluss des Fernsehens haben der Einfachheit des Landlebens den Garaus gemacht. Dass den Männern an der Spitze der dörflichen Hierarchie – dem Arzt, dem Lehrer und den Priestern der verschiedenen Konfessionen – aufgrund ihrer Bildung ganz selbstverständlich Respekt entgegengebracht wurde, gehört inzwischen der Vergangenheit an, doch in meiner ersten Zeit als junger Arzt waren Männer wie O'Reilly noch häufig anzutreffen. Und in diesem Zusammenhang möchte ich eine Frage, die mir von Lesern meiner Kolumne in *Stitches* häufig gestellt wird, ein für alle Mal klären: Barry Laverty und Patrick Taylor sind *nicht* ein und derselbe. Auch Doktor O'Reilly ist ein Produkt meiner Erfindungsgabe, selbst wenn einige meiner aus Ulster ausgewanderten Freunde sich immer wieder versucht fühlen, in ihm einen geachteten – wenn auch unorthodoxen – Arzt jener Zeit zu sehen. Lady Macbeth hingegen verdankt ihr Romandasein tatsächlich unserer von einem Dämon besessenen Katze Minnie. Und das Vorbild für Arthur Guinness war ein schwarzer Labrador, der zwar schon lange tot ist, aber einen unstillbaren Durst auf Foster's Lager an den Tag legte. Alle anderen Charaktere sind Montagen, die teils meiner Phantasie entsprungen sind und teils auf meine Erlebnisse als Landarzt zurückgehen.

Patrick Taylor

Danksagung

Doktor Fingal Flahertie O'Reilly ist zum ersten Mal vor zehn Jahren in Erscheinung getreten. Seine allmähliche Weiterentwicklung wurde von Simon Hally, dem Herausgeber der Ärztezeitschrift *Stitches*, freundlich beaufsichtigt.

Drei bemerkenswerte Menschen förderten O'Reillys Wachstum bis zur Reife:

Carolyn Bateman, die all meine Manuskripte, bevor ich sie einreiche, redigiert und poliert und mir Ratschläge dazu erteilt.

Adrienne Weiss, Lektorin bei der Insomniac Press in Toronto, wo dieses Buch 2004 zuerst erschien, und zwar unter dem Titel *The Apprenticeship of Doctor Laverty.*

Natalia Aponte bei Tor / Forge Books, New York, die einen unerschütterlichen Glauben an die Bewohner von Ballybucklebo besitzt und mich fortwährend ermutigte.

Ihnen allen sprechen O'Reilly und ich unseren tiefempfundenen Dank aus.